First Comes Marriage
by Mary Balogh

うたかたの誓いと春の花嫁

メアリ・バログ
山本やよい[訳]

ライムブックス

Translated from the English
FIRST COMES MARRIAGE
by Mary Balogh

First published in the United States by Bantam Dell.

Japanese translation published by arrangement with
Mary Balogh % Maria Carvainis Agency, Inc.
through The English Agency (Japan) Ltd.

うたかたの誓いと春の花嫁

主要登場人物

ヴァネッサ(ネシー)・デュー……………ハクスタブル家の次女
エリオット・ウォレス……………………リンゲイト子爵
マーガレット(メグ)・ハクスタブル………ハクスタブル家の長女
キャサリン(ケイト)・ハクスタブル………ハクスタブル家の三女
スティーヴン・ハクスタブル………………ハクスタブル家の長男
サー・ハンフリー・デュー…………………準男爵。ヴァネッサの義父
ヘドリー・デュー……………………………ヴァネッサの亡き夫
クリスピン・デュー…………………………ヘドリーの兄
コンスタンティン(コン)・ハクスタブル……先代マートン伯爵の長男(非嫡出子)
ジョナサン・ハクスタブル…………………先代マートン伯爵の次男(嫡出子)
ジョージ・ボーウェン………………………エリオットの秘書
セシリー(シシー)・ウォレス……………エリオットの妹
アナ・ブロムリー＝ヘイズ…………………エリオットの元愛人

プロローグ

ハンプシャーにあるウォレン館というカントリー・ハウスは、代々のマートン伯爵の本邸となっていて、みごとな造園設計がなされた広い庭園に囲まれ、人目につかない片隅に小さなチャペルがあった。近くの村にかなり大きな教会があって、ふだんの礼拝はそちらでおこなわれるため、チャペルのほうは現在、伯爵家の結婚式、洗礼式、告別式のみに使われている。一年を通じて絵のように美しい場所で、なかでも、木々の葉が豊かに茂り、花をつけ、生垣に野生の花が顔をのぞかせ、チャペルの扉へ続く小道の両脇の花壇にも花が咲き乱れる春と夏は、ひときわ美しい。

しかし、いまは二月の初め、季節が早すぎて、スノードロップもサクラソウもまだ芽を出していない。しかも、今日は雨だった。鉛色の空を背景に、冷たい風が裸の木々の枝を揺らしている。分別ある人間なら、火急の用でもないかぎり家に閉じこもっているような日だった。

墓地に立つ男は、寒さも、雨も、家に閉じこもりたいという誘惑も感じていない様子だった。景色に見とれているわけではなかった。片手にシルクハット、やや長めの黒髪が頭と額に貼りついている。雨が細い流れとなって頬と首を伝い、丈長の黒い乗馬服の生地に吸いこまれていく。男のすべてが黒かった。例外は顔だけだが、その顔でさえ浅黒く、どう見てもイングランドの人間には見えなかった。

周囲の景色のせいもあり、どことなく不吉な印象だ。

若い男で、手足が長く、しなやかな身体つきだった。顔立ちはハンサムと言うには荒々しさのほうが目立っている。ほっそりと面長な顔、高い頬骨、真っ黒な目、そして、人生のいずれかの時点で骨折し、完全にもとどおりにすることのできなかった鼻。その手は乗馬用の鞭を腿に軽く打ちつけていた。

よその人間が通りかかったなら、この男に近づかないようにしただろう。

しかし、誰もいなかった。彼の馬が自由に草を食んでいるだけだった。主人と同じく、寒さも雨も感じていない様子だった。

男はある墓の前に立っていた――いちばん新しい墓。もっとも、冬の霜と風のせいで、掘り返された土の新しさは消え失せ、周囲の墓とほとんど区別がつかなくなっている。灰色の墓石だけがいまも真新しいままだ。

男の目は墓碑銘の最後から二行目に据えられていた。〝享年十六〟。そして、その下に〝安らかに眠らんことを〟。

「捜してた相手が見つかったぞ、ジョン」男は墓石に向かってそっと語りかけた。「おかしなことだが、おまえならきっと大喜びしただろう。どうだい？　そいつに会いたい、友達になりたい、愛したい、と望んだことだろう。だが、おまえが亡くなるまで、そいつを捜しだそうなんて誰も考えもしなかった」

墓石は何も答えてくれず、男の唇の端が吊りあがって、微笑というより渋い表情になった。

「おまえはどんな相手でも分け隔てなく愛したからな。ぼくのことまで愛してくれた。いや、とくに、このぼくを」

男は墓石の下のかすかに盛りあがった土を沈んだ表情で見つめ、地面の下二メートルのところに埋葬された弟のことを思った。

二人だけでジョンの十六歳の誕生日を祝った。カスタード・タルトとフルーツケーキも含めて、ジョンの大好きな献立を用意し、大好きなカードゲームをやり、かくれんぼに熱中した。かくれんぼはまる二時間も続き、そのうちジョンが疲れてきて、笑いを止められなくなった。ジョンが隠れる番になると、あっけないほど簡単に見つかってしまった。一時間後、兄がロウソクを吹き消して自分の部屋へ去る前に、ジョンはベッドのなかで幸せそうな笑顔を見せた。

「楽しい誕生パーティをありがとう、コン」と、声変わりしたばかりの低音で言った。言葉遣いが声と不釣り合いに子供っぽく響いた。「これまででいちばん楽しかった」

それはジョンが毎年言っていることだった。

「愛してるよ、コン」ロウソクの上にかがみこんだ兄に、ジョンは言った。「この広い世界の誰よりも、ぼくはコンを愛してる。永遠に愛してる。アーメン」昔からの癖で冗談半分に

〝アーメン〟をくっつけて、クスッと笑った。「明日も遊んでくれる？」

しかし翌朝、〝おまえはもう十六歳、一人前の男と言ってもいいのに、ずいぶん朝寝坊だな〟とからかってやろうと思い、ジョンの部屋に入ると、弟は冷たくなっていた。死後数時間たっていた。

コンはショックに打ちのめされた。

だが、まったくの不意打ちではなかった。

ジョンが生まれてほどなく、医者が父親に告げた――〝このようなお子さんは十二歳あたりが寿命の限界かと思われます〟頭が大きく、目鼻立ちがのっぺりしていて、モンゴロイド系を思わせる顔つきだった。太っていて不格好だった。ほとんどの子供が幼いうちに楽々と身につける基本的な事柄も、なかなか覚えられなかった。頭の回転が遅かった。物事を理解できないわけではないのだが。

当然、周囲からはいつも〝グズ〟と呼ばれていた――実の父親からも。

そんな彼にも、たぶんひとつだけだろうが、すぐれた点があった。その点では抜きんでていた。人を愛することができた。いつでも、無条件に。

永遠に。

アーメン。

ジョンは死んでしまった。

そして、コンは家を離れることができる――ようやく。もちろん、家を離れたことはこれまで何度もあったが、長いあいだ留守にしたことは一度もなかった。いつも、抗しがたい力にひっぱられるようにして戻ってきた。とくに、ジョンを幸せにするための時間と忍耐心を備えた者が、ウォレン館には一人もいなかったから。ジョンを幸せにするのは、ばかばかしいほど簡単なことなのに。コンの不在があまりに長くなると、ジョンはいつも悲しみと苛立ちに包まれ、いつ帰ってくるのかとひっきりなしに尋ねて、周囲のみんなをうんざりさせたものだった。

春が近づいてきたいま、コンをここにひきとめておくものはもう何もなかった。

今度こそ永遠にここを去るつもりだった。

なぜこんなに長くとどまっていたのだろう？　なぜ葬儀の翌日にここを出ていかなかったのだろう？　なぜ冬のあいだ毎日ここにきていたのだろう？　亡くなった少年には、もうぼくなど必要ないのに。

ぼくが死者を必要としていたから？

彼の微笑——もしくは渋面——がさらにゆがんだものになった。

彼には誰も、何も必要なかった。生涯をかけて、そのような超然たる態度を身につけてきた。生き延びようとする本能が彼にそう命じたのだった。人生のほとんどをこの地ですごしてきた。初めて生まれた息子をここで育ててくれた父と母は、このすぐ向こうの墓に眠っている。コンはそちらには目を向けなかった。多数の弟と妹も眠っている。みんな、幼いころに死んでしまった。長男の彼と末っ子のジョンだけが生き残った。皮肉なものだ。望まれない二人が生き残った。

だが、いま、ジョンも逝ってしまった。

もうじきべつの男がやってきて、ジョンの地位を継ぐことになる。

「ぼくがいなくても大丈夫か、ジョン」コンはやさしく問いかけた。

身をかがめ、乗馬用の鞭を持った手で墓石の表面に触れた。石は冷たく濡れていて、硬くて、何も答えてくれなかった。

べつの馬の近づいてくる気配がした。彼の馬が歓迎のしるしにいなないた。コンの顎がこわばった。きっとあいつだ。こんなところまで追ってきたのか。コンはふりむかなかった。徹底的に無視するつもりだった。

しかし、話しかけてきたのはべつの声だった。

「ここにいたのか、コン」陽気な声だった。「もっと早く気がつけばよかった。あちこち捜したんだぞ。邪魔かい？」

「いや」コンは身体を起こすと、ふりむき、目を細めて、隣人であり友人でもあるフィリップ・グレインジャーを見た。「ジョンと一緒に喜ばしい知らせを祝おうと思って、ここにきたんだ。捜索がうまくいった」

「そうか」フィリップはなんの捜索かとは尋ねなかった。身を乗りだして彼の馬の首をなで、跳ねまわるのをやめさせた。「まあ、見つけだすしかないものな。だが、墓地に立っているには天気が悪すぎる。〈三枚の羽根亭〉へ行こう。エールを一杯おごってやる。二杯でもいいぞ。いや、二十杯でも。二十一杯目はきみのおごりだ」

「抵抗しがたいお誘いだ」コンは帽子をかぶりなおし、口笛で馬を呼び、馬が駆けてくると、ひらりと鞍に飛び乗った。

「じゃ、やっぱり出ていくつもりか」フィリップが訊いた。

「すでに退去命令を出された」コンはオオカミのような笑みを浮かべた。「一週間以内に出ていけってさ」

「そりゃあんまりだ」フィリップは眉をひそめた。

「だが、居すわってやるつもりだ」コンはつけくわえた。「あいつの思いどおりにさせてたまるか。出ていくのは、ぼくがその気になったときだ」

自分自身の気持ちに逆らって、あいつの命令にも逆らって、ここに居残り、みんなに迷惑をかけてやる。この一年間、周囲にずいぶん迷惑をかけたものだった。

じつを言うと、小さいときからずっとそうやってきた。父親の注意を惹くにはそれがいちばん確実な方法だった。考えてみれば、ずいぶん子供っぽい動機だった。

フィリップがクスクス笑っていた。

「勝手にしろ。だが、きみがいなくなると寂しいな、コン。もっとも、きみが留守だと屋敷で言われて、田園地帯をあちこち捜してまわらずにすめば、午前中をきわめて有意義にすごすことができたはずなんだが」

馬で走り去るとき、コンはふりむいて、最後にもう一度だけ弟の墓を見た。

ばかげたことだが、自分がいなくなったあと、ジョンが孤独になるのではないかと気にかかった。

そして、自分も孤独になるのではないか、と。

1

シュロプシャーにあるスロックブリッジという村から八キロ以内のところに住む者はみな、二月十四日の一週間ほど前から、高まる興奮のなかですごしていた。誰かから提案があったのだ（具体的に誰なのかは不明。もっとも、自分の手柄だと主張する者が少なくとも六人はいた）――クリスマスが終わってずいぶんたつし、夏になればランドル・パークで毎年恒例の園遊会と舞踏会がひらかれるが、それまでかなりあるから、今年はバレンタイン・デーを祝って村の宿屋の二階でパーティをやることにしよう、と。

計画は進みだしたものの（提案したのは、薬屋の奥さんのワドル夫人か、サー・ハンフリー・デューの執事をしているモフェット氏か、牧師の姉で独身のミス・アイルズフォードか、手柄を主張するその他何人かのうちの一人だと思われるが）、なぜいままでこういう案が出なかったのかをちゃんと説明できる者は一人もいなかった。しかし、今年この案が出た以上、バレンタインのパーティが今後も村の年中行事として定着することには、誰一人疑いを持っていなかった。

これが最高の思いつきであることに、みんなが賛成した。子供たちまで賛成だった――いや、たぶん、とくに子供たちが。ただしルールを作った大人に必死に抗議したものの、参加年齢に達していないという理由で、今年は出席を許されなかった。最年少の出席者は十五歳のメリンダ・ロザハイドだった。ロザハイド家の末っ子で、この子一人を家に置き去りにするわけにいかないため、連れていくことになったのだ。ただし、批判的な連中の意見を添えておくなら、ロザハイド家は昔から子供に甘すぎるため、出席を許されたとも言える。

男性の最年少者はスティーヴン・ハクスタブルだった。まだ十七歳。ただし、彼が出席しないなどというのは問題外だった。この若さにもかかわらず、あらゆる年齢層の女性に人気がある。とくに熱をあげているのがメリンダだが、三年前に、二人とももう子供じゃないんだし、異性どうしなんだから、一緒に遊ぶのはやめたほうがいいと母親に言われたため、彼とはもう遊ばないと渋々ながら宣言し、それ以来、スティーヴンを思ってためいきばかりついている。

パーティの日は、朝から雨が降ったりやんだりしていた。ただ、その前の日曜日に教会の礼拝が終わってから、フラー老人が目を細め、しきりとうなずきながら、雪が二メートルぐらい積もりそうだと不吉な予言をしたものの、そこまでひどくはならなかった。宿屋の二階にある宴会場の塵払いと床掃除がおこなわれ、壁の燭台に新しいロウソクが立てられ、宴会場の両端に置かれた大きな暖炉に火が入れられ、音程が狂っていないか確認するために誰かがピアノフォルテを弾いてみた。もっとも、調律師は三十キロも離れたところに住んでいるので、音程が狂っていた場合にどうすればいいかなどとは誰も考えもしなかった。リグ氏がバイオリンを持参して、調弦をしてから、指慣らしをするためと、室内の音響の感触をつかむために、しばらく弾いてみた。女性たちが料理をどっさり持ち寄った。こんなにあれば、五千人が満腹したうえに今後一週間は何も食べられなくなりそうだ。ジャムタルトとチーズ数切れをつまみ食いしながら、リグ氏がそう断言したのだが、そのあとで、氏は息子の嫁からふざけ半分に手をぴしゃりと叩かれた。

村じゅうのご婦人と娘たちが朝から髪をカールさせ、どのドレスを着ていくかで六回は考えを変え、結局は、誰もが申しあわせたように最初に選んだドレスに戻っていた。三十歳以下の未婚女性のほぼ全員が――そして、もう少し年齢の高い未婚女性の多くも――聖バレンタインと、この聖人の記念日がもたらすロマンスの可能性を夢見ていた。今年こそ、ひょっとすると……。

ひょっとすると、ギリシャ神話のアドニスのような美青年がどこからともなくあらわれて、みんなの心を奪うかもしれない。いや、そこまでは無理としても、憎からず思っている男性が一緒に踊ってくれて、こちらのすばらしい魅力に気づいて、そして……。

そう、バレンタイン・デーだもの。

そして、村じゅうの男性がパーティなどという退屈なことには興味がないと言ってあくびをするふりをしながら、ダンスシューズを磨き、夜会服にブラシをかけ、意中の女性に一曲目のダンスの申しこみをしていた。なにしろ、今日はバレンタイン・デー、女性たちも男の口説き文句にふだんより少しは簡単になびいてくれるに違いない。

年をとりすぎていて、ダンスも、口説き文句も、ロマンスの夢も望めない人々は、噂話とカードゲームで盛りあがるのを楽しみにしていた。それから、村のパーティでつねに最大の喜びとされている豪華なごちそうの数々も。

というわけで、不満をくすぶらせている少数の年上の子供たちをべつにすれば、今宵のお祭り騒ぎを楽しみにしていない者はほとんどいなかった。興奮をあらわにしている者、熱意を押し隠している者など、さまざまではあったが。

一人だけ、はっきりした例外がいた。

「村のパーティだと？ 勘弁してくれ！」パーティが始まる一時間前、リンゲイト子爵の称号を持つエリオット・ウォレスは椅子にもたれ、ブーツをはいた長い脚の片方を椅子の肘掛けにひっかけて、苛立たしげに揺らしていた。「われわれの到着日を何もこんなめでたい日にしなくてもよかったんじゃないかね、ジョージ？」

暖炉の前に立って手を温めていたジョージ・ボーウェンは、石炭に向かってニヤッと笑った。

「宴会場にぎっしり詰めかけた村娘と踊るのは、きみの考える贅沢な娯楽ではないわけだね？ だが、われわれに必要なのはそれかもしれない。長旅のあとの気分転換」

エリオットは彼の秘書であり友人でもある男に視線を据えた。

「われわれ？ 代名詞が間違っているぞ、わが友よ。きみはひと晩じゅう踊り明かしたいと思っているのかもしれない。だが、ぼくは上等のワインが一本あればそれでいい。炎が煙突に向かって燃えあがる、宿とは名ばかりのこの建物で、そのような品が手に入るならの話だが。楽しい気晴らしがほかに何も見つからなければ、早めにベッドに入るとしよう。ぼくの経験からすると、村娘がたくさんいるだけでなく、誰もが美人で、豊満な胸とバラ色の頬をしていて、口説かれればすぐになびいてくるという牧歌的な恋物語は、あくまでも虚構であって、それが書かれている紙ほどの値打ちもない。きみはイタチみたいな顔をした既婚婦人か、照れ笑いをする不器量なその娘と踊ることになるんだぞ、ジョージ。気をつけたまえ。そして、サー・ハンフリー・デューよりさらに退屈な紳士連中と、おもしろくもない会話をすることになる」

なんとも辛辣なことを言うものだ。サー・ハンフリーは愛想がよく、大歓迎してくれたのに。退屈な人ではあるが。

「では、自分の部屋にこもっているつもりかい？」ジョージはまだニヤッと笑っていた。「夜の半分は、バイオリンの音色と笑い声で、この部屋が振動を続けることだろう」

リンゲイト子爵は片手で髪を梳きながら、大きなためいきをついた。片方の脚をあいかわらず揺らしていた。

「芸当をするサルみたいにひっぱりまわされるのに比べれば、そのほうがまだましだ。ここにくるのをどうして明日にしなかったんだ、ジョージ？　明日でもよかったのに」

「きのうでもよかったし」彼の友は巧みに受け流した。「だが、現実には今日の到着となった」

エリオットは渋い顔になった。「だが、きのうここに着いていれば、いまごろは用をすませ、例の少年を連れて帰途についていたはずだ」

「きみが考えているほど簡単にはいかないと思うがね」ジョージ・ボーウェンは言った。「少年にだって、予想もしなかった知らせを受け入れ、荷物を詰め、親しい人々に別れを告げるための時間が必要だ。おまけに、その少年には姉たちがいる」

「三人も」エリオットは椅子の肘掛けに腕をのせ、頬杖を突いた。「だが、姉たちも弟と同じく大喜びするはずだ。しないわけがないだろう？　きっと有頂天になるぞ。大急ぎで弟のために支度をし、一刻も早く出発させようとするだろう」

「きみだって妹が何人かいるくせに」ジョージがそっけなく言った。「あきれるぐらい楽天的なやつだな、エリオット。その姉たちがいまから一日か二日以内に玄関先にいそいそと集まって、たった一人の弟に手をふり、永遠の別れを告げるなどと、本気で信じてるのかい？　そして、そのあとは何事もなかったように、村で幸せそうに人生を続けていくと？　それよりもむしろ、弟の靴下を残らず繕い、新しいシャツを一ダース縫い、そして……まあ、役に立つことも立たないことも含めて、さまざまな支度をしてやろうとする可能性のほうが大きいと思わないか？」

「やめろ！」エリオットは持ちあげた腿を指で軽く叩いた。「姉たちに手こずるのではないかという危惧を、ぼくは無視しようと努めてきたんだ、ジョージ。女というのは、えてしてそういうものだ。女がいなければ、人生はなんと単純で楽なものになるだろう。ぼくはときどき、修道院の呼ぶ声を耳にすることがある」

彼の友はまさかと言いたげにエリオットを見て、それから、嘲りをまじえていかにも楽しげに笑いだした。

「きみがそんなことをしたら、ある未亡人が深く嘆き悲しみ、立ちなおれないほど落ちこんでしまうだろう。四十歳以下のあらゆる未婚の貴婦人は言うにおよばず。そして、その母親たちも。それに、きみ、ついきのうも、きたるべき社交シーズンの第一の課題は花嫁を探すことだと、ここにくる途中でぼくに言わなかったっけ？」

エリオットは顔をしかめた。「うん、まあな」一瞬、指の動きが止まったが、やがて前より速度をあげて腿を叩きはじめた。「修道院がせつなく差し招いているかもしれないが、ジョージ、たしかにきみの言うとおりだ――義務を果たせという叫びがそれを掻き消している。紛れもなきわが祖父の声で。クリスマスのとき、祖父に約束したんだ……もちろん、祖父の意見が正しい。そろそろ結婚しなくては。それも、三十歳の誕生日に合わせて今年じゅうに。憂鬱だな、三十歳の誕生日なんて」

エリオットは結婚という幸福の到来を予期して渋い顔になり、腿を叩く指にさらに力をこめた。

「あきらめるしかないな」とつけくわえた。

二年越しの愛人であるアナ・ブロムリー＝ヘイズ夫人は、どう見ても花嫁にはふさわしくない、と祖父からきつく言い渡されたため、なおさら憂鬱だった。といっても、祖父にわざわざ念を押されるまでもないことだが。アナは美人で、色っぽくて、寝室での技巧にすばらしく長けているが、彼の前にも男がたくさんいた女性で、そのうち何人かは夫がまだ生きていたころの話だった。しかも、自分の色恋沙汰をけっして秘密にしようとしない。自慢にしている。今後も彼だけでなく、さらに多くの愛人を作る気でいるに違いない。

「それはよかった」ジョージがいった。「きみが修道院に入ってしまったら、エリオット、秘書は不要だろうから、ぼくは給料のいい働き口を失うことになる。そんなことになっては困る」

「ふん」エリオットは脚を床に戻し、反対の脚に乗せて、ブーツに締めつけられた足首を膝の上で休ませてやった。

アナのことなど考えなければよかったと思った。クリスマス前から彼女に会っていない――いや、ずばり言うなら、ベッドをともにしていない。ずいぶんご無沙汰だ。男は禁欲生活を送るようにはできていない。エリオットはずっと以前にそう結論づけた。これもまた、修道院の誘惑を退ける理由のひとつだ。

「姉三人も今夜のパーティにくると見て間違いない」ジョージは言った。「村の者は一人残らず、飼い犬まで含めて参加すると、サー・ハンフリーが言わなかったかい？　というか、そのような意味のことを。あの少年もたぶんくると思うよ」

「若すぎるだろう」エリオットは言った。

「だが、ここは辺鄙な田舎だ」友が指摘した。「そして、貴族社会のしきたりから遠く離れている。ぼくは少年がくるほうに賭ける」

「その可能性をちらつかせれば、ぼくが出席する気になるだろうと思っているなら、大間違いだ、ジョージ。村じゅうの噂好きな連中から興味津々の目で見守られながら、今夜その少年と大事な用件を話しあうつもりなど、いっさいないからな。まったくもう」

「だが、どんな少年かを探ることはできる。ぼくたち二人で。姉たちのことも探れるぞ。それに、きみが村にきたという噂を耳にしたとたん、サー・ハンフリーが飛んできて、どのような力にでもなると言ってくれたのに、パーティに顔を出さないなんて、それが礼儀にかなったことと言えるだろうか。しかも、わざわざやってきて、招待してくれたうえに、パーティのときには彼みずからがぼくたちを会場へ案内し、村の主だった人すべてに紹介しようと言ってくれたんだぞ。たぶん、村人全員って意味だと思うけどね。サー・ハンフリーはその誘惑に抗しきれないだろう」

「ぼくが給料を払ってるのは、きみにぼくの良心となってもらうためかい？」エリオットは尋ねた。

ところが、ジョージ・ボーウェンは恐縮した表情になるどころか、クスッと笑っただけだった。

「それにしても、ぼくらが村にきたことを、サー・ハンフリーはどうして知ったんだろう？」すっかり不機嫌になって、エリオットは言った。「宿に着いてから、まだ二時間にもならないんだぞ。ぼくらがくることは誰も知らなかったんだし」

ジョージは暖炉の火のそばで両手をこすりあわせてから、暖をとるのをあきらめて、自分が泊まる部屋のほうへ向きを変えた。

「ここは田舎なんだぞ、エリオット」もう一度言った。「風と、あらゆる草の葉と、あらゆる埃と、あらゆる人間の舌に乗って、知らせが広まる。きみがスロックブリッジにきていて、きみの到着を知らずにいる人間を見つけようと虚しい努力をしていることは、身分の低い皿洗いのメイドにまで知れ渡っているに違いない。そして、サー・ハンフリー・デューの賓客としてきみがパーティに招待されたことも、すべての者の耳に入っていることだろう。部屋にひきこもって、みんなをがっかりさせるつもりかい?」

「また代名詞に間違いがあったぞ」指を突きつけながら、エリオットは言った。「すべての者の耳に入っている噂は、ぼくのことだけではない。きみもだ。義務感に駆られているなら、きみがパーティに出て、みんなを楽しませてやればいい」

ジョージは舌打ちをしたあとで、自分の部屋に通じるドアをあけた。

「ぼくは平民だ。よそ者として、わずかな興味をかきたてるだけのことだろう。ぼく一人が村にやってきたなら、とくに。だが、きみは子爵さまだ、エリオット。デューよりさらに数段身分が高い。まるで、神が村人のあいだに降臨なさったかに見えることだろう」ジョージは一瞬言葉を切り、やがてクスッと笑った。「ウェールズ語で神は〝ディウ〟と言うんだが、うちの祖母はいつも〝デュー〟と発音していた。われらが親愛なる準男爵殿の名字と同じ発音だ。だが、準男爵よりきみのほうが身分は上だ、エリオット。眠ったような村にとっては一大事だろうな。本物の子爵を目にするのは初めてで、そんな日がこようとは誰も想像もしなかったはず。きみの顔を拝むチャンスを村人からとりあげるのが、はたして正しいことと言えるだろうか。さてと、ぼくは夜会用の服に着替えてこよう」

自分の部屋に通じるドアを閉めたときも、ジョージはまだ小声で笑っていた。

エリオットは閉ざされたドアにしかめっ面を向けた。

二人がこの村にやってきたのは、事務的な用件のためだった。エリオットにとってはひどく腹立たしいことだった。父親の急死によってうっとうしい義務が肩にのしかかり、彼の人生は大きく狂ってしまった。そのせいで、いらいらしながら長い一年を送ってきたが、その義務から、ほどなく解放されるものと思っていた。ところが、ジョージの探索でつい最近明らかになった事実によると、義務は終わりを告げるどころではなかった。ジョージの探索の結果は、年がら年中不機嫌だったエリオットを元気づけるものではなかったのだ。

父親があんなに急に亡くなるとは、エリオットは考えたこともなかった。祖父はいまも存命で、健康そのものだし、父方の血統は代々長寿で知られているのだから。これから何年ものあいだ、重い責任を負うことなく、自由に遊びまわり、都会の若者として気楽な人生を謳歌できるものと思っていた。

ところが、突然、準備もできていないのに責任を負わされることになった。子供のころにやったかくれんぼのようなものだ。

〝もういいかい。まあだだよ〟

父親は世間体の悪いことに、愛人のベッドのなかで亡くなった。このことが貴族のあいだで笑い話のひとつになり、いまも消えずに残っている。エリオットの母親にしてみれば、笑いごとではなかった。夫の浮気については、世間の人々と同じく、昔から知っていたけれど。知らないのはエリオットだけだった。

一族の男たちは長寿に加えて、正式な妻と嫡出子を持ちながら、長きにわたって愛人を囲い、子供をこしらえる点でもよく知られていた。祖父の浮気にしても、十年ほど前に愛人が亡くなったことでようやく終わりを告げたのだ。愛人宅に子供が八人いた。父親のほうは子供が五人。全員に何不自由ない暮らしをさせていた。

国の人口増加に貢献していないと言ってウォレス家の男たちを非難することは、誰にもできないはずだ。

アナには子供がいない。彼の子供も、ほかの男の子供も。妊娠を避ける方法を心得ているのではないだろうか。エリオットは内心ホッとしている。彼とほかの女のあいだにも、子供ができたことはない。

エリオットは現在に思いを戻し、ジョージ一人をここに送りこんでおけばよかったと思った。有能な男だから、一人で立派に用件をこなせたはずだ。エリオットがわざわざ出かけてくるまでもなかっただろう。しかし、義務感に縛られた者は、憂鬱なことではあるが、名誉を大切にせざるをえない。そのため、エリオットは辺鄙な田舎へ出かけることにしたのだった。いくら絵のように美しい土地でも（ジョージの言葉を信じていいのなら、春が顔を出す決心をすれば美しくなることだろう）、田舎は田舎だ。

二人はスロックブリッジでただ一軒の宿屋に泊まることになった。優雅さなどどこにもないただの田舎の宿、郵便馬車が立ち寄るような宿ではなかった。午後のうちに用件にとりかかるつもりだった。エリオットは明日帰途につきたいと願っていた。もっとも、ジョージからは、もう一日、いや、たぶん二日はかかるだろう、その見通しすら楽観的すぎるかもしれない、と言われていたのだが。

しかし、この宿には、村の宿屋の多くがそうであるように、はた迷惑な自慢の種がひとつあった。困ったものだ。二階に宴会場があるのだ。しかも、まさに今夜、そこが使われることになっている。エリオットとジョージはなんとも不運なことに、ダンスパーティがひらかれる当日、この村にやってきたのだった。イングランドの辺鄙な村の住人がバレンタイン・デーを祝うことを知っているなどとは、二人とも想像したことすらなかった。さらに言うなら、今日がバレンタイン・デーであることに、エリオットは気づいてもいなかった。

椅子はゆったりとしたすわり心地のいいものではないし、暖炉にはもっと石炭をくべる必要があるし、ベルの紐は手の届く範囲からわずかに離れていたが、エリオットはそうした事実にもめげることなく、椅子にもたれていた。しかし、不運なことに、この部屋の真上が宴会場だった。また、彼の寝室の真上も宴会場だった。二階全体が宴会場になっていた。夜の半分は、彼のベッドの上のほうで人々が飛び跳ねて床を踏み鳴らし、その騒音と振動に悩まされることになるだろう。陽気な音楽と（趣味が悪くて演奏も下手に決まっている）、大きな話し声と、それ以上に大きな笑い声が、耳にガンガン響くことだろう。ほんのしばらくでも眠れれば幸運というものだ。だが、神に見捨てられたようなこの土地で、眠ろうと努力する以外に何ができるだろう？　本も持ってこなかった。うっかりしていた。

エリオットが今日の午後初めて顔を合わせたサー・ハンフリー・デューは、自分から千の質問をすれば、そのうち九百九十に自分で答えるタイプの紳士だった。「舞踏会にご出席願えないでしょうか」とエリオットとジョージに尋ね、「自分のように卑しき者と近隣の者たちの招待を受けていただけるのはこのうえない喜びです」と二人に向かって断言した。「八時にお迎えにあがってもよろしいでしょうか」と二人に尋ね、「お越しいただければ身に余る光栄です」と断言した。「選りすぐった隣人たちに、お二人を紹介させていただいてもよろしいでしょうか」と尋ね、「好感の持てる立派な人々と知りあいになっていただければ――もちろん、お二人ほど好感の持てる立派な人たちはほかにいませんが――けっして後悔なさらないでしょう」と断言した。「お二人がご臨席くだされば、レディ・デューも大喜びすることでしょう。うちの娘たちも、嫁も、同じく大喜びでしょう。八時になるのを、喜びに満ちた期待のなかで待つことにいたします」

そこできっぱりことわればよかったのだ。エリオットはふだんから、愚か者に寛大な態度を示す人間ではない。だが、準男爵が迎えにきたときには、部屋にひきこもり、ジョージの口から欠席の言い訳をさせればいいと思っていた。そもそも、なんのために秘書がいるのだ？


ときとして、雇い主の良心を疼かせるため――秘書なんかくたばってしまえ。

もちろん、ジョージの言い分はきわめて正しい。リンゲイト子爵エリオット・ウォレスは紳士だ。きっぱり拒絶しなかったため、暗黙のうちに招待に応じたことになってしまった。宿の部屋という曖昧なプライバシーの内側へいまになってひきこもるのは、紳士にあるまじきふるまいだ。それに、バカ騒ぎに参加しなかったとしても、どうせひと晩じゅう眠りを妨害され、結局は不機嫌になることだろう。いや、もっと悪い――罪悪感に苛まれることになる。


どいつもこいつもくたばってしまえ！

それに、ジョージの勘があたっていれば、例の少年がパーティに顔を出すかもしれない。姉たちはほぼ確実に出席するだろう。せっかくの機会だから、明日の訪問に先立って、今夜のうちに、どんな連中かを見ておくのもいいかもしれない。

しかし、待てよ、そうなるとダンスをさせられる？

村のご婦人や乙女と一緒に跳ねまわる？

バレンタイン・デーに？

やめてくれ。そんな悲惨な運命は想像したくもない。

親指の付け根を額にあてて、頭痛がすると自分に言い聞かせようとした。また、ベッドに入るための、反論の余地なき口実を何か考えようとした。だが、やはり無理だった。頭痛を起こしたことは一度もない。

大きくためいきをついた。

ジョージにはああ言ったが、結局、この地獄のような村のパーティに顔を出すしかないようだ。そうだろう？　部屋にひきこもったままでは、あまりにも礼儀知らずというもの。礼儀知らずな態度を露骨に見せたことは、これまで一度もなかった。本物の紳士なら、そんなことはしないものだ。

紳士らしくふるまうのは、ときとして退屈なものだ。最近、そう思うことがしだいに多くなっている。夜の催しのために身支度をする時間は、あと一時間もないに違いない。身だしなみにうるさい従僕が一緒だったら、クラヴァットを結ぶだけで、従僕自身が納得できる仕上がりになるまでに三十分かかることもしばしばだ。

エリオットはふたたびためいきをつき、椅子から立ちあがった。

この先、二月十四日は自宅の玄関から先へはけっして出ないことにしよう――もしくは、アナの家の玄関から先へは。

聖バレンタインだと！　やめてくれ！

つぎはなんだ？

しかし、答えはうんざりするほど明白だった。

つぎは村のパーティ。それが答えだ！

2

ハクスタブル一家は、村のメインストリートの端にある藁葺《わらぶ》き屋根と漆喰《しっくい》壁のコテージに住んでいた。リンゲイト子爵と秘書も、宿へ行く途中でその前を通ったことだろう。だが、コテージに気づいたかどうかは怪しいものだ。絵のように愛らしい家だが、サイズが控えめだ。

べつの言葉で言うなら、小さな家だ。

一家のうち三人がここで暮らしている。八年前にハクスタブル牧師が至福に満ちた天国へ旅立つまで（葬儀のときに、新任の牧師が参列者に向かってそう述べた）、一家はもっと立派な広々とした牧師館に住んでいた。葬儀の翌日、新任のアイルズフォード牧師とその妹に牧師館を明け渡すため、ハクスタブル家の子供たちはこのコテージに越してきた。

マーガレット・ハクスタブルは現在二十五歳。一家の最年長者として（母親は父親より六年早く亡くなっている）、十七歳のときから家事と弟妹の世話をひきうけている。おかげでいまだに未婚。末っ子のスティーヴンがまだ十七歳なので、少なくともあと数年は未婚のまま暮らすことになるだろう。十七歳と言えば、マーガレットがその肩に大きな責任を負ったときと同じ年齢だが、そのことを彼女に指摘しようとした者はたぶん一人もいないのだろう。マーガレットはスティーヴンのことを、いまだに幼い少年だと思っている。誰かが世話を焼かなくてはと思いこんでいる。

マーガレットはたぐいまれな美女だった。背が高くてスタイルがよく、髪はきらめく栗色、大きなブルーの目は濃いまつげに縁どられ、古典的な整った顔立ちをしている。控えめで、態度は威厳に満ちている。もっとも、以前は、温かくおおらかな性格で知られていたのだが。また、鋼鉄のような一面もあって、弟妹の幸せや安全が誰かに脅かされれば、たちまちその鋼鉄のような性格を発揮する。

召使いが一人しかいないので（引っ越したあと、召使いを雇う余裕などなかったのだが、スラッシュ夫人は一家から離れるのを拒み、給金のかわりに部屋と食事だけ与えてもらえればいいと言って残ってくれた）、マーガレットは家事の多くと庭仕事のすべてを自分でやっていた。夏の庭はマーガレットの誇りであり喜びであり、のびやかな美的感覚を発揮できる数少ない手段のひとつになっていた。庭はまた、村じゅうの羨望と喜びの的でもあった。誰かに必要とされれば、マーガレットは喜んで力になり、村の医者に頼まれて、包帯の交換や、手足の骨折部分の固定や、出産や、老人と病人にお粥を食べさせるのを手伝うことがしばしばあった。

過去に求婚者が何人もあらわれ、なかには、弟妹も喜んでひきとろうという男もいたが、マーガレットは静かな声できっぱりと拒絶した。昔から愛していて、おそらく墓に入るまで愛しつづけるであろう男性のことまで拒絶してしまった。

キャサリン・ハクスタブルは二十歳。姉と同じく美人で、背が高く、ほっそりしていて、若々しいすらりとした体形だ。これから女らしく成熟していくことだろう。髪は姉より明るい色合い。濃いブロンドで、ところどころに、陽ざしを受けてきらめく金色の髪がまじっている。ひたむきで表情豊かな愛らしい顔をしていて、いちばんの魅力は濃いブルーの目だ。その目はときとして、底知れぬ深さを秘めているように見える。気立てがよくて、人と一緒のときはいつも陽気にはしゃいでいるが、一人になるのも、一人で散歩に出かけるのも、自分だけの空想の世界に閉じこもるのも大好きだ。時間を見つけては詩や物語を書いている。週に三日、村の学校で四歳から五歳の幼児クラスを受け持ち、ほかの日はしばしば、校長の手助けをして年上の生徒を教えている。

マーガレットと同じく未婚だが、そろそろ、一人でいることに軽い不安を持ちはじめている。結婚したいと思っている。当然のことだ。結婚しなかったら、死ぬまで親戚のお荷物になるしかない。しかし、崇拝者がどっさりいて、ほとんどの相手に好意を持っているが、誰がいちばん好きなのか、どうしても決められない。それはたぶん、結婚してもいいと思えるほど好きな相手が一人もいないからだろうと、キャサリン自身にもわかっている。

夢見がちな乙女でいるのは、ときとして、ひどく不便なことだと思うようになった。想像力を持たない現実的な人間になったほうが、はるかに楽だろう。それなら、最上の候補者を苦もなく選びだし、その男とともに充実した人生を送ることができる。しかし、魔法の杖をさっとふって、本来の自分と違う人間になることなどできはしない。

だから、キャサリンは選択ができなかった。分別ある選択すら。とにかく、いまはまだ。もっとも、いずれ誰かを選ばなくてはならない日がくるだろう。でないと一生独身を通すしかない。誰かを選べば、問題は解決だ。

スティーヴン・ハクスタブルは背が高く、とてもほっそりしていて、一人前の男性の体形にはまだなっていない。だが、活力と生来の優雅さが備わっているため、痩せっぽちとか不格好という印象はない。髪は純粋な黄金色に近く、全体に柔らかくカールしていて、いくら櫛で梳いてもまっすぐにならない。本人はときおりそのことで落胆し、周囲の者はみな、その髪を見るたびにうっとりしている。顔立ちはハンサムで、笑いころげていないときは、愁いを帯びた表情を浮かべることもある。ブルーの目で世界をじっと見つめていて、活力と、好奇心と、自分の世界を支配したいという欲求にいまだ充分な捌《は》け口が見つからないため、どこか落ち着きがなく、それが目にあらわれている。

よく遊ぶ少年だった。乗馬、釣り、水泳、スポーツ、その他さまざまな活発な遊びに、友人たちと熱中している。喧嘩騒ぎがあれば、かならず彼がそのなかにいる。何かを計画するときは、いつもその中心になる。近隣のすべての少年と若者に慕われ、賞賛され、憧れの的になっている。また、あらゆる年齢の女性を夢中にさせている。女性たちはスティーヴンの端整な顔立ちと微笑に魅了されているが、とりわけ、憂鬱そうな不安のにじむ目と唇に夢中のようだ。良心的な女性であれば、放蕩者になりかねない少年を悪の道から遠ざけておくという難題に、思わず挑戦したくなることだろう。

と言っても、スティーヴンが放蕩者というわけではない……いまのところは。遊びに劣らず、勉強にも熱心だ。家族のなかでただ一人の男の子として、いちばん大切にされている。母が遺してくれた結婚のときの持参金をマーガレットが大切に保管しているのも、弟のためだ。それがあれば、スティーヴンは十八歳で大学に入り、卒業後は、高収入が望める安定した職業に就いて、幸せな未来を築くことができるだろう。

マーガレットのうんざりするほどの束縛にスティーヴンがときたま苛立つのは事実だが、姉が彼のために自分を犠牲にしてくれていることもよくわかっていた。姉とキャサリンが日々の暮らしのために使える金はごくわずかなものだった。

スティーヴンは牧師に勉強を教わり、数々の本を使って長時間にわたり熱心に復習していた。高い教育を受けていい仕事に就けば、田舎の窮屈な暮らしから逃げだすことができる。しかし、自分勝手な性格ではないので、自分のために尽くしてくれる姉たちにいつか恩返しをしようと思っていた。姉たちがすでに結婚し、彼の援助を必要としなくなっている場合は、姉とその子供たちにどっさり贈物をし、頼みごとをされれば喜んで応じるつもりだった。

とりあえず、それがスティーヴンの将来の夢だった。しかし、いまのところは、夢を叶えるために勉強を続けていた。そして、遊びにも夢中になっていた。

家族はもう一人いた。

ヴァネッサ。旧姓ハクスタブルで、現在はデュー家の嫁、二十四歳。二十一のときに、サー・ハンフリーの下の息子、ヘドリー・デューと結婚し、一年後に死に別れた。未亡人になってすでに一年半たつが、実家のコテージに戻って経済的な負担になるのを遠慮し、いまもランドル・パークで舅姑と一緒に暮らしている。また、舅姑もヴァネッサの同居を望んでいた。彼女を必要としていた。ヴァネッサのおかげで心が癒やされる――二人はいつもそう言ってくれる。必要とされているのに、どうして出ていけて？　それに、ヴァネッサも二人のことが好きだった。

姉弟のなかでヴァネッサだけが容姿に恵まれていなかった。本人もつねにそれを自覚し、あきらめの境地で明るくそれを受け入れていた。マーガレットやキャサリンほど背も高くなかった。しかし、華奢《プティート》と呼ばれるほど小柄でもなかった。マーガレットのような曲線美には恵まれていないし、キャサリンのようにすらりと優美でもない。はっきり言って、ヴァネッサの容姿には触れないのがいちばんだろう。とりたてて言うべきこともないのだから。姉弟の髪の色は、スティーヴンの金色から、キャサリンの金色まじりの濃いブロンドへ、そして、マーガレットのきらめく栗色へと、年長者ほどすばらしくなっていくが、ヴァネッサの髪だけは、ひとことでは――いや、形容詞を加えたとしても――描写しにくい色合いだ。まったく面白みのない色。そして、髪そのものも不幸なことに、優美にカールするのではなく縮れている。結わずに放っておくと、マーガレットの髪のようにきらめきながら流れ落ちるかわりに、背中で大きく波打つことになる。

そして、顔はというと――まあ、すべての造作があるべき場所にあり、ひとつひとつが本来の機能を果たしている顔ではある。しかし、どの部分も、きわだって美しいとか記憶に残るといったものではない。目の色は、ブルーと言うにはやや不足だが、では何色かとなると、ほかに的確に表現できる色がない。けっして醜くはないというのが、ヴァネッサの顔に対するもっとも好意的な形容だろう。

ヴァネッサのことを醜いと言った者は、家族のなかには一人もいない。みんながヴァネッサを愛していた。とりわけ、父親のお気に入りの娘だった。父親が書斎で仕事をするあいだ、ヴァネッサもそばで丸くなって本を読むのが好きだったからだ。そして、自分の家庭を持つことはないかもしれないから、今後もずっと読書を趣味とするように、と父親に言われていた。ヴァネッサには結婚できる見込みがないということを、遠まわしに伝えるための表現だった。母親のほうはその事実をもっと率直に口にして、家事の腕を磨くようにとヴァネッサを励ました。そうすれば、スティーヴンが結婚したあと、弟夫婦のために家事を手伝うことができる。あるいは、マーガレットかキャサリンの結婚後に、そちらで家事を手伝ってもいい。ヴァネッサは母親のお気に入りでもあった。

両親はこの〝地味な娘《プレイン・ジェイン》〟を特別に可愛がっていた。父親などはときどき、愛情に満ちあふれた、悪意のかけらもない口調で、娘のことをそう呼んだものだった。

ところが、そのヴァネッサが結婚した。子供たちのなかで結婚したのは、これまでのところ、ヴァネッサただ一人だった。

ヘドリー・デューから熱烈に愛されたことが、ヴァネッサはいつも不思議でならなかった。

なにしろ、神のごとく美しい男だったのだから。だが、ヘドリーはヴァネッサを愛してくれた。それも熱烈な愛だった。

ヴァネッサは自分より容姿のすぐれた姉妹に――さらには弟に――妬みをぶつけるような人間ではなかった。また、美しくないというだけで自己嫌悪に陥るような人間でもなかった。ありのままの自分を受け入れていた。

不器量な自分を。

そして、姉と妹と弟を大切に思っていた。三人を幸せにするためなら、どんなことでもするつもりだった。

バレンタイン・デーの午後早く、ヴァネッサは徒歩でランドル・パークをあとにした。これは週に三回か四回やっていることで、コテージを訪ねてマーガレットに会うためだった。姉妹は昔から大の仲良しだった。

ヴァネッサがコテージに向かって歩きはじめたのは、たぶん、リンゲイト子爵とジョージ・ボーウェンが、今日これから何が彼らを待ち受けているかを幸いにもまったく知らずに、宿の部屋に腰を落ち着けたのとほぼ同じころだっただろう。

そして、ヴァネッサのほうも、二人の到着を、いや、それどころか、二人の存在そのものをまったく知らずにいた。

運命というのはしばしば、なんの警告もせずに、人々に忍び寄るものだ。

ヴァネッサは足早に歩きつづけた。肌寒い日だった。それに、姉に伝えたい特別な知らせがあった。

「わたし、行くことにしたわ」コテージの玄関を入ったところで冬のマントとボンネットを脱ぎ、居間にいた姉に挨拶をすませるなり、ヴァネッサは言った。

「パーティに？」マーガレットは暖炉のそばの椅子にすわり、いつものように針仕事に余念がなかったが、目をあげて妹に温かな笑顔を向けた。「決心してくれてうれしいわ、ネシー。パーティに出なかったら、あなただってつまらないでしょ」

「この一週間、お行きなさいって、お義母さまにさんざん言われたの。ゆうべは、お義父さままで、パーティに出るようにっておっしゃるのよ。しかも、ダンスをしなきゃだめだって」

「やさしい方ね。でも、あのお義父さまなら、当然そうおっしゃるわよ。そろそろ踊ってもいいころじゃないかしら。ヘドリーが亡くなって一年以上たつんですもの」

「そうね」涙がにじんできたが、ヴァネッサはまばたきをして涙を払いのけた。「お義父さまも同じことをおっしゃったわ。いつまでも喪に服してちゃいけないって。そしたら、お義母さまもうなずいてらした。そのあと、みんなでしばらく泣いて、わたしも決心がついたの。行くことにするわ」ヴァネッサは椅子を暖炉に近づけながら、涙に濡れた目で微笑した。

「これ、どうかしら」姉が針仕事の手を止めてドレスを広げ、ヴァネッサに見てもらおうとかざしてみせた。

それはキャサリンの淡黄色のイブニングドレスで、クリスマスに着たときには、生地の張りが失われ、くたびれた感じだった。仕立ててから少なくとも三年はたっている。光沢のある青いリボンが裾の近くに二列に縫いつけられ、短い袖にも同じリボンで細い縁どりがしてあった。

「まあ、とってもおしゃれ」ヴァネッサは言った。「新調したばかりのように見えるわ。そのリボン、ミス・プラムツリーのお店で？」

「そうよ」マーガレットは言った。「ずいぶん高かったわ。でも、新しいドレスを仕立てるよりは安いし」

「ねえ、お姉さまの分も買った？」ヴァネッサは訊いた。

「いいえ。わたしの青いドレスはいまのままで充分すてきよ」

でも、キャサリンのドレスよりさらに古い——おまけに、もっと色褪せている。しかし、ヴァネッサは何も言わなかった。リボンを買うだけでも贅沢なことで、マーガレットにとっては痛い出費だ。もちろん、マーガレットが自分自身のためにそんな浪費をすることはありえない。

「そうね」ヴァネッサは明るく同意した。「それに、誰がドレスに目を向けるというの？ドレスを着てる人がすごい美女なんですもの」

マーガレットは笑いながら立ちあがり、空いている椅子の背にドレスをかけた。

「おまけにもう二十五歳」と言った。「困ったわ、ネシー、年月はどこへ消えてしまったの？」

マーガレットの場合は、弟妹の世話をしているうちに消えてしまったのだ。自分のことは二の次にして、弟妹のために尽くしているあいだに。数多くの求婚をことわってきた。そのなかには、ヘドリーの兄、クリスピン・デューも含まれていた。

そのため、陸軍将校になるのが昔からの夢だったクリスピンはマーガレットを残して戦地に行ってしまった。四年前のことだった。彼が去る前に二人のあいだに約束があったものと、ヴァネッサは確信していたが、クリスピンはヘドリー宛の手紙のなかに、マーガレットによろしくと書くだけで、じかに手紙をよこしたことは一度もなかった。帰省することもなかった。祖国が戦争を続けている以上、帰国する機会はないだろうし、いずれにせよ、未婚の紳士が未婚の淑女と文通するのははしたないことだと言っていいだろう。だが、ほとんど音沙汰なしの四年間は長すぎる。熱々の恋人どうしなら、何か連絡手段を見つけるはずだ。

クリスピンはまったく連絡をよこさなかった。

ヴァネッサは姉がひどく傷ついた心を抱えているのではないかと、心配でならなかった。しかし、仲のいい姉妹ではあったが、どちらもその点には触れようとしなかった。

「あなたこそ、今夜は何を着るの？」さっきの質問に返事がなかったので、マーガレットはつぎにそう尋ねた。でも、あんな質問にどう答えればいいだろう？　〝年月はどこへ消えてしまったの？〟

「緑色のドレスを着るようにって、お義母さまがおっしゃるのよ」ヴァネッサは言った。

「じゃ、そうする？」マーガレットは珍しく針仕事の道具を何も持たずに、ふたたび椅子にすわった。

ヴァネッサは肩をすくめ、自分が着ているグレイのウールのドレスを見おろした。喪服を完全に脱ぎ捨てることがいまだにできない。

「彼のことを忘れてしまったみたいに思われそうだわ」ヴァネッサは言った。

「でもね」マーガレットは妹に思いださせた――わざわざ思いださせるまでもないことだが。「あの緑色のドレスはヘドリーが買ってくれたものでしょ。あなたに特別よく似合う色だと言って」

一年半前、夏の園遊会のためにヘドリーが買ってくれたのだ。ヴァネッサがそれを着たのは一度だけだった。パーティの日、眼下の庭で浮かれ騒ぎがくりひろげられているあいだ、病の床についた彼の傍らに、ヴァネッサはそのドレスを着てすわっていた。

二日後にヘドリーは息をひきとった。

「今夜、着ることにしようかしら」ヴァネッサは言った。いや、藤色のほうがいいかもしれない。まるっきり似合わない色だが、少なくとも、半喪服の色だ。

「ケイトが帰ってきたわ」窓から外をのぞき、笑顔になって、マーガレットが言った。「いつもよりさらに急ぎ足」

ヴァネッサが首をまわすと、末の妹が庭の小道から二人に向かって手をふっているのが見えた。

一分後、コートを玄関で脱いで、キャサリンが二人のいる部屋に飛びこんできた。

「今日の学校はどうだった？」マーガレットが訊いた。

「もうだめ！　今夜のことでみんな興奮してるせいで、小さな子たちまで落ち着かないの。トム・ハバードが学校に寄って、一曲目の相手を申しこんでくれたけど、ことわるしかなかったわ。だって、ジェレミー・ストッパードと約束してしまったから。トムとは二曲目を踊ることにしたわ」

「また結婚を申しこまれるわよ」ヴァネッサは警告した。

「たぶんね」キャサリンはうなずき、ドアのいちばん近くに置かれた椅子にドサッとすわりこんだ。「そのうち、わたしがイエスって答えたら、向こうはショック死するかも」

「少なくとも」マーガレットは言った。「幸せに死んでいける」

全員が笑った。

「そうそう、トムがすごいニュースを持ってきたのよ」キャサリンは言った。「宿屋にどこかの子爵さまが泊まってるんですって。そんなこと、これまでにあった？」

「この村の宿屋に？」マーガレットはキャサリンに訊いた。「ううん、ないわ。なんの用かしら」

「トムに訊いたけど、知らないって」キャサリンは言った。「でも、彼が——あ、その子爵さまのことよ——今夜のパーティで話題の中心になるでしょうね」

「そうねえ、たしかに」ヴァネッサは同意した。「スロックブリッジに子爵さま！　村の歴史が変わるかもしれない！　夜更けまで頭の上で音楽とダンスの足音が響くのを、子爵さまが楽しんでくれるかどうか疑問だわ。中止の命令が出ないよう祈らなきゃ」

しかし、キャサリンはすでに自分のドレスを目にしていた。歓声をあげて立ちあがった。

「メグ！ これ、つけてくれたの？ なんてすてきなんでしょう！ 今夜はわたし、みんなの羨望の的だわ！ ああ、ここまでしてくれなくてもよかったのに。このリボン、きっとすごく高かったでしょうね。でも、とってもうれしい。ああ、ありがとう、ありがとう」

キャサリンがマーガレットに駆けよって抱きつくと、姉は喜びに顔を輝かせた。

「リボンに目を奪われたの」マーガレットは言った。「買わずにお店を出るなんて、どうしてもできなかったわ」

「衝動買いだって、わたしに信じこませるつもり？」キャサリンは言った。「とんでもない嘘つきね、お姉さま。飾りにするのにぴったりの品を探しに、わざわざ出かけたんでしょ？ わたしを喜ばせようと思って。お姉さまって、昔からそうなのよね」

マーガレットは照れくさそうな顔をした。

「スティーヴンが帰ってきたわ」ヴァネッサが言った。「ケイト以上に急ぎ足」

弟は窓からこちらを見ているヴァネッサに気づき、ニッと笑って挨拶の手をふった。古い乗馬服を着て、ブラシでしっかり汚れ落としをする必要のあるブーツをはいている。いつでも好きなときにランドル・パークの廏の馬に乗っていいと、サー・ハンフリー・デューが言ってくれたので、喜んでその好意に甘えているが、お返しに廏の作業を手伝わせてほしいと言いはっているのだ。

「ねえ」一分ほどして、馬の臭いをさせながら居間に飛びこんでくるなり、スティーヴンは言った。「ニュースを聞いた？」

「スティーヴン」マーガレットがいやな顔をした。「ブーツの片方にこやしがついてない？　臭いだけで、質問の答えになっていた。

「あっ、いけない」スティーヴンは下を見た。「きれいに落としたつもりだったのに。すぐ拭きとるからね。宿屋に子爵が泊まってるって噂、聞いた？」

「わたしがお姉さまたちに教えてあげたのよ」キャサリンが言った。

「サー・ハンフリーが歓迎の挨拶に出かけたんだ」スティーヴンは言った。

「まあ」ヴァネッサはかすかに眉をひそめた。

「たぶん」スティーヴンは言った。「なんの用で子爵が村にきたのか、サー・ハンフリーが聞きだしてくると思う。めったにないことだよね？」

「もしかしたら」マーガレットは言った。「たまたま村を通りかかっただけかもしれないわ。お気の毒に」

「幸運と言うべきだ」スティーヴンは言った。「だけど、誰がスロックブリッジを通りかかったりする？　どこからどこへ行くの？　そして、なぜ？」

「たぶん、お義父さまが探りだしてくださるわ」ヴァネッサが言った。「いえ、探りだせないかもしれないけど。でも、たとえ好奇心が満たされなくても、わたしたちの人生は続いていくのよ」

「ひょっとすると」キャサリンが胸の前で両手を握りあわせ、まつげをおおげさにパタパタさせながら、くるっと一回転して言った。「バレンタインの舞踏会の噂を聞きつけて、花嫁探しに出かけてきたのかも」

「おやおや」スティーヴンは言った。「バレンタイン・デーのおかげで浮かれてるんだね、ケイト」

スティーヴンは笑い、キャサリンが彼の頭に向かって投げつけたクッションをさっとよけた。

ふたたび居間のドアがひらいてスラッシュ夫人が入ってきた。片方の腕にスティーヴンの一張羅のシャツをかけていた。

「アイロンをかけときましたよ、スティーヴン坊ちゃま」礼を言ってシャツを受けとるスティーヴンに、スラッシュ夫人は言った。「いますぐお部屋へ持っていって、ベッドの上に平らに置いといてくださいな。お召しになる前にしわくちゃになっては困りますから」

「わかったよ」スティーヴンは夫人に向かって片目をつぶった。「はいはい、そうします。アイロンが必要だってことも、ぼくは気がつかなかった」

「ええ」スラッシュ夫人は舌打ちしてみせた。「坊ちゃまが気づくとは思えません。でも、若い娘さんがみんな坊ちゃまを見てうっとりすることになるのなら――そうに決まってますけど――アイロンをかけたばかりのシャツを着ていただかないと。あらあら、そのブーツはやめてくださいまし。まったくもう！　二階へあがる前にブーツを脱いで、ドアの外に出しといてくださいよ。でないと、床掃除は坊ちゃまにやってもらいますからね」

「わたしもいまからアイロンがけをしなきゃ」マーガレットは言った。「ありがとう、スラッシュ夫人。みんな、そろそろ、パーティの支度にとりかかってね。ネシー、レディ・デューが捜索隊を出す前に、あなたもお屋敷に戻らなきゃだめよ。スティーヴン、汚らしいブーツをこの居間から出してちょうだい。スラッシュ夫人、自分のためにお茶を淹れて、しばらくのんびり休んでて。朝から働きづめだったでしょ」

「あら、お嬢さまのほうは何もせずにだらだらしてらしたわけですか」スラッシュ夫人は切りかえした。「そうそう、みなさんに申しあげなきゃ。ほんの五分ほど前に、ハリスさんとこのおかみさんが裏口をノックしましてね。宿屋にどっかの子爵さまがお泊りなんですって。サー・ハンフリーが挨拶に出向かれて、特別ゲストとして子爵さまをパーティに招かれたそうです。どう思われます？」

全員が爆笑したので、スラッシュ夫人はいささか驚いた様子だったが、やがて一緒になって笑いだした。

「子爵さまもお気の毒に」夫人は言った。「サー・ハンフリーが相手じゃあ、選択の余地がなかったでしょうね。でも、まあ、子爵さまも踊りにいかれるほうがいいと思いますよ。宿屋じゅうが騒がしくて、眠るどころじゃないでしょうから」

「ねえねえ、ケイト」スティーヴンが言った。「その人が花嫁を探しにきたのなら、ケイトにとってチャンスだよ」

「もしくは、マーガレットお嬢さまにとってのチャンスです」スラッシュ夫人が言った。「絵のようにおきれいですもの。そろそろ王子さまが馬で通りかかってもいいころだわ」

マーガレットは笑った。

「でも、その人はただの子爵でしょ。わたしはやっぱり、王子さまが馬で通りかかるのを待つことにするわ。さあ、支度にとりかかりましょう、みんな。でないと、遅刻してしまうわよ」

部屋を出ようとするヴァネッサを、マーガレットが抱きしめた。

「今夜のことで決心を変えたりしないでね。かならずくるのよ、ネシー。こなかったら、わたしが宿屋を抜けだして迎えにいかなきゃ。そろそろもう一度人生を楽しんでもいいころでしょ」

ヴァネッサは送っていこうというスティーヴンの申し出をことわり、ランドル・パークまで一人で歩いて帰った。パーティに出る決心がついた。さきほどコテージに着いたときは、まだ迷っていたのだが。行くことにしよう。ヘドリーの死を悲しむ気持ちはいまだに消えず、ふたたび楽しい時間を持つことを考えただけでやましさを感じるのは事実だが、今夜のパーティがとても楽しみになってきた。昔からダンスが大好きな趣味のひとつだったが、もう二年以上も踊っていない。

ふたたび人生を楽しもうと思うのは自分勝手？　薄情？

姑はヴァネッサをパーティに行かせたがっていた。義理の姉妹たちも。そして、サー・ハンフリーは、ダンスをしなくてはだめだとまで言ってくれた。
でも、誰がダンスを申しこんでくれるの？
あら、きっと誰かいるはずよ。
誰かが申しこんでくれたら、踊ることにしよう。
もしかしたら、子爵さまが……。
そのばかげた考えにクスッと笑いながら、屋敷への近道になっている小道に入った。
もしかすると、子爵さまって、九十歳で、はげていて、歯がないかもしれない。
おまけに、奥さんがいるかもしれない。

3

「願わくは」ルイーザ・ロザハイドがヴァネッサと一緒に宴会場に立ち、遅れてやってきた人々に目を向け、そばを通りかかった顔見知りの相手に（言い換えれば、すべての人に）会釈を送り、笑顔で挨拶しながら言った。「リンゲイト子爵という方が、長身で、金髪で、ハンサムで、二十五歳以下で、魅力的で、愛想がよくて、傲慢さとは無縁の人でありますように。それから、好みのタイプは、不格好で、髪の色がくすんでて、わずかな財産しかなくて——いえ、じつのところ無一文で——ほんの少しだけ礼儀作法を心得てて、彼と釣りあう年齢の女性でありますように。お金持ちだといいなって願う必要は、たぶんないわね。お金持ちに決まってるもの」

ヴァネッサは扇で顔をあおぎながら笑った。

「あなたは不格好じゃないわ」と、友達を安心させた。「それに、髪は淡い茶色でとってもきれい。礼儀作法は充分に心得てるし、あなたの性格が立派な財産なのよ。それから、笑顔がすてき。ヘドリーがいつもそう言ってたわ」

「まあ、うれしい」ルイーザは言った。「でも、子爵さまはお友達と一緒にきてるんですって。もしかしたら、そのお友達がわたしに夢中になってくれるかも。性格のいい人だったらね。それから、財産もけっこうある人だったらうれしいわ。ダンスや、会合や、晩餐会や、パーティや、ピクニックが村でひんぱんに催されるのは、そりゃ楽しいけどね、ネシー、どの集まりに出ても、いつも同じ顔ばかり。ロンドンや、社交シーズンや、伊達男に憧れたりしない？　あ、あなたはもちろん、そんなことないわね。ヘドリーがいたんだもの。すごくハンサムな人だった」

「ええ、そうね」ヴァネッサはうなずいた。

「サー・ハンフリーからリンゲイト子爵のことを何か聞いてない？」ルイーザは期待をこめて尋ねた。

「好感の持てる若い紳士ですって。でも、お義父さまって、ご自身の六十四歳という年齢より下であれば、誰のことでも若いとおっしゃるし、どんな相手にでも好感を持つ方なのよ。みんなが自分と同じようにいい性格なんだと思ってらっしゃる。でもね、ルイーザ、子爵さまの外見については、何もおっしゃらなかったわ。紳士はそういう話をしないものでしょ。でも、ほら、わたしたちの目でたしかめることになりそうよ」

ヴァネッサの舅が宴会場に入ってきた。にこやかなその様子は貫禄に満ちていて、得意げに胸をそらせ、両手をこすりあわせ、血色のよい楽しげな顔をしていた。そのうしろに紳士が二人。誰なのかは、疑問の余地なきことだった。スロックブリッジによそ者がやってくることはめったにない。村人の記憶にあるなかで、ここを訪れたよそ者のうち、宴会場のパーティに顔を出した者はただの一人もいないし、ランドル・パークでひらかれる毎年恒例の夏の園遊会に出た者もほとんどいなかった。

この二人はよそ者――しかも、パーティに顔を出してくれた。

そして、片方がもちろん、子爵さまだ。

サー・ハンフリーに続いて、まず宴会場に入ってきたのは、中肉中背の男性だった。おなかのあたりにほんの少し肉がつきはじめているようだ。きれいに櫛を入れた短い茶色の髪をしていて、喜びにあふれた愛想のいい表情であたりを見まわしているため、顔立ちの凡庸さがあまり目立たない。ここにきたのがうれしくてたまらないという様子だった。服装は保守的で、濃紺の上着にグレイのズボン、白麻のシャツ。たぶん二十五歳をすぎているだろうが、もちろん、〝若い〟という形容詞にふさわしい。

ルイーザが扇を揺らし、大きなためいきをついた。この場に居合わせたほかの女性の多くもそうだった。

ヴァネッサはもう一人の紳士のほうへ視線を移し、ためいきの原因がそちらにあることをすぐさま悟った。ヴァネッサ自身はためいきには加わらなかった。突然、口がカラカラに乾き、時間を超越したその瞬間、周囲のすべてが意識から消え去った。

その男性はもう一人の紳士と同じぐらいの年齢だったが、共通点はそれだけだった。背が高く、ほっそりしていた。ただし、けっして痩せっぽちというのではない。じっさい、肩と胸はたくましく、いっぽう、腰と尻はひきしまっている。脚は長く、つくべきところに筋肉がついている。髪の色はとても濃くて、黒に近く、豊かで、つやがあって、きちんとしていると同時にやや乱れた感じにも見えるよう、腕のいい床屋が散髪しているのだろう。顔は小麦色に焼けていて、ワシのような鼻、くっきりした頬骨、顎にかすかなくぼみという、古典的なハンサムだ。口もとはキリッとひきしまっている。どことなく異国ふうの雰囲気があり、イタリア人かスペイン人の血がまじっているのではないかと思われる。

魅惑的。

完璧。

その場に居合わせた女性の少なくとも半数と一緒に、ヴァネッサもひと目で彼に恋していたかもしれない。もしも、気になる点が何もなかったならば。だが、気になることが二つあった。

うんざりするほど傲慢な態度。

そして、退屈している様子。

目をかすかに伏せていた。柄のついた片眼鏡を手にしていた。目に持っていくことはなかったが。周囲のみすぼらしさが信じられないと言いたげに、宴会場のなかを見まわしていた。唇には微笑のかけらもなかった。かわりに、かすかな侮蔑の色が浮かんでいて、階下の部屋に戻るのが待ちきれないと言いたげな表情だった。いや、もっといいのは、スロックブリッジから遠く離れることだろう。

こんなところにいるのは死んでもいやだ、と言っているかのようだった。

そういうわけで、みんなの目には気高く神々しい男として映っていたかもしれないが、ヴァネッサは彼に恋をする気にはなれなかった。彼女の世界に、彼女の家族と友達の世界に土足で入りこみ、粗雑で好ましくないところだと思っている。よくもまあ、傲慢な！　知らない人の存在によって——それがハンサムな紳士だったらとくに——わくわくする一夜をすごせそうだと思っていたのに、現実には、だめになりかけていた。

もちろん、誰もがこの男に媚びへつらうだろう。自然体でいられる者は一人もいないだろう。のびのびとダンスを楽しむ者もいないだろう。そして、今後何日ものあいだ——いや、何週間ものあいだ——みんなの話題はこの男のことだけになるだろう。

まるで、神が村人の真ん中に降臨されたかのようだ。

なのに、彼がみんなを軽蔑していることは——もしくは、少なくとも、死ぬほど退屈な連中だと思っていることは——ヴァネッサの目には明白だった。

くるのを明日にしてくれればよかったのに、いや、こなければよかったのに、と思った。

彼の装いは黒と白で統一されていた。ロンドンで大流行のファッションだと噂に聞いている。それを耳にしたときは、〝なんてうっとうしいのかしら。なんて冴えないのかしら〟と思ったものだった。

もちろん、ヴァネッサが間違っていた。

子爵は粋で、エレガントで、完璧だった。

すべての女性が憧れるロマンティックな英雄のようだった。バレンタイン・デーに誰もが夢に見るあのアドニスのごとく、この世界にやってきて女性をさらい、駿足の白馬に乗せて、いついつまでも幸せに暮らすために雲の上の城へ連れていく——じっとりした陰気なイングランドの城ではなく、白いフワフワした城へ。

しかし、ヴァネッサは彼に腹が立ってならなかった。村人を、そして、村でひらかれるパーティをそんなにも軽蔑しているのなら、せめて、ガーゴイルのごとき無表情で通すぐらいの気遣いは見せてほしいものだ。

そよ風のごとく宴会場に広がるかすかなためいきを耳にして、ヴァネッサは、自分だけはそこに加わっていなかったことを切に願った。

「どっちがリンゲイト子爵だと思う？」ヴァネッサの右の耳に顔を寄せて、ルイーザが小声で訊いた。部屋全体が静まり返っているので、声をひそめなくてはならなかった。

「ハンサムなほうね、ぜったい。賭けてもいいわ」

「やっぱり」ルイーザは残念そうな声で言った。「わたしもそう思う。金髪じゃないにしても、信じられないほど魅惑的。でも、わたしの魅力にうっとりしそうなタイプには見えないわ。そうでしょ？」

ええ、たしかにそう。こんなに地味で辺鄙な田舎だから、どんな娘が相手でも、子爵がうっとりすることはないわね。偉そうな態度を見ただけで、自分が重要人物だってことを強く意識しているのがわかる。たぶん、自分の魅力にうっとりするだけの男なんだわ。

それにしても、いったいなんの用でスロックブリッジにやってきたの？　道を間違えて曲がってしまったの？紳士たちは入り口のところでぐずぐずしてはいなかった。サー・ハンフリーが二人を連れて宴会場をまわっていた。今日という日に二人を村に呼んだのは自分の手柄だと言いたげに、満足そうににこやかな笑みを浮かべて。パーティにきているほぼすべての村人に二人を紹介してまわった。まずは、ピアノの前にすわったハーディ夫人、フルートを吹くジェイミー・ラティマー、バイオリンを弾くリグ氏。しばらくすると、紳士たちはマーガレットとキャサリンにお辞儀をしていた。その数分後には、スティーヴン、メリンダ、ヴァネッサの義理の妹にあたるデュー家のヘンリエッタ、そして、まわりに集まったその他の若い人々に会釈を送っていた。

「みんな、小声でひそひそ話すのはやめて、もとどおりに会話を始めたほうがいいと思うわ」ヴァネッサが小声で言った。

ふと見ると、小柄なほうの紳士が一人一人と短く言葉をかわしていた。笑みを浮かべ、村人たちに興味を持っている様子だ。もう一人の紳士のほうは――こちらがリンゲイト子爵に違いない――ほとんど沈黙したまま、周囲を萎縮させていた。わざとやっているのではないかとヴァネッサは思った。スティーヴンに紹介されたときには眉をあげ、いかにも貴族的な尊大な視線を向けた。

最年少のメリンダなどは、もちろん、クスクス笑っていた。

「なぜここにきたのかしら」あいかわらずの低い声で、ルイーザが訊いた。「スロックブリッジにって意味よ。サー・ハンフリーから何か聞いてない？」

「事務的な用件なんですって」ヴァネッサは答えた。「具体的な話は出てないと思うわ。出ていれば、お義父さまのことだもの、わたしたちにしゃべらずにはいられないはずよ」

「事務的な用件？」困惑と驚きの両方がにじむ声で、ルイーザは言った。「スロックブリッジで？　いったい何かしら」

ヴァネッサももちろん、この午後にキャサリンから子爵の到着の噂を聞いて以来、同じように頭を悩ませていた。どうして悩まずにいられて？　悩まずにいられる者がどこにいて？　スロックブリッジの村は絵のように美しく——夏はとくに——わたしの大好きなところだけど、こんな眠ったような田舎にどういう用件があるというの？

身分の高い子爵さまが、いったいなんの用でこの村に？　なんの権利があって、高価な靴で踏みつけた虫けらを見るような目で、村の人たちを見ているの？

ヴァネッサにはわからなかった。たぶん、永遠にわからないだろう。しかし、あれこれ推測している暇はなかった。とにかく、いましばらくは。舅が紳士二人を連れて近づいてきた。やめてほしいと思ったが、避けられないことを覚悟した。

サー・ハンフリーがヴァネッサからルイーザに陽気な笑顔を移した。

「そして、こちらがロザハイド家のいちばん上のお嬢さん」と紹介をおこない、つぎに、嘆かわしくも気配りに欠けた、疑問の余地ありの言葉をつけくわえた。「ご一家の自慢の美女です」

ルイーザはこの場から消えていなくなりたいという様子でうつむき、膝を曲げて低くお辞儀をした。

「それから、ヘドリー・デュー夫人。うちの大切な嫁です」サー・ハンフリーが続けて紹介し、ヴァネッサに笑顔を向けた。「息子の嫁になってくれたのですが、不運なことに、息子は一年と少し前に亡くなりました。こちらはリンゲイト子爵だよ。それから、ボーウェン氏」

やはりヴァネッサの推測したとおりだった。もっとも、彼女自身、自分の推測には自信があった。膝を曲げてお辞儀をした。

「初めまして」ボーウェン氏が頭を下げ、魅力的だが同情のこもった笑みをよこした。「心からお悔やみを申しあげます」

「恐れ入ります」リンゲイト子爵の視線が自分に据えられているのを意識しながら、ヴァネッサは答えた。今夜は結局、藤色のドレスを選んだ。パーティを楽しもうという決心から生じた良心の痛みを、少しでも和らげることができればと思ったのだ。ヘドリーが生きていれば、緑のドレスを着るよう強く言ったことだろうが。藤色といってもあざやかな色合いではなく、仕立てもいいかげんなものだった。野暮ったいドレスで、まったく似合っていないことは、ヴァネッサ自身にもわかっていた。

それを気にする自分が、やはり緑のドレスにすればよかったと思っている自分が、その瞬間、いやになった。

「今夜のパーティにぜひとも出るよう、わたしが強く勧めたのです」サー・ハンフリーが説明した。「まだこんなに若くて美人ですからな、生涯にわたって喪に服するのはかわいそうです。お二人もきっと同意してくださることでしょう。生前の息子に本当によく尽くしてくれました。大切なのはそれです。ダンスもするようにと強く勧めました。おまえに一曲目を申しこんだ男性はもういるのかね、ネシー」

こうしてきっかけを作ろうとする舅に、ヴァネッサは心のなかで眉をひそめた。舅の話が結論に到達するときには、穴があったら入りたい心境になっているだろう。舅がつぎに何を言うつもりか、すでにわかっていた。

「いいえ、お義父さま」あわてて返事をし、つぎの瞬間、嘘をつけばよかったと後悔した。

「でもね――」

「ならば、ここにおられる紳士のどちらかが、一曲目のときに喜んでリードしてくださることだろう」両手をすりあわせ、ヴァネッサに笑みを向けて、サー・ハンフリーは言った。

しばし沈黙が流れ、ヴァネッサは墓に眠る哀れなヘドリーのもとへ行きたいと真剣に考えた。

「それでは、デュー夫人」子爵が言った。その声は深みがあり、ベルベットのような響きを帯びていて、非の打ちどころのない外見にさらなる魅力を添えていた。「踊っていただけますか」

子爵にダンスを申しこまれた。この子爵に。男という生きもののなかで最高にまばゆいこの人に。この尊大な……めかし屋さんに。ヴァネッサはこんなふうに物事を茶化して考える性格なので、ときとして周囲の顰蹙《ひんしゅく》を買うことがある。子爵さまったら何を考えてるの？　思わず噴きだしそうになった。マーガレットのほうを見る勇気がなかった。しかし、おもしろがっていたのも束の間で、たちまち、屈辱感のほうが強くなった。パーティをこんな形で始めなきゃいけないなんて、いくらなんでもひどすぎる。

部屋じゅうの人がわたしの返事に耳をそばだてているように思えるのは気のせいなの？

ううん、気のせいではない。

どうしよう、困ったわ。やっぱり、本や思い出と一緒に屋敷に残らせてほしいと言いはればよかった。

「ありがとうございます」ヴァネッサはふたたび膝を曲げてお辞儀をし、差しだされた手をうっとり見つめた。貴婦人の手のように繊細で、爪がきれいに磨かれている。なのに、女々しいところはまったくない。

もちろん、子爵自身もそうだった。こうして近くで見ると、部屋の奥から見たときよりさらに背が高くて、がっしりしていて、たくましい感じだった。男っぽいコロンがかすかに香った。熱いオーラが感じられた。

そして、彼の手に自分の手をのせ、その顔を見あげたとき、もうひとつすてきな点に気づいた。髪と肌の印象から、目も黒だろうと思っていたのに、じっさいはきれいに澄んだ濃いブルーだった。軽く伏せたまぶたの下から、その目がじっとヴァネッサを見返していた。彼の手は力強く、温かかった。

彼にリードされて、人々が並びはじめたダンスの列のほうへ向かい、リグ氏がバイオリンでトリルを神経質に小さく弾いているのを耳にしながら、ヴァネッサは思った——当分忘れられない夜になりそうね。お高くとまったハンサムな子爵さまとダンス。しかも一曲目。パーティが終わったら、家に帰って、ヘドリーに報告しなくちゃ。

「ネシー?」女性の列にヴァネッサを並ばせ、向かいあった男性の列のほうへ行きかけて、リンゲイト子爵が言った。ふたたび眉があがっていた。ヴァネッサへの呼びかけではなかった。質問だった。

「ヴァネッサの略です」彼女は説明し、つぎに、こんな詫びるような口調で言うのではなかったと後悔した。

向かいあった列に並ぼうとしていた子爵がどんな返事をよこしたのか、ヴァネッサはよく聞きとれなかったが、「いい名前だ!」と言われたように思った。

本当にそう言ったの?

子爵にじっと目を向けたが、向こうはもう何も言わなかった。

ネシーという略称は昔から好きになれなかった。ネシー・デューなんて、ひどく……地味な感じ。しかし、家族や友達がヴァネッサをそう呼ぶことにしたのは、子爵にはなんの責任もないことだ。

子爵の左右の男性は萎縮していて、居心地が悪そうだった。わたしの左右の女性もたぶんそうでしょうね——ヴァネッサは思った。

せっかくのパーティがこの人のおかげで台無しだわ。みんながすごく楽しみにしてたのに。でも、この人にとってはなんの意味もないこと。退屈な思いを隠そうともしないで、列をながめている。

あら、いやだ。ふだんのわたしなら、人をこんな意地悪な目で見ることはないのに。相手が知らない人の場合はとくに——といっても、知らない人に会う機会はめったにないけど。リンゲイト子爵のこととなると、どうしてこんなに……そうね、悪く考えてしまうの？　この人に恋をしそうになったことが恥ずかしくて、自分ですなおに認められないから？

本当に恋していたら、どれほどみっともないことになったかしら——古典的な『美女と野獣』の恋。どっちがどっちなのか、誰が見たって疑いの余地はない。

ヴァネッサは不意に自分に言い聞かせた——今夜のパーティに出るようにと義理の両親とメグとケイトに強く言われて、わたしもいそいそとその気になった。そして、その気になったあと、息を殺し、指をクロスさせて、誰かがダンスを申しこんでくれることを願った。

ええ、たしかに申しこんでくれた人がいた。半強制的ではあったけど。しかも、こんなにハンサムで威厳に満ちた人はどこにもいない。叶うはずのない夢が現実になったと言ってもいいぐらい。

だったら、とにかく、このひとときを楽しむことにしよう。

突然、周囲の身内や友人や隣人の存在を意識した。誰もがとっておきの衣装を着け、お祭り気分で浮き浮きしている。二つの暖炉で燃える火と、ドアの隙間風に揺らいでいるロウソクの炎を意識した。香水と料理の匂いを意識した。

そして、彼女の向かいに立って音楽が始まるのを待ち、目を軽く伏せてこちらを見ている紳士のことを意識した。

この人の前で萎縮してるなんて思われてたまるものですか。この人のせいで口が利けなくなってしどろもどろになるなんてごめんだわ。

音楽が始まった。ヴァネッサはわざと明るい笑顔を作って、踊っているあいだもできるだけ会話を続けていこうと決めた。

しかし、何よりもまず、ふたたびダンスができるという大きな喜びに包まれていた。

こちらがその気になれば、どんなパートナーでも選べただろうに——音楽が始まり、紳士の列がお辞儀をし、淑女の列が膝を曲げて会釈するあいだに、エリオットは思った——まさかヴァネッサ・デュー夫人と踊ることになろうとは思いもしなかった。略してネシーか、やれやれ！

サー・ハンフリーの息子の嫁。それだけでうんざりだ。おまけに、目立たない女で、背丈は中ぐらい、彼の好みからすると痩せすぎだし、胸も小さすぎる。髪はくすんだ色で、顔立ちは平凡すぎる。目の色は地味なグレイ。そして、藤色はどう見ても似合わない。たとえ似合うとしても、ドレスそのものが野暮ったすぎる。花も恥じらう乙女という年齢でもない。アナとは正反対のタイプだ。そして、ふだんのエリオットが貴族階級の舞踏会でパートナーにする女性たちとも正反対だ。

しかし、とにかく、こうして彼女と踊ることになった。こっちが知らん顔をしていれば、ジョージが彼女の相手をしてくれただろうが、サー・ハンフリーが二人のうちどちらに期待をかけているかは一目瞭然だった。そこで、結局、エリオットがサルまわしのサルを演じることになった。

おかげで、今宵のバカ騒ぎを楽しもうという気持ちはさらに薄れてしまった。

やがて、二人で踊りはじめた瞬間、デュー夫人が輝くような笑みを見せたので、思ったほど無愛想な女ではなさそうだと、渋々ながらエリオットは認めた。つぎの瞬間には、彼女がエリオットから視線を離し、こんなに楽しい思いをしたのは生まれて初めてだと言いたげに、あらゆるものとあらゆる人にいまと同じ笑みを向けたので、男に媚びるための微笑ではなかったのだとわかって、エリオットはホッとした。いまの彼女は生き生きと輝いていた。

こんなつまらない田舎のパーティをよくもまあ楽しめるものだと、エリオットには不思議でならなかったが、たぶん、これと比較すべきパーティに出たことがほとんどないのだろう。

宴会場は狭くて混雑しているし、壁と天井にはなんの装飾もない。暖炉の上のほうに、矢を放とうとする太りすぎのキューピッドを描いた、大きなサイズのひどい絵がかかっているだけだ。あたりに漂うかすかなカビ臭さ。宴会場がほぼ一年じゅう締めきりになっていたかのようだ。きっとそうなのだろう。演奏には熱がこもっているが、稚拙で、バイオリンは音程が半音ほどずれているし、ピアノの奏者は音を間違える前に曲を終わらせたくて躍起になっているかのように、演奏のテンポが速くなりがちだ。ドアがあいて隙間風が入るたびに、ロウソクが何本か消えそうになる。誰もが口々にしゃべっていて、鼓膜が破れそうな騒がしさだった。そして、誰もが子爵の存在を強く意識しながら、それを顔に出すまいとしてひどく苦労していた。

せめてもの救いは、デュー夫人の踊りが上手なことだった。ステップが軽やかだし、動きにはリズムと優雅さが備わっていた。

エリオットはぼんやり考えた――彼女の夫は長男だったのだろうか。どうやって相手を惹きつけたのだろう？　実家の父親は金持ちだったのだろうか。いつの日かレディ・デューとなることを夢見て結婚したのだろうか。

ジョージのほうを見ると、デュー夫人と一緒に立っていた女性と踊っていた――どこかの家の長女だ。名字が思いだせない。あれで一家の自慢の美女というなら、あとの娘たちは推して知るべしだ。

ハクスタブル家の姉妹のうち、妹のキャサリン・ハクスタブルも踊っていた。姉のほうはダンスに加わらず、レディ・デューと一緒に立ってながめていた。三人姉妹の残りの一人にはまだ紹介されていない。きっと家に残っているのだろう。

姉のミス・ハクスタブルはすばらしい美女だが、どう見てもうら若き乙女ではなかった。

両親がともに亡くなった家庭では、やはり、長女が未婚のまま年をとることになりがちだ。ミス・ハクスタブルもたぶん、長年のあいだ弟妹の世話をひきうけてきたのだろう。エリオットは彼女に同情を覚えた。ミス・キャサリン・ハクスタブルも姉に似た顔立ちだが、ずっと若くて生き生きしている。誰かが新しいリボンで飾ってごまかそうとした、色褪せたみすぼらしいドレスを着ているにもかかわらず、うっとりするほどきれいだ。

スティーヴン・ハクスタブルはまだほんの若造だった。背が高く、ほっそりしていて、子馬のようで、現在十七歳。いかにもその年齢にふさわしい外見だ。まだまだ子供なのに、若い女性にとても人気があるようだ。ダンスが始まる前は、女性たちが彼のまわりに群がっていたし、スティーヴンがパートナーをすでに選んでいたにもかかわらず、そのパートナーの左右に並んだ若い女性二人は、自分たちの冴えない相手に向けるのと同じぐらいの注意を彼に向けていた。

列の先からスティーヴンの笑い声が聞こえてきて、エリオットは思わず唇をすぼめた。その笑いが軽薄な頭脳と薄っぺらい性格を示すものではないことを願った。エリオットはすでに試練の一年を送ってきた。これから四年のあいだ、同じような試練が待ち受けていないことを願うのみだ。

「ちょうどいいときに、スロックブリッジにこられましたね、閣下」カントリー・ダンスの流れのなかで、ふたたびしばらく二人が向かいあうことになったとき、デュー夫人が言った。

今日がバレンタイン・デーで、宿屋の宴会場でダンスパーティがひらかれ、この自分がそこに泊まるという幸運に恵まれたからだろう、とエリオットは思った。

「仰せのとおりです」エリオットは眉を吊りあげた。

「喜ぶべきはわたしたちのほうでしょうね、たぶん」ふたたび離れていくとき、デュー夫人に笑いながら言われて、エリオットは、自分の言葉遣いはさておき、口調に慇懃さが欠けていたことを痛感した。

「こうして踊るのは二年ぶりです」ふたたび二人が向かいあい、もう一度ターンするために手を握りあったとき、デュー夫人が言った。「だから、何があろうと楽しむことにしようって、固く決心したんです。ところで、ダンスがお上手ですこと」

エリオットはふたたび眉をあげたが、返事はしなかった。突然のお世辞にどう答えればいい？　しかし、〝何があろうと〟とはどういう意味だろう？

それぞれの場所に戻るときに、デュー夫人はふたたび笑った。

「どうやら」つぎのときに、夫人は言った。「話好きではいらっしゃらないようね、閣下」

「わずか三十秒のあいだに意味のある会話をするのは不可能だと思いまして」トゲのある声で、エリオットは答えた。村人一人一人がほかの村人にわめきちらし、それに耳を傾ける者は一人もおらず、喧噪を掻き消すためにオーケストラがますます大きな音で演奏しているのだから、なおさら不可能だ。こんなひどい喧噪に包まれたのは生まれて初めてだ。

案の定、デュー夫人は笑いだした。

「しかし、お望みならば」エリオットは言った。「顔を合わせるたびに、あなたにお世辞を申しあげることにしましょう。それなら三十秒あれば充分です」

デュー夫人が返事をする暇もないうちに、二人は離れ離れになったが、エリオットの思惑に反して、夫人は彼の言葉を聞いて黙りこむどころか、スティーヴン・ハクスタブルがパートナーをリードして列のうしろへ向かい、全員がつぎのステップへ移る準備をするあいだに、向かいあった列から、彼に目で笑いかけてきた。

「ほとんどのレディは」ふたたびパートナーと一緒になったとき、背中あわせにターンしながら、エリオットは言った。「髪を宝石で飾って、キラキラ光らせなくてはなりません。あなたの場合は、生まれついての金色の髪が宝石のかわりをしてくれている」デュー夫人の髪はひどくくすんだ色合いなので、ずいぶんとおおげさなお世辞だった。もっとも、ロウソクの光を受けて髪がきらめいているのは事実だったが。

「まあ、うれしい」

「あらゆる点で、ここにきているどのレディよりも、あなたのほうが光り輝いています」つぎのとき、エリオットはそう言った。

「あら、あまりうれしくないわ」デュー夫人は文句をつけた。「分別ある女は、そんな露骨なお世辞は好みじゃありません。喜ぶのはうぬぼれの強い女だけだわ」

「では、あなたはうぬぼれの強い人ではない？」エリオットは彼女に訊いた。うぬぼれるべき点がほとんどない。それはたしかだ。

「うっとりするほど美しいとおっしゃりたければ、もちろん、おっしゃっていいのよ」笑顔で彼を見あげて、デュー夫人は言った。「でも、ほかの誰よりもうっとりするほど美しい、とはおっしゃらないで。あからさまな嘘ですもの。あなたのことが信じられなくなって、二人の仲がこわれてしまいます」

エリオットは踊りながら遠ざかる彼女を、しぶしぶながら賞賛の目で見た。けっこうウィットに富んでいるようだ。正直なところ、エリオットは危うく噴きだしそうになった。

「あなたはうっとりするほど美しい」列の先頭で手を握りあったときに、エリオットは彼女に言った。

「ありがとうございます」デュー夫人は彼に笑いかけた。「お上手ですこと」

「だが」列のあいだを抜けて二人でうしろへ向かいながら、エリオットは言った。「今夜ここにきているほかのレディもみな美しい――一人残らず」

デュー夫人が頭をのけぞらせて楽しげに笑い、ほんの一瞬、エリオットも笑みを返した。

おやおや、このぼくが戯れの口説き文句を口にしている？

ぼくの身分にうっとりすることも、貪欲にお世辞を求めることもない、地味な女に向かって？　人生にこれ以上の喜びはないとでも言いたげに、ダンスに夢中になっている女に向かって？

ダンスが終わったとき、エリオットはびっくりした。なんと、もうおしまいだと？

「ハクスタブル家のお嬢さんがもう一人おられるのではありませんか」さきほど初めて顔を合わせた場所へ彼女を連れて戻りながら、エリオットは尋ねた。

「もう一人？」デュー夫人は不審そうに彼を見た。

「ミス・ハクスタブルには紹介していただきました。あちらに立っている栗色の髪のレディがそうです」エリオットはそう言って、マーガレットのいるほうへうなずいてみせた。「それから、妹さんのミス・キャサリン・ハクスタブルにも。だが、たしか、もう一人おられるはずだ」

ヴァネッサはしばらくのあいだ沈黙したまま、鋭い目で彼を見ていた。

「もう一人のミス・ハ、ハ、ハクスタブルはおりません。ただ、もう一人の妹ならおります。わたしがそうです」

「ほう」エリオットの手が片眼鏡の柄のほうへ伸びた。「お嬢さんの一人が結婚なさったという話は聞いていませんでした」

気の毒に。この女性は一族の美貌を受け継いではいないようだ。そうだろう？

「それは心外だとでも？」見るからに驚いた様子で、デュー夫人の眉があがった。

「とんでもない」エリオットは歯切れよく答えた。「ぼくがちょっと好奇心に駆られただけです。ご主人はサー・ハンフリーのご長男だったんですか」

「いいえ。弟のほうでした。クリスピンというのが長男です」

「ご主人が亡くなられて残念でしたね」エリオットは言った。間の抜けた挨拶だ。面識もないし、ずいぶん前のことなのに。「大きなショックを受けられたことでしょう」

「夫の命が長くないことは、結婚したときからわかっていました。肺病だったんです」

「残念でしたね」エリオットは重ねて言った。まったくもう、なんでこんなことになってしまったんだ？

「わたしも残念に思っています」扇を広げ、顔をあおぎながら、デュー夫人は言った。「でも、ヘドリーは亡くなり、わたしはいまも生きていて、あなたはヘドリーをご存じなかったし、わたしのこともご存じないのだから、おたがいに感傷的になる必要はありませんわ。そうでしょ？　踊ってくださってありがとう。どのレディからも羨ましがられるでしょうね。最初にあなたと踊ったんですもの」

エリオットがお辞儀をすると、デュー夫人は彼にまばゆい笑みを向けた。

「だが、あなたがそれを自慢することはないでしょう」エリオットは言った。「うぬぼれの強い人ではないようだから」

彼女は笑いだした。

「では、失礼します、デュー夫人」エリオットは向きを変えた。

サー・ハンフリーがふたたび飛んできてつぎのパートナーを押しつける役目にとりかかる前に、エリオットはカードルームがありそうだと見当をつけた方角へ歩き去った。

運よく、勘があたっていた。こちらの喧噪のほうがわずかにましだった。

あれだけの時間、宴会場にとどまって、けっこう愛嬌をふりまいたのだから、もう充分だろう。

そうか、ヴァネッサ・デュー夫人がハクスタブル家のもう一人の娘だったのか。あの娘が最初に結婚したというのも皮肉なものだ。ただ、ときとして、その容貌にそぐわない才気の閃きが見られる。

相手の命が長くないことを承知のうえで、その男性と結婚した。なんてことだ。

4

翌朝、ヴァネッサが朝食をすませたとき、ランドル・パークの人々はまだ誰も起きていなかった。例外はサー・ハンフリーだけで、宿屋に泊まったリンゲイト子爵とボーウェン氏に会いにいくため、馬で出かける支度をしているところだった。両手をこすりあわせ、人生が楽しくてたまらないという表情で、今夜二人を晩餐に招待する予定であることをヴァネッサに告げた。

「そうだ、馬車を用意させれば、おまえも一緒に乗っていけるね、ネシー。お姉さんに会いにいくといい。お姉さんもおまえと同じく早起きだろうから」

ヴァネッサは大喜びでうなずいた。マーガレットとパーティの話をしたくてうずうずしていた。本当にすてきな夜だった。もちろん、ゆうべは深夜まで寝つけないまま、一曲目のダンスのことを思いだしていた。驚くにはあたらない。ヴァネッサにそれを忘れさせてくれる者は、パーティの席には一人もいなかったのだから。子爵さまがヴァネッサと踊った。しかも、彼女だけと。

ヴァネッサはダンスが始まる前から、子爵の前で萎縮して黙りこむのはやめようと決心していた。ところが、踊りはじめて二、三分たつと、子爵のほうには彼女と会話をする気のないことがはっきりした。いやしくも礼儀をわきまえた紳士ではないらしい。彼をよく知らないうちから、のに。どうやら、子爵は礼儀をわきまえた本物の紳士なら、その努力をすべきなヴァネッサはその欠点に気づいていた。そこで、自分のほうから話しかけるようにした。最後は軽い冗談をかわせるまでになった。ふざけ半分の口説き文句に近いものだった。もしかしたら――ヴァネッサは考えをあらためた――最初に受けた印象よりいい人なのかも。いやだわ、ほかの男の人と戯れの言葉をかわしたことなんかないのに。男の人に口説かれたこともないのに。

しかし、子爵はヴァネッサと一曲踊っただけでうんざりし、ほかの女性と踊る気をなくしてしまったようだ。あとはカードルームにこもりきりだった。子爵のお世辞を真に受けていたら、ヴァネッサはひどく落胆したことだろう。だが、本気にしていなかったので、落胆したのは、彼の目に留まって一緒に踊れることを願っていた十人あまりの女性だけにとどまった。

しかし、ヴァネッサが寝つけなかった最大の原因は、ダンスのあとで子爵が口にした言葉にあった。言われた瞬間、ヴァネッサは当惑し、その後も当惑が続いていた。マーガレットならその言葉をどう解釈するだろう？

「リンゲイト子爵も、ボーウェン氏も、まことに好感の持てる若者だ。そう思わないかね、ネシー？」馬車に乗りこんでから、サー・ハンフリーがヴァネッサに尋ねた。

「ほんとね、お義父さま」

ボーウェン氏はとても好感の持てる人だった。一曲ごとにパートナーを替えて踊りつづけ、踊りながら彼女たちと言葉をかわし、曲の合間や食事のときも、それ以外のほぼすべての人に声をかけていた。それにひきかえ、リンゲイト子爵のほうはパーティをまったく楽しんでいない様子だった。楽しめなかったとしても、それは本人のせいだ。宴会場に入ってきたときから、退屈を予想している表情だった。ヴァネッサにはひと目でそれがわかった。ときとして、人には予想どおりの結果が与えられるものだ。

「なあ、ネシー」陽気に笑いながら、サー・ハンフリーが言った。「子爵はおまえに魅了されてしまったようだぞ。ほかの誰とも踊ろうとしなかった」

「あのね、お義父さま」笑みを返して、ヴァネッサは答えた。「子爵さまはわたしやほかの人よりも、カード遊びのほうがはるかにお気に召したのよ。夜のあいだほとんど、カードルームにいらしたでしょ」

「まことに見あげたものだ。年配の連中は、子爵がカード遊びにつきあってくれたことに感激しておった。ロザハイドなど、子爵から二十ギニーも巻きあげたんだぞ。この先一カ月、やつの話題はそれのみになるだろう」

雨は降っていなかったが、いまにも降りだしそうな気配だった。しかも肌寒い。ヴァネッサは馬車に乗せてもらえたことがありがたく、コテージの門の外で御者が手を貸しておろしてくれたときに、サー・ハンフリーにそう言った。

今日は学校の幼児クラスがない日なので、マーガレットだけでなく、キャサリンも家にいた。また、スティーヴンも家にいたが、二階の部屋でラテン語の翻訳に精を出していた。朝食のときに、それが終わるまで出かけてはならないとマーガレットに言われたからだ。ヴァネッサは姉妹二人を抱きしめ、居間の暖炉のそばでいつもの椅子にすわった。マーガレットがせっせと繕いものをするあいだ、もちろん、話題はでパーティのことになった。

「あなたがレディ・デューと、ヘンリエッタと、イーヴァと一緒に宴会場に入ってくるのを見て、心の底からホッとしたのよ、ネシー」マーガレットが言った。「直前になって何か言い訳をこしらえて、くるのをやめるかもしれないと思ってたの。それに、一曲残らず踊ってくれて、ほんとにうれしかったわ。それを見てるだけで、わたしのほうは疲れてしまったけど」

そうは言っても、マーガレットだって、踊らなかったのはわずか二曲だけだ。

「わたしなんか、ひと晩じゅう、椅子にすわる暇もなかったわ」キャサリンが言った。「すてきな夜だったと思わない？　もちろん、最大の収穫があったのはネシーお姉さまね。一曲目をあのリンゲイト子爵と踊ったんですもの。ほんとにハンサムな人。パーティにきた女性のなかに、ひと晩じゅうハートをドキドキさせなかった人は、たぶん一人もいなかったでしょうね。けさ、ネシーお姉さまがここにこなかったら、わたしのほうからランドル・パークへ出かけてたところだわ。さあ、くわしく話して！」

「話すことなんてべつにないのよ。わたしと踊ってくださったのは、お義父さまに頼まれて逃げられなかったからなの。残念ながら、わたしの魅力にぼうっとなった様子はなかったわ。それに、花嫁を見つけるためにバレンタインのパーティにいらしてたとしても、わたしと一曲踊っただけで花嫁探しはあきらめたみたい。まったく、がっかりね」

三人ともクスクス笑った。

「謙遜しすぎよ、ネシー」マーガレットが言った。「子爵さまは冷淡な態度じゃなかったでしょ。ダンスのあいだ、二人でしゃべってたじゃない」

「わたしが強引に会話にひきずりこんだからよ。うっとりするほど美しいって言ってくれたわ」

「ネシー！」キャサリンが歓声をあげた。

「さらに続けて、今夜ここにきているほかのレディも一人残らず美しい、ですって」ヴァネッサは二人に言った。「おかげで、せっかくのお世辞も台無し。そう思わない？」

「あなたが頭をのけぞらせて笑いだしたのは、そのときだったの？」マーガレットが訊いた。「まわりのみんなも釣られて笑顔になってたわ、ネシー。盗み聞きできればいいのにって表情で。あなたが子爵さまにそんなバカなことを言わせたの？　どうすればそんなことができるの？　あなたは昔から、人を笑わせるのが上手だった。ヘドリーだって笑ってた……病気が重くなってからも」

最後のあの二、三週間、彼を笑わせたくて、つねに笑顔でいてもらいたくて、ヴァネッサは残されたエネルギーを使いはたした。あとで倒れてしまった。葬儀のあと二週間ものあいだ、ほとんどベッドから出られなかった。

「そうね」まばたきして涙をこらえながら、ヴァネッサは言った。「でも、ゆうべはリンゲイト子爵のほうがわたしを笑わせてくれたのよ」

「子爵さまから説明はあった？」キャサリンが訊いた。「どうしてスロックブリッジにきたのか」

「ううん、なかった。ただね、すごく変なことを言ってたわ。ハクスタブル家の三人目の娘のことを、わたしに質問なさったの。ゆうべ、お義父さまがリンゲイト子爵をあなたに紹介したとき、わたしがあの家に嫁いだという話は出なかったのかしら」

「記憶にないわね」繕っていた枕カバーから顔をあげて、マーガレットが言った。

「出なかったわ」キャサリンがきっぱり言った。「わたしたちから離れたあとか、スティーヴンを紹介するときに、何かおっしゃったかもしれないけど。で、ネシーお姉さま、子爵さまにお返事したの？」

「わたしがその三人目の娘ですって答えたのよ」ヴァネッサは言った。「そしたら、わたしたちのうちの一人が結婚したなんて話は聞いていなかった、ですって。それから話題を変えて、ヘドリーのことを質問なさったわ」

「ずいぶん変な話ねえ」キャサリンが言った。

「それにしても」ヴァネッサは言った。「リンゲイト子爵はスロックブリッジに何をしにいらしたのかしら。たまたま通りかかっただけじゃないとすると。でも、この村に用があるって、お義父さまにおっしゃったそうだし。ハクスタブル家に娘が三人いることをどうしてご存じなのかしら。いったいどうしてそんなことに関心があるの？」

「くだらない好奇心でしょ、たぶん」マーガレットが言った。「わたしがスティーヴンの枕にカバーをかぶせると、どれもこれも縫い目がほころびてしまうんだけど、どうしてなの？」マーガレットはつぎの枕カバーを手にとり、繕いにとりかかった。

「ひょっとすると、くだらない好奇心じゃなかったのかも」不意に立ちあがり、居間の窓の外に目を凝らして、キャサリンが言った。「訪ねてらしたわよ。二人そろって」声がうわずり、悲鳴に近くなった。

マーガレットはあわてて繕いものを片づけた。ヴァネッサが首をさっとまわして窓の外を見ると、たしかに、リンゲイト子爵とボーウェン氏が庭の門をくぐり、玄関に続く小道を歩いてくるのが見えた。お義父さまが二人を訪問したはずだけど……。珍しく短時間で切りあげたに違いない。

「ねえ！」スティーヴンが階段を駆けおりながら大声をあげるのが聞こえた。しばらく本から離れる口実ができて、ひどくうれしそうだ。「メグ？　お客さんだよ。あれっ、ネシーもきてたの？　きっと、子爵がゆうべネシーの魅力にまいってしまって、それで結婚の申しこみにきたんだよ。ぼくから結婚の承諾を与える前に、ネシーを扶養する力が子爵にあるかどうか、きびしく問いただささなくては」スティーヴンはニッと笑ってヴァネッサに片目をつぶってみせた。

「まあ、どうしましょう」玄関にノックが響くと、キャサリンがつぶやいた。「子爵さまと何を話せばいいの？」

二人の紳士がスロックブリッジにやってきた理由は自分たち一家にあるのだと、ヴァネッサは不意に、衝撃のなかで悟った。子爵の用件というのは、自分たちに関することなのだ。村に来る前から子爵は自分たち一家のことを知っていた。そのなかの一人が結婚していることは知らなかったけれど。なんて奇妙な、好奇心をくすぐる謎なのだろう！　朝のうちにここにきていてよかったと、ヴァネッサは思った。

スラッシュ夫人が玄関ドアをあけるのを、みんなでじっと待った。つぎに、居間のドアがあくのを待った。舞台で無言劇を演じているかのようだった。ほんの一瞬が数分にも感じられ、そのあとでドアがひらき、二人の紳士の来訪が告げられた。

今回は子爵のほうが先に入ってきた。

けさの装いには田舎の雰囲気に合わせようという気がまったくないことを、ヴァネッサは即座に見てとった。膝の下まである分厚い外套。ふだんはこれに何枚もケープを重ねるに違いない。帽子の山《クラウン》の高いビーバーハット、これはすでに脱いでいた。淡黄色の革手袋、これはいま脱ごうとしている。そして、しなやかな黒革のブーツ。きわめて高価なものに違いない。狭い居間を見渡してからマーガレットに向かってお辞儀をした彼の姿は、ゆうべよりさらに大柄で、堂々としていて、近づきがたく、そして、ゆうべの十倍も魅惑的だった。また、表情が渋く、この訪問を憂鬱に思っている様子だった。けさは冗談を言ったり戯れの口説き文句を並べたりする気分ではなさそうだ。

どうしてここに？　どうしてなの？

「ミス・ハクスタブル」子爵は言った。一人一人に顔を向けた。「デュー夫人、ミス・キャサリン、ハクスタブル」

ボーウェン氏がにこやかな笑顔で全員に向かってお辞儀をした。

「淑女のみなさま、ハクスタブル」と、声をかけた。

ヴァネッサはゆうべと同じく、おしゃれな外套や高価そうなブーツや爵位に怖気づいてなるものかと、自分にきっぱり言い聞かせた。あるいは、浅黒くてハンサムで輪郭のくっきりした不機嫌そうな顔にも。いいこと、わたしの舅はどこの馬の骨だかわからないような人じゃないのよ。準男爵よ！

だが、心のなかでは怖気づいていた。みすぼらしいとまではいかないが、質素なこの居間にいると、リンゲイト子爵はまさに掃きだめにツルだった。子爵がいるだけで、居間がいつもよりうんと狭く見えた。室内の空気の半分を子爵が吸いとってしまったかのようだ。

「閣下、ボーウェンさま」あっぱれな落ち着きを見せてマーガレットが挨拶し、暖炉のそばに置かれた二つの椅子を勧めた。「おすわりになりません？　お茶を用意してくださいな、スラッシュ夫人」

この場から解放されて見るからにホッとした様子のスラッシュ夫人が急いで出ていくあいだに、全員が椅子にすわった。

ボーウェン氏がコテージの絵のようなたたずまいを褒めた。夏になれば、庭が色彩と美にあふれることだろうと言った。ゆうべのすばらしいパーティをひらいた村の人々を賞賛した。じつに楽しい一夜をすごすことができたと言って、みんなを安心させた。

トレイが運ばれ、お茶が注がれたあとで、リンゲイト子爵がふたたび口をひらいた。

「みなさん全員に関係のある知らせをお届けにきました。悲しい義務ではありますが、マートン伯爵が先日逝去したことをみなさんにお伝えせねばなりません」

一瞬、全員が子爵を凝視した。

「本当に悲しいお知らせですわね」沈黙を破って、マーガレットが言った。「わざわざ知らせにきてくださったことに心からお礼を申しあげます、閣下。伯爵家と縁続きであることは存じておりますが、あちらとのおつきあいはいっさいありませんでした。父がそうした話を禁じておりましたので。ネシーでしたら、くわしい関係を知っているかもしれません」マーガレットは問いかけるように妹のほうを見た。

ヴァネッサは子供のころ、父方の祖父母と多くの時間をすごし、二人が若かったころの話が延々と続くと、いつもうっとり耳を傾けたものだった。それにひきかえ、マーガレットのほうはさほど興味を示さなかった。

「わたしたちの祖父はマートン伯爵家の次男でした」ヴァネッサは語りはじめた。「その放縦な生き方と花嫁の選択とが親の逆鱗に触れて勘当されました。親に会うことは二度とありませんでした。祖父からよく聞かされましたが、わたしたちの父は伯爵さまのいとこにあたるそうです。亡くなられたというのはその方ですか、閣下。わたしたちはその方のいとこの子供にあたるわけです」

「じゃ」スティーヴンが言った。「かなり近い関係なんだね。思いもしなかった。縁続きだってことだけは知ってたけど。閣下、わざわざきてくださって、本当にありがとうございます。ぼくたちを見つけるよう、新しい伯爵さまがお頼みになったんですか。仲直りしようという話が出てるんですか」スティーヴンの顔がずいぶん明るくなっていた。

「仲直りしたほうがいいのかどうか、わたしにはわからないわ」キャサリンがいささかきつい口調で言った。「お祖父さまがお祖母さまと結婚したことで、家族に背を向けられてしまったのなら。お祖父さまがいなかったら、わたしたちがこの世に生まれてくることもなかったのよ」

「でも、やっぱり、新しい伯爵ご一家にお悔やみ状を書くことにするわ」マーガレットが言った。「それが礼儀ですもの。そう思わない、ネシー？　お帰りのときに、それをお持ちいただけますかしら、閣下」

「先日亡くなったばかりの伯爵は、まだ十六歳の少年でした」リンゲイト子爵が説明した。「父親を亡くして三年しかたっていなかったのに。昨年、ぼく自身の父親が亡くなったあと、ぼくがその子の後見人になり、遺言執行人となりました。不運なことに、その子は幼いころから健康状態が思わしくなく、無事に成人するのは無理だと思われていました」

「まあ、お気の毒に」ヴァネッサはつぶやいた。

ドキッとするほど青く鋭い子爵の目が、一瞬、ヴァネッサに据えられた。ヴァネッサは椅子の背に深くもたれた。

「若き伯爵には子供がいませんでした。当然のことですが」子爵はスティーヴンに視線を戻して言った。「そして、爵位を継ぐことのできる弟もおりません。叔父もおりません。跡継ぎ捜しは、祖父と、その弟――つまり、あなたがたのお祖父さま――の代までさかのぼり、その子孫へ範囲を広げることとなりました」

「なるほど」ヴァネッサがさらに深く椅子にもたれ、キャサリンが両手で頬を包むあいだに、スティーヴンがつぶやいた。

祖父には息子が一人しかいなかった――それがヴァネッサたちの父親だ。

「そこで見つかったのがきみだった」リンゲイト子爵は言った。「ぼくはそれを伝えるために、この村にきたんだ、ハクスタブル。いまのきみはマートン伯爵、ハンプシャーにあるウォレン館の主《あるじ》で、ほかにもいくつか領地があり、そのすべてが豊かな資産であることを、ぼくから喜んで報告させてもらう。祝福の言葉を贈りたい」

スティーヴンは子爵を見つめるだけだった。真っ青な顔になっていた。

「伯爵？」キャサリンがつぶやいた。「スティーヴンが？」

ヴァネッサは椅子の肘掛けをきつくつかんだ。

マーガレットは大理石の彫像のようだった。

「おめでとう、坊や」ボーウェン氏が誠意のこもった温かな声で言うと、立ちあがり、スティーヴンに片手を差しだした。

スティーヴンはあわてて椅子から立ち、その手を握った。

「残念ながら」リンゲイト子爵は話の続きに入った。「生まれ育った環境のせいで、今後歩むことになる人生に対して、きみはまだ準備ができていない。伯爵になれば、爵位と財産を所有するという特権だけでなく、やるべき仕事をいくつも抱えこみ、義務と責任を数多く負わされることになる。きみには膨大な量の鍛錬と学習が必要で、そのための手配はすべてこちらでおこない、ぼく自身も喜んで協力するつもりでいる。きみには即刻ウォレン館へ移ってもらう必要がある。すでに二月だ。復活祭の時期がすぎるころには、ロンドンの社交界にデビューする準備が整っていることを期待したい。社交シーズンに入り、議会も始まるため、多くの貴族がロンドンに集まるのだ。きみはまだまだ若いが、誰もがきみと顔を合わせる日を待っているはずだ。明日の朝までに出発の支度ができるかね?」

「明日の朝?」スティーヴンはボーウェン氏の手を離し、呆然と子爵を見つめた。「そんな急に? でも、ぼく――」

「明日の朝ですって、閣下?」マーガレットが弟よりもきつい口調で言った。その声に鋼鉄の響きが潜んでいるのを、ヴァネッサは感じとった。「たった一人で?」

「ぜひとも必要なことなのです、ミス・ハクスタブル」子爵は説明した。「伯爵家の跡継ぎの居所を突き止めるだけで、すでに数カ月かかってしまいました。復活祭が――」

「この子はまだ十七です」マーガレットは言った。「一人であなたについていくなんて、とんでもない。しかも、明日？　無茶です。いろいろと準備をしなくては。貴族の方々と弟の顔合わせは、しばらく待っていただきましょう」

「おっしゃることはわかりますが——」子爵が言いかけた。

「いえ、わかってらっしゃらないわ」マーガレットが言いかえすあいだ、ヴァネッサとキャサリンは無言のまま、魅せられたように二人を交互に見つめ、スティーヴンはいまにも気絶しそうな顔でふたたび椅子にすわりこんだ。「弟はこれまで、自宅からせいぜい五キロぐらいしか離れたことがないんですよ。それなのに、赤の他人のあなたについて、明日の朝一人でここを離れて新たな住まいに越し、会ったこともない人々に囲まれて、考えたこともないような未知の暮らしを始めろとおっしゃるんですか」

「メグ——」スティーヴンの頬が急に赤くなった。

「八年前、うちの父が死の床にあったとき」片手をあげて弟を黙らせ、子爵に視線を据えたまま、マーガレットは言った。「わたしは、弟と妹をすべて立派に成人させ、みんなが一人前になって自分の力で生きていけるようになるまで面倒をみていくことを、父に固く約束しました。その約束をつねに神聖なものとみなしてきました。スティーヴンを明日よそへ行かせるわけにはまいりません。つぎの日も。そのつぎの日も。とにかく、一人では行かせられません」

リンゲイト子爵は両方の眉を吊りあげ、ひどく横柄な顔になった。

「ご安心ください」と言った。身体の輪郭のひとつひとつに苛立ちがはっきり出ていた。

「ぼくが後見人となり、弟さんのお世話を充分にさせてもらいます。弟さんはこの国でもっとも裕福な一人となるのですよ。ぜひとも――」

「あなたが後見人に?」マーガレットは言った。「失礼ですけど、閣下、弟がたとえクロイソス王やイングランドの国王に劣らず裕福な身分になろうとも、弟の世話はこのわたしがいたします」

「メグ」スティーヴンが口をはさみ、カールした髪に片手の指を突っこむと、髪はたちまちいつものようにくしゃくしゃになった。ひどくきまりの悪そうな顔をしていた。「ぼくは十七だよ。七つじゃないんだよ。そして、これが悪趣味ないたずらでなければ、いまのぼくはマートン伯爵なんだ。ここを出て、何がどうなっているのかを知り、やるべきことをきちんとやれるようになりたい。貴族階級の人々と顔を合わせたとき、どんなふうにつきあっていけばいいのかわからなかったら、情けないじゃないか。それには賛成してくれなきゃ」

姉たちを順番に見た。

「スティーヴン――」マーガレットが言いかけた。

しかし、スティーヴンは片手で姉を制し、子爵に向かって言った。

「要するに、見ておわかりのとおり、うちは強い絆で結ばれた一家なんです。ぼくはどの姉にも大きな恩があります。なかでも、とくにメグに。ぼくがここを離れるとしたら――その決心はもうついていますが――もちろん、姉たちも一緒でなくては。一緒にきてもらいます。ぼくがそう望んでいるから。姉たちが行かないなら、ぼくも行きません。先祖代々の広い家に入って、ぼく一人でどうやって暮らせというんです？　ウォレン館というのは大きなお屋敷なんでしょう？」

メグが驚愕の表情でスティーヴンを見つめるあいだに、子爵は軽く首をかしげた。

スティーヴンはさらに続けた。「それに、今年十八歳になるぼくを大学へ行かせようとして倹約に倹約を重ねてくれた姉たちをこんなコテージに置き去りにしたら、いくら富と権力があっても、ろくな伯爵にはなれないんじゃないでしょうか。リンゲイト卿、メグもケイトもぼくと一緒に行きます。それから、ネシーも。ネシーがそう希望するなら。もしくは、ぼくの説得でその気になってくれるなら。この家のみんながいなくなってしまって、一人だけランドル・パークに残されるのは、ネシーもいやでしょうから」

わたしを置いて三人がいなくなってしまう？　そう思ったとたん、ヴァネッサはぞっとした。家族全員を一度に失ってしまう？　わたしも一緒に行くわ。当然でしょ。

「ここは譲歩すべきだと思うよ、エリオット」ボーウェン氏が言った。「分別ある提案だと思う。この子はすでに決心している。お姉さんたちが一緒にきてくれれば、落ち着いて家庭生活が送れることだろう。この子にはそれが必要だ。それに、三人はいまや、伯爵の姉という立場だ。ここよりもウォレン館で暮らすほうがふさわしい」

リンゲイト子爵は眉をあげたまま部屋を見まわし、つぎに、姉たちを順番に見ていった。

「そうだな、いずれ」と言った。「だが、できればしばらく待ってもらいたい。三人すべてに、教育と、衣装と、その他さまざまなものが必要だ。宮廷へ拝謁を願いでて、つぎは、貴族社会に紹介しなくてはならない。手間のかかる大仕事だ」

ヴァネッサはゆっくりと息を吸った。ゆうべのダンスのあいだに、ヴァネッサがほんの少しだけ子爵を見直していたとしても、たったいま、彼の評価はふたたびどん底まで落ちてしまった。子爵はこちらのことを——メグまで含めて三人全員を——手間のかかるお荷物と見なしている。厄介者。半端者。田舎者。ヴァネッサは意見を言おうとして息を吸った。

ところが、スティーヴンは何を見ても、何を言われても、不快に思っていない様子だった。というか、子爵の言葉が何も耳に入っていないようだ。さきほど聞かされた信じがたい話に影響されて、自分を主張し、一人前になりかけた翼で羽ばたこうとしているのだろう。だが、元気にあふれた少年っぽさはいまも消えていなかった。

「ねえ」スティーヴンはふたたび立ちあがり、笑顔で全員を見まわした。「みんなでウォレン館へ行こうよ、メグ。貴族社会に入ってロンドンの社交界にデビューしようよ、ケイト。それから、ぼくたちと一緒に暮らしてくれるね、ネシー。ああ、すてきだ！」両手をこすりあわせ、手を伸ばしてキャサリンを抱きしめた。

スティーヴンの喜びの瞬間に水をさすようなことは、ヴァネッサにはできなかった。しかし、不快感を隠せないままリンゲイト子爵のほうへちらっと目をやると、向こうも眉をあげてヴァネッサを見つめていた。

ヴァネッサは唇をキュッと結んだ。

しかし、スティーヴンが彼女をひっぱって椅子から立たせ、抱えあげ、くるっと一回転させたときには、微笑を浮かべ、思わず笑いだしていた。

「すてきだ！」スティーヴンはふたたび叫んだ。

「ほんとね」ヴァネッサは愛情をこめて同意した。

「みんなでランドル・パークへ出かけようよ」スティーヴンは言った。「サー・ハンフリーとレディ・デューに報告しなきゃ。それから、牧師館へ行って牧師さまにも。それから――ああ、どうしよう」スティーヴンは不意に腰をおろし、ふたたび青くなった。「どうしよう」

リンゲイト子爵は立ちあがった。

「この件について、しばらくみなさんでじっくりお考えください。だが、こまかい点をご相談するために、午後にまた伺います。ぐずぐずしている時間はないので」

マーガレットもすでに立ちあがっていた。

「ぐずぐずするつもりはありません、閣下」と、きっぱり言った。「でも、明日かあさってには出発の支度が整うだろうなどという期待はなさらないでください。あさってもまだ無理でしょう。もちろん、支度ができしだい出発します。わたしたちは生まれたときからスロックブリッジで暮らしてきました。あなたが故郷に根をおろしてらっしゃるように、わたしたちもここに深く根をおろしているのです。その根をひきぬくための時間をください」

「承知しました」子爵はマーガレットに向かってお辞儀をした。

この人ったら――ヴァネッサは気がついた――自分の権力と威厳をふりかざしてこちらを萎縮させ、明日になったらスティーヴンを連れ去って新たな人生を始めさせるつもりで、村にやってきたのね。あとの三人を置き去りにする気だったのね。

男って、なんて愚かなのかしら。

お辞儀をよこしたリンゲイト子爵に向かって、ヴァネッサは微笑した。いまにわからせてあげる――ふだんのあなたは自分に仕えてくれる者たちを身近に置き、権力をふるっているでしょうけど、田舎者っていうのは、それほど扱いやすくないのよ。

でも、スティーヴンが――紳士二人が部屋を出て、それからコテージを出ていくあいだに、ヴァネッサは思った――スティーヴンが伯爵だなんて。

マートン伯爵。

「マートン伯爵」ヴァネッサの思いをスティーヴンが口にした。「ぼくをつねってよ。誰か」

「その前にわたしをつねって」キャサリンが彼に言った。

「ああ、困ったわ」立ちつくしたまま、室内を不安な目で見まわして、マーガレットが言った。「どこから始めればいいの?」

「最初から始めればいいでしょ?」ヴァネッサは言ってみた。

「何が最初なのかわかればねえ」悲嘆に近い声で、マーガレットは言った。

そのとき、スティーヴンがふたたび口をひらいた。頬に血の気が戻り、目が熱く輝いていた。

「ねえ! これがどういうことだかわかる? 本当なら、大学を出て、それからたぶん何年も待たなきゃいけなかっただろうけど、いまはもう待たなくたって、夢に見てきたことを片っ端からやれるんだよ。姉さんたちの暮らしを支えられるようになる日を待つ必要はない。もう一分だって待つ必要はない。ぼくはマートン伯爵だ。領地がある。裕福なんだ。そして、姉さんたちに豪華な新しい家と、さらに豪華な新しい人生を贈ってあげられる。そして、ぼく自身は……ええと……」

どうやら、言葉が見つからないようだ。

「まあ、スティーヴン」キャサリンが愛情をこめて言った。

ヴァネッサは上唇を噛んだ。

マーガレットは泣きくずれた。

5

結局、六日もかかった。

みすぼらしい村の宿屋で待ちくたびれてすごした六日間。二月の辺鄙な村で精一杯の楽しみを見つけながらすごした六日間。太陽は一度も顔を出さず、二人が外へ出ようと決心するたびに、冷たい雨が降りだした。つねに陽気でもてなし好きなサー・ハンフリー・デューから酒食の歓待を受け、日に何度も訪問を受けながらすごした六日間。村の仲間の一人が伯爵の位と家屋敷と財産を相続したという驚天動地の知らせを、眠ったようなイングランドの村の人々がどう受け止めるかを観察しながらすごした六日間。

早く出発したくて、じりじりしながらすごした六日間——いや、この世の秘書という秘書のなかでもっとも反抗的と思われる人物、ジョージ・ボーウェンの言葉に耳を傾けるなら、エリオットは早く出発したくてむくれていたそうだ。

満たされぬ肉欲に身を苛まれ、アナを抱きたいと思いながらすごした六日間。

まるで六週間のように感じられた。

もしくは、六カ月のように。

ボーウェンと一緒に二度ほどコテージを訪れたが、そのたびに、みんなが出発の支度で忙しそうにしていたため、作業の邪魔をしないことにした。一度、スティーヴンが宿屋に二人を訪ねてきて、大急ぎで準備を整えるからと約束した。

六日間が〝大急ぎ〟？

デュー夫人に会う機会がいちばん多かった。だが、それはもちろん、夫人が実家のコテージではなくランドル・パークに住んでいるからだった。

彼女が癪にさわる人物であることをエリオットが悟るのに、長くはかからなかった。もちろん、そのことは、コテージを初めて訪ねた朝に薄々感じていた。本当はまずスティーヴンをウォレン館に落ち着かせ、新しい人生に関してあれこれ教えたかったのだが、そのチャンスもないうちに、姉三人の同行を認めるよう迫られて、エリオットが難色を示したとき、デュー夫人は明らかに不満そうだった。口に出しては言わなかったが、表情にはっきり出ていた。田舎の準男爵の次男と結婚したことで、貴族社会の仲間入りをする準備は万全だと思っているのかもしれない。

三日後にエリオットとばったり顔を合わせたときには、デュー夫人は前回ほど寡黙ではなかった。

エリオットはサー・ハンフリーから食事に招かれ、ジョージと一緒に馬でランドル・パークへ向かっているところだった。屋敷のほうへ歩いていくデュー夫人に出くわした。たぶんコテージからの帰りだろう。エリオットは馬からおり、その馬を連れて先に行くようジョージに指示した。この衝動的な騎士道精神をジョージかデュー夫人のどちらかが賞賛してくれないものかと思った。エリオットと夫人は数分のあいだ、たいして重要でもないことを話題にしながら歩きつづけた――いつまでも寒い日が続いている、陽ざしがなく風が強いのでよけい寒く感じられる、どっちの方角へ向かってもかならず風が顔に吹きつけてくるような気がする、などなど。デュー夫人はマフに両手を埋めていて、エリオットは、今年はどんな夏になるのか、あるいは、果たして夏はくるのか、といった予想をつぎの話題にすべきだろうかと考えた。

そういう会話をすることを思っただけでうんざりだった。

冷たい風に吹かれて、夫人の頬が赤らんでいた。それから、鼻も。おかげで、けっして美人とは言えないにしても、田舎っぽい健康的な美しさが感じられることを、エリオットはしぶしぶながら認めた。

しかし、彼女のほうも天候の話題にうんざりしている様子だった。

「おわかりいただきたいのですが」短い沈黙を破って、夫人は言った。「わたしたち、大喜びすると同時に心配でもあるんです」

「心配?」エリオットは眉をあげて彼女を見た。

「スティーヴンのことが」

「なぜまたそのようなご心配を?」エリオットは尋ねた。「伯爵家の跡継ぎとなり、地位と領地と名声はもちろんのこと、莫大な富にも恵まれるのですよ」

「まさにそこを心配しているのです。そのすべてに弟はどう対処していくのでしょう？　あの子は人生を愛し、活発に行動することを愛しています。また、勉学にも励んでいます。自分自身とメグの両方のために、豊かな将来を築くことを目標として熱心に勉強してきました。メグは弟のために多くを犠牲にしてきたんです。あ、わたしたちみんなのためにね。弟は若くて感受性の強い年ごろです。このような運命に出会うには、最悪の時期ではないでしょうか」

「弟さんが増長するのではないかと、ご心配なのですね。急に勉強をおろそかにして放蕩に走るとか？　そして、ひどく無責任になってしまうとか？　そのような事態が起きないよう見張ることを、ぼくの使命にしましょう、ミセス・デュー。いかなる紳士にとっても高等な教育は不可欠です。それが――」

「わたしが心配しているのは、そのようなことではありません」デュー夫人は彼の言葉をさえぎった。「性格のいい子ですし、すこやかに育ってくれました。少しぐらい無茶をしたところで、マイナスにはならないでしょう。この村にいてさえ、けっこう無茶をする子でしたから。男の子が成長するためのひとつの過程なんでしょうね」

「では、何が心配なんです？」エリオットは問いかけるように彼女を見た。

「あなたがあの子のお手本になろうと努力なさり、たぶん、成功なさるだろうと思うと、それが心配なのです。弟はあなたにとても憧れていますもの」

おやまあ。

「ぼくではいい手本になれないと？」エリオットは不意に足を止め、デュー夫人を真正面からにらみつけた。田舎の子から伯爵に変身した彼女の弟の手本にはふさわしくないというのか。この一年間、自分を犠牲にしてきたし、今後四年間も犠牲をしいられることになるのに？　怒りに駆られた。「なぜだめなのか、お尋ねしてもいいですか」

「なぜなら」エリオットが顔をしかめ、腹立ちを隠そうともしていないのに、デュー夫人は彼に向けた視線をはずすことなく答えた。「あなたがプライドの高い横柄な方だからです。自分より身分の低い者すべてに苛立ちを感じ、少々軽蔑してらっしゃる。何もかも自分の思いどおりに進めようとし、それができないと機嫌が悪くなる――あなたってそういう性格なんですね。いつもしかめっ面で、けっして笑顔を見せない。もしかすると、貴族というのは傲慢で不愉快な人ばかりなのかしら。お金と権力があると、そうなりがちなのかしら。いえ、そうともかぎらないでしょうね。ただ、メグがなんと言おうと、これから実質的にスティーヴンの世話をなさるのはあなたです。貴族であるというのがどういうことかを、スティーヴンに教えようとしているのはあなたです。あの子があなたのようになっては困ります。それがいちばんいやなのです」

やれやれ！

このチビの田舎ネズミときたら、ずいぶん無遠慮にものを言うやつだ。

「お言葉を返すようですが」機嫌が悪くなるにつれて前以上に顔をしかめながら、エリオットは言った。「お会いしてからまだ数日しかたっていないように思います。それとも、こちらの勘違いでしょうか。もっと以前からの知りあいなのに、あいにく、ぼくが忘れているのでしょうか。あなた、だいたい、ぼくのことがわかっておられるんですか」

デュー夫人は公明正大な戦いを避けた。いちばん卑怯な——そして、たぶんいちばん効果的な——戦術をとった。質問に質問で答えたのだ。

「では、わたしたちのことはわかってらっしゃいます？　メグやケイトやわたしのことがおわかりですか。わたしたちがスティーヴンの新たな生活に入りこんだらあなたに恥をかかせることになると、そちらで勝手に判断できるほど、わたしたちのことがおわかりなんですか」

エリオットは鼻孔を膨らませて、夫人のほうへわずかに身を寄せた。「あなた方がぼくに、もしくは、ほかの誰かに恥をかかせることになるなどと、こちらから申しあげたことがあるのでしょうか——それとも、あなたのお言葉を借りるなら、そう判断したことがあるのでしょうか」

「ありますとも。あなたの正確な言葉が思いだせれば、引用してさしあげたいところです。でも、そこに含まれた意味はよく覚えています。わたしたちには教育と衣装が必要で、王妃さまと社交界にお披露目をする必要がある。〝手間のかかる大仕事だ〟っておっしゃったのよ」

エリオットは獰猛な顔で夫人をにらみつけた。夫人の目は寒さのせいか、口論のせいか、大きく見ひらかれ、ぎらついていた。顔の造作のなかでは、この目がもっともすばらしい。

くもっと頻繁にぎらつかせるべきだ——ただし、相手はこのぼくでないよう願いたい。まったく、なんて恐ろしい女なんだ！

「それで？　ぼくが真実を口にしたものだから、議論を吹っかけようというのですか。あなたも、お姉さんも、妹さんも、上流社会に足を踏み入れて貴族の人々を魅了する準備は整ったと思っておられるのですか。そのマントとボンネットでロンドンのボンド・ストリートに出かけても、どこかの屋敷の召使いみたいな扱いを受けることはないとお思いなのですか。伯爵の姉として暮らすための準備が、わずかなりともできているとお思いなのですか」

「わたしが思いますに、そのようなことをご心配いただく必要はありません。スティーヴンの後見人になられても、わたしたちのことまで後見なさるわけじゃないでしょ。姉も妹もわたしも、社交界に入るために、そして、スティーヴンに恥をかかせないようにするために学ぶ必要のあることを、ちゃんと身につけていけると信じております。率直に申しあげると、あなたに恥をかかせることになっても、わたしは平気です。そんな事態になったなら、あなたはたぶん、わたしたちを軽蔑の目で見て唇をゆがめることに満足を覚え、ほかのみなさんは、野暮な田舎者を押しつけられたあなたに同情してくれることでしょう」

「で、どうやって社交界に入るおつもりです？」声をうんとひそめ、目を細くして、エリオットは尋ねた。「宮廷へ拝謁にあがるとき、誰があなたの後見役を務めるのです？　誰があなたに招待状を送ってくるのです？　あなたは誰に招待状を送るのです？」

　そう言われて、デュー夫人は黙りこんだ。

「さてと」エリオットは言った。「晩餐が冷めてしまう前に屋敷へ向かったほうがいい」

夫人はためいきをつき、彼と二人で歩きはじめた。しかし、口論をあきらめてはいなかった。

「あなただったらお気に召します？」と、エリオットに尋ねた。「ある日、いきなり誰かがおたくの玄関先にあらわれて、あなたの世界を逆さまにし、裏返しにしてしまったら」

それならすでに経験ずみだ！

「その誰かがより良き世界を新たに差しだしてくれるなら、大歓迎でしょうな」

「でも、どうしてわかります？　それがより良き世界だと」

「自分の目でたしかめに行けばいい。それから、ぼくだったら、自分の恐怖と不安を使いの者にぶつけるようなまねはしないでしょう」

「使いの者のおかげで、ブーツに踏みつけられた虫けらのような気分にさせられても？」

「相手のことがもっとよくわかるまで、軽率な判断は控えるでしょうね」

「あら、わたし、軽率でしたかしら」ヴァネッサは言った。「こちらの小道を通りましょう。そのほうが屋敷に早く着けますから。お気を悪くなさいました？　こちらが判断を急ぎすぎたのならお詫びします。スティーヴンのことが心配なものですから。あの子は昔から落ち着きがなくて、とうてい望みえないような冒険を人生に求めていました。今回、突然、考えたこともないような莫大な財産を手にすることとなりました。自分が誰なのか、どんな人生を送ることになるのか、新たな世界において自分がどんな立場に立つのか、あの子はもうわからなくなっています。ですから、あなたを師と仰ぎ、手本とするようになるでしょう。とくに、あなたはすでにもう、あの子の崇拝の的ですから。わたしは心配なのです。あなたの薫陶によって、あの子がいまより――」

デュー夫人はマフから片手を抜き、円を描くようなしぐさを見せた。

「傲慢になるのが？　不愉快な人間になるのが？」エリオットは言ってみた。

思いがけないことに、夫人はいきなり笑いだした。軽やかな明るい笑い声だった。

「わたし、そんなことを申しあげました？　あなたはたぶん、身分が下の者たちから媚びへつらわれることに慣れてらっしゃるのね。わたしは最初から、あなたの前で萎縮したりするものかと決めておりました。くだらないことを考えたものです」

エリオットはそっけなく言った。「それが大成功だったことを知れば、あなたはきっと満足なさるでしょう」

いかん！　悪意のかたまりのような言い方をしてしまった。ふだんの自分なら、けっしてこんな言い方はしないのに。サー・ハンフリー・デューの賓客として今宵をすごさねばならないことに、エリオットはいまも苛立っていた。

「伯爵として――もしくは子爵として――生きるのは、お遊びではすまないことです、デュー夫人」エリオットはさらに続けた。「特権をふりかざし、金を使い、従者や一族の者ににこやかに笑いかけたり、畏敬の念を叩きこんだりするだけではないのです。そうした人々に対して責任を負わねばならないのです」

この一年、エリオットはみずからそれを体験してきた。そろそろ身を固める時期にきているし、今年こそ花嫁を見つけて結婚しなくてはと思うと、それだけでひどく憂鬱になる。おまけに、十七歳の少年の後見人という重荷まで押しつけられるとは、とんでもない迷惑だ。しかも、少年には足手まといになる姉が三人もいて、エリオットの推測が正しければ、三人とも、シュロプシャー州のスロックブリッジ村から十五キロ以上遠くへは行ったこともないはずだ。もちろん、少年も同じだろう。

「そして、責任を負うべき相手の一人がスティーヴンというわけですね」デュー夫人がおだやかに尋ねた。

「まさにそうです」

「なぜそのようなことに？」

「先代の伯爵はぼくの叔父にあたる人でした」エリオットは説明した。「ぼくの父が、先代伯爵の息子の後見人になることを承知しました。息子というのは、つまり、ぼくのいとこにあたるわけで、弟さんの前の伯爵だった少年です。ところが、父は昨年亡くなりました。叔父の逝去からわずか二年後のことでした」

「まあ。それで、相続のさいに、後見人の役目もひきついだわけですね」

「そうです。そして、数カ月前にぼくの若きいとこが亡くなり、あなたの弟さんを捜しだすことになったのです。そして、弟さんもまた未成年者であることが判明しました。弟さんが長生きしてくれるよう祈っています。一族の者がつぎつぎと亡くなりましたからね、当分のあいだ、死と縁を切りたいものです」

「あなたがいとこなら、どうして――」

「いとこと言っても母方ですから」彼女が質問を終えるのを待たずに、エリオットは説明した。「ぼくの母とジョナサンの母が姉妹だったのです」

「ジョナサン。哀れな子」デュー夫人はためいきをついた。「あなたはお父さまからひきついだ義務を果たしてらっしゃるだけなのに、わたしったら腹を立てたりして、ずいぶん失礼なことを言ってしまいました。スティーヴンがまだほんの少年だとわかって、がっかりなさったことでしょうね」

これもたぶん、一種の謝罪なのだろう。しかし、エリオットの機嫌は直らなかった。物言いが辛辣で腹立たしい女だ。

しかし、ぼくもなぜわざわざこんなことをしたんだろう？　馬で彼女を追い越すさいに、帽子のつばに手をあてて礼儀正しく挨拶をし、ジョージと一緒にそのまま走り去ればよかったのに。

首をまわして彼女のほうを見ると、向こうも同じ瞬間に首をまわし、彼を見ていた。目が合った瞬間、彼女は唇を噛んだ。目に楽しげな表情が浮かんでいた。

「わたしったら、生意気にも子爵さまと口論してしまったのね。墓碑銘にそう書いてもらえるかしら。どう思われます？」

「あなたが家族にそれを自慢して、死を迎える日まで忘れさせないようにすれば」

デュー夫人は笑いだし、ふたたび前を向いた。

「あら、もうじき家だわ。おたがいに安堵したことはたしかですわね」

「アーメン」エリオットが言うと、夫人はまたしても笑いだした。

もしかしたら――黙りこんだまま残りの道を歩きながら、エリオットは思った――いまの会話と、ぼくに対する彼女の意見からすると、弟と一緒にウォレン館へ移ることを考えなおしてくれるかもしれない。このランドル・パークに残ろうという気になるかもしれない。こちらに残れば、ぼくの傲慢さと軽蔑と不機嫌を耐え忍ばなくてすむのだから。サー・ハンフリー・デューは思慮分別に富む人ではないかもしれないが、優しさの点では申し分ないし、嫁のことを実の娘のように可愛がっているのは明らかだ。ここなら幸せに暮らせるに違いない。

デュー夫人が考えなおしてくれるよう、心から願った。

しかし、もちろん、そんなことにはならなかった。

長い待ち時間がようやく終わった。五日目の夜、若きマートンが宿屋に二人を訪ねてきて、彼も姉たちも（三人そろって。まったくもう……）明日には出発できることになったと告げた。翌朝、約束はちゃんと守られた。というか、ほぼ守られた。エリオットとジョージが宿屋の勘定をすませて、雇った馬に乗り、村の通りをハクスタブル家のコテージに向かうと、旅装を整えた四人がそろって玄関の外に立っていた。ジョージが雇った荷物用の馬車には、一家の荷物がすべて積みこまれていた。エリオットの旅行用の馬車が扉を大きくひらき、淑女たちを迎えるためにステップをおろして、コテージのゲートの外に止まっていた。

しかし、出発に遅れが生じた。コテージの前に集まっていたのは、ハクスタブル家の三人とデュー夫人だけではなかった。スロックブリッジ村の住人が一人残らず集まっていた——おまけに、飼い犬までも。

ミス・ハクスタブルが庭の小道に立ち、コテージに残ることになっている家政婦を抱きしめていた。ミス・キャサリン・ハクスタブルは門の外に出て、エリオットの知らない村人を抱きしめていた。マートンは牧師と握手をしていて、そのあいだも、泣きじゃくる少女の肩に左腕をまわしたままだった。ほんの一週間前のバレンタインのパーティでクスクス笑いどおしだった少女だ。そして、デュー夫人はサー・ハンフリーの腕に抱かれ、一族の残りの人々がハンカチを手に、悲しい顔で二人のまわりに集まっていた。サー・ハンフリーの頬を涙がとめどなく流れ落ちていた。

ほかの者たちも四人と別れの挨拶をかわす順番を待っているようだった。

テリアや、コリーや、種類のはっきりしない犬があちこち走りまわり、興奮してワンワンギャンギャン吠え立て、ときおり立ち止まって鼻の匂いを嗅ぎあっていた。

「おやまあ」集まった人々のかなり手前で馬を止めながら、エリオットは皮肉っぽく言った。「この朝、自分の家にとどまっている村人が一人でもいるだろうか」

「心温まる光景だ」ジョージがうなずいた。「そして、小さな村の人々の親しさを示す証拠でもある」

マートンがランドル・パークの廏から買い入れた馬の首を、村の少年が押さえていて、この子ほど運に恵まれなかった少年二人が羨ましそうに見守る前で、誇りではちきれんばかりの顔をしていた。

エリオットは迂闊にも、馬でコテージまで行き、姉妹に手を貸して彼の馬車に乗せ、騒ぎに遭遇することなく、誰もいない通りを進んでいけるものと思いこんでいた。スロックブリッジに六日間も滞在したのだから、そう簡単に出発できないことぐらい覚悟しておくべきだった。若きスティーヴン・ハクスタブルがいまやマートン伯爵となったという事実だけでも大ニュースだが、彼と姉たちがスロックブリッジを離れる、それもたぶん永遠にとなると、そのほうがさらに一大事だった。

レディ・デューが庭の門から入ってきて、ミス・ハクスタブルと言葉をかわし、それから二人で抱きあった。デュー家の姉妹の一人はデュー夫人の肩にすがりつき、声をあげて泣いていた。

ロンドンの舞台で演じられる最高に感傷的なメロドラマに勝るとも劣らぬ光景だった。

「この一家の人生を、われわれが永遠に変えてしまった」ジョージが言った。「いいほうへ変わってくれるよう願うのみだ」

「ぼくらが一家の人生を変えただと？　ジョナサン・ハクスタブルの逝去にぼくが手を貸したわけじゃないんだぞ、ジョージ。きみも同じだ。それから、無事に成人するのは無理とされていた少年の後見人になり、つぎに、成年に達するまでまだ四年もあるもう一人の少年の後見人になったのは、ぼく自身の望んだことではない。ジョナサンの後見人というのは、うちの父の役目だったんだ」

エリオットは外套の下で片眼鏡の柄を探り、目に持っていった。デュー夫人は涙にくれてはいなかったが、顔には深い悲しみと愛情があふれていた。婚家の人々に別れを告げるのは、夫人にとって楽なことではなさそうだ。だったら、なぜ村を出ることにしたのだろう？　夫人はグレイのマントとボンネット姿だった。マントの下から藤色のドレスがのぞいている。一年以上たつのに、まだ喪に服しているわけだ。たぶん、結婚相手だった肺病のデューのことが好きだったのだろう。たぶん、同情だけで結婚したわけでも、準男爵家の一員になりたいという欲望から結婚したわけでもないのだろう。

喪に服するのはそろそろやめたほうがいいのに。あの色は——そもそもあれを色と呼べるならの話だが——まったく似合っていない。みっともないだけだ。

それにしても、とうてい美人とは言えず、立居ふるまいもなっていない女のことで、自分はなぜ目くじらを立ててるのだろう？

いらいらしながら、あたりを見まわした。

彼の到着に人々が気づきはじめたようなので、ホッと胸をなでおろした。別れの挨拶の残りの分が急いで進められた。ミス・ハクスタブルがきびきびと彼に会釈をし、ミス・キャサリン・ハクスタブルが笑みを浮かべ、片手をあげて挨拶し、スティーヴンが通りを大股でやってきて、エリオットとジョージのそれぞれと握手をした。目の奥で炎が燃えていた。

「準備はできました」スティーヴンは二人に言った。「ただ、ごらんのとおり、あと少しだけ別れの挨拶が残ってるんです」

スティーヴンは人の群れのなかに戻っていった。しかし、数分後には長女と三女に手を貸して馬車に乗せ、いっぽう、デュー夫人を馬車に乗せる役目はサー・ハンフリーがひきうけて、彼女の手を軽く叩き、それと同時に紙幣の束とおぼしきものをその手に握らせた。一歩下がり、ポケットから大判のハンカチをとりだすと、大きな音を立てて洟をかんだ。

そして、エリオットが予定していた時間よりわずか三十分遅れで、奇跡的に出発することができた——いや、本来の予定からすると、五日遅れと言うべきかもしれない。

エリオットは今回のことを比較的簡単に考えていた——スロックブリッジまでの旅に二日、少年に知らせを届け、出発の準備をさせるのに一日、新たなるマートン伯爵を連れてウォレン館に戻るのに二日、そのあとただちに、貴族社会に入るための集中教育にとりかかる。そうすれば、少年は夏になる前に自分の新たな役割をこなせるようになるはずだった。

ところが、早くも計画に狂いが生じている。姉たちがついてくることを知った時点で、それぐらい覚悟しておくべきだった。彼自身にも妹たちがいるので、きわめて単純な事柄が姉妹のおかげで救いがたいほど複雑になることをよく知っている。ハクスタブル家の姉妹は、弟を彼とジョージに託して、弟が新たな暮らしになじむのを待ち、そのうえで自分たちもそちらに赴こうと考えるかわりに、すぐさま一緒に出発することに決めた。ネシー・デュー夫人も含めて。

彼女たちをウォレン館へ一緒に連れていきたいと主張したのがマートン自身であったことを、エリオットは都合よく忘れていた。

彼にはっきりわかっていたのは、いまや、マートンだけでなく姉三人に対する責任まで負わねばならないということだった。この三人も先々代伯爵のひ孫にあたるわけだが、彼女たちを待ち受けている暮らしにふさわしい育ち方はしていない。嘆かわしいことに、いまは亡き牧師の子供として、生まれたときからこの村で暮らしてきた。着ている服は自分の手で縫い、そして繕ったもののようだ。三女は村の学校で教えていた。長女は家政婦と同じだけの家事をこなしていた。未亡人となった次女は――まあ、彼女については言わぬが花だろう。ただ、ひとつだけ言えるのは、信じられないほど身の程知らずの女だということだ。全員をある程度のレベルまでひきあげなくてはならないが、そう簡単にはいかないだろう。誰の助けも借りずに彼女たちが独力でなしとげられることではない。

いずれ夫が必要になる。三人ともいまや伯爵の姉という身分なのだから、夫は貴族社会に属する紳士でなくてはならない。貴族社会で立派な夫を見つけるためには、社交界に正式にデビューする必要がある。ロンドンで一年か二年ほど社交シーズンを経験する必要も。そして、社交界にデビューし、社交シーズンのあいだあちこちに招待されるためには、後見役が必要だ。

貴婦人の後見役が。

彼女たちだけでできることではない。

そして、エリオット一人にできることでもない。女性三人をロンドンへ連れていき、社交シーズン中に盛大にひらかれるパーティや舞踏会へいちいちエスコートするわけにはいかない。スキャンダルの種にされる。過去十年ほどは、ことあるごとに不名誉なスキャンダルを起こしてきた彼だが、ここ一年間、そうした暮らしとは縁を切っていた。人格者の鑑のような日々を送っていた。ほかに選択の余地がなかったのだ。父親の死とともに、気楽な青春の日々にいきなり終止符が打たれてしまった。

そんなことを考えるうちに、ますます気が滅入ってきた。

あとは自分たちでやってくれと言って、姉妹を新たな世界に放りだすわけにもいかない。エリオット自身にも説明のつかないなんらかの理由から、自力でやっていくのは無理だという悲惨な事実を彼女たち自身に悟らせるのは気の毒だと思った。もっとも、姉がデュー夫人一人だけだったなら、そうしたい誘惑に駆られたかもしれないが。

この数日間、それに関してジョージとうんざりするほど相談を続けてきた。暇つぶしになりそうなことが、ほかにほとんどなかったせいもある。

後見役の候補としてまず挙げられたのが、エリオットの母親だった。若い令嬢たちのために社交界デビューの準備をした経験と、令嬢にふさわしい夫探しをした経験がある。彼の妹二人のときにもすでに経験ずみだ。ただ、困ったことに、三番目の妹セシリーのデビューがまだで、じつは今年がそれにあたっている。

それに加えて三人もの女性を母に押しつけるわけにはいかない。いちばん年下のキャサリンもすでに二十歳、社交界に顔を出した経験はまったくないし、エリオットの母とは血のつながりもない。母のほうはセシリー一人で手一杯だろう。

後見役など頼まれたら、迷惑に決まっている。

もちろん、結婚した妹たちがいるが、ジェシカはふたたび大切な時期に入っているし、エイヴリルはまだ二十一歳で、ハクスタブル家の姉妹の後見役が務まる年齢とは言いがたい。ハクスタブル家の姉妹のうち二人はエイヴリルより年上だ。

残るは父方の叔母二人だが、どちらを候補に考えても、エリオットはすくみあがるばかりだった。年上のファニー叔母のほうは、エリオットが不運にもこの叔母と顔を合わせるたびに、昔からの持病の話に加えて、新たな持病の数々を延々と並べたて、しかも鼻にかかった哀れっぽい声で話しつづける。いっぽう、年下のロバータ叔母は境遇を――もしくは性別を――間違えて生まれてきた人で、陸軍の特務曹長になるべきタイプだった。軍隊に入れば、きっと大活躍したことだろう。

エリオットはハクスタブル一家のことが腹立たしくてならなかったが、この叔母のどちらかを姉妹に押しつけることは、とうていできなかった。たとえ、叔母たちが困難な責任を喜んでひきうけてくれるとしても。ファニー叔母は、自分の娘を無事に嫁がせるまでに、疲労困憊のなかで社交シーズンを五回も乗り越えなくてはならなかったし、ロバータ叔母のほうは、やんちゃな子供たち――息子ばかり――をどこへ出しても恥ずかしくない人間に鍛えあげるために、つねに忙しくしている。

「弟はぼくの庇護のもとに置くとしても、姉たちをウォレン館に放りっぱなしにするわけにはいかない」ある晩、村の宿屋で夕食に出された硬いローストビーフを食べながら、エリオットは言った。「あの子が姉たちの力になれるようになるまで、あと何年もかかるし、そのころには三人とも年をとってどうしようもなくなっているだろう。上の二人はすでに二十代の半ばになっているはずだ。未亡人が再婚するかどうかは、もちろん、ぼくにはどうでもいいことだが、それでもやはり社交界へのデビューだけは必要だと思う。再婚するかどうかは本人の意思しだいだ。相手がいればの話だが。あとの二人と違って、美貌に恵まれてないからな。そうだろう？」

「その言い方は感心しないな」ジョージは言った。「生き生きした笑顔になると、すばらしく魅力的だぞ――しょっちゅう笑みがこぼれてる。亡くなった夫というのがずば抜けたハンサムで、自分から彼女を選んだそうだ。恋愛結婚だったらしい」

信じられない。エリオットは鼻を鳴らした。

「こうなったら」べつの日に、運動のためにどこかの田舎道を馬で走り、冷たい霧雨に濡れていたときに、ジョージが言った。「きみが早く結婚することだな。自分で予定していたよりも早く。きみの妻がハクスタブル家の姉妹の後見役を務めればいい」

「なんだと？」エリオットはあわてて首をまわし、その拍子に、帽子のつばにたまっていた冷たい雨が膝に垂れた。「ろくろく考える時間もなしに？」

彼の心のなかには、花嫁候補はまだ一人もいなかった。もっとも、母親に言えば、結婚相手にふさわしい令嬢たちを十本の指でたちどころに数えあげてくれるに決まっている。しかし、あと二、三カ月は、そんなことは考えたくないと思っていた。

ジョージは肩をすくめた。「女を口説いてうんと言わせることぐらい、きみには造作もないことだと思うが。きわめて簡単なはず。結婚という市場へきみが今年買物に出かけることを女たちに知られたら、杖を使って全員を追い払わなきゃならないかもしれん。だが、噂が広まる前に結婚してしまえば、みんなの裏をかくことができる」

「冗談じゃない」エリオットは憤然と言った。「そんなことを考えてたのか。ろくに知りもしない三人の女への責任を果たすために、人生でもっとも重要な決断のひとつを——もっとも重要とまでは言わないにしても——軽率に下せというのかい？　本末転倒だ」

「結婚を急げば、〝いついつまでも幸せに〟の人生をその分だけ長く楽しめるぞ」ジョージが言った。

「ならば、きみがいまだに独身なのはなぜなんだ？　そして、結婚すべき時期を雇い主に進言することが、いつから秘書の仕事の一部になったんだ？」

ところが、エリオットがふたたび首をまわすと、彼の友はニヤニヤしていた。会話を楽しんでいる様子だ。そりゃそうだろう。田舎へ旅をするために、フィンチリー・パークの執務室を離れることができ、しかも、エリオットの不運な肩にのしかかっている責任はあくまでも他人事なのだから。

そして、あの女たちが——くそっ！——自分に課された責任なのだ。彼女たちを乗せた馬車がコテージの門をゆっくり離れ、村人が別れの手をあげ、ハンカチをふるなかで、エリオットは思った。

マートンが馬を進めてジョージと彼のあいだに割りこんできたため、彼の物思いはさえぎられた。

「生まれてからずっと、ここで暮らしてきたんです」出発が遅れたことを詫びるために、マートンは言った。「別れるのはつらいことです――あとに残るみんなにとっても、ぼくたちにとっても」

「よくわかるよ」ジョージが慰めた。「境遇の変化がいい方向へのものだとしても、慣れ親しんだものをすべて置き去りにするのは、やはり容易なことではないからね」

しかし、馬車のあとについて馬で村を抜けるころには、少年の表情は明るくなっていた。

「大学の勉強を終えてちゃんと仕事ができるようになるまで待たないことには、姉たちの献身に恩返しをするのも、みんなの暮らしを快適にするのも無理だと思っていました。だけど、もう待たなくていいんですね。姉たちが手にして当然の、でも、これまでは夢に見ることしかできなかった暮らしを、ぼくの手で三人のために用意することができるんだ」

いや、用意するのはこのぼくだ、金はマートンが出すとしても――エリオットは苦々しく考えた。ついでに、雨に濡れながら馬で走ったあの日の午後にジョージが言っていたことを思いだした。もちろん冗談で言ったのだろうが、それでも、ランプのなかにとらわれた蛾のように、ジョージの言葉がエリオットの記憶に突き刺さっていた。

あのとき、ジョージはこう言ったのだ。「もちろん、ミス・ハクスタブルとならいつでも結婚できるぞ、エリオット。そして、きみの妻として、妹たちの後見役をやらせればいい。それで多くの問題が解決する。しかも、すばらしい美貌の持ち主だ。いまだに独身だなんて、驚きと言うしかない」

そう言われて以来十回以上もやってきたことだが、エリオットはいまふたたび結論を下した——義務といえども限界がある。自分以外のすべての者にとって好都合だというだけで、美人ではあるがいささか陰気なミス・ハクスタブルとの結婚を、なぜこの自分が考えなくてはならないのだ？

ただ、彼が花嫁探しにとりかかろうとしているのは事実だった。そして、彼女と結婚すれば多くの点で好都合だ。なんといっても、伯爵の姉にあたるのだから。それに、美貌に恵まれていることは否定しようがない。

ああ、もういやだ。今回の件がすべて片づくころには、頭がどうにかなってしまいそうだ。頭痛に苦しんだことは一度もないが、この六日間というもの、特大の頭痛がもやもやした光輪のごとく頭上に浮かんでいるような気がしてならなかった。

母親と妊娠中の妹に残念な思いを向け、叔母二人のことを憂鬱な気分で考えて、多少なりともましなのは二人のどちらだろうと首をひねった。

だが、母親が後見役を買って出るのは無理としても、もしかしたら、何か気の利いた助言をしてくれるかもしれない。

父はなぜあと三十年ほど生きていてくれなかったのだろう？

そうすれば、自分はいまごろロンドンにいて、友達と酒に酔い、アナ・ブロムリー＝ヘイズが差し招く腕のなかで夜をすごしていただろう。なんの悩みもなくすごしていただろう。

それから……。

だが、そうはならなかった。

それが現実だ。

6

あと二時間ほどでウォレン館に到着します――一時間半ほど前に、午餐がすんでからリンゲイト子爵が言った。じゃ、もうじき着くのね。

田園地帯は緑にあふれ、丘がゆるやかな起伏を見せていた。豊かな農耕地のようだ。ウォレン館は豊かな資産だと、初めて訪ねてきた朝に、子爵は言った。スティーヴンのものとなったその他の領地もすべて。領地は三つある――ドーセットと、コーンウォールと、ケントに。しかし、ハンプシャーのウォレン館が伯爵家の本邸だった。

「わあ、きっとここね」不意にキャサリンが言って、座席から身を乗りだし、外の風景をよく見ようとして窓ガラスに鼻を押しつけた。

馬車が左へ急ターンをして、高い石の門柱のあいだを通り抜け、スティーヴンが馬車の横に姿を見せた。馬で先に行っていたのだが、寒さで赤らんだひたむきな表情の顔を傾け、馬車のなかをのぞきこんだ。

「ここだよ」と言い、前方を指さした。

マーガレットが笑顔になり、うなずいた。ヴァネッサは理解したというしるしに片手をあげた。キャサリンは首を伸ばして屋敷の姿をとらえようとした。もっとも、曲がりくねって延びる馬車道の両側に木々がこんもりと茂り、それにさえぎられて屋敷はまだ見えてこない。しかし、数分後、馬車が木立から離れると同時に屋敷が姿をあらわし、それを合図にしたかのように、一日じゅう雲に隠れていた太陽がようやく雲間から顔を出した。

ウォレン館。

たぶん〝館〟という古めかしい呼び方のせいだろうが、ヴァネッサは中世の大きな建造物を想像していた。じっさいには、淡いグレイの石で造られたパラディオ様式のこぎれいで堅固な四角い屋敷だった。丸屋根がそびえ、正面は柱廊式の玄関になっていて、大理石の階段らしきものが玄関ドアまで続いていた。屋敷の横手に廏があり、馬車道はそちらへ延びている。屋敷の手前には石の手すりに囲まれた広い平らなテラス。そこから階段で下の花壇へおりられるようになっている。いまは二月なので、花壇はまだ空っぽだ。

「まあ」ヴァネッサがいった。「何もかも本物なのね」

ばかげたことを言うものだ。しかし、姉と妹にはヴァネッサの言わんとすることがわかっているらしく、言葉の意味を尋ねようともしなかった。

全員が驚きのあまり目をみはっていた。

「すごくきれい！」キャサリンが叫んだ。

「また庭仕事ができそうだわ」マーガレットが言った。

ほかのときなら、はなはだしく控えめなこの表現に、全員が陽気に笑いころげたことだろう。テラスと花壇をべつにしても、見渡すかぎり、手入れの行き届いた庭園が彼女たちのまわりに広がっていた。

誰一人、笑おうとしなかった。

不意にすべてが現実になったのだ。これほどの壮麗さとこれほどの人生の激変は、誰一人想像もしていなかった。だが、ここまできてしまった。

廄に近づくにつれて上り坂になったが、やがて、急に向きが変わって馬車はテラスを通り抜け、屋敷の玄関へ続く階段の下まで行った。石畳のテラスの中央に石造りの噴水があった。もっとも、季節が早すぎるため、水は入っていなかった。また、石の壺がたくさん置かれていた。たぶん、夏のあいだ、そこに花が咲き乱れるのだろう。

馬車が止まり、御者が扉をあけてステップをおろすと、スティーヴン自身が馬車のなかへ手を差し入れてマーガレットをおろし、つぎにキャサリンを抱えあげて、ステップの助けを借りずにおろした。元気がありあまっているようだ。ふたたび馬車のほうを向いてヴァネッサをおろそうとしたが、その前にべつの手が扉のところに伸びていた——リンゲイト子爵の手だった。

子爵に食ってかかり、彼をどう思っているかを露骨に告げた日以来、ヴァネッサは彼と顔を合わせないようにしてきた。あのあと、自分の無鉄砲さにあきれる一方で、食ってかかる勇気のあった自分を誇らしく思ってもいた。そして、ふたたび彼と向かいあうことを考えるたびに、冷や汗の出そうな困惑に包まれていた。

その瞬間がやってきた。

もっとも、旅をするあいだ、ヴァネッサは必要以上に何度も彼の姿を盗み見ていたのだが。申し分なくハンサムで（はなはだしく控えめな表現）、雄々しくて、そして……ええと、そして、男性的だ。楽々と馬を乗りこなす姿にもうっとりさせられた。スティーヴンの様子を見ているのだと自分に言い聞かせつつも、しばしば子爵に見とれていた。ずいぶん不公平なことだと思った。ヘドリーだって、この世界が与えてくれるすてきな楽しみをすべて享受できたはずなのに、人生最後の二年間は痩せ細り、衰弱し、病気に苦しんでいた。いまなお夫にひたむきな忠誠を捧げる義務があるかのように。ヘドリーと正反対の男に惹かれる自分に、ヴァネッサは罪悪感を覚えた。

ヘドリーが亡くなってずいぶんたつのに。

「ありがとうございます」ヴァネッサは無理して子爵の目を見つめながら、彼の手に自分の手を預け、馬車のステップをおりてテラスに立った。だが、そこで屋敷のほうへ視線を移した。「まあ、くる途中で見たときの印象より、はるかに広大だわ」

こびとになったような気がした。しかし、なんと粗野なことを口にしてしまったことか！

「遠くからだと、屋敷とテラスと花壇がひとまとめで見えるため、屋敷の大きさより、心地よい景色のほうが印象に残るのでしょう」子爵は言った。「ところが、ここに着くと、屋敷そのものの印象が強くなる」

「この階段、大理石だわ」

「ええ、そうです」子爵はうなずいた。「玄関前の列柱もそうですよ」

「ここがわたしたちのお祖父さまの育った家なのね」

「いえ、違います。この屋敷は建ってからまだ三十年にもなりません。中世の古い館をこわして、そのあとにこれを建てたのです。以前は崩れかけたみすぼらしいものだったと聞いています。たしかに、いまの建物は美しい。それでもぼくはかつての館を見てみたかった。現代化という名のもとに、豊かな個性と多くの思い出が破壊されてしまったに違いない」

ヴァネッサはその思いに共感を覚えながら、子爵を見た。だが、それと同時に、手袋をはめた手をいまも子爵に預けたままだったことに気づいた。火傷をしたみたいにあわてて手をひっこめたため、子爵の注意を惹いてしまった。子爵は眉を吊りあげた。

黒ずくめの服装をした、ひどく偉そうな顔の紳士がスティーヴンに向かって頭を下げ、大理石の階段のほうを指し示した。執事に違いないと気づいて、ヴァネッサは軽い衝撃に襲われた。階段の途中に、これまた黒ずくめの装いのふっくらした女性が立っていた。たぶん、家政婦だろう。ここで初めて気がついたのだが、階段のてっぺんに、きちんとした身なりの召使いが並んでいた。開け放たれた巨大な両びらきドアの左右にそれぞれ列を作って。新しい主人を迎えるために整列しているのだ。

いやだわ、どうしよう。新しい家に到着したとたん、こんな身の縮む思いをさせられるなんて。スティーヴンはちゃんと乗り切ることができるかしら。

しかし、スティーヴンは片腕をマーガレットに、反対の腕をキャサリンに差しだし、うしろをちらっと見てヴァネッサがついてくることを確認してから、執事の案内に従って階段をのぼりはじめた。

リンゲイト子爵が腕を差しだしたので、ヴァネッサは手をかけた。

太陽が出ているにもかかわらず肌寒い日なのに、召使いたちはマントをはおっていなかった。それでも、スティーヴンに一人ずつ紹介されて頭を下げたり、膝を曲げて挨拶したりする以外には、誰一人身じろぎもしなかった。スティーヴンは一人一人に言葉をかけた。なんだか生まれながらの貴族みたい――ヴァネッサは誇らしく思った。

召使いの前を通りながら、ヴァネッサが無理に笑みを浮かべて会釈をすると、向こうも頭を下げたり、膝を曲げてお辞儀をしたりして挨拶を返してくれた。この屋敷に比べれば、ランドル・パークなど田舎のコテージのようなものだ。

みんなのうしろにボーウェン氏が続いた。

やがて、大広間に入った。あまりの壮麗さに、ヴァネッサは息が止まりかけた。円形の広間で、周囲を柱に支えられ、屋敷のてっぺんまで吹き抜けになっていて、上の円天井は金箔で飾られ、神話のさまざまな場面が描かれていた。細長い窓から広間に陽ざしが流れこみ、柱と市松模様の床に光と影の模様を描いていた。

全員が立ちつくし、見とれるだけだった。

最初に声をあげたのはリンゲイト子爵だった。

「あの悪魔！」みんなが天井を仰いだまま立ちつくし、執事と家政婦が一行をさらに奥へ案内しようと待っている前で、子爵はつぶやいた。

ヴァネッサは驚いて彼を見た。だがそこで、ブーツのかかとの音をタイルに響かせながら、広間をとりまくアーチのひとつを通って、べつの紳士が入ってきたことに気づいた。

ヴァネッサの目に入ったのは、長身で浅黒い肌をしたハンサムな男性だった。浅黒い顔、額に垂れる黒っぽい髪、着古されてはいるが筋骨たくましい身体にぴったり合った黒の乗馬服。男性は立ち止まり、背中で手を組んで笑顔になった。

すばらしく魅力的な笑顔だった。

リンゲイト子爵とよく似ている。二人が兄弟だと言われても、ヴァネッサは驚かなかっただろう。

「ほう」男性は言った。「新しい伯爵だね？　それから……お供の人たち？」

リンゲイト子爵はヴァネッサの腕を放して、分厚い外套の裾をブーツにぶつけながら大股で進みでた。もう一人の紳士と爪先がくっつきそうになったところで、ようやく足を止めた。背の高さがほぼ同じだった。

「とっくに出ていったと思っていた」不快感を隠そうともせずに、子爵はそっけなく言った。

「ぼくが？」紳士は笑みを浮かべたままだったが、声が変化し、いかにも退屈そうな物憂げな声になっていた。「だが、まだ出ていかずにいる。そうだろう？　エリオット。よかったら紹介してくれないかな」

子爵は躊躇したが、向きを変え、みんなのほうに顔を向けた。

「マートン、ミス・ハクスタブル、ミセス・デュー、ミス・キャサリン、ハクスタブル氏をご紹介しよう」

あら、兄弟じゃなかったのね。

「コンスタンティン・ハクスタブルです」紳士は全員に向かって優雅にお辞儀をした。「友人からはコンと呼ばれています」

「あっ、そうか!」スティーヴンが叫び、進みでて紳士と心をこめて握手をし、いっぽう女性たちは膝を曲げてお辞儀をした。「同じ名字だ。親戚なんですね」

「そう、たしかに」ヴァネッサと姉妹が興味深く見守る前で、ハクスタブル氏はうなずいた。

「またいとこです、正確には。曾祖父が同じなのでね」

「ほんとに?」スティーヴンが言った。「家系図のことをネシーがいつも話してくれましたが、残念なことに、ぼくたちは興味がなかった。曾祖父には息子が二人いた。そうですね?」

「きみのお祖父さまと、ぼくの祖父だ」コンスタンティン・ハクスタブルは言った。「つぎは、きみの父上とぼくの父。それから、ぼくの弟。この子は最近亡くなった。それから、きみ。マートン伯爵。おめでとうと言わせてもらおう」

ふたたびスティーヴンに軽く頭をさげた。

すると、コンスタンティン・ハクスタブルとリンゲイト子爵はいとこになるわけだ——母親どうしが姉妹だから。しかし、その関係はヴァネッサも頭のなかで推測していた。姉と弟妹も、その表情からすると想像がついたようだ。スティーヴンは眉を寄せて考えこみながら、またいとこをじっと見ていた。

「ひとつ理解できない点があるんですが」と言った。「あなたは亡くなられたばかりの伯爵のお兄さん。じゃ、本当はあなたが継ぐべきだったのでは――？　いえ、継ぐべきでは――？」

「マートン伯爵の称号を？」ハクスタブル氏は笑った。「わずか二日の差で、その栄光を得るチャンスを失ってしまったんだ、坊や。人生に野望を持ちすぎると、往々にしてそういう目にあうものだ。きみも教訓にするといい。ぼくの母はギリシャ人だった。ロンドンに駐在していたギリシャ大使の娘だったんだ。リンゲイト子爵と結婚して近くのフィンチリー・パークで子爵とともに暮らしていた姉を訪問したときに、父と出会った。しかし、母がその父親に、つまりぼくの祖父に、そのう、ちょっと困った状態になっていることを白状したのは、父親とともにギリシャに帰国したあとだった。父親はひどく立腹し、娘を連れてヨーロッパ大陸を横断した。ぼくの父に責任をとるよう迫り――父はそれに従った。ところが、ぼくは自分の人生がお伽話のような結末を迎えるのを――もしくは始まるのを――待とうとしなかった。英仏海峡を渡るときに母が船酔いでぐったりし、胎内のぼくもそれに屈してしまったため、父が特別許可証を手に入れて母と結婚する二日前に、いきなりこの世に誕生することとなった。そのため、過去においても、現在においても、そして、今後もずっと、非嫡出子のままなのだ。正式に夫婦となったわが両親は、跡継ぎに恵まれるまでさらに十年間待たなくてはならなかった。その子がジョナサンなんだ。こんなたくさんの新しい身内に会えたら、あいつのことだから、きっと大喜びしただろう。そう思わないか、エリオット」ハクスタブル氏はリンゲイト子爵を見た。片方の眉をあげた子爵の表情が、ヴァネッサには嘲弄しているように思われた。

どうやら、このいとこどうしには冷たい感情しかないようだ。

「ところが、ジョナサンは二、三カ月前に亡くなった」ハクスタブル氏は話を続けた。「医師団の予測より数年長生きすることができた。そして、みなさんがここに登場することとなった。正式に認められた新たなるマートン伯爵と、その姉上たちが。このレディたちは、みなさん、姉上なのでしょうな？　デュー夫人も含めて。フォーサイス夫人、客間のほうへお茶をお願いしたい」

ハクスタブル氏は貫禄充分の口調で言った。いかにも貴族的なくつろいだ態度だった。まるで、結局は彼がマートン伯爵で、ウォレン館を所有しているかのようだった。

「そんな悲しいお話は聞いたことがありません」目を丸くして彼を見つめながら、キャサリンが言った。「それを題材にして、ぜひ物語を書かせてくださいな」

「そこではぼくが悲劇のヒーロー？　しかし、念のために言っておくが、二日早く生まれても、それはそれでまた、いい点があるのだよ。たとえば、自由がある。マートンも、ここにいるいとこのエリオットも、けっして手にできないものだ」彼はマーガレットに向かってお辞儀をした。「ミス・ハクスタブル、二階までエスコートさせていただいてもよろしいでしょうか」

マーガレットが進みでて彼の腕に手をかけると、ハクスタブル氏は彼女をエスコートして、数分前に広間に入ってきたときのアーチを通り抜けた。出会ったばかりのまたいとこを興味津々の目で見つめながら、スティーヴンとキャサリンがすぐあとに続いた。リンゲイト子爵はボーウェン氏とちらっと視線をかわしてから、ふたたびヴァネッサに腕を差しだした。

「心からお詫びします。あの男には、出ていくよう言っておいたのに」

「あら、なぜ？　わたしたちの身内でしょ。しかも、わたしたちに対して、というか、スティーヴンに対して腹を立てるのが当然なのに、とても礼儀正しく歓迎してくださったわ。さっきのお話は本当なんでしょ？　あの方、マートン伯爵夫妻の第一子としてここでお育ちになったの？」

「そうです。だが、こういう問題になると、イングランドの法律はきわめて厳格だ。たとえ、跡を継ぐ子孫がほかに誰もいなくても、あの男が正当な跡継ぎとなることはできない」

「でも、誰もいないのなら」アーチを通り抜け、曲線を描いて二階へ続く豪華な大理石の階段まできたところで、ヴァネッサは言った。「あの方から国王陛下に対して、爵位を認めてもらえるよう請願なさればよかったのでは？」

どこかでそんなことを読んだ覚えがある。

「ええ、たしかに」リンゲイト子爵は言った。「ほかに誰もいなければ、そうした主張が合法かどうか、請願が認められる可能性があるかどうかを弁護士が判断してくれたことでしょう。ところが、子孫がいたのです——あなたの弟さんが」

あの人、どうしてスティーヴンに腹を立てずにいられるの？　ヴァネッサは階段を見あげ、コンスタンティン・ハクスタブルがマーガレットに笑いかけ、彼女が口にした何かの言葉を聞きとろうとして頭を傾けている様子に目を向けながら思った。赤の他人の一団が自宅にずかずか入りこんできたようなものなのに。

自分の家から出ていくよう命じられた――弟の後見人だった男から。自分のいとこにあたる男から。彼の母親とリンゲイト子爵の母親が姉妹なのだ。

「あれは災いをもたらす男です、デュー夫人」リンゲイト子爵は声をひそめた。「嫌がらせがしたくて、ここに残っているのです。やつの魅力に惑わされてはなりません。昔から魅力だけは充分に備えている男だった。弟さんにはきっぱりした態度をとってもらわないと。やつに猶予を与えるとしても、せいぜい一週間ですね。新しい住まいを見つけて荷造りをするための時間は、充分に与えてあったのだから」

「でも、ここがあの方の家なのよ」ヴァネッサは眉をひそめた。「生まれたときからずっとここで暮らしてらした。生まれてくるのがあと二日遅かったら、あの方の家になっていたわけでしょ？」

「だが、現実にはそうではなかった」みんなのあとから客間に入っていきながら、リンゲイト子爵はきっぱりと言った。「人生は〝もし……なら〟で成り立っている。そのようなものに頭を悩ませたところで、なんの意味もありません。〝もし……なら〟は現実ではない。デュー夫人、コン・ハクスタブルが先代伯爵の非嫡出子であり、あなたの弟さんがマートン伯爵である——それが現実なのです。同情に胸を痛めるのは間違いだと言えましょう」

でも、人に対して同情を覚えない人間は——ヴァネッサは思った——成熟した人間とは言えないんじゃないかしら。リンゲイト子爵の人間性にいささか疑問を持った。眉をひそめたまま、子爵を見た。他人を思いやる心を持たない人なの？　たとえ、相手が血を分けたいとこであっても？

しかし、子爵はすでにヴァネッサから離れ、大股でスティーヴンの横へ行っていた。

スティーヴンはコンスタンティン・ハクスタブルを憧れの目で見つめていた。キャサリンも同じだった。マーガレットは優しい目でコンスタンティンを見ていた。ヴァネッサは彼に笑顔を向けた。もっとも、コンスタンティンのほうは彼女に目もくれなかったが。

今日はこの人にとって、さぞ辛い一日に違いない。四人のまたいとこと初めて顔を合わせた日。もちろん、四人とも彼に好意を抱いているが、向こうにしてみれば、ほとんど慰めにならないはずだ。

夢に見たこともないような豪壮な大邸宅を目にして最初に感じた気後れを、ヴァネッサはしばらくのあいだ忘れていた。ところが、不意に気後れがよみがえった。客間は広い正方形で、高い折上げ天井がついていて、神話を題材にした天井画が描かれ、金箔で豪華に縁どりがしてある。家具はエレガントで、カーテンはワインレッドのベルベット。金色の重厚な額縁に入った数々の絵画が壁に並んでいる。足もとには大きなペルシャ絨毯が敷かれ、その周囲の床は身をかがめれば顔が映るぐらい丹念に磨きあげられている。

思いがけず、ヴァネッサの胸にランドル・パークへのなつかしさがこみあげてきた。ヘドリーをそこに捨ててきてしまったような気がした。

彼のことを忘れてはならない——ぜったいに忘れない。外套を脱いでもなお、大柄で、堂々としているリンゲイト子爵に目が釘付けになっていた。そして、もちろんハンサムだ。そして、生命力にあふれていて、男性的だ。

彼にひどく腹が立ってきた。

エリオットとコン・ハクスタブルは生まれたときから無二の親友だった。じつを言うと、わずか一年前まで。三歳という年齢差は（エリオットのほうが上）、なんの障害にもならなかった。住まいは八キロしか離れていないし、いとこどうしだし、近所には遊び相手があまりいないし、二人とも同じようなことをするのが好きだった——そのほとんどが戸外でやるスポーツと活発な遊びで、木登りをしたり、プールに飛びこんだり、ぬかるんだ湿地を歩いたり、その他さまざまな骨の折れる遊びを工夫したものだった。おかげで、二人は活発に動きまわって愉快な日々を送り、それぞれの乳母から大目玉を食らっていた。

大きくなってからも、あいかわらず仲良しで、二人で一緒にすごす日々を楽しんでいた。一緒にいれば、悪さをし、騒ぎをひきおこし、自分たちも危険な目にあい、同年代の者のあいだで憧れの的となり、社交界の大多数の者のあいだでは、あまり芳しくない評判が立つこととなった。二人とも貴婦人の人気の的だった。

颯爽たる若者が二人、一緒に遊びまわっていたが、人に大きな迷惑をかけたことは一度もなく、どういう奇跡か、彼ら自身がひどい目にあわされたこともなかった。若いといえども、やはり二人とも紳士で、身の程をわきまえていた。

コンの父親が亡くなったあとも、二人は親友でありつづけた。ただ、コンは弟のジョナサンをとても可愛がっていて、ウォレン館で弟とすごす時間が徐々に多くなっていった。コンにあまり会えないことをエリオットは寂しく思ったが、障害を抱えた弟を大切にする彼を尊敬していた。コンがどんどん大人になり、自分より先に身を固めるのではないかという気さえしていた。もちろん、ジョナサンの後見人はエリオットの父親が務めていたが、コンへの信頼が篤く、彼なら少年の面倒をきちんとみて、有能な管理人の助けを借りながら荘園の日々の運営にあたってくれると信じていたので、後見人としてうるさく口出しするようなことはなかった。

やがて、エリオットの父親も亡くなった。

そして、すべてが変わった。というのも、新たな責任の数々に真剣にとりくもうとエリオットが決心し、その責任のひとつがジョナサンの世話だったからだ。そこで、ウォレン館へしばしば出かけて、自分の義務をきちんと果たすために努力した。ただ、いずれは非公式な後見人役をふたたびコンに託すことができるものと、心から信じていた。叔父がコンを正式な後見人に指名しなかったことに、エリオットが首をかしげることすらあった。充分に後見人が務まる年齢であり、その能力もあったのに。しかも、ジョナサンはコンのことが大好きだった。

ところが、エリオットはやがて、苦い真実を知ることとなった。ジョナサンにばれる危険はないと高をくくって、エリオットの父親がジョナサンのために設定した信託財産をコンが勝手に使いこみ、先祖代々伝わる宝石類を盗みだし、利益を自分のふところに入れていたのだ。また、コンの女遊びのひどさもエリオットの知るところとなった。おなかが大きくなって解雇されたメイドたち、誘惑されて捨てられた労働者階級の娘たち。

コンはエリオットがこれまで信じてきたような人物ではなかったのだ。名誉を重んじる心など、彼のなかにはまったくなかった。弱い者を餌食にする男。紳士とは正反対の男。自分の責任でもないのに、あと一歩のところで正式な跡継ぎになりそこねた、というのも言い訳にはならない。

コンの悪事を知ってしまったのは、耐えがたいほど胸の痛むことだった。

もっとも、窃盗についても、女遊びについても、コンは頑として認めようとしなかった。ただし、否定もしなかった。エリオットが彼のつかんだ事実を突きつけても、コンは笑い飛ばすだけだった。

「とっとと失せろ、エリオット」それがコンの言ったすべてだった。

この一年間、二人は苦々しく敵対してきた。少なくとも、エリオットのほうは苦い思いを抱いていた。コンをかばうための言葉が見つからなかった。

ジョナサンの世話をひきうけ、荘園の運営にみずから乗りだし、フィンチリー・パークにいるのと同じぐらい多くの時間をウォレン館で送っているような気がしていた。自分のために残された時間はほとんどなかった。

コンのせいで、エリオットにとっては耐えがたい一年となった。コンはかつての友のやることを何かにつけて妨害し、ジョナサンをそそのかしてエリオットに反抗させた。むずかしいことではなかった。少年には、自分が何をやっているかもわからなかったからだ。

エリオットは、まだまだ世間知らずなせいだろうが、最大の重荷からようやく解放されたと思っていた。新しいマートン伯爵は未成年で、いまから始まる人生と義務に対する準備がまったくできていないし、同じく準備のできていない姉が三人もくっついているが、少なくとも、目ざわりだったコン・ハクスタブルを追い払うことだけはできたからだ。

というか、そう思いこんでいた。屋敷を去るよう、コンに命じておいた。

ところが、コンは居すわっていた。しかも、すばらしい魅力を駆使して、ウォレン館の新たなる主人とその姉たちを歓迎することにしたのだった。

常識的な礼儀をわきまえた者なら、いくら遠い親戚とはいえ、新しい伯爵がここで暮らすようになる前に出ていったはずだ。しかし、コン・ハクスタブルに常識的な礼儀を期待してはいけないことぐらい、エリオットも覚悟しておくべきだった。

エリオットはデュー夫人のそばを離れ、決然とした足どりで客間の向こう側まで行った。

「たしかに、ここはかなり豪華な屋敷だ」コンが言っていた。若き身内の一人から何か質問されて、それに答えているのだろう。「わが尊敬すべき父は伯爵となってほどなく、修道院と砦と居館を兼ねていた古い建物を解体しようと決め、そのあとに、父の富と趣味の良さを示すこの屋敷を建てることにした。のちに、青年時代の旅行で集めた宝の数々で屋敷を満たした」

「まあ。でも、見てみたかったわ」キャサリン・ハクスタブルが言った。「修道院のころの姿を」

「たしかに犯罪的行為以外の何ものでもなかった」コンはうなずいた。「解体してしまうというのは。隙間風の吹きこむ廊下や、細長い窓しかない暗い部屋や、古ぼけた衛生設備に比べれば、この建物の贅沢な心地よさのほうが、住む者にとって快適であってもね」

「もし、ぼくがやるとしたら」マートンが言った。「古い館はそのまま残しておいて、そばにこの屋敷を建てるでしょうね。ネシーがいつも言ってるように、歴史を大切にするのはいいことだし、由緒ある建物はぜひとも保存しなきゃいけないけど、白状すると、ぼくは現代の暮らしの快適さも好きなんです」

「おお」エリオットがコンを窓辺へひっぱっていって二人だけで話をしようと思ったそのとき、コンが言った。「お茶がきたぞ。いつもの場所に置いてくれ、フォーサイス夫人。たぶん、ミス・ハクスタブルが注いでくださるだろう」

だが、コンはそこで申しわけなさそうな笑みを浮かべ、彼女に向かって頭を下げた。

「お許しください。若きマートンのいちばん上の姉君でいらっしゃるのだから、お茶を注ぐのに、ぼくの許可など不要でしたね。さ、注いでください」

ミス・ハクスタブルはコンに向かって軽く会釈をしてから、お茶のトレイの前に腰をおろした。カップと受け皿とお菓子の皿をみんなにまわすために、デュー夫人がそばへ行った。ジョージがエリオットと無言で合図をかわして、マートンとすぐ上の姉を大理石の暖炉のほうへ連れていった。みんなが暖炉に手をかざし、炎の温かさに心を和ませた。

エリオットはコンを強引に追い立てるようにして、窓辺へゆっくり歩いていった。ほかの者に聞かれる心配のない場所まで行ったとたん、歯に衣着せずズバッと言った。

「じつに不作法だ」声はひそめたままだった。

「自分の希望は二の次にしてここに残り、またいとこたちの到着を出迎え、くつろいでもらえるよう力になることが？」驚いたふりをして、コンは言った。「最高の礼儀と言ってもいいはずだが、エリオット。この無私なる態度と思慮深さは、われながら立派だと思う」

「挨拶と歓迎はすでに終わった」エリオットはそっけなく言った。「もう出ていってくれてかまわないぞ」

「いま？」コンの眉が跳ねあがった。「この瞬間に？　いささか唐突だし、不作法に思われるのでは？　きみがそんな提案をするなんて驚いたな、エリオット。ガチガチの堅物になってしまったくせに。干からびた朴念仁になる危険性が大きいぞ。考えただけでぞっとする」

「きみと舌戦をやるつもりはない。出ていってもらいたい」

「失礼ながら」コンは困ったように眉をひそめ、そして嘲笑うような目で、エリオットを見つめた。「きみの命令がウォレン館を支配するのかい？　それはむしろ、ぼくのまたいとこ、マートンの役目じゃないのかね?」

「マートンはまだ子供だ」エリオットは歯ぎしりしたい思いで言いかえした。「そして、人の影響を受けやすい。そして、ぼくが正式の後見人となっている。きみはすでに一人の子供を弄んできた。ぼくには対処のしようがなかった。相手がきみの弟で、きみの影響下にあったからね。今回は、そのようなことは許さない」

「弄んだ……」一瞬、嘲りの表情が消え、もっと醜悪な何かがコンの目のなかでぎらついた。「ぼくがジョンを弄んだ」やがて、もとのコンに戻った。「ああ、そうとも。簡単なことだったよ。あまり知恵のまわる子じゃなかったからね。だろう? まあ、多少は知恵があったとしても、たいしたことはないから、ぼくの邪悪な影響から身を守るのは無理だったかもしれない。おや、デュー夫人――露《デュー》とはこの場にふさわしいお名前だ。喉がカラカラだったところに、お茶を持ってきてくださった」

魅力的な笑みが戻っていた。

夫人はカップを二つ運んできた。エリオットは片方をとり、感謝をあらわすために軽く会釈をした。

「デュー夫人」コンが言った。「しかし、デュー氏はご一緒じゃないんですね」

「わたしは未亡人です。夫は一年半前に亡くなりました」

「ああ……」コンは言った。「だが、あなたはまだとてもお若い。お悔やみを申しあげます。愛する人を失うのは辛いことです。とくに、自分の心臓の鼓動と同じぐらい身近にいた人を亡くすのは」

「たしかに辛いことでした」夫人は同意した。「いまも辛い思いをしています。スティーヴンや姉妹と一緒に暮らそうと思って、こちらにまいりました。あなたはこれからどこでお暮らしになるのですか、ハクスタブルさま。ここで？」

「ここを出たあと、疲れた頭を横たえる場所をどこかに見つけるつもりです。ぼくのことはどうぞご心配なく」

「あなたなら立派におやりになることでしょう。心配しようなんて思ってもおりませんでした。でも、お急ぎにならなくてもよろしいのよ。この屋敷はわたしたちだけで暮らすには広すぎますし、もともとあなたの家ですもの。それに、今後とも親しくさせていただきたいんです。一族のあいだで遠い昔に諍いがあったばかりに、長いあいだ疎遠になっていたんですもの。お菓子をお持ちしましょうか。そちらはいかが、リンゲイト子爵さま」

デュー夫人の目の表情と口調から、エリオットはコンとの会話の一部を彼女に聞かれてしまったことを悟った。すぐさま結論に飛びつく性格ゆえ、エリオットに腹を立てているのだろう。

夫人が立ち去ろうとしたところに、マートンがやってきた。元気を持て余していて、暖炉のそばでじっとすわっているのが退屈になったようだ。

明るく輝く真剣な目で窓の外をながめて、マートンは言った。「ここから見る景色は雄大ですねえ」

「父はきっとこの景色に惹かれて、古い館のあった場所に屋敷を新築する気になったのだろう」

窓は南向きだった。テラスと下に広がる整形式庭園を窓から見下ろすことができ、その向こうには、ゆるやかな起伏を描きながら四方八方へ庭園が広がっていた。芝生や木立や湖がながめられ、伯爵家が所有するパッチワークのような遠くの畑地へ続いている。

「ねえ」マートンが言った。「明日、ぼくと一緒に馬で出かけて、あちこち案内してください」

「それから、お屋敷も」キャサリン・ハクスタブルがあとを続けた。弟のそばにきていた。

「お屋敷のなかをまわって、いろんな宝物のことを説明してくださいな。よくご存じでしょうから」

「いいですよ」コンは言った。「みんなに喜んでもらえるなら、なんでもしましょう。あなたの姉上がさきほど言われたとおり、身内どうしの反目は嘆かわしいことだ」コンの視線がエリオットに向けられ、嘲笑うかのように片方の眉があがった。「その原因はたいてい、どうでもいいようなことばかりなのに、何世代にもわたって諍いが続き、いとこやまたいとこが親戚づきあいの機会を奪われてしまう」

窃盗と女遊びがどうでもいいようなことなのか？　エリオットがコンをにらみすえると、コンはキャサリン・ハクスタブルが指をさしている庭の何かのほうへ視線をそらした。

デュー夫人がお茶のトレイのそばに立ち、ケーキの皿を手に持って、姉とジョージを相手に会話をしていた。ジョージが言った何かに笑みを浮かべ、皿を手にしたまま、窓のほうを向いた。笑みの残る目がエリオットの視線とぶつかり、エリオットは唇を固く閉じたまま夫人を見つめかえした。

姉と妹を見るよりも、彼女を見る回数のほうがはるかに多いのはなぜだろう？　姉と妹のほうがずっと目を楽しませてくれるのに。しかし、夫人を見てうっとりしているわけではない。見るたびにいらいらさせられる。

スロックブリッジを出てからこれで十回以上になるが、彼女が村に残ってくれればよかったのにと思った。村に滞在していたときと同じく、彼女が絶えざる癪の種になりそうな不吉な予感がした。

あの女はコンと親しくなろうとしている。ひとえに、ぼくへの嫌がらせのためだ。なんて腹の立つ女だろう。

諍いをするとその人の最良の面が隠れてしまう、というのが昔からのヴァネッサの持論だった。

7

リンゲイト子爵とコンスタンティン・ハクスタブルのあいだには、明らかに何か諍いの種があるようだ。子爵のほうはもともと傲慢で気むずかしい性格だし、ハクスタブル氏のほうは先代伯爵の非嫡出子で、それゆえ子爵より身分が低いから、ヴァネッサとしては、たぶん子爵のほうに非があるだろうと思いたいところだが、ハクスタブル氏になんの罪もないと確信することはもはやできなくなっていた。

二人のところへお茶を運んだときに、会話の一部がたまたま耳に入った。聞いてはならないことを耳にしたことに、やましさは感じなかった。お茶の時間の客間――スティーヴンの客間――は個人的な不和を表に出すための場所ではない。ほかの者に知られたくないのなら。しかし、リンゲイト子爵がいつもの不機嫌な態度だったのに対して、コンスタンティン・ハクスタブルはそれまでとは異なる一面を見せていた。冷笑を浮かべ、子爵を挑発し、相手を動揺させておもしろがっている様子だった。

自分たち一行がウォレン館に到着する前に出ていくよう、子爵から言われていたのに、屋敷にとどまっていた。

スティーヴンと姉たちに挨拶をし、これまで彼のものだった屋敷にみんなを迎え入れるつもりだったから？　それとも、彼が居すわっていたらリンゲイト子爵が不愉快に思うことを知っていたから？

あとのほうが彼の動機だったとしたら、少々がっかりだが、それでもハクスタブル氏を気の毒に思う気持ちには変わりがなかった。そもそも、リンゲイト子爵に命じられたというだけで、どうして出ていかなきゃならないの？

しかし、正直なところ、なんともくだらない諍いに思われた。二人ともいい大人だし、いとこどうしなのに。兄弟と言ってもいいぐらいよく似ている。違うのは、片方がほぼどんなときでも不機嫌な顔をしているのに対して、もう一人は魅力と微笑をふりまき、鼻が曲がっているにもかかわらず、ハンサムな顔立ちをひけらかしている点だ。ただし、じっさいには、リンゲイト子爵ほどハンサムではないが。

二人の口論の原因が何なのか、ヴァネッサは気にしないことにした。いや、本当は気になる。誰だって自然と興味を持つものだ。しかし、自分も、スティーヴンも、姉と妹も、よりによって今日という日にそんなことに巻きこまれなくてもいいはずだ。今日はたぶん、スティーヴンの生涯でもっとも刺激的な一日だ。あの二人も、日と場所が改まるまで口論を控えるだけの礼儀をわきまえていてくれればよかったのに。

しかし、考えてみれば、スティーヴンの幸運はほかの人間の不運によってもたらされたものだ。そして、晩餐のときに、ヴァネッサはハクスタブル氏が黒一色の装いであることに気づいた。最初に会ったときの乗馬用の服装もそうだった。わたしと同じく、いまも喪に服しているの？　もっとも、この人の場合はまだ喪が明けていないだろうけど。弟を亡くすなんて、どんなに辛いことかしら。スティーヴンのことが頭をよぎったが、そんな自分の想像をきっぱりと断ち切った。考えただけで耐えられない。

「弟さんのことを聞かせてくださいな」全員が客間へ移ったあとで、ヴァネッサはハクスタブル氏に言った。

マーガレットがリンゲイト子爵とスティーヴンに向かって何か言っていたが、ヴァネッサの質問を耳にしたとみえ、返事を聞こうとして三人とも話を中断した。

ヴァネッサは、おそらく返事はないものと思っていた。ハクスタブル氏は唇にかすかな微笑を浮かべて暖炉の火を見つめていた。だが、やがて口をひらいた。

「誰かをひとことで言いあらわすのは、ふつうは不可能です。だが、ジョンに関しては、本当にふさわしい言葉はたったひとつだったような気がする。あの子は愛だった。人間にしろ、ものにしろ、ジョンが愛さなかったものはどこにもない」

ヴァネッサは同情と激励のこもった笑みを浮かべた。

「若者の身体に幼子の魂の宿った子だった」ハクスタブル氏は話を続けた。「遊ぶのが大好きだった。そして、ときには、人をからかうのも好きだった。かくれんぼも好きだった。どここに隠れているのか、鬼にはすぐにわかるというのに。そうだろう、エリオット?」

ハクスタブル氏はリンゲイト子爵に視線を向けた。一瞬、氏の表情のなかに、ヴァネッサが前に目にした嘲りがよみがえっていた。痛ましかった。彼に似合わない表情だった。

子爵のほうは——もちろん——不機嫌な顔だった。

「弟さんを亡くされて、とてもお辛いでしょうね」ヴァネッサは言った。

ハクスタブル氏は肩をすくめた。

「あの子は十六歳の誕生日の夜に亡くなった。はしゃぎまわって幸せな一日を終え、眠ったまま亡くなった。われわれもみな、そうやって安らかに逝きたいものだ。あの子の死を望んでいたわけではないが、ぼくはこれでようやく、自由によそへ行って自分の幸運を追い求めてもいいことになった。ときとして、愛が重荷のように感じられることもありますからね」

こんな意見が口にされるのを聞くのは衝撃だった。ヴァネッサはここまで正直にはなれない。しかし、彼女自身にも思いあたるふしがあってギクッとした。とはいえ、こういう考え方ができるのは冷酷なことではないだろうか? 〝……のよう〟というぼかした言い方ではあったが。愛することの苦しさをヴァネッサは身にしみて知っていた。

「ねえ」短い沈黙を破ってスティーヴンが言った。その沈黙のなかで、ほかのみんなは気まずい思いをしていたことだろう。「急いで出ていこうなんて思わないでくださいね。教えてほしいことがたくさんあるんです。それに、法的にぼくのものになったからって、あなたがここをご自分の家だと思うのをやめなきゃいけない理由はどこにもないんだし」

「きみは善意にあふれた子だね」ハクスタブル氏が言った。その声と、軽く吊りあげた片方の眉に、かすかな嘲りの色がよみがえっていた。

ヴァネッサは首をひねった——軽薄そうな仮面の下に立派な人格が潜んでいるの？　それとも、魅力と微笑に満ちた仮面の下に立派とはいえない人格が隠れているの？　それとも、人間のつねとして、この人のなかにも、矛盾した数々の個性が複雑にまざりあっているの？　リンゲイト子爵のほうはどうなのかしら。ヴァネッサが子爵に目を向けると、向こうも彼女を見つめていた。その目の青さにはいつもドキッとさせられる。

「単なる善意ではありませんわ、ハクスタブルさま」子爵に視線を据えたまま、ヴァネッサは言った。「これまでその存在も知らなかった親戚にめぐりあえて、うれしくてたまらないんです。あなたのことは誰も話してくれなかったんですもの」

子爵の唇の片側がかすかにゆがんだが、どれだけ想像力をたくましくしても、微笑と呼べそうな表情ではなかった。

「ぼくたちは親戚なのだから」ハクスタブル氏が言った。「ファーストネームで呼んでくれるよう、みなさんにお願いしたい」

「コンスタンティン」彼に注意を戻して、ヴァネッサは言った。「よろしければ、わたしのことはヴァネッサとお呼びください。弟さんのことはお気の毒に思います。若い人が亡くなるのを見るのは辛いことですもの。その人を愛している場合はとくに」

コンスタンティンがひと言も意見を言わずに微笑を返したので、少なくとも部分的にはいい人なのね、とヴァネッサは思った。いまの表情は無理に作れるものではない。弟を愛していたことが、その表情に出ていた。コンスタンティンのものだったかもしれない爵位を、ジョナサンが奪う結果になったのは事実だが。

「晩餐の席でおっしゃったでしょ、コンスタンティン」キャサリンが言った。「乗馬を教えてくださるって。一日や二日でできるものではないと思うわ。やっぱり、ここにはもっと長くいてくださらなきゃ」

「きみが覚えの悪い子なら、たぶん一週間ほどかかるだろう。もっとも、覚えは悪くなさそうだが。では、とりあえず、きみが乗馬をマスターするまで、屋敷にとどまることにしよう、キャサリン」

「みんな、大喜びですわ」マーガレットが言った。

ヴァネッサは、リンゲイト子爵の右手の指が腿をリズミカルに叩いているのを見て、子爵自身はそれに気づいているのだろうかと思った。

子爵とコンスタンティンはどうして対立してるの？　昔からずっとそうだったの？

エリオットはマートンがウォレン館に到着した日の翌朝から、すぐさま彼の教育にとりかかるつもりでいた。八キロ離れたところにある彼の自宅、フィンチリー・パークのほうでも彼自身の用事がたまっていた。それに、用事をべつにしても、自分の家でゆっくりしたくてたまらなかった。だが、今後一、二カ月は、当然ながら、馬で頻繁にウォレン館へ出向かなくてはならない。やるべきことがどっさりある。エリオットの父親が二年ほど前に雇い入れた有能な荘園管理人のサムソンに、マートンを紹介するつもりでいた。午前中を屋敷内ですごして、サムソンの執務室で少年とともに多数の書類に目を通し、午後からは三人で馬に乗って、伯爵家が所有する農場や、新伯爵にとって重要なその他の場所を案内してまわろうと予定していた。

少年と一緒に、一日じゅう忙しくすごすつもりだった。無駄にする時間はいっさいない。ところが、朝食のあとでマートンがエリオットに言った。コンが彼と姉たちに屋敷のなかと内側の庭園を案内してくれることになったというのだ。

それだけで午前中いっぱいかかってしまった。

そして、午餐のあとで、マートンがまたしてもエリオットに言った。コンが馬で外側の庭園と伯爵家の農場を案内してまわり、作男や借家人の何人かに紹介してくれることになったという。

「ほんとに親切な人ですね」マートンは言った。「一日じゅうぼくにつきあってくれるなんて。一緒にどうですか」

「ぼくはここに残る」エリオットはそっけなく答えた。「だが、明日は管理人のサムソンとすごしてもらわなきゃならん、マートン。ぼくも同席する」

「わかりました。教えてもらいたいことがたくさんあるんです」

ところが、翌朝、エリオットはマートンを捜してまわらなくてはならず、ようやく厩にいる彼を見つけた。コンや馬番頭《うまばんがしら》と一緒にいて、一頭一頭の馬に声をかけ、楽しくてたまらない様子だった。執務室にくる前に、当然ながら着替えの必要があった。

「家のなかで馬の臭いがするのを、メグがすごくいやがるんです」マートンは弁解した。「ぼくの服に馬糞の小さな粒がついてるだけでも、臭いと言って大騒ぎなんですよ」

午餐までのあいだ、マートンは執務室で山のような情報に真剣に耳を傾け、すばらしい学習意欲を示し、つぎつぎと知的な質問をした。ところが、午餐がすむと、牧師のところと、グレインジャー家と、その他一軒か二軒ほどの近隣の名家へコンに連れていってもらう約束だと言いだした。

「喜んで案内してくれるなんて、ほんとにいい人ですよね」マートンは言った。「ぼくに腹を立ててもいいはずなのに。でも、すごく気を遣って愛想よくしてくれる。好天が続くようなら、明日は姉たちを湖へ連れていってボートに乗せてくれるそうです。ぼくも行くつもりです。そうすれば、ボートを二隻出せるから。よかったら一緒に行きましょうよ」

エリオットは誘いをことわった。

毎日、晩餐がすむと、コンはエリオットがうんざりするほどよく知っている魅力をふりまいて雑談に興じた。あらゆる年齢層の相手を、男女の区別なく、いつでも意のままに操ることのできる男だった。以前は二人でそれを冗談の種にして笑ったものだった。エリオットよりもコンのほうが、つねにその技に長けていた。

もちろん、コンは新たに見つかった親戚のことなど、気にかけてもいない。もし気にかけているとしても、コンの心にあるのは、もちろん愛情ではない。会ったこともない連中が押しかけてきて、コンを自宅から追いだそうとしている。もしくは、少なくとも、居候のような気分にさせているのだから。たぶん、連中を深く恨んでいることだろう。

エリオットに嫌がらせをしたい一心で居すわっているのだ。

厄介なのは二人がおたがいを知りすぎていることだった。どうすればかつての親友にいやな思いをさせられるか、コンは心得ている。そして、エリオットにはコンの心の動きが手にとるようにわかる。

ボート遊びが予定されている日の朝早く、エリオットは来客用の寝室の窓辺に立ち、コンが階下の玄関ドアを出てきっぱりした足どりでテラスを横切り、花園へ続く階段をおりていくのを見守っていた。

着替えはすでにすませていた。早朝の乗馬に出かけるつもりだったのだ。だが、屋敷のほかの住人たちのいないところでコンと話をするチャンスだった。マートンはまだ若くて、人の影響を受けやすい。姉たちは無垢で世間知らずだ。コンはこれまで哀れなジョナサンをうまく利用して、後見人としてのエリオットの役目を厄介なものにしてきた。新しいマートン伯爵を利用してふたたび同じことを企てるチャンスをコンに与えることは、断じて許すべきではない。

エリオットはコンのあとを追った。コンはすでに花園を出て左へ曲がっている。部屋を出る前にそこまで見届けておいたのだ。すると、湖へ向かったのではない。厩でもない。だが、コンがどこへ向かったかは、ほどなく明らかになった。あとを追っていくと、伯爵家のチャペルとそれをとりかこむ墓地に出た。コンは案の定、ジョナサンの墓の前に立っていた。

エリオットは一瞬、あとを追ってきたことを後悔した。コンがひそかに墓参りにきたのなら、邪魔をしてはならないと思った。だが、それとほぼ同時に怒りがこみあげてきた。たとえコンがジョナサンを愛していたとしても、そのいっぽうで、まことに卑劣なやり方で弟を利用して財産を奪い、家名を汚した。ジョナサンは何も気づいていなかったし、説明を受けても何ひとつ理解できなかっただろうが、だからと言って、許されることではない。そういう問題ではない。

やがて、姿を見られずにひきかえせる瞬間は——エリオットがその瞬間を望んでいたとしても——すぎてしまった。コンが首をまわし、エリオットに視線を据えた。いまは笑顔ではなかった。魅了すべき観客が一人もいないのだから。

「うちの父と弟の——そして、またいとこの——屋敷をのぞきまわり、まるで自分の家にいるみたいにいばりちらすだけでは満足できないのか、エリオット。今度は、伯爵家の者たちが眠っている墓地にまで入りこむ気か」

「伯爵家の人々に対しては、ぼくはなんの文句もない」エリオットは言った。「そして、きみにとって幸いなことに、その人々もきみに対して文句はないだろう。亡くなった人ばかりだからな。だが、きみがこのように神聖な場所に立っているのが、ぼくには驚きだ。みんながいまも生きていて、ぼくの知っていることを知ったなら、きみに文句を言うことだろう」

「知っていると言っても、きみがそう思いこんでるだけじゃないか」コンは嘲るような笑い声をあげた。「殊勝な顔をした退屈人間になってしまったものだな、エリオット。昔はそうじゃなかったのに」

「たしかに、無茶な放蕩にふけった時期もあった」エリオットは認めた。「だが、悪事を働いたことはなかったぞ、コン。自分の名誉を捨てたことは一度もなかった」

「屋敷に戻れ」コンは荒々しく言った。「きみの健康に被害が及ばないうちに。いや、もっといいのはフィンチリーに戻ることだ。きみの干渉がなくとも、あの坊やは立派にやっていける」

「だが、きみのほうで干渉すれば、あの子は相続した財産の残りをすべて奪われることになるだろう。ぼくがここにきたのは、きみと言い争うためではない、コン。今日じゅうに出ていってくれ。きみに品位のかけらでも残っているなら、屋敷を去って、あの人たちには二度と近づかないでほしい。無垢な人たちだ。何も気づいていない」

コンは冷笑を浮かべた。

「あのなかの一人に気があるんだろ、エリオット。長女は目をみはるような美女だ。末の妹もよだれが出そうだ。未亡人だって魅力がなくはない。笑ったときの目がすばらしい。誰に気があるんだ？　お行儀よくして、そのうち結婚して、子供を作るつもりなんだろ？　ウォレン館のハクスタブル一族の誰かと結婚すれば好都合だよな」

エリオットは険悪な形相でコンのほうへ二歩近づいた。

「はっきり言っておくが、あの姉妹には手を出さないでもらいたい。このぼくが許さない。わかったな。きみのような男がつきあえる相手ではない」

コンはふたたび冷笑を浮かべた。

「先週、セシリーにばったり出会った。キャンベル家の人たちと乗馬を楽しんでいるところだった。今年、社交界にデビューするそうだね。お披露目の舞踏会にはかならずきてくれと、ぼくに言っていた。ダンスのパートナーになってほしいってさ。愛らしいセシリー――ずいぶん美人になったものだ」

エリオットは両脇でこぶしを固め、さらに二、三歩前に出た。

「まさか、そのこぶしをふりまわす気じゃないだろうな、エリオット」コンは片方の眉を吊りあげ、笑いながら尋ねた。「最後に殴りあいをしたときから、ずいぶんになる。たしか、あのとき、きみに鼻を折られたんだった。もっとも、ぼくのパンチできみも派手に鼻血を出し、片方の目に黒あざを作ったように記憶している。ほら、かかってこいよ。喧嘩したくてうずうずしてるのなら、相手になってやる。よし、そっちからかかってくるのを待つのはやめだ。昔から優柔不断なやつだったからな」

そう言うと、二人のあいだの短い距離をさらに詰め、エリオットに顔面パンチを見舞った。エリオットが片腕の側面でコンの強打をブロックしなかったら、顔に命中していただろう。つぎにエリオットのほうから殴りかかった。こぶしがコンの耳をかすめた。コンのつぎの一撃は、狙った顎ではなくエリオットの肩に命中した。

二人はこぶしを固めたままあとずさると、円を描き、行きつ戻りつしながら、相手の隙を窺った。本格的な格闘に移ろうとしている――どちらも外套を脱ごうともしない。思わず気分が高揚するなかで、エリオットは思った――これがやりたくて、長いあいだうずうずしていた。ここらで誰かがコンをぶちのめしてやるべきだ。殴りあいとなれば、自分のほうがいつも強かった。以前、コンにやられて片目が黒あざになり、鼻血が出たのは事実だが、大量出血ではなかった。

隙を見つけた。よし――。

「ちょっと、だめだめ」エリオットの背後で声がした。「暴力では何も解決しないわ。かわりに、意見の相違について話しあうことはできないの？」

女性の声。

あきれるほど愚かな言葉を並べ立てている。

デュー夫人の声。

やっぱり。

コンがこぶしをおろし、ニヤッと笑った。

エリオットはうしろを向き、夫人をにらみつけた。

「話しあう？　話しあうだと？　まわれ右をして屋敷に戻っていただきたい。あなたに関係のないことには首を突っこまないようお願いしたい」

「またしても傷つけあうために？」デュー夫人が近づいてきた。「男って本当に愚かだわ。男のほうが女よりすぐれていると思いこんでるけど、二人の男や、二つのグループや、二つの国家のあいだに意見の相違が生じるたびに、男が思いつく解決法は戦うことだけ。殴りあい、戦争――この二つには、はっきり言って、なんの違いもないわ」

やれやれ。

夫人はあわてて着替えをしてきたようだ。手袋もボンネットも着けていないし、髪はひとつにまとめ、うなじでいささか不格好なシニョンに結ってある。頬が紅潮し、目がぎらついている。

こんな腹立たしい女にお目にかかったのは初めてだ。

「ごもっともなお言葉だ、ヴァネッサ」笑いで声を震わせながら、コンが言った。「男女を比べた場合、すぐれているのはじつは女のほうだと、ぼくもずっと信じてきた。ただね、男というのは、思いきり殴りあうのを楽しむものなんだ」

「友達どうしの軽いスパーリングだったなんて言葉で、ごまかさないでくださいね。そんな感じじゃなかったわ。あなたたち二人は何か理由があって、おたがいを憎んでいる。もしくは、そう思いこんでいる。二人でじっくり話しあえば、思ったよりずっと簡単に仲直りして、もう一度友達になれるはずよ。以前は仲良しだったんでしょ？　数キロしか離れていないところで大きくなったんだし、年の近いいとこどうしだし」

「エリオットが同意してくれれば」コンは言った。「キスして仲直りするとしよう」

「ミセス・デュー」エリオットは言った。「あなたの出しゃばりには限界がないようですね。だが、散歩を邪魔してしまったことをお詫びします。屋敷までエスコートさせてください」

デュー夫人をきびしい目でにらみつけ、無邪気に散歩に出てきたのでないことは、こちらにもちゃんとわかっているのだと伝えた。彼と同じく、夫人もきっと寝室の窓から外をながめていて、まずコンが、そしてつぎにエリオットがこちらの方向に姿を消すのを目にしたのだろう。勝手な結論に飛びついて、二人を追ってきたのだ。お節介女め。

「いいえ」夫人は一歩もひかなかった。「あなたに――そしてコンスタンティンに――約束していただかなくては。今日も、明日も、ほかの日も、わたしがそばにいて止めることができないときに、二人で喧嘩を始めるようなまねはしないと」

「ぼくは屋敷に戻るとしよう」コンが言った。「こんなことで頭を悩ませてはだめですよ、ヴァネッサ。ご推察どおり、エリオットとぼくはこれまでずっと友達であり、敵でもあった。ほとんどの場合、友達だった。そして、喧嘩をしたときはいつも――ぼくが十四のとき、こいつがぼくの鼻を折り、ぼくがこいつの目に黒あざを作ってやったんだが、そのときだって――喧嘩が終わればすぐに笑いあい、大いに楽しかったという点で意見が一致したものだった」

ヴァネッサは舌打ちをしたが、コンは話しつづけた。

「ぼくは二、三日中に屋敷を去らなくてはならない。よそで用事ができたのでね。出ていくまで、エリオットに喧嘩を吹っかけるようなまねはしないと約束しよう」

コンは笑い、お辞儀をすると、エリオットに嘲りの視線を投げてから、まわれ右をして屋敷のほうへ大股で去っていった。

「そうなると、喧嘩が起きた場合は、全面的にあなたの責任ということになるわね」笑顔でエリオットのほうを向いて、デュー夫人は言った。「あざやかな退場だったこと。あの方、あなたに悪役を押しつけてばかりだったのかしら」

「あなたにはひどく迷惑しています」エリオットは言った。

「わかってます」夫人の微笑が前より悲しげになった。「でも、わたしのほうも迷惑なんですよ。いまは弟にとって幸せな一週間です。それから、姉と妹にとっても。あなたとコンスタンティンの争いでその幸せをこわされたくはありません。あなたたち二人が目に黒あざを作ったり、鼻血を出したり、指の関節をすりむいたりして屋敷に戻ってきたら、周囲はどんな気持ちになるでしょう？　みんな、コンスタンティンのことが大好きだし、あなたのことを尊敬しています。お二人の些細な喧嘩で不快な思いをさせられてはたまりません」

「けっして些細なことではないのだが」エリオットはこわばった口調で言った。「たしかにおっしゃるとおりだ。あなたの幸せもこわれてしまったかな」

「いえ、べつに」デュー夫人はふたたび微笑した。バレンタインのパーティで見た覚えのある、太陽のように明るい笑顔。「ここにわたしの先祖が埋葬されているのかしら。コンスタンティンが庭園を案内してくれたけど、ここには連れてきてくれなかったわ」

「たぶん、陰気すぎる場所だと思ったんでしょう」

「もしくは、弟さんを亡くした悲しみがまだとても生々しく、一人でじっとその悲しみに浸りたいため、弟さんに会ったこともない親戚にお墓を見せる気にはなれなかったのかも。できることなら会いたかったわ。コンスタンティンが言っていたとおりの優しい子だったんですか」

「そう、とても。多くの点で障害を抱えていたかもしれないし、ほかの者とは見た目が違っていたかもしれないが、われわれはみな、ジョナサンのような子から学ぶことができるのです。誰に対しても無限の愛情を持っていた。あの子に苛立ちを覚える相手にさえ」

「あなたも？」デュー夫人が尋ねた。「苛立つことがありました？」

「一度もなかった。ぼくがここにくると、あの子はいつもどこかに隠れてしまった。父が亡くなり、ぼくがジョナサンの後見人になったあとの話です。あの子がクスクス笑いを我慢できるときは、見つけだすのに貴重な時間を浪費しなくてはならないことがよくありました。だが、ぼくが見つけだすと、いつも大はしゃぎだったから、あの子に腹を立てたりしたら、自分がひねくれ者になったような気がしたでしょうね。結局、コンにそそのかされて隠れていただけだし」

「ジョナサンを楽しませるために？　それとも、あなたへの嫌がらせ？」

「つねに、あとのほうだった」

「あなたがジョナサンの後見人になったことを恨んでいたのかしら。あなたのほうが年上だとしても、それほど差はないわけでしょう？」

「恨んでいた」エリオットはぶっきらぼうに答えた。

「でも、後見人に指名されたのが本当はあなたじゃなくて、あなたのお父さまだったことは、向こうも承知してたんでしょ？　お父さまのほうが、あなたたち二人より年齢を重ねていて、聡明で、人生経験も豊かですもの」

「そうだろうね」

「あなたも少しは思いやりを示して、正式な形ではないにしても、後見人の役目をコンスタンティンに譲るわけにいかなかったの？」

「それはできない」

「まあ」デュー夫人は小首をかしげてエリオットをじっと見た。「ほんとに融通のきかない、話のわからない人ね。あなたたち二人のあいだに芽生えた敵意は、わたしから見れば、不要としか思えないわ。しかも今度は、ここから出ていくようコンスタンティンに要求している。ここがずっとあの方の家だったのに。気の毒だとは思わないの？」

「デュー夫人」エリオットは背中で手を組み、夫人のほうへわずかに身を乗りだした。「人生というのは、あなたが信じておられるほど単純なものではない。ご自分では何ひとつわかっていない事柄に関して、ぼくに助言しようとするのは、おやめになったほうがいいでしょう」

「人生というのは、しばしば、わたしたちが思っているより単純なものですけど。でも、よけいなお節介はやめろとおっしゃるなら、そういたします。わたしのひいお祖父さまのお墓はどこにあるのかしら」

「あちらです」エリオットは向きを変えて指で示し、その墓のほうへ行った。

デュー夫人は墓石と、そこに眠っている伯爵を称える美辞麗句に見入った。

「わたしたちがここにいるのを見たら、ひいお祖父さまはなんておっしゃるかしら。勘当した息子とその妻とのあいだにできた子孫」

「人生は予測のつかないものだ」

「必要のないことばかりでしたわね。さまざまな衝突も、双方が抱えていたに違いない苦悩と孤独も。とにかく、わたしたちはこうしてここにいる。でも、何十年もの貴重な歳月が失われてしまった」

彼女の目に悲しみが浮かんでいた。コンはひとつだけ正しいことを言ったのかもしれない、とエリオットは思った。この女性はたしかにすばらしい目をしている。笑っていないときでも。

「ジョナサンのお墓はどこに？」デュー夫人が訊いた。

エリオットは真新しい墓のところへ彼女を連れていった。墓石には汚れひとつついていないし、周囲の芝生はまだ短く、雑草も生えていない。誰かが春咲きの花の苗を植えていて、スノードロップが蕾《つぼみ》をひらき、土のあいだからクロッカスの芽が顔を出していた。

誰かが墓の世話をしている。たぶん、コンだろう。

罪滅ぼし？

「ジョナサンに会いたかったわ。心からそう思います。わたし、きっと、ジョナサンが大好きになってたでしょうね」

「誰もが好きにならずにいられない子だった」

「でも、そのお兄さんのことは好きになれないの？」デュー夫人が首をまわして彼を見た。

「コンスタンティンがジョナサンを隠れさせるたびに、その嫌がらせをあなたが笑いとばしていれば、みんなで一緒に笑って、仲のいい友達に戻れたでしょうに。あなたに何よりも必要なのは、ユーモアのセンスかもしれないわ」

エリオットは自分の鼻孔が膨らむのを感じた。

「ユーモアのセンス？」嚙みつかんばかりの勢いで彼女に言った。「真剣な任務を遂行するのに？　悪党を相手にするのに？　呑みこみの悪い世間知らずな人間の利益を図ろうとするのに？　でしゃばりな人間を扱うのに？」

「でしゃばりって、わたしのことかしら。でも、あなたを止めようともしないで、黙って喧嘩をさせるわけにはいきません。それに、いまは、あなた自身の人生をもっと楽にすると同時に幸せにするための方法を教えてあげようとしただけです。コンスタンティンのほうは、少なくとも、笑顔になれる人だわ。ときたま、その表情に嘲りの色が入りこむけど。でも、あなたはけっして笑顔を見せない。四六時中、いまみたいなしかめっ面ばかりしてたら、年をとる前に、眉間のしわが消えなくなってしまうわ」

「笑顔ねえ……。なるほど、人生の偉大なる秘密がようやくわかった。笑顔さえ見せれば、いかなる悪党であろうと、気楽で幸せな人生が送れるわけだ。ぼくも微笑の練習をしなくては。助言にお礼を言います」

そして、デュー夫人に向かって微笑してみせた。

夫人はふたたび小首をかしげて、じっと彼を見つめた。

「それは笑顔じゃないわ。腹立ちまぎれの渋面。オオカミみたいに見えるわよ。もっとも、本で読みましたけど、オオカミというのはいろんな点から見て、獣のなかでもっとも温厚かつ賞賛に値する生き物だそうです。あなたはコンスタンティンのことを二回も〝悪党〟とおっしゃった。あなたが後見人になったことを恨んで、ジョナサンをそそのかし、あなたにいたずらをさせたから？　そして、あなたの最後通告を無視して、わたしたちが到着するまで屋敷に居すわっていたから？　そのような人を悪党呼ばわりするのは、きびしすぎるんじゃありません？　コンスタンティンの悪行というのがその程度のことでしたら、あなたのご意見を無条件で受け入れるわけにはいきません」

「できることなら、誰の言葉を信じればいいのか、そして、信じてはいけないのかを知っていただきたい」

「で、あなたの言葉を信じろとおっしゃるの？　わたしのまたいとこが悪党だというあなたの言葉を、鵜呑みにしなくてはならないの？　コンスタンティンの言葉はすべて無視しろと？　あなたを信用すべき理由も、コンスタンティンに不審を抱くべき理由も、わたしにはありません。自分の目で見きわめて、自分自身の結論を出すつもりです、子爵さま」

「さて、朝食がわれわれを待っていますよ。屋敷に戻りましょうか」

「ええ、そうね」デュー夫人はためいきをついた。「あら、どうしましょう。手袋がないわ」髪に手をやった。「それから、帽子も。あなたにどう思われたことかしら」

賢明にも（たぶん）、エリオットは彼女に意見を言うのを控えた。

ユーモアのセンスに欠ける男だからな。そうだろ？

まったくもう——沈黙したまま二人で並んで歩きながら、エリオットは思った——ことあるごとに冗談を言って、誰も笑ってくれなかったら、一人でハイエナみたいな笑い声をあげなきゃいけないのか？

それとも、コンのように偽りの魅力をふりまいたほうがいいのか？

8

エリオットはウォレン館にさらに三日滞在してから、自分の家であるフィンチリー・パークに帰った。ミス・マーガレット・ハクスタブルとの結婚を真剣に考えはじめたのは、その三日のあいだのことだった。

ハクスタブル家の姉妹は、エリオットが最初に危惧していたほど野暮ったくはなかったが、新たな環境にふさわしい都会的な洗練と人脈がどうしても必要だった。いまのうちに、今年のうちに、今年の社交シーズンが始まるまでに、すべてを手に入れなくてはならない。復活祭が終わればすぐに、本格的な社交シーズンが始まる。

ところが、三人ともひどく田舎っぽくて、世間知らずで、コン・ハクスタブルのような世慣れた女たらしからすれば格好の餌食である。

殴りあいに邪魔が入った翌日、コンはウォレン館を去った。前日の夜、屋敷を出ていくことを告げ、四人のまたいとこから反対の声があがると、よそで大切な用件を片づけなくてはならないのだと言いはった。翌朝、誰も起きてこないうちにこっそり出ていった。

エリオットは心の底からホッとした。しかし、コンが二度と舞い戻ってこないとは思えなかった。ならばかわりに、一時的にでもハクスタブル姉弟をここから連れだし、貴族社会に入るための教育をする必要がある。

コンが出ていったあとの何日間か、エリオットは四人の様子を観察した。そして、ミス・ハクスタブルを見て喜ばしく思った。家政婦と料理番に教えを乞いながら、大所帯を切りまわしていく方法を短時間で学んでいるようだ。自分の役目に真剣にとりくんでいる。

頭がよくて、分別のある女性だ。

さらに、言うまでもなく、信じられないほど美しい。少し磨きをかければ――ロンドン暮らしのなかですぐにそうなるはず――絶世の美女になることだろう。

これは冷静沈着な意見だった。胸のときめきはまったく感じなかった。だが、そもそも、自分の花嫁となる相手にそのような感情を抱くことなど、考えたこともない。結婚とは情熱以外の理由によってするものだ。

ミス・ハクスタブルとの結婚は、数多くの点で好都合と言えるだろう。彼女と結婚することを考えるといささか憂鬱になるが、そんなことを気にしたところで始まらない。結婚を考えること自体が憂鬱なのだ。結婚はまた、遺憾ながら必要なことであり、もはや一刻も先延ばしにできないことだった。

エリオットはウォレン館をあとにするときも、結婚の申しこみをすべきかどうか迷いつつ、それでも真剣に考慮していた。

コンが屋敷からいなくなると、若きマートンは自分の置かれた立場に以前より注意を集中するようになった。もっとも、心から崇拝していた相手を失って、ひどくしょんぼりしていたが。荘園管理人のサムソンとは気が合うようで、知っておく必要のある数々の事柄を若き主人に教えるのに、サムソンはうってつけの人物だった。それ以外のことを教えてくれる家庭教師を雇う件についても、エリオットはマートンと話しあった――二人必要だった。一人は貴族になるための教育を担当する教師、もう一人は大学に入るのに必要な学問を担当する教師。大学進学のための勉強を続けるように言われて、少年はいささか面食らっていたが、真の紳士は教養豊かでなくてはならないとエリオットが言って聞かせた。ミス・ハクスタブルもエリオットに同意し、マートンはやむなく折れた。

エリオットは少年に失望せずにすんだ。

家庭教師の候補を面接し、ついでに従僕として雇い入れる者を選ぶために、ジョージ・ボーウェンがロンドンへ派遣された。マートンは自分専用の召使いなどいらない、自分のことは自分でずっとやってきたのだから、と言って抵抗した。しかし、これも最初に学ばなくてはならないことのひとつだった。社交界に顔を出すとき、伯爵には伯爵らしさが必要だ。立居ふるまいと礼儀作法の点でも、服装の点でも。そこに気を配る者として、経験を積んだ従僕以上にふさわしい人間がどこにいるだろう？

エリオットはようやく、数日ぐらいなら自分がウォレン館を離れても大丈夫だろうと判断した。自分の家に帰りたかった。また、わずか二週間ほど前にジョージから初めて提案されたときには即座に拒絶した件について、じっくり考えてみたかった。しかし、おそらくミス・ハクスタブルに結婚を申しこむことになるだろう。

じつを言うと、ひとつだけ、躊躇する材料になりそうな問題があった。ミス・ハクスタブルと結婚すれば、デュー夫人が義理の妹になる。

考えただけで、気が滅入った。

あんな女が義理の妹になったら、こっちは永遠に不機嫌な暮らしを送るしかない。

この三日間、あの女はぼくに会うたびに陽気に笑いかけてきた。人をからかって楽しんでいるのだろうか。

ようやく自宅に帰れるのはうれしいことだった。

家に着いてまず顔を合わせたのは、末の妹だった。乗馬用の颯爽たる装いで屋敷から出てきたところだった。温かな笑みを浮かべ、頬を差しだして兄のキスを受けた。

「ねえ」と、兄に尋ねた。「どんな感じの人？」

「ぼくもおまえに会えてうれしいよ、シシー」エリオットはそっけなく言った。「マートンのことかい？　快活で、頭がよくて、現在十七歳だ」

「ハンサム？　髪は何色？」

「金髪」

「あたし、黒っぽい髪の男性のほうが好き。でも、いいわ。背は高い？　ほっそりしてる？」

「つまり、アドニスのような男かってことかい？」エリオットは妹に訊いた。「自分の目で判断してくれ。きっと、近いうちに母上があちらへ連れていってくれるだろうから。お姉さんたちも一緒にきてるんだ」

妹はさらに明るい表情になった。「あたしぐらいの年の人はいる?」

「いちばん下の妹が近い年齢だと思うよ。たぶん、おまえより一歳か二歳上だろう」

「きれいな人?」

「ああ、とても。だが、おまえもきれいだよ。さて、ぼくのお世辞を受けとったところで、そろそろ出かけたらどうだい? まさか、一人で馬を走らせるつもりじゃないだろうね?」

「やだ、そんなことするもんですか!」妹はプッとふくれた。「馬番の一人が一緒に行ってくれるわ。キャンベルさんのおうちの人たちも一緒よ。きのう誘われたの。お母さまが、雨にならなきゃ行ってもいいって」

「母上はどこ?」エリオットは訊いた。

「ご自分のお部屋よ」

数分後、エリオットは母の私室で布張りの柔らかな椅子にホッとして腰をおろし、母の手からコーヒーカップを受けとっていた。

「マートン伯爵の三人のお姉さまがたも一緒に連れてくるのなら、わたしのほうにも知らせてくれればよかったのに、エリオット」母親を抱きしめ、元気かどうかを尋ねたすぐあとで、エリオットが短い報告をすると、母親は言った。「そうすれば、セシリーを連れて、きのうか、おとといあたり、こちらからお訪ねしたのに」

「新しい環境と境遇になじむための時間がしばらく必要だと思ったものですから、母上。スロックブリッジというのは、とても辺鄙なところにある小さな村なんです。一家は狭いコテージでかなり貧しい暮らしをしていました。マートンのすぐ上の姉は村の学校で教えていました」

「じゃ、未亡人という人は？」

「ランドル・パークという屋敷に住んでいました。舅にあたる準男爵の家です。しかし、大きな屋敷ではないし、サー・ハンフリー・デューという人はお人好しで人畜無害ではあるが、口数の多い軽率な男です。自宅から十五キロ以上遠くへは、たぶん、一度も行ったことがないでしょう」

「すると、四人全員を一定のレベルまでひきあげる必要があるわね」

「そうなんです」エリオットはためいきをついた。「今回はマートン一人だけを連れてくるつもりだったんです。姉たちはあとで呼べばよかったんだ――できれば、ずっとあとになってから」

「でも、実のお姉さんなのよ」母親はそういいながら、エリオットのためにコーヒーのおかわりを注ごうとして立ちあがった。「それに、マートン伯爵はまだほんの少年でしょ」

「ありがとう、母上」母の手からカップを受けとりながら、エリオットは言った。「ここは平和でいいなあ」

母親は今年も娘を一人、社交界にデビューさせなくてはならない。そうでなければよかったのにとエリオットは思った。それなら、自分もこんな苦労をせずに……。

しかし、とにかく、今年じゅうに誰かと結婚しなくてはならない。

「騒々しい一家なの？」眉をあげて、母親は尋ねた。

「あ、いやいや、そんなことはありません」エリオットはふたたびためいきをついた。「ただ、ぼくの心に重くのしかかって――」

「責任が？」母親のほうから言ってくれた。「後見人の役目をひきついでから、ちゃんと責任を果たしてきたじゃない、エリオット。その子、頭はいいの？　まじめな性格？　勉強好き？」

「頭がいいのはたしかです。ただ、ちょっと落ち着きのない性格ですね。翼が生えてきたので、羽ばたいてみたくてうずうずしている。どうやれば上手に羽ばたけるのか、まだよくわかっていないのに」

「なるほど、若者の典型ね」母親は微笑した。

「そうです。しかし、自分の領地と、その仕組みと、成年に達した時点で世襲貴族としてのすべての責任を負うことに、関心を示しています。この秋にオクスフォードへ進学するため、勉強を続けることにも同意しました。なかなか魅力のある子です。ウォレン館の召使いたちは早くもあの子が可愛くてたまらないようですよ。サムソンも例外ではありません」

「じゃ、あなたの時間と努力が無駄になる心配はないわけね。それから、お姉さんたちのほうは？　どうしようもなく田舎っぽい？　下品？　鈍感？」

「そういうことはいっさいありません」エリオットはコーヒーを飲みほし、満足の吐息をつきながらブーツをはいた足を前に伸ばし、カップを脇に置いた。「三人とも立派にやっていくと思います。しかし、母上、春になったらロンドンへ連れていって、ちゃんとした衣装を誂え、然るべき人々にひきあわせ、社交界にデビューさせ、それから……ああ、どんなふうにやればいいのかわからない。ぼくには無理です――とにかく、ぼく一人じゃ、姉たちの力にはなれない」

「そうでしょうね」母親も同意した。

「そして、母上にも無理だ。今年はセシリーをデビューさせなきゃいけない」

エリオットは多少の期待をこめて母親を見た。

「そのとおりよ」母親はうなずいた。

「ファニー叔母さまかロバータ叔母さまにお願いすれば、たぶん――」エリオットは言いかけた。

「まあ、エリオット」母親がさえぎった。「まさか、本気じゃないわよね」

「ええ。言ってみただけです。だが、お祖母さまはもう高齢だし。ジョージに言われました――ぼくが結婚して、妻に後見役をやらせればいいと」

母親はとたんに明るい表情になったが、そのあとで顔を曇らせた。

「あなた、クリスマスのあとでわたしに言ったわね。今年こそ結婚するって。三十になる前に。もちろん、うれしいけど、自分勝手な理由から冷淡に花嫁を選ぶようなことはしないでね。あなたにも心があることを忘れないでちょうだい」

「とはいえ、慎重に話の進められた見合い結婚のほうが恋愛結婚よりも幸せな結果になることだって、けっこう多いんですよ、母上」

言葉が口から飛びだしたとたん、言わなければよかったと後悔した。母親の場合もきわめて慎重に進められた見合い結婚だった。だが、若くて美しかったのに――中年になったいまでも、きりっとした美貌は健在だ――結婚生活は幸福ではなかった。父親は結婚前に作った愛人と子供たちをいつまでも大切にしていた。

母親はコーヒーカップに笑みを向けたが、彼を見あげようとはしなかった。

「ミス・ハクスタブルとの結婚をジョージに勧められました」母親をじっと見て、エリオットは言った。

「長女?」

「そうです」

「田舎のコテージで暮らしていた垢抜けないお嬢さんと?」母親は彼に向かって眉をひそめ、カップを受け皿に戻した。「しかも、ろくに知らない相手なのに? 年はいくつ?」

「たぶん、二十代の半ばでしょう。田舎の牧師館でつつましく育ったにもかかわらず、分別があり、態度も洗練されています。それに、先々代伯爵の曾孫であり、現伯爵の姉でもあるのですよ、母上」

「ジョージに勧められたわけね」母親は彼をじっと見た。「でも、あなたの意見はどうなの、エリオット?」

彼は肩をすくめた。「ぼくもそろそろ結婚して子供を作らなくては。今年じゅうに結婚し、そのあと、できるだけ早く父親になる決心をしました。花嫁を選ぶのに、好みのタイプなどはべつにありません。ミス・ハクスタブルなら、花嫁候補としてどこへ出しても恥ずかしくないと思います」

母親は椅子にもたれ、しばらく沈黙を続けた。

「ジェシカも、エイヴリルも、とてもいいお話をいただいて結婚したわ。でも、エリオット。それに劣らず大切なのは、あの子たちが結婚する前から夫となる人に愛情を持っていたことよ。今年か来年じゅうに、セシリーにもそうなってほしいと願ってるわ。あなたのことも、いつもそう願ってきたのよ」

「その話は前にもしましたよ」エリオットは母親に笑顔を向けた。「ぼくはロマンスを求める人間じゃないんです、母上。一緒にいると気楽で、友達みたいな感じで、そして、何年かたてば愛情も湧いてくるような人と結婚したいと思っています。だが、何よりもまず、分別ある結婚をしたい」

「で、ミス・ハクスタブルを選んだのが分別のあることなのね？」母親が尋ねた。

「そう信じています」

「きれいな人？」

「きわめて」

母親はコーヒーカップと受け皿を傍らのテーブルに置いた。

「こうなったら、セシリーを連れて、馬車でウォレン館へ出かけなきゃ。新伯爵とお姉さんたちに挨拶をするために。ぐずぐずしていたから、きっと、怠慢だと思われてるでしょうね。コンスタンティンはまだあちらの家にいるの？」

「三日前に出ていきました」エリオットの顎がこわばった。

「セシリーががっかりするわね。コンスタンティンを崇拝してるんですもの。でも、新しいマートン伯爵に興味津々のようだから、きっとわたしと一緒にくるでしょう。どんな人かしらって、あの子、山のように質問するのよ。わたしはひとつも答えられなかったけど。ミス・ハクスタブルがどんな人か、見にいってくるわね。結婚をはっきり決めたの？」

「考えれば考えるほど、名案だと思えてきました」

「で、向こうは受けてくださるかしら」

ことわるわけがないと、エリオットは思った。ミス・ハクスタブルは未婚で、オールドミスになる年代に危険なぐらい近づいている。これまで結婚しなかった理由は、彼にもわかっている。もっとも、あれだけの美貌だから、スロックブリッジのような田舎でも求婚者はけっこういたはずだが、父親との約束があり、それを守りつづけてきたのだ。だが、これ以上弟妹の世話をする必要はない。妹二人はすでに少女期をすぎているから、マートンのいい相談相手になるだろう。そして、マートンの後見人たる自分とマートンのいちばん上の姉が結婚し、近くに住むことになる。

願ってもないことだ。誰にとっても。

「きっと大丈夫です」エリオットは言った。

母親が身を乗りだして、彼の手に触れた。

「あちらへ伺ってミス・ハクスタブルをこの目で見ることにするわ。明日」

「ありがとう。母上の意見を尊重しようと思います」

「わたしの意見なんて気にしちゃだめよ、エリオット。あなたがその人を選んだ以上、結婚するために必要となれば、悪魔にだって敢然と立ち向かうべきよ」

母親は眉をあげた。ミス・ハクスタブルへの不滅の熱情を息子が宣言するのを待っているかのようだった。エリオットは母の手に自分の手を重ね、軽く叩いてから立ちあがった。


翌日、リンゲイト子爵夫人は娘を連れてウォレン館を訪問した。

二人がくることは誰にも知らされていなかった。

スティーヴンがサムソン氏と二人で閉じこもっていた管理人執務室を出て、図書室に入ってきた。リンゲイト子爵の馬車が近づいてくることを姉たちに知らせるためだった。しかし、騒ぐほどのことでもなかった。きのう、子爵がウォレン館を去るときに、またちょくちょく訪ねてくると言っていた。スティーヴンに用があるのだろう。

マーガレットはフォーサイス夫人に命じて持ってこさせた帳簿を調べていた。ヴァネッサはレディ・デューと義理の妹たちに出す手紙を書きおえて、書棚に並んだ革装丁の本を一冊ずつ見ていきながら、この部屋は天国のようだと思っていた。

そのとき、キャサリンが廏から飛んで帰ってきて、馬車が近づいてくることを報告した。しかも、子爵自身は馬に乗っているという。

「じゃ、馬車にはいったい誰が?」ギクッとした様子でマーガレットが尋ね、机の上の帳簿を閉じて髪をなでつけた。

「わ、大変」視線を落として、自分のだらしない格好を見ながら、キャサリンが言った。「馬番の一人から乗馬のレッスンを受けていたところだったのだ。「あちらのお母さまよ。どうする?」

あわてて飛びだしていった。たぶん、手と顔を洗って、人前に出ても恥ずかしくない姿になろうというのだろう。

マーガレットとヴァネッサにはその暇もなかった。窓の向こうにある玄関ドアの前で馬車の止まる音がして、つぎに、広間で話す声が聞こえてきた。着いたばかりの客を迎えるため、スティーヴンが廊下に出た。客はやはり、子爵夫人と令嬢だった。そのすぐあとで、リングイト子爵が二人を連れて入ってきて、みんなに紹介した。

ヴァネッサから見ると、二人ともすばらしく立派だった。ドレスも、マントも、ボンネットも最新流行のデザインだ。たちまち、自分が田舎のネズミに変身したような気分になり、子爵に非難の目を向けた。前もって知らせてくれればよかったのに。ヴァネッサは書棚の埃がつくのを防ぐため、グレイのドレスの上にエプロンをかけていた。マーガレットのほうは、ヴァネッサと同じように髪をひとつにまとめて簡素なシニヨンに結ったまま、何時間もブラシをかけていなかった。

子爵がヴァネッサに視線を返し、両方の眉を吊りあげた。彼の心の内が手にとるようにわかった。軽蔑に満ちた表情がこう言っているみたいだった――真の貴婦人たるもの、午後はいつ来客があってもいいように、身支度を整えておくべきです。彼はもちろん、いつものように完璧だった。そして、ハンサムで男っぽかった。

「ようこそおいでくださいました」マーガレットが言っていた。その態度にはまったく動揺が出ていなかった。「客間へどうぞ。そちらのほうが落ち着けますから。フォーサイス夫人がお茶をお持ちします」

「マートン、あなたがお姉さま方を一緒に連れていきたいと強くおっしゃったことを、エリオットから聞いて、とてもうれしく思いましたよ」みんなと一緒に階段をのぼりながら、レディ・リンゲイトがスティーヴンに言った。「若い紳士が一人で暮らすには、このお屋敷は広すぎますもの」

「この子が言わなければ、わたしが言うつもりでした」マーガレットがレディ・リンゲイトに言った。「スティーヴンはまだ十七ですし、リンゲイト子爵さまとボーウェンさまにこの子をお預けして、自分では一人前の大人になったつもりでいますが、わたしの心が休まるときは一瞬たりともなかったでしょう」

「よくわかりますとも」スティーヴンが照れくさそうな顔になり、ミス・ウォレスが興味津々で彼を見ている前で、レディ・リンゲイトは言った。

「十七歳だなんて、とても想像できなかったわ」ミス・ウォレスは言った。「あたしより年上だと思ってた。あたしは十八なの」

スティーヴンは彼女に魅力たっぷりの笑顔を見せた。

二、三分後、みんなが客間に入ったあとで、キャサリンもやってきた。身なりを整え、汚れを落とし、洗ったばかりの顔がつやつやしていた。また、いつものように愛らしかった。しかし、愛情のこもった目で注意深く妹の様子を見たヴァネッサは、ミス・ウォレスに比べるとずいぶん野暮ったく見えることに気づいた。

「さて」リンゲイト子爵が言った。「ご婦人方とお茶を飲むのは遠慮させていただこう、マートン。きのう、きみに言っておいたことがどこまでできたか、聞かせてくれるね？」

ミス・ウォレスはあからさまに失望の色を浮かべたが、つぎはキャサリンに注意を向けた。

「エリオットの話だと、復活祭が終わったら、みなさん、社交界デビューのためにロンドンへいらっしゃるそうね。あたしも今年デビューするのよ。仲よくしてね。あたしの髪もあなたみたいにところどころ金色に光ってればいいのに。とってもきれい」

ミス・ウォレスの髪はとても濃い色だった。兄とそっくり。母親から受け継いだ色であることは明らかだ。母親は黒っぽい髪が銀色になりつつあり、力強いきりっとした顔立ちで、いかにもギリシャ人という感じだった。

「ありがとう」キャサリンは言った。「正直に告白すると、わたし、ウォレン館の暮らしが楽しくてたまらないの。ロンドンの暮らしを楽しめるかどうか、まだよくわからないわ。この家には探検する場所がほうぼうにあって、うっとりするようなきれいなものもたくさんあるわ。それに、いま乗馬を習ってるところなの」

「習ってるだけ？」信じられないという顔で、ミス・ウォレスが言った。

「じつはそうなの。メグは、お父さまの生前、うちにまだ馬がいたころに乗馬を習ったし、ネシーはヘドリーと――あ、わたしたちの義理のお兄さまなんだけど――結婚したあと、ランドル・パークで馬に乗ってたの。でも、わたしは習う機会がなかったのよ。コンスタンティンが二、三日前に出ていくまで、何回かレッスンしてくれて、いまは馬番頭のテイバーさんから教わっているところ」

「コンが出ていったと聞いて、あたし、すごく腹を立ててるのよ」ミス・ウォレスが言った。「最近はフィンチリーにきてくれなくなったし、あたしが一人でこちらにくることはお母さまが許してくれないし。あたし、コンのことが大好きなの。あんなハンサムな人、どこにもいないと思わない？」

キャサリンは微笑し、レディ・リンゲイトは眉をあげた。

「とにかく」ミス・ウォレスは話を続けた。「社交シーズンに合わせてロンドンにいらっしゃいね。すてきなファッションが出ている雑誌を持ってきたのよ。馬車のなかに置いてあるの。お見せするわね。最新流行のデザインのいくつかが、あなたによく似合いそう。背が高くてすらっとしてるんですもの。ええ、どのデザインもきっとお似合いよ」

「ねえ、ケイト」マーガレットが提案した。「ミス・ウォレスと一緒に、その雑誌を図書室へ持っていってはどうかしら。誰にも邪魔されずにゆっくりデザインをながめられるわよ」

二人は一緒に客間を出ていき、マーガレットとヴァネッサが子爵夫人とともにあとに残された。子爵夫人は優雅ではあるが温かさに満ちた笑みをマーガレットたちに向け、お茶のセットがテーブルに並べられるあいだ、さまざまな話題を出して三人で礼儀正しく会話をした。

「今年の春はぜひとも、ロンドンの社交界にデビューなさらなくては」ようやく、レディ・リンゲイトは言った。「考えただけで気が重くおなりでしょうけど。もちろん、弟さんはまだ若すぎて、貴族仲間と自由につきあうわけにはいきません。あと二、三年待たなくては。でも、貴族社会の人々は弟さんを見たがっているわ。マートン伯爵という称号を持つ人が社交界から姿を消して、もうずいぶんになりますもの。ジョナサンはまだほんの少年だったし、どっちみち、ここを離れるのは無理でしたから」

「でも、若くして亡くなられて、痛ましいことです」ヴァネッサが言った。「甥御さんにあたるわけですね？」

「わたくしの妹の子供なの」子爵夫人は言った。「ええ、本当に痛ましいことでした。あの子を産んだすぐあとに妹が亡くなりましたから、よけいにね。でも、生涯にわたって幸せに暮らした子です。たぶん、幸福が短い人生を埋めあわせてくれたのでしょう。そう信じたいわ。不意に訪れた安らかな死でした。でも、いまは弟さんがここの主。若々しくて感じのいい子ね」

「わたしたちもそう思っています、もちろん」ヴァネッサは言った。

「ロンドンにもあの子の家があるそうです」マーガレットが言った。「ですから、わたしたちがロンドンへ出かけても、泊まる場所に頭を悩ませる必要はないわけですね。でも、ほかにいろいろ問題があります。わたしたちをごらんになっただけで、たぶん、おわかりと思いますが」

「とってもおきれいよ」レディ・リンゲイトは率直に言った。もちろん、マーガレットだけを見て。

「恐れ入ります」マーガレットは赤くなった。「でも、問題はそれじゃないんです」

「ええ、そうね」レディ・リンゲイトは同意した。「でも、あなた方のどちらかが結婚なされば、問題は解決しますよ」

「わたしの夫は亡くなりました」ヴァネッサは言った。「義父は準男爵ですが、夫が貴族社会に顔を出すことはありませんでした」

「そうだったの」子爵夫人はヴァネッサに一瞬、優しい目を向け、それからマーガレットに視線を戻した。「身分の高い結婚相手を見つけなくてはね。そうすれば、あなたは社交界に入り、人望を集めることができるわ。宮廷へ拝謁にあがり、ちゃんとした衣装を誂え、少し磨きをかければ、妹さんたちの後見役を立派に務めて、夫を見つけてあげることができるでしょう」

マーガレットは思わず片手を胸にあて、ふたたび赤くなった。「わたしが……ですか」

「何年ものあいだ、弟さんと妹さんたちの世話をしてらしたのでしょ。立派なことです。でも、貴重な年月がすぎてしまった。まだ充分におきれいだし、物腰にも生まれついての気品がおありだから、貴族社会に入るのも比較的容易でしょう。でもね、そろそろ結婚なさらなくては——弟さんや妹さんのためだけでなく、ご自身のためにも」

「メグがわたしたちのために無理に結婚する必要はありません」マーガレットに目をやって、ヴァネッサは言った。マーガレットの頬の赤みはすでに消え、青ざめた顔になっていた。

「そうね」レディ・リンゲイトは同意した。「でも、あなたには結婚の機会があったでしょ、デュー夫人。お姉さまにはなかったのよ。そして、妹さんにももうじき縁談が必要になりますよ。セシリーより年上ですもの。失礼はお許しくださいね。よけいなお世話だとおっしゃるでしょうし、たしかに、そのとおりです。でも、助けとアドバイスが必要だと、あなたご自身もおっしゃったのよ。これがわたくしのアドバイスです、ミス・ハクスタブル。できるだけ早く結婚なさい」

マーガレットはふたたび赤くなり、そこで突然、いたずらっぽい表情になった。

「ニワトリと卵に関する昔ながらの難問を思いだしました。わたしたちが社交界に入るのを楽にするために、わたしが結婚しなくてはならない。でも、きっと同意していただけるでしょうけど、夫を見つけるためには、わたしが社交界に入らなくてはならない」

「そうとはかぎりませんよ。夫にできそうな男性が——理想的な結婚相手が——思ったより身近にいるかもしれないわ」

それ以上くわしい話はしなかったが、レディ・リンゲイトは、身のまわりの世話をするメイドをロンドンから雇い入れようと考えたことはないのかと尋ねた。そういうメイドがいれば、最新のファッションを知る助けになるし、衣装や髪型をもっと洗練されたものに変えられる。自分にまかせてくれれば、喜んで誰か見つけてこようと、レディ・リンゲイトは二人に言った。

「そうしていただけると助かります」マーガレットは答えた。「あなたとお嬢さまを見ただけで、わたしたちがどんなに多くのことを学ばなくてはいけないか、よくわかりますもの」

そのあと、のんびり歩きながらテラスへ出て整形式庭園を見おろし、馬車が玄関のほうへまわされてミス・ウォレスと子爵が母親のもとに戻ってくるのを三人で待っていたとき、ようやく、レディ・リンゲイトがさきほどそれとなくほのめかしたことを、具体的に口にした。

「エリオットが今年じゅうに花嫁をもらう決心をしてくれました。もちろん、あの子なら、どこのお嬢さまから見ても望ましい結婚相手でしょう。外見がすばらしいだけでなく、誠実な心の持ち主でもありますから。そして、人を愛する心を持っている。本人がそれに気づいてくれればいいんだけど。でも、あの子にふさわしい女性と結婚すれば、その人がきっと気づかせてくれるでしょう。あの子は性格がよくて節操のあるお嬢さんを見つけるつもりでいます。それはわたくしの願いでもあるのよ。もちろん、美貌と優雅さも備わっているといいわね。身近なところで、そんな方が見つかるんじゃないかしら」

無言のメッセージを読みとったのはヴァネッサだけではなかった。数分後に馬車が屋敷を離れ、馬に乗ったリンゲイト子爵が横に続いた。キャサリンとスティーヴンは廏のほうへ歩き去った。馬で村まで出かけてグレインジャー家を訪問するという。ヴァネッサとマーガレットだけがテラスに残された。

「ネシー」しばらくして、馬の蹄の音が遠くなったところでマーガレットが言った。「レディ・リンゲイトがおっしゃったことは、わたしが想像しているとおりの意味かしら」

「どうやら、お姉さまとあちらのご子息との縁談を進めようとしてらっしゃるようね」

「でも、ばかばかしくて話にならないわ！」マーガレットは叫んだ。

「そんなことないわ」ヴァネッサは言った。「あちらは結婚相手を探すべき年齢になってるのよ——名家の紳士はみんな結婚しなきゃいけないものね。個人的にどう考えていようとも。そして、お姉さまは花嫁候補としてうってつけ。独身で、美人で、優雅なうえに、伯爵の姉ですもの。向こうはその伯爵の後見人。あちらにしてみれば、お姉さまと結婚する以上に都合のいいことがあって？」

「誰にとって都合がいいの？」

「しかも、あちらは理想的な結婚相手」ヴァネッサは話を続けた。「わずか二週間前には、あの方が村の宿屋に泊まり、パーティに出てくれることを知っただけで、みんな、恐れ多いと思ったでしょ。爵位があって、お金持ちで、若くて、ハンサム。それに、わたしたちが困った状況にあることを、お姉さまの口からレディ・リンゲイトに説明したじゃない。わたしたちには、社交界への橋渡しをしてくれる貴婦人が誰もいないのよ」

「で、わたしが結婚すれば、社交界にすんなり溶けこんで、あなたとケイトのために橋渡しができるというわけ？」身を震わせ、先に立って屋敷のほうへ戻りながら、マーガレットは尋ねた。

「そうよ。お姉さまならできる。レディ・リンゲイトがおっしゃったように、宮廷で王妃さまに拝謁し、それがすめば、あとはもうお姉さまの好きに行動していいのよ。そして、リンゲイト子爵がわたしたちのためにどれだけ力になってくれても、世間から不道徳だと思われる心配はない。お姉さまの夫なんだから、そうするのが当然ですもの」

なぜだか、考えただけで、ヴァネッサは気が重くなった――メグとリンゲイト子爵。二人が一緒にいる姿を想像してみた。結婚式で祭壇の前に立つ二人。家庭を持ち、冬の暖炉の両側にすわった二人、そして……だめ！　その部分は想像しようと思うだけでもだめ。首を軽くふった。

マーガレットが噴水のそばで足を止めた。身体を支えようとするかのように、石造りの水盤の縁に手を置いた。

「ネシー、本気で言ってるわけじゃないわよね？」

「問題は、レディ・リンゲイトが本気かどうかってこと。そして、子爵さまを説得して本気にさせられるかどうか」

「でも、子爵さまがまったく何も知らないのなら、レディ・リンゲイトがあんな露骨なほのめかしをなさるかしら」マーガレットは訊いた。「それに、どうしてレディ・リンゲイトがそんなことを思いつくわけ？　子爵さまのほうから、ひとつの可能性として提案したんじゃない？　あちらのお母さまとわたしたち、今日の午後が初体面だったのよ。今日ここにいらしたのは、息子が花嫁にしたがっている相手を見るためだったと思わない？　さっきのようなことをおっしゃったのは、つまり、息子の選択に賛成してるってことだわ。でも、よくも賛成できるものね。こんなに田舎臭いのに。それにしても、子爵さまもよくまあ、そんなことが思いつけるわね。わたしと結婚する気があるなんて、言葉の端に出したことすらないのに。わたし、とんでもない悪夢の世界に迷いこんでしまったの、ネシー？」

ヴァネッサはマーガレットの意見が正しいに違いないと悟った。姉三人がスティーヴンと一緒にウォレン館にやってくれば問題が生じるということが、リンゲイト子爵には最初からわかっていたのだろう。マーガレットとの結婚によって、せめて問題の一部だけでも解決しようと彼が考えた可能性は充分にある。それに、母親の話だと、今年じゅうに結婚することをすでに決めているらしい。

「でも、子爵さまに申しこまれたとしても」ヴァネッサは言った。「ことわることはできるのよ、メグ。ことわる気はある？」

「ノーと答えるの？」マーガレットは顔をしかめ、長いあいだ沈黙を続けた。

〝……わたし、とんでもない悪夢の世界に迷いこんでしまったの？〟

「クリスピンなの？」ヴァネッサはそっと尋ねた。

二人のあいだでこの名前が出たのは久しぶりのことだった。

マーガレットはハッとヴァネッサを見て、ふたたび視線をそらせたが、ヴァネッサは姉の目にあふれる涙を見てしまった。

「誰のこと?」マーガレットが訊いた。「そんな名前の人、わたしの知りあいにいたかしら」

苦悩と苦々しさに満ちた声だったので、ヴァネッサはどう答えればいいのかわからなかった。どっちみち、答えがほしくて質問したのでないことは明らかだ。

「かつてそんな人がいたとしても」ようやく、マーガレットは言った。「いまはもういないわ」

ヴァネッサは息を呑んだ。自分まで涙ぐみそうだった。

「わたしが結婚すれば」マーガレットは言った。「もしリンゲイト子爵に申しこまれたら、ケイトの人生をずいぶん楽にしてやることができるわ。そうでしょ? それから、あなたの人生も。スティーヴンの人生も」

「でも、わたしたちのために無理に結婚することはないのよ」ヴァネッサは狼狽した。

「どうしてだめなの?」マーガレットは暗い空虚な目でヴァネッサを見た。「わたしはみんなを愛してるのよ。わたしのすべてなの、あなたたち三人が。わたしの生き甲斐なの」

ヴァネッサは仰天した。マーガレットのこんな絶望的な口調を耳にするのは初めてだった。姉はいつも冷静で、明るくて、弟妹をしっかりつなぎとめてくれる錨だった。だが、姉の失恋をヴァネッサは前からずっと知っていた。ただ、姉の魂が虚ろになってしまったことを察するだけの想像力がなかった。わかってあげるべきだったのに。

「でも、わたしたちに対するお姉さまの責任はずっと軽くなったのよ。みんなの面倒を見て生活を支えていくのは、これからはスティーヴンの役目になるのよ。お姉さまはみんなを愛してくれるだけでいいの——そして、幸せになってくれるだけでいい。無理な結婚はやめて。お願い」

マーガレットは微笑した。

「早とちりかもね。レディ・リンゲイトがご子息の未来の花嫁としてわたしを選んだかどうかも、はっきりしてないのに。それを子爵さまがどう思っているのか、あるいは、そもそもそんなことを考えたのかどうかもわからない。求婚しにこなかったら、それこそがっかりね、ネシー」

マーガレットは明るく笑ったが、目は暗いままだった。

二人で屋敷に戻り、暖炉の火が掻き立てられて心地よい暖かさに満ちている図書室に入りながら、ヴァネッサは不吉な予感に心が重く沈んだ。

クリスピンがマーガレットを迎えにくることはけっしてないだろう。しかし、妹と弟のことだけを考えてマーガレットがリンゲイト子爵と結婚すれば、姉にとっては人生の意味がすべて失われてしまうことになる。

人生に意味を与えてくれるのは希望だ。

マーガレットをリンゲイト子爵と結婚させてはならない。もちろん、ひょっとすると子爵の求婚などないかもしれないが、ヴァネッサは求婚が現実になることをひどく恐れた。そこでマーガレットがイエスと答えることを。

マーガレットのために恐れた。

マーガレットのためだけ？

心に浮かんだその疑問に、ヴァネッサは驚き、いささか動揺した。子爵がメグと、もしくはほかの誰かと結婚する気でいるなら、何を理由に反対すればいいだろう？　バレンタインのパーティでヴァネッサが彼に恋をしそうになったのは事実だが、そのときでさえ、ヴァネッサを惹きつけるより反発させる要素のほうがはるかに多いことがわかっていた。

その彼がうっとりするほどハンサムだなんて、世の中はまったく不公平。

でも、たとえわたしが子爵に恋しているとしても――もちろん、してないけど――彼がわたしを結婚相手に選ぶことはけっしてないだろう。

でも、メグへの求婚は阻止しないと。メグのことだから、受け入れるに決まっている。子爵を止める方法がかならずあるはずよ。手遅れになる前に、どうすればいいかしっかり考えることにしよう。

もっとも、可能な方法がひとつだけあることを、すでに確信していた。

むしろ、〝不可能な〟方法と言うべきだろうが。

9

エリオットはきっぱりと決心した。ミス・ハクスタブルと結婚しよう。向こうが求婚を受け入れてくれればだが、はっきり言って、ことわる理由があるとは思えなかった。

二人が結婚するのはきわめて理にかなったことだ。しかも、母親がマーガレットを気に入っている。さらに言うなら、ハクスタブル家の全員に好感を持っている。みんな気立てがよくて、世間ずれしていないと思ったようだ。

「ミス・ハクスタブルと結婚したら、かならず手に入るものがあるわ、エリオット。忠誠と献身。この二つの資質はほぼ例外なく、優しさや愛情へと深まっていくものよ。きっと輝かしい未来が待っているわ」

母親は希望に満ちた目でエリオットを見た。母親が意味しているのは、もちろん、妻の忠誠と献身によって彼の心に優しさと愛情が芽生えるだろうということだ。

「おっしゃるとおりだと思います、母上」

しかし、愛情？　人を愛したことはこれまで一度もなかった——愛という言葉が何を意味するにせよ。ミス・ハクスタブルのことは愛していない。ついでに言うなら、アナのことも、その前に作った愛人たちのことも、ときたま行きずりの関係を持ったほかの貴婦人たちのことも。少なくとも、彼のほうは、愛しているという思いはなかった。ぜひこの人と結婚したいという気にさせてくれる、漠然とした魔法のような何かを見つけることを、ときたま夢に見ているとしても、期待はしていなかった。現実にそんなことが起きるはずはない。しかし、結婚すべき年齢になっても独身を通すなどというのは、もちろん問題外だった。結婚することが彼の大きな義務のひとつだった。

結婚すべき年齢になった。それだけのことだ。

義務を果たすことにしよう。同時に、分別をもってそれにあたることにしよう。

母親の訪問の翌日、エリオットはふたたび馬でウォレン館へ向かったが、今日はミス・ハクスタブルに求婚するための訪問だった。じつのところ、ひどく滅入っていた。相手のことをほとんど知らないのに。そうだろう？　もし……。

しかし、エリオットは〝もし……なら〟などと思いわずらうタイプではなかった。いま現在のことにしか対処できない男だった。

すでに心を決めた。だから、ここにやってきたのだ。

厩の前庭に入っていき、馬の世話を馬番に託したときには、かなり憂鬱な気分になっていた。結婚の申しこみをしようというときに、こんな気分になる者はどこにもいないだろう。断固たる足どりで屋敷へ向かった。ここまできて怖気づいてなるものかと思った。

　廏の前庭の角を曲がったとたん、デュー夫人と衝突しそうになった。いらいらしていると
きに、よりによってこんな相手と……。両方があわてて足を止め、エリオットはあとずさり、
二人のあいだに少なくとも十センチほどの間隔をあけようとした。
「まあ！」
「これは失礼を」
　二人は同時に言った。
「馬でいらっしゃるのが見えたんです。お目にかかりたくてまいりました」
　エリオットは両方の眉をあげた。「それは光栄。いや、そう言っていいのかな？　何かあ
ったのですか。動揺しておられるようだが」
「とんでもありません」デュー夫人は笑みを浮かべ——さらにひどい動揺を見せた。「二人
だけでちょっとお話しできないかと思いまして」
　また小言を言う気か。こちらの欠点をさらに数えあげる気か。またしても人を怒らせる気
か。さらに不機嫌にする気か。
「いいですとも」エリオットは片手で夫人の肘を支えると、彼女を連れて廏と屋敷から遠ざ
かり、湖へ続く広い芝地を歩きはじめた。
「ありがとうございます」夫人は言った。
　彼女が淡いブルーのドレスを着て、そろいのマントをはおっていることに、エリオットは
気がついた。ボンネットはもう少し濃いブルー。喪服を脱いだ彼女を見るのは初めてだった。

いつもより少しだけ魅力的に見えた。

「どのようなご用件でしょう?」廏の連中に声を聞かれる心配のない場所まで行ったところで、エリオットはぶっきらぼうに尋ねた。

「じつは」大きく息を吸ってから、夫人は言った。「わたしと結婚していただけないかと思いまして」

エリオットはこのときすでに、夫人の肘から手を離していた。たぶん、そのほうがよかっただろう。思わずこぶしを握った拍子に、夫人の肘の骨を折ってしまったかもしれないから。しかし——聞き間違いではなかっただろうか。

「あなたと結婚?」あきれるほど普段のままの声で、エリオットは尋ねた。

「ええ」夫人は息を切らしていた。まるで、十キロほど休みなく走ってきたかのように。

「それほどおいやでなければ。あなたの第一の目的は、子爵家にふさわしい女性と結婚することでしょう? それなら、わたしにも資格があります。伯爵の姉であり、準男爵の息子の未亡人ですもの。それから、第二の目的は、わたしたち姉妹の一人と結婚して、社交界デビューという問題をもっと楽に解決できるようにすること。メグのほうをお気に召してらっしゃることは、わたしにもわかっています。わたしを好きになっていただけないこともわかっています。だって、あなたと何度も口論しましたもの。でも、生まれつき喧嘩好きなわけではありません。まったく逆です。ふだんのわたしは周囲の人を明るくできる人間です。それに、くよくよするタイプではなくて……」

息を継ぐ暇もなく立て板に水のごとく続いていた言葉がふっととぎれ、一瞬の沈黙が訪れた。

いや、こちらの聞き間違いではなかった。思い違いでもなかった。

エリオットは急に足を止め、夫人と向きあった。彼女も足を止めると、エリオットを見あげ、大きくひらいた目で彼の目をじっと見つめた。頬が紅潮していた。

無理もない。

こんな強烈なパワーで彼から言葉を奪い去ってしまう人間を、エリオットはほかに一人も知らなかった。

「何かおっしゃって」十秒ほどたってもエリオットが返事をしなかったので、デュー夫人は言った。「ショックだったことはわかります。予想もしなかったでしょうね。でも、考えてみてください。メグを愛してらっしゃるわけではない。そうでしょう？　メグのことなんて、ほとんどご存じないんですもの。メグをお選びになったのは、長女だから――そして、美人だから。もちろん、わたしのこともご存じない。ご自分では、わかっているとお思いかもしれないけど。でも、本当のところ、わたしたちのどちらと結婚しようと、たいした違いはないんじゃありません？」

〝ショックだったことはわかります〟これほど控えめな表現がかつてあっただろうか。結婚する？　デュー夫人と？　この女、完全に頭がどうかしてるんじゃないか？

夫人は唇を嚙み、エリオットの返事を待つあいだに、目がさらに大きくなったように見えた。

「ひとつだけはっきりさせておきたい、デュー夫人」渋い顔でエリオットは言った。「あなたの喜ばしい求婚を、ぼくは正しく解釈しているのだろうか。もしかして、ご自分を生贄の子羊として差しだしておられるのでは？」

「まあ」一瞬、デュー夫人は彼から視線をそらした。「とんでもない。生贄なんかじゃありません。もう一度結婚したいから。そして、どうせ結婚するなら、条件のいい人にしたいから。あなたもおそらく同じでしょう？　わたしたちが結婚すれば、条件的には最高だと思いませんか？　メグとケイトがとても楽になります。スティーヴンも。それに、結婚相手がメグでなくても、あなたのお母さまはたいして気になさらないでしょうし。もちろん、わたしはメグのような美人じゃないけど——いえ、まるっきり美人じゃないわね。でも、お母さまに気に入っていただけるよう、全力を尽くすつもりです。結婚を認めていただければ」

「うちの母に？」エリオットは力のない声で尋ねた。

「お母さまはきのう、心の内をきちんと示してくださいました。メグを息子の嫁候補として認めると。もちろん、言葉に出してはおっしゃらなかったけど。それはあなたの役目ですもの。でも、わたしたちにはお母さまのご意向が伝わりました」

くそっ！

「デュー夫人」エリオットは背中で手を組み、彼女のほうへ少し身を寄せた。「ひょっとして、デューと結婚したときもこんなふうに？」

エリオットは一瞬、彼女の目のなかへ落ちていくような感覚にとらわれた。やがて、夫人は目を伏せ、自分の心を彼の目から隠してしまった。エリオットは彼女のボンネットのてっぺんをにらみつけた。

「ええ、そうね。じつはそうでした。あの人には死期が迫っていました。でも、とても若かったし、人生でやりたいことがたくさんあった――わたしと結婚することもそのひとつでした。わたしを愛してくれていた。わたしをほしがっていた。それはわかっていました。だから、罠にかけるようなまねはしたくないと、あの人は言いましたが、わたしのほうから結婚を迫ったんです」ふたたびまぶたをあげ、その目が彼の目を見つめかえした。「あの人の最後の一年を、わたしの力で、とても、とても幸せなものにしてあげました。そのことで自分を偽る気はありません。男性を幸せにする方法を、わたしは知っています」

なんとまあ！　自分がいま感じているのは性的な戦慄だろうか。まさか！　だが、ほかに何がある？

エリオットはかすかに首をふると、デュー夫人から離れ、湖のほうへ大股で歩いていった。彼女も横に並んで歩きはじめた。

「ごめんなさい」しょげた声で彼女は言った。「バカなことを言ってしまいましたね。でも、この件をご相談するにも、こちらの立場を説明するにも、これ以外の方法はなかったと思うんです」

「こう解釈していいのかな」エリオットは不機嫌に言った。「目の前でぼくを奪われたことを知っても、ミス・ハクスタブルが落胆することはない？」

「ええ、まるっきり」デュー夫人は請けあった。「メグはあなたとの結婚を望んでいませんから。でも、求婚されれば、きわめて義務感の強い人ですから承諾してしまい、どうすればわたしたちのためになるかを考えながら生きていくつもりだと主張することでしょう。そんな必要はもうないのに」

「なるほど」エリオットは怒りのあまりわめきちらしたい衝動を抑えつけた。いや、ひょっとすると、大笑いしたかったのかもしれない。「ところで、ミス・ハクスタブルがぼくとの結婚を望んでいない理由は……？」

エリオットは歩調をゆるめ、首をまわしてふたたびデュー夫人を見おろした。もしかしたら、自分はいまにも目をさまし、夢のなかでこの奇怪な場面に遭遇していたことを知るのかもしれない。これが現実だなんてありえない。

「クリスピンのことを苦しいぐらいに愛しているから」

「クリスピン？」前にどこかで聞いた名前のような気がした。

「クリスピン・デュー。ヘドリーの兄です。四年前にクリスピンが軍職を購入して連隊に入ったときに、彼と結婚すればよかったのに、メグはわたしたちを置いて出ていくことができなかった。でも、二人は約束をかわしていました」

「婚約しているなら、あなたはなぜ、ミス・ハクスタブルがぼくの求婚を受け入れるのではないかと心配するのです？」

「いえ、正式に婚約したわけじゃないんです。それに、クリスピンはもう四年近く帰ってきてないし、メグにもまったく連絡をよこしません」

「ぼくに理解できていないことが何かあるのかな？」しばらく沈黙が続いたあとで、エリオットは尋ねた。湖の岸まできていて、二人はふたたび立ち止まった。太陽が輝いていた。水の上で陽ざしがきらめいていた。

「そうですね」デュー夫人は答えた。「女心が。メグの心は傷ついています。もしかしたら、破れているかも。クリスピンが二度と戻ってこないことはわかっていても、一人でいるかぎり、希望を抱きつづけていけます。希望がメグに残されたすべてなのです。結婚を申しこむのはどうか思いとどまってください。メグはたぶん求婚を受け入れ、生涯を通じて、夫に従順に仕える善き妻となるでしょう。でも、二人のあいだに熱い炎が燃えあがることは、けっしてないでしょう」

エリオットはふたたび彼女のほうへ軽く身を寄せた。

「では、あなたとぼくのあいだなら、炎が生じるというのですか」と訊いた。このばかげた会話のなかで感じているのが、怒りなのか、それとも妙な浮かれ気分なのか、いまだによくわからなかった。しかし、彼女か自分のどちらかがいまにも怒りを爆発させそうな気がした。

彼を見つめかえすデュー夫人の頬が、ふたたびバラの花のような赤に染まった。

「わたしは男性を喜ばせる方法を知っています」ささやくように言い、下唇を噛んだ。赤く染まった頬と大きくひらいた目がなければ、いまの言葉も、しぐさも、遊び慣れた浮気女のような印象になったことだろう。やれやれ、死期の迫った男と短いあいだ結婚していたとはいえ、おそらく、赤ん坊のように無垢なことだろう。自分が何を言っているのか、本当にわかっているのだろうか。きわどい発言であることが、わかっているのだろうか。

「ベッドのなかで?」わざと訊いてみた。

デュー夫人は唇をなめた。これも色っぽいしぐさだが、たぶん本人は意識していないだろう。

「ええ」夫人は答えた。「わたしは処女ではありません。そのことを気にかけていらっしゃるのなら。ヘドリーはちゃんと——いえ、やめましょう。そうね、ベッドのなかであなたを喜ばせる方法も知っているつもりです。それから、ベッドの外でも。人々を陽気にする方法を知っています。笑わせる方法も知っています」

「で、ぼくを陽気にして笑わせる必要があるのかな?」目を細めて彼女を見ながら、エリオットは言った。「あなたにそれができるわけですか。たとえ、ぼくにユーモアのセンスがなくても」

「まだそのことを……」デュー夫人は彼から視線をそらして、湖を見つめた。「あなたを傷つけてしまった。そうなのね? そんなひどい侮辱の言葉はないような気がしてきました。人はいかなる悪癖や欠点を正直に認めても、ユーモアのセンスが欠けていることだけは認めたくありませんものね。でも、わたし、あなたにユーモアのセンスがまったくないと言ったわけではありません。ぜったい笑わない人だと言っただけ。人生を深刻にとらえすぎていると言いたかったんです」

「人生は現に深刻なものです」

「いいえ、違います」デュー夫人は彼に視線を戻した。「深刻なときばかりじゃないわ。いえ、深刻なことってそんなに多くないのよ。いつだって驚きに目をみはるようなことが起きるものです。どんな状況にあっても、かならず笑うことができます」

「だが、あなたはとりわけ悲惨な状況でご主人を亡くしている。それは深刻なことだったのでは？」

不意に目を輝かせて、デュー夫人は言った。「この世界と、わたしたち二人の人生のすばらしさに目をみはることなく一日がすぎたことは、一度もありませんでした。笑い声のあがらない日は一日もありませんでした。最後の日だけはべつでしたが。でも、その日もあの人は笑顔を見せてくれました。亡くなったときに見せた最後の表情でした」

まったく！　そんな話は聞きたくない。エリオットは少々いらいらしながら、自分が目をさますのを待った。そうすれば、まだ早朝で、自分のベッドにのんびり横たわり――ミス・ハクスタブルへの求婚の準備をしようとしていることがわかるだろう。

「あら、本題からそれてしまった。メグのかわりに、わたしと結婚していただけません？」

「どうして二人のうちのどちらかなんです？　姉上に求婚するのはやめるとぼくが約束したら、あなたは自由な身でいるほうがうれしいんじゃないですか」

彼女はふたたびエリオットを見つめた。

「まあ、本当にわたしのことがおいやなのね？」

いやに決まっている。当然だ！　何があろうと、こんな女と一緒になりたいなんて誰が思うものか。褒めるべき点がひとつもない――ひとつも！

いやだとはっきり言おうとして、エリオットは口をひらきかけた。

待てよ、ひとつだけ――ひとつだけ、褒めるべき点がある。きのう、母上はどう表現してたっけ？　〝忠誠と献身〟だ。これじゃ、二つだな。しかし、彼女はその両方を備えている。ぼくに向けたものではないが、自分の家族に向けて。

彼女はきのう、エリオットの母親が口にしたなんらかの言葉から、彼がハクスタブル家の長女に求婚するつもりでいることを察知した。そして、ミス・ハクスタブルも察知した。すでに傷ついている心を打ち砕くことになろうとも、姉は求婚を受け入れるだろうと、デュー夫人は推測した。そこで、どうすれば悲劇を回避できるかと必死に考えた。そして、彼女なりの策略を練りあげた。今日彼のもとを訪れて、状況をすなおに説明するという、簡単でわかりやすい方法をとるかわりに。たぶん、彼のことを、怪物のような男で（もしくは傲慢すぎて！）、理性の声に耳を傾けることはないと思ったのだろう。とにかく、どう思ったにせよ、一家のために、生贄の子羊として自分を差しだそうと決心した。彼のことが大嫌いで軽蔑しているという事実を一度も隠そうとしたことがないくせに、それを実行に移してしまった。

そして、彼はいま、想像しうるなかで最悪と言ってもいいやり方で、彼女を侮辱しようとしていた。向こうから自分自身を差しだしてきたのに、その贈物をはねつけようとしている——雄弁に、そして、冷酷に。

当然の報いだ。デュー夫人に渋い顔を向けて、エリオットは意地の悪いことを考えた。

だが、口を閉じた。

「わたしは十人並みとも言えない。そうでしょ?」デュー夫人が言った。「おまけに、一度結婚している。計画がうまくいって、結婚を承知してもらえると思うなんて、ほんとに浅はかでした。でも、メグに求婚するのはやめると約束してくれます? ケイトにも。あの子には、あなたと違うタイプの人が必要です」

「もっと人間らしい男が?」エリオットの目がふたたび細められた。

デュー夫人はしばらく目を閉じた。

「そんなつもりで申しあげたんじゃないのよ。ただ、あの子に必要なのはもっと若くて、そして……そして……」

「ユーモアのセンスのある男?」エリオットは言ってみた。

彼女はエリオットを見て、思いがけず笑顔になった。笑いと茶目っけにあふれた笑顔。

「目がさめたらまだきのうの夜だったことがわかればいいのに——そう思ってらっしゃるんじゃありません? じつは、わたしがそうなんです。こんなバカなまねをしたのは生まれて初めて。今回のことは忘れてくださいってお願いすることもできませんわね。忘れるのは無理でしょう」

ああ、無理だ。エリオットは急にまた腹が立ってきた。身をかがめ、唇を重ねた。

デュー夫人が怯えたウサギのようにうしろへ飛びのき、彼のほうは眉をあげた。

「ささやかな証拠がほしかっただけですよ。あなたが二回も口にしたおおげさな自慢話がまったく根拠のないことではないという証拠が」

デュー夫人は一瞬、きょとんとした顔で彼を見た。

「男性を喜ばせる方法を知っていると申しあげたこと？」彼女の目がふたたび大きくなり、頬が真っ赤になった。

「ええ」エリオットは低く答えた。「その自慢話です」

「自慢したわけじゃありません」

エリオットがじっとしていると、夫人は手袋に包まれた手をあげて彼の顔をはさみ、すぼめた唇を彼に近づけ、そっと優しく唇にキスをした。

母親や妹以外の女性から受けた申しわけ程度のキスのなかでも、これは最悪の部類に入るものだった。

しかし——デュー夫人が唇を離し、心配そうに彼を見あげるあいだに、彼は思った——股間に感じたこわばりは間違いなく性的な戦慄だった。いや、戦慄以上のものだった。

なんてことだ！

「帽子と手袋が邪魔だ。そうでしょう？」エリオットはそう言いながら自分の帽子と手袋をはずして芝生に投げ捨て、つぎに夫人の顎の下で結ばれたリボンをほどいて、背後の地面にボンネットを落とした。

デュー夫人は手袋をはずした。下唇を嚙みながら。

「さあ」エリオットは言った。「これなら、さほど束縛を受けずにやってみせることができる」

夫人はふたたび彼の顔を両手ではさみ――その手は温かく柔らかだった――彼の目をじっと見てからキスをした。

唇は軽くすぼめたままだったが、今度は彼の唇の上にすべらせた。夫人が唇を軽くひらいたので、奥のじっとりした熱気が彼にまで伝わってきた。そして、夫人の指が這いあがって彼の髪のなかに入りこんだ。彼の顎に、頰に、閉じたまぶたに、こめかみに、とても柔らかく、とても優しく唇をつけた。ふたたび口もとに戻って、舌先で彼の唇に触れ、唇の合わせ目にそって舌をすべらせた。

身体のほかの部分はいっさい彼に触れていなかった。

エリオットは腕を両脇に垂らしたまま、じっと立っていた。指がゆっくり曲がり、てのひらに食いこんだ。

やがて彼女の愛撫が終わった。一歩しりぞき、手を両脇におろした。

「わかっていただきたいの。わたしと結婚するまで、ヘドリーは一度も経験がありませんでした。もちろん、わたしもです。そして、結婚生活の大半を通じて、とても重い病に苦しんでいました。だから、あまり……ごめんなさい。おおげさに言いすぎました」

エリオットは下を向き、腰をかがめて平らな石を拾うと、湖へ向かって水面すれすれに投げた。水の上を跳ねていく石のあとに小さな渦巻きがいくつもできた。

不意に、あることに気づいた。向こうの途方もない提案を軽蔑とともに退けようとしても、もう手遅れだった。キスしてみろと彼のほうから挑発し、向こうはそれに応じた。厳密に言うなら、彼女の名誉を汚したわけではないが、心を弄んだことだけはたしかだ。

彼の名誉にかけてここで言っておかなくてはならないことがあった。

「そう、たしかに、おおげさだった」エリオットは彼女のほうに向きなおり、冷酷とも言える口調で答えた。「ぼくのほうは経験豊富だ、ミセス・デュー。病身の男に比べれば、妻への要求ははるかに大きいと思う。ぼくのやり方を披露したら、あなたはおそらく、結婚しようという親切な申し出をすぐさま撤回することになるだろう」

「そんなことはしません」きらめく目でエリオットを見つめかえして、デュー夫人は言った。「子供じゃありませんもの。それから、あなたがお怒りになる理由は何もないのよ。わたしはまことに礼儀正しい提案をしたのだし、あなたには、〝ノー〟と答える自由がある——ただし、そのあとで最初の計画どおりメグに求婚するようなことは、ぜったいやめてくださいね。そちらのやり方を見せてくだされば、申し出を撤回する気になるかどうか答えてさしあげます」

デュー夫人の鼻孔が膨らんでいた。怒っているのだ。

エリオットは彼女のマントに手を伸ばし、襟もとのボタンをはずした。マントを広げて、芝生に落ちているボンネットと手袋のそばに放った。

「寒いのはすぐに忘れますよ」怒りを含んだ声で約束しながら、自分の外套のボタンをはずした。ただし、脱ぎ捨てはしなかった。

片方の腕を彼女の肩に、反対の腕をウェストにまわして、抱きよせた。自分の外套で彼女を包みこみ、そのあいだに片手をヒップのところまでおろして、さらに自分のほうへひきよせた。

「だめよ」デュー夫人は目を大きくひらき、驚きの色を浮かべて彼を見あげた。

「そう、だめだろうね」エリオットは同意した。

彼女はとてもほっそりしていた。曲線美はほとんどない。ところが、不思議なことに、抱きしめた感触がひどく女っぽい。

エリオットは頭をさげて彼女にキスをした。探りあてた唇は軽くすぼめられていたが、エリオットは平気だった。口をあけると、彼女の唇の合わせ目に強引に舌を押しつけ、向こうが歯を閉じることを考える余裕もないうちに、口のなかに入りこんだ。

彼女の喉の奥でウッという声があがった。

しかし、エリオットはやめようとしなかった。片手を広げて彼女の後頭部を支え、逃げられないようにしておいてから、口のなかを探り、彼女が興奮しそうな場所を舌でなでていった。

空いたほうの手でドレスの背中のボタンをはずし、やがて、袖を肩からそっとすべらせて、両手で背中をなで、つぎにその手を前に持ってきて、コルセットで高く押しあげられた硬い小さな乳房を包みこんだ。人差し指と親指で乳首をはさんでころがすと、ツンととがって硬くなった。

彼女の顎に、喉に唇をつけながら、両手を下げてヒップを包みこみ、きつく抱きしめ、自分の興奮の証を彼女にすりつけた。

そして、ふたたび唇にキスをし、男女の行為を思わせる動きを舌でやってみせるうちに、彼女の指が髪にからみついてくるのを感じた。

もともとは、何も知らないくせに危険なまねをしようとした生意気な女に、強烈な愛撫を教えてやるつもりで始めたことだった。ところが、どうも違う方向へそれてしまった。自分が性的な興奮を覚えるとは思いもしなかった。早く歯止めをかけないと、芝生の上に彼女を押し倒し、二月下旬の肌寒さと湿気などものともせずに、最初の意図とはまったく違う行為へふたたび移っていくことになるだろう。

彼女のほうには止めようという様子もない。無垢で危険な女。

まいったな！　これがネシー・デュー夫人なんだ！　そして、いまは夜ではないし、悪夢のなかにいるのでもない。悪夢にしては長すぎる。

エリオットは両手を彼女のウェストへ持っていき、顔をあげた。

彼女がエリオットの目を見つめた。彼女自身の目はいつもより濃い色になり、深みを帯びている。紛れもないブルー。文句なしに、彼女のなかで最高の部分だ。

「いつもそういう顔をしてらっしゃればいいのに」

「そういう顔って？」エリオットは眉をひそめた。

「情熱にあふれた顔。くっきりした目鼻立ちでしょ。情熱にふさわしい顔だわ。プライドの高そうな表情や、軽蔑的な表情をなさることが多いけど、その顔には似合わない」

「やれやれ。そういう話に戻るわけですか」

「申し出を撤回しようという気にはなっていません。あなたのことを怖いとも思わなかったし。ただの男ですもの」

デュー夫人は膝をかがめて、身に着けていたものを拾いあげ、マントを肩にはおった。震えていた。寒さのせいかどうか、彼にはわからなかったが。

「でも、あなたが望んでいらっしゃらないことがわかりました。驚くにはあたりませんわね。最初に思いついたときに、鏡のなかの自分を見るべきでした。でも、もういいんです。メグに求婚なさるつもりはもうないでしょうから。いちばん大切なのはその点なんです」

デュー夫人はボンネットをかぶり、顎の下でリボンを結んだ。

エリオットはふたたび湖のほうを向いた。

「屋敷に戻ります」デュー夫人が言った。「気を悪くされたのならお詫びします。メグはあなたを嫌っているわけではありません。ただ、クリスピンを愛しているんです。あなたのほうは、社交シーズンに合わせてロンドンへいらっしゃれば、あなたとの結婚を強く望む女性を見つけるのに、さほど苦労はなさらないでしょう」

エリオットは眉をあげ、首をまわしてうしろを見た。デュー夫人はそこに立ったまま手袋をはめているところだった。顔が上気し、抱擁のせいで髪が少し乱れている。

エリオットは不意に、こちらがどういう身分かを、この女は知っているのだろうかと思った。

「公爵夫人になろうという野心があったのですか」と尋ねた。

デュー夫人はきょとんとした顔で彼を見た。「いえ、べつに。そんな気はまったくありません。公爵などという身分の人とわたしにどんな関わりがあるんです？　わたしの知りあいのなかに公爵はいません」

「公爵の跡継ぎならいますよ」

「えっ？」

エリオットは肩越しに夫人を見つめつづけ、その顔に理解の色が広がりはじめるのを待った。

「リンゲイト子爵というのは儀礼上の称号なのです。祖父の若いころの爵位で、まず父に受け継がれ、父の死に伴ってぼくに与えられました。祖父より長生きすれば、ぼくはいずれ、モアランド公爵となる身です」

彼女の唇がアルファベットのOの字になった。声は聞こえなかったが。突然、青くなった。

そうか、知らなかったんだ。

「ようやく、怖いと思ってくれたかな？」エリオットは訊いた。

「とんでもない」しばらく無言で彼を見つめたあとで、デュー夫人は言った。「それでもやはり、ただの男にすぎませんもの。でも、わたし、もう行きます」

向きを変えて立ち去ろうとした。

「待って！」エリオットは言った。「一生に二回結婚しようというのなら、せめて一回は、男から求婚を受けるという思い出を作るべきだ。そして、ぼくはあなたの観察どおり、プライドの高い男だ。女から求婚されたあげくの結婚生活なんておことわりだ」

彼女がふたたび向きを変えた。ギクッとした表情。

どうせやらなきゃいけないのなら、正式にやってやろう――エリオットは思った。もっとも、ミス・ハクスタブルが相手だったら、おそらくここまではしなかっただろう。デュー夫人の前で片膝を突き、彼女の目を見あげた。

「デュー夫人、ぼくと結婚してくれますか」

夫人は一瞬、彼を凝視し、やがて――。

やがて、血色と、生き生きした表情と、笑いが、彼女のなかにいっきによみがえり、驚きに満ちたその瞬間、エリオットは彼女に魅了されていた。

「まあ」夫人が言った。「まあ、なんてすてきな求婚かしら！　とってもロマンティックな方ね。でも、本気なの？」

「本気でなかったら」エリオットは憮然として答えた。「こんな照れくさいまねをするはずがない。あなたにイエスと答えられては困ると思って、恐怖に打ち震えているはずだ。ぼくが震えているように見えますか」

「いいえ。でも、膝が濡れているように見えるわ。ゆうべ、雨が降ったのよ。さあ、立ってくださいな」

「返事を聞くまでは立たない。結婚してくれますか」

「もちろんでしょ。最初にお願いしたのはわたしのほうじゃなかった？　後悔はさせません。約束します。だって、わたしは知ってますもの――」

「男性を幸せにする方法を」エリオットは口をはさみながら立ちあがり、右膝にじっとりと広がった黒ずんだしみを悲しげに見おろした。「では、そちらはどうかな、デュー夫人？　ぼくはあなたを幸せにできるだろうか」

「できないわけがないわ。わたしを喜ばせるのはむずかしいことじゃないから」

夫人は頬をバラ色に染めた。

「では、これで決まりだ」エリオットは芝生に身をかがめて、脱いだものを拾いあげた。「屋敷へ行って、みんなに報告しなくては」

「ええ」

デュー夫人はふたたび彼に笑いかけた。しかし、彼が差しだした腕に手をかける寸前に、まばたきをし、彼から目をそらした。恐怖によく似たものがその目に浮かんでいるのを、その寸前にエリオットは見てしまった。

ぼくが感じている恐怖のほうが、もっと大きいんだぞ。まったくもう、なんてことをしてしまったんだ?

いまさら取り消すわけにはいかない。

こともあろうに、ネシー・デュー夫人と婚約してしまった。

顔を合わせるたびに、耐えがたいまでにぼくを苛立たせる女。

名前を聞いただけでうんざりさせられる女。

ぼくのやることにいちいち文句をつける女――こっちもちゃんとお返しはしているが。

まるで、地獄の縁結びのようだ。

エリオットは彼女とともに屋敷に向かって歩きはじめた。

10

二人は無言のまま、屋敷への道を歩いた。

ゆうべは名案に思えた。メグに求婚するのはやめてほしいと単純に頼んだところで、リンゲイト子爵がやめるとは思えなかった。顔をこわばらせ、横柄な目でヴァネッサを見て、求婚にとりかかるだろう。メグがノーと言うはずのないことは最初からわかっている。非常手段が必要だった。どんな手段をとるべきか、ヴァネッサにはわかっていた。

子爵の母親に言われたことがヴァネッサの決意をさらに固くした。

〝でも、あなたには結婚の機会があったでしょ、デュー夫人。お姉さまにはなかったのよ〟

それは事実だ。ヴァネッサには機会があった。ヘドリーと結婚した。その後わずか一年ほどしか生きられず、しかもずっと病の床に臥せていたことは、このさい関係ない。とにかく、ヴァネッサは結婚できたのだ。

メグから結婚の夢を奪ってはならない。実現の可能性がほとんどないとしても。

メグのかわりに自分が子爵と結婚し、彼が必要としている妻になり、姉と妹が社交界にすんなり入れるようにする。

自分が生贄の子羊になる——もっとも、子爵からその言葉を聞くまで、自分のやっていることをそんなふうに考えてはいなかった。

どちらも相手のことがあまり好きではないが、それはたいした問題ではない。変えていけることだ。結婚したら、彼を幸せにするために努力するつもりだった。自分自身も幸せになれるよう努力するつもりだった。前にも同じことをやっている。しかも、いまよりはるかに苛酷な状況で。

また、肉体的に彼に惹きつけられていることは否定のしようがなかった。彼と結婚することを考えただけで、身体のなかに奇妙な、苦痛といってもいいような反応が生じる。

そんなに大変なことではないだろう……。

ゆうべは名案に思えた。しかし、今日はそこまで自信が持てなくなっていた。

自分はお世辞にも可愛いと言えるタイプではない。美人にはほど遠い。

大きな口を叩いたが、ばれてしまった。自分のキスと彼のキスを比べて、なんと情けない思いをしたことか。

子爵がキスをしたのは、彼の正しさを証明するための手段にすぎず、キスをしたいからではなかったことぐらい、ヴァネッサにもわかっていた。

何かとても危険なものを解き放ってしまったような思いのなかにとり残された。

これまではその存在も知らなかったさまざまな場所が、いまなお疼いていた。

それから、彼が公爵家の跡継ぎであることを知らされたショックも大きかった。未来の公爵に求婚してしまった！

つまり、いずれはこの自分が公爵夫人になるということだ。

つい最近まで、スロックブリッジから五キロ以上遠くへは行ったこともなかったのに、結婚と同時に子爵夫人となり、王妃さまに拝謁し、つぎに、メグとケイトを社交界に紹介することになる。

そして、この男がわたしの夫になる。

湖の岸に立って昼間の太陽のもとであんなキスのできる人なら、結婚したら、いったいどんなことに……？

ああ……。

芝生の小さなかたまりに足をとられてころびそうになった。すると、子爵が彼女の手を自分の脇へさらに強くひきよせ、ちらっと見おろした。口を固く結んでいて、未来の公爵夫人がそのように不様なことでは困ると言っているかのようだった。

メグとケイトとスティーヴンがなんて言うかしら。

あちらのお母さまはなんておっしゃるかしら。

そして、お祖父さまは？

この人ったら、どうして立場を逆転させて、自分のほうから求婚したの？　まさかそんなことになろうとは思いもしなかった。そっとあの場を離れて、深くて暗い穴を探してもぐりこみ、できれば一生隠れていたかった。

「デュー夫人」テラスにあがったところで、子爵が言った。足を止め、ふたたびヴァネッサを見おろした。「決心を変える時間はまだある。湖をあとにしてから、あなたはひどく動揺しているようだ。ぼくと結婚したい？　それとも、したくない？　あなたの返事がどうであれ、お姉さんとも妹さんともけっして結婚しないことを、紳士の名誉にかけてあなたに誓おう」

撤回のチャンス！

ヴァネッサは彼の目を見あげ、まったく無関係なことを考えた。この目をブルーにした人は――神さま？――とっても頭がよかったのね。だって、地中海人種のような肌の色をした人なら、ふつう、目は濃い茶色のはずだもの。

ええ、どんな障害があっても、ぜったい結婚したい。でも……。

「あなたのほうは、わたしと結婚する気がありますか？」ヴァネッサは彼に尋ねた。

彼の鼻孔が膨らみ、顔がこわばった。

「礼儀にはずれたことですぞ」子爵がそっけなく言った。「質問に対して質問で答えるというのは。だが、それでも、返事をするとしよう。ぼくはあなたに求婚した。つまり、あなたとの結婚を望んでいる。ぼくは優柔不断な男ではない、デュー夫人。さて、それではあなたの返事を聞かせていただこう」

まあ。命令することに慣れた人なのね。結婚したら、当然のようにわたしに命令し、いばりちらすことだろう。

もし、わたしが甘い顔をして、それを許したりすれば。

「もちろん、あなたとの結婚を望んでいます。最初に求婚したのはわたしですもの。覚えてらっしゃる？」

「永遠に忘れられそうもない」子爵は言いかえした。

そして、軽く頭を下げて、ふたたび腕を差しだした。

ヴァネッサは思わずクスッと笑った。

「いまのが初めての口喧嘩かしら」

「言っておくが、回数を数えようなどとしないことだ」差しだされた腕にヴァネッサが手をかけるあいだに、子爵は言った。「式も挙げないうちに、数えきれなくなるだろうから」

とたんに、ヴァネッサは噴きだした。

それから、まじめな顔に戻った。

「どちらが話すことにします？」大理石の階段をのぼって屋敷に入りながら、ヴァネッサは尋ねた。

「ぼくから話す」子爵がきっぱりと言った。不機嫌な声だった。

ヴァネッサは反論しなかった。正直なところ、ホッと胸をなでおろしていた。どんなふうに話せばいいのやら。

スティーヴンが書斎から出てきた。

「あっ、リンゲイト卿、ちょうどいいところにいらっしゃいました。客間にお茶の用意ができたと、いまメグから知らせがあったところです。一緒にいかがです？　ブルーの服を着てるんだね、ネシー。今日はグレイでも藤色でもないの？　そろそろ喪服を脱いでもいいころだものね」

ヴァネッサは弟のあとに続いて、婚約者とともに階段をのぼりながら、心臓の鼓動が激しすぎて胸から飛びだすようなことはないだろうかと心配になった。

キャサリンが窓辺に腰をおろし、ミス・ウォレスがきのう置いていってくれたファッション雑誌をながめていた。マーガレットはとっておきの昼用のドレスを着て、お茶のトレイの向こう側にすわっていた。リンゲイト子爵が入ってきたのを見て、観念したようなこわばった表情になった。求婚されるものと思い、覚悟を決めたのだろう。

「子爵さま、ちょうどお茶の時間にお越しになりましたのね。おすわりになりません？」

「ええ」子爵は言った。「ただ、その前に、あなたがた全員に関係のあることを申しあげたいと思います」

マーガレットはあからさまに狼狽の色を浮かべた。みんなの前でいますぐ結婚を申しこまれるのを覚悟したようだ。スティーヴンは好奇心をあらわにし、キャサリンはながめていたファッション雑誌から顔をあげた。

「さきほど」子爵は言った。「すばらしく名誉なことに、デュー夫人がぼくとの結婚を承諾してくださいました」

ヴァネッサは部屋に入ってすぐに腰をおろしていればよかったと思った。だが、もう手遅れだった。ひどくガクガクする足でその場に立っているしかなかった。

呆然たる沈黙が広がり、それが永遠に続くかに思われた。たぶん、一秒か二秒のことだっただろうが。

「すごい」最初にやっと口が利けたのはスティーヴンだった。「わあ、すごいよ、びっくりした」

そして、子爵の手をとると勢いよく上下にふり、つぎにヴァネッサを抱きしめて、うれしそうな笑顔を見せた。

キャサリンが飛びあがり、部屋の向こうから走ってきた。

「まあ」と叫んだ。「とってもすてき。でも、夢にも思わなかった。思うわけないわよね。優しい気持ちを抱きあってるなんて、二人とも、おくびにも出さなかったんですもの。でも、考えてみればそうかも——パーティのときに二人で踊った。しかも、子爵さまはネシー以外の誰とも踊ろうとなさらなかった」

一瞬、キャサリンは彼の腕に飛びこもうとするかに見えたが、そこで考えなおしたらしく、かわりに、スティーヴンが離れたあとのヴァネッサに抱きついた。

マーガレットはお茶のトレイの向こう側に立ったままだった。ヴァネッサはキャサリンの肩越しに姉と視線を合わせたが、姉の目に浮かんだ表情は判断しがたいものだった。

「ネシー?」マーガレットが言った。リンゲイト子爵のほうは見ようともしない。

ヴァネッサは部屋を横切って姉のところへ行き、両手を差しのべた。

「メグ、わたしの幸せを祈って。いえ、わたしたち二人の幸せを祈ってくれる?」

マーガレットの目から表情が――何をあらわす表情だったかはわからないが――消え、かわりに、こわばった笑みが浮かんだ。

「ええ、もちろんよ」マーガレットはヴァネッサの手をとると、しっかり握りしめた。「世界じゅうの幸福があなたに訪れますように。そして、あなたにも、子爵さま」

子爵は彼女に頭を下げた――今日、求婚するつもりで訪ねてきた相手の女性に。

そして、婚約が告げられ、最初の驚きと興奮が静まったところで、全員が腰をおろし、ふだんの午後と少しも変わらない態度でお茶を飲み、ケーキを食べた。

ただ、会話だけは日常からかけ離れていた。リンゲイト子爵はみんなに、母親にも報告しなくてはと言った。母親はきたるべき社交シーズンに向けて、彼の妹の衣装を誂えるため、一週間以内にロンドンへ出発する予定だという。もちろん、息子の婚約者も一緒に連れていき、花嫁衣装選びと、結婚後に宮廷へ拝謁にあがるさいの準備に手を貸してくれるだろう。

子爵のほうは、そのあいだに、スロックブリッジの教会と彼が通っている教会の両方で結婚予告をしてもらうため、ただちに手配をおこなう。そうすれば、一カ月ですべてを終わらせ、充分な時間の余裕をもって本格的な社交シーズンを迎えることができる。

〝……一カ月で……〟

全員が礼儀正しく腰をおろして、子爵の話に聞き入った――ヴァネッサまでが。全員が子爵の計画に関心を示し、この場にふさわしい意見を述べ、適切な質問をした――ヴァネッサ一人を除いて。

三十分もたたないうちに、リンゲイト子爵は全員に暇《いとま》を告げ、一人一人にお辞儀をしてから、ヴァネッサの手をとって唇に持っていった。

「できれば、明日の午後あなたを迎えにきて、フィンチリー・パークにきてもらい、ぼくの母に会ってもらいたい。母もそう望むだろうから」

「楽しみにしています」ヴァネッサは答えた。心にもない言葉だった。

そして、途中まで馬で一緒に行くというスティーヴンを伴って、子爵は帰っていった。

キャサリンも、二、三分ほど興奮のなかでおしゃべりし、何回か衝動的に抱きあったあとで、部屋を出ていった。スロックブリッジの友人たちに手紙を書いて、このことを知らせようというのだった。

これを聞いてヴァネッサは、デュー家へ一刻も早く手紙を書かなくてはと気がついた。デュー家の人々がこの知らせに動転しないよう願った。

でも、そのことはまたあとで考えよう。気がついたら、マーガレットと二人だけになっていた。お茶のトレイが片づけられたあとも、マーガレットはまだ同じ椅子にすわっていた。

彼女のほうから沈黙を破った。

「ネシー、あなたったら何をしたの？」

ヴァネッサは陽気に微笑した。「ハンサムでお金持ちの権力者と婚約したのよ。結婚を申しこまれたから、お受けしたの」

「ほんとにそうなの？」マーガレットが訊いた。その視線は居心地が悪くなるほどまっすぐだった。「もしかして、あなたのほうから申しこんだのでは？」

「そんなの不作法だわ」

「でも、前にも同じことをやったでしょ」マーガレットは指摘した。

「ヘドリーとは幸せに暮らしたわよ」ヴァネッサは反論した。

「ええ、わかってますとも」マーガレットは眉をひそめた。「でも、リンゲイト卿と幸せになれる？　あの方のことがあまり好きじゃないような印象だったけど」

「幸せになるわ」ブルーのドレスの生地を片手でなでながら、ヴァネッサは言った。

「わたしのためにやったことでしょ？」

「自分がやりたいからやっただけ」ヴァネッサはふたたび姉を見た。「気にさわった、メグ？　ほんとはお姉さまがあの人と結婚したかったの？　いまさらこんなこと言っても手遅れだけど、じつはそうなんじゃない？　そう思ってたんじゃない？」

「やっぱり、わたしのためだったのね」マーガレットは膝の上で両手をきつく握りあわせていて、指の関節が白くなっているのがヴァネッサにもわかるほどだった。「みんなのためだったのね。ああ、ネシーったら、みんなのために自分を犠牲にしなきゃいけないの？」

「お姉さまだって、いつもやってるくせに」

「それは違うわ。あなたたちみんなを守り、最高の人生を送れるようにしてあげるのが、わたしの人生の役目なの。みんなに幸せになってほしくてたまらないの。あなたはヘドリーのためを思って彼と結婚し、今度はわたしたちのためにリンゲイト卿と結婚しようとしている。だめよ、ネシー。わたしが許さない。いまからリンゲイト卿に手紙を書いて、急いでフィンチリーへ届けてもらうわ。わたし――」

「そんなことしないで。わたしは二十四歳なのよ、メグ。そして、未亡人なの。お姉さまがわたしの人生を生きることはできない。ケイトの人生を生きることも、スティーヴンの人生を生きることもできない。みんなのためを思って、自分の夢と幸せになるチャンスを捨ててしまうのがお姉さまの運命ではないのよ。わたしたちはもう大人。わたしが後見役を務めれば、ケイトはあらゆるチャンスをつかむことができる。そして、スティーヴンはリンゲイト子爵と、サムソン氏と、オクスフォードに入る準備をするために雇われた家庭教師たちに助けられて、一人前になっていく。お姉さまもそろそろ、自分のために自分の人生を考えなきゃ」

マーガレットは愕然たる表情になった。クリスピンが連隊に入る前に、メグの前で単純な別れの言葉以外何も言わずにいてくれればよかったのに、とヴァネッサは思った。そうすれば、メグもいまごろは彼への思いを断ち切っていただろう。

「あのね、わたしたちがもうお姉さまを必要としなくなったということじゃないのよ。もちろん、必要だわ。これからもずっと。わが家の長女として、わたしたちにはお姉さまが必要なの。お姉さまの愛情が必要。でも、お姉さまの人生までは必要ない。みんなに幸せになってほしいんでしょ。あのね、みんなもお姉さまのために同じことを願ってるのよ」

「あなたに愛を見つけてほしいと、ずっと願ってきたわ」涙ぐみながら、マーガレットは言った。「今度こそ、生涯にわたって続く愛を見つけてもらいたいの。あなたには、わたしの知ってる誰よりも末永く幸せに暮らす権利があるのよ」

「わたしがそれを手にしてないって言うの?」ヴァネッサは訊いた。「メグ、あの方は公爵家の跡継ぎなのよ。さっき、話してくれたわ。夢にも思わなかった。こんなうっとりする話があって? わたしが生涯にわたって幸せになれないわけがどこにあるの? いずれは公爵夫人なのよ」

「公爵? まあ、ネシー、わたしだって夢にも思わなかったわ。やっていける? いえ、あなたなら大丈夫ね。さっき指摘してくれたとおり、もう立派な大人ですもの。やっていけますとも。しかも、立派に。あなたと結婚できるのがどんなに幸運なことか、リンゲイト子爵はわかってらっしゃるのかしら」

「たぶん、わかってないわね」目をきらめかせて、ヴァネッサは言った。「でも、いずれわかってくれるわ。二人で幸せになります、メグ。ためいきが出そうなぐらい幸せに」

マーガレットは片方へ首をかしげて、妹をじっと見た。

「ああ、ネシー」

やがて、二人は立ちあがって抱きあい、何か説明のつかない理由から、どちらも泣きだした。

婚約したんだわ——ヴァネッサは思った。幸せの涙だった。

もちろんよ。

ふたたび結婚するんですもの。

リンゲイト子爵と。

百万年たっても愛してくれそうにない人と。

もちろん、こちらも彼を愛しているわけではない。それでも、やはり……。


「どうおっしゃってました？」ヴァネッサは訊いた。

リンゲイト子爵の旅行用馬車の座席にふたたび腰をおろしていた。ただし、一緒に乗っているのは姉と妹ではなく、子爵だった。婚約からほぼ一日がすぎ、フィンチリー・パークへ向かっているところだった。しとしとと降りつづく雨で馬車の窓が曇っていた。子爵の母親に会いにいくのだ。

「きみにとても会いたがっている」

「あのね、わたしがお訊きしたのは、お母さまがどうおっしゃってたかってこと」ヴァネッサは首をまわして子爵を見た。「あなたがメグに求婚するものと思ってらしたわけでしょ？なのに、帰宅したあなたから、わたしと婚約したという報告を受けた。どうおっしゃったの？」

「いささか驚いていた」子爵は正直に答えた。「だが、きみこそぼくの結婚したい相手だと母に言ったら、そのあとはうれしそうだった」

「あなた、ほんとにそんなことを？　で、お母さまは信じてくださったの？　賭けてもいいけど、信じるはずはないわ。それに、うれしいはずもないし」

「貴婦人は賭けなどしないものだ」

「まあ、くだらない。お母さま、ご不満なんじゃない？　お目にかかる前に知っておくほうがいいわ」

子爵は舌打ちをした。

「よし、わかった。不満そうだった――というか、とにかく心配していた。長女じゃないし、すでに結婚の経験がある」

「おまけに、美人でもない」

「どう答えればいい？」子爵が訊いた。ひどく気を悪くした様子だった。「きみは醜くない。無愛想でもない」

あら、愛情あふれるお言葉！

「気に入っていただけるよう努力するわ。約束します。あなたに安らぎを与えられる女だとわかれば、お母さまも気に入ってくださるわ」

「おや、今日は〝安らぎ〟だけ？　きのうのきみは、ぼくを〝喜ばせる〟方法と、〝幸せにする〟方法を知っていたはずだが」

子爵は横目でヴァネッサを見ていた。いまもまた、目を軽く伏せ、パーティのときにヴァネッサの記憶に焼きついた、あのドキッとするほど物憂げな表情になっていた。

「それに加えて、安らぎを与える方法も」ヴァネッサは断固たる口調で言った。

「そうか、だったら、ぼくは幸運な男だ」

「そうですとも」ヴァネッサは同意し——そして、笑いだした。

「きのう、暇を告げたあと、できることならクモになって、おたくの客間の絨毯を這ってみたかった。とくに、きみとお姉さんの二人だけになったあとで」

「姉はべつに動揺してなかったわ。そのことを気にしてらっしゃるのなら。少なくとも、あなたが姉ではなくわたしに求婚なさったことについては」

「がっかりだな」

「二人で幸せになってほしいって」

「なるほど、そうだろうな。きみのことが大切でならないんだね。だが、家族のために、生贄の子羊としてきみが自分の身を差しだしたことを知って、悲しい思いをしたのではないだろうか」

「わたし、生贄になる気はありません。あなたの妻になるの——子爵夫人に。その務めを立派に果たせるように努力します。見ていてちょうだい」

「今年、ぼくは三十になる。年内に結婚しようと決めた第一の理由は、一刻も早く子供を持ちたかったからだ。跡継ぎを作らなくてはならない」

　子爵は軽く伏せたまぶたの下から、まっすぐヴァネッサを見ていた。もちろん、わざと動揺させようとしている。

「ええ……」ヴァネッサは頬が赤くなるのを感じた。ハーフブーツのなかで爪先に力がこもった。「たしかにそうね。もっともなことだわ。とくに、いつの日か公爵になる方ですもの」

「デューとのあいだに子供ができる可能性はなかったのかい?」

ヴァネッサは首を横にふり、唇を噛んだ。

「以前、処女ではないときみが言い、ぼくはそれを信じた。だが、もしかして、ほぼ処女と言ってもいいのでは?」

ヴァネッサはさっと顔をそむけた。まともに口が利けるかどうか自信がなかった。雨粒が二筋、馬車の窓をくねくねと伝い落ちるのを見つめた。

全部で三回だった――夫婦の交わりは。そのうち二回は、終わったあとでヘドリーが泣いた。

「すまない」手袋をはめた手をヴァネッサの袖にかけて、リンゲイト子爵が言った。「動揺させるつもりはなかった」

「もっともなことだわ」ヴァネッサは言った。「わたしに子供が産めるかどうかを知りたいというお気持ちは。たぶん大丈夫よ。そう期待しましょう」

「もうじきフィンチリーだ。つぎの角を曲がると見えてくる」

子爵は彼女の前に身を乗りだすと、曇った窓を外套の袖で拭いた。

こちらもグレイの石造りの邸宅だが、ウォレン館よりも古びた感じだった。正方形のがっしりした建物で、屋根の周囲に手すりがめぐらされ、石像が飾られ、壁面の一部が蔦に覆われている。屋敷から少し離れたところで羊の群れが草を食んでいる。たぶん、隠れ垣の下にあの草むらが広がっているのだろう。さらにその向こうの湖畔に、べつの家が見える。コテージと呼ぶには大きすぎる家だ。

ウォレン館のような新築の華やかさはどこにもないが、荘厳で、平和で、自分を歓迎してくれているように、ヴァネッサには思われた。〝歓迎〟という言葉によって、いまから数分以内に邸内で向きあうことになる状況が心に浮かんできた。ヴァネッサは座席にもたれた。

「天気のいい日だと、もっと見栄えがするんだが」

「いまだってすてきよ」

屋敷の両びらきの玄関扉の外で馬車が止まった瞬間、ヴァネッサは深く息を吸い、ためいきをついた。まずいことに、周囲に聞こえるほど大きなためいきだった。

子爵が馬車のステップをおり、ふりむいて手を差しだしてくれたあとで、ヴァネッサは言った。「結婚してほしいってあなたに頼むだけじゃなくて、そのあとに何が起きるのか予測しておくべきだったわ」

「うん」ステップをおりるヴァネッサに、子爵は同意した。「そうだね。だが、予測しなかった。そうだろ？」

「〝もし……なら〟って考えたところで無意味ね。わたしたちがウォレン館に着いた日に、あなたがご自分でそうおっしゃったわ」

「そのとおり。きみはぼくにつかまったんだ、デュー夫人。そして、ぼくは――」

子爵は急に黙りこんだ。

「そして、あなたはわたしにつかまった」

ヴァネッサはとても風変わりなことをおもしろがるタイプだった。そして、笑いだした。いまの彼女の気分とプライドにとっては、泣くよりもそのほうがいいことだった。

子爵は眉をあげ、腕を差しだした。

11

自宅の客間にいるレディ・リンゲイトは、ウォレン館を訪ねてきたときよりさらに威厳に満ちた姿だった。いや、もしかしたら、ウォレン館で会ったときはリンゲイト子爵の母親にすぎなかったのに対して、いまでは、もうじき姑になる人だとヴァネッサが思っているせいかもしれない。

客間にいるのはレディ・リンゲイト一人だった。ミス・ウォレスの姿はなかった。

レディ・リンゲイトはとても優しかった。温かさにあふれた態度でヴァネッサを迎え、暖炉の前の、自分の椅子と向かいあった椅子のほうへ連れていった。

リンゲイト子爵は婚約者としてヴァネッサを紹介したあと、以後の話しあいには無用とばかりに、母親に追い払われてしまった。二人に向かってお辞儀をすると、一時間したら戻ってきて自宅まで送っていくとヴァネッサに約束し、部屋を出ていった。

ヴァネッサは怯えきっていたため、自分のほうから攻勢に出ることにした。

「きのう、リンゲイト子爵がお戻りになって、メグではなくわたしに結婚を申しこんだことを報告なさったとき、さぞ驚かれたことでしょう。あまりいい感情はお持ちにならなかったことと思いますが」

レディ・リンゲイトは両方の眉をあげ、とても貴族的で、とても尊大な表情を浮かべた。そして、一瞬、息子とそっくりな顔になった。

「たしかに驚きました。息子が求婚するつもりでいたのは、あなたのお姉さまのほうだと思っていましたから。わたしの思い違いだったようね。かわりにあなたを選んだのには、然るべき理由があるのでしょう。きっと、賢い選択をしたのでしょうね」

ヴァネッサは罪悪感に包まれた。

「あの方を幸せにします」椅子の上でかすかに身を乗りだして、子爵夫人に約束した。「あの方にそう約束しました。わたしは昔から、周囲の人々を楽しくさせられる人間でした」

「でも、リンゲイト子爵が相手でも大丈夫？　かなりの難題になりそう」

子爵夫人は眉をあげたままヴァネッサを見つめるだけで、なんの反応も示さなかった。お茶のトレイが運ばれてきた。お茶が注がれ、マカロンの皿が渡され、召使いが部屋を出ていくまで、夫人が話題にしたのは天候のことと、ようやく春めいてきたということだけだった。

「あなたのそのスタイルなら」ようやく、子爵夫人は言った。「最新のファッションがきっとぴったりだわ。豊満な身体つきではないけれど、絹やモスリンできちんと仕立てたドレスをお召しになれば、とてもエレガントに見えることでしょう。それに、そのブルーのドレスは、二日前にお目にかかったときに拝見したグレイのドレスよりずっとよくお似合いよ。もっとも、流行のデザインではないわね。たぶん、流行など考えずにお作りになったのでしょう。もちろん、ふたたび婚約なさった以上、喪服をお脱ぎになったのはとても賢明なことですよ。どんな色がいちばん似合うか考えてみましょうね。きっとパステルカラーだわ。それなら、あなたの存在感が希薄になってしまうこともない。それから、そのおぐし、とってもすてきになると思うわ。いまの髪型はあまり似合っていないようだけど。専門の人にカットを頼んで、整えてもらいましょうね。お顔はまじめな表情よりも笑ったときのほうが可愛いわ。人前に出たときは、当世ふうのアンニュイな表情はやめて、生き生きした表情を浮かべるようになさい。あなたなら貴族社会で立派にやっていけます」

ヴァネッサは目を丸くして子爵夫人を見つめるだけだった。

「まさか、これが儀礼的な訪問で、意味もない言葉をやりとりするだけのものだなんて、思ってらっしゃらなかったでしょうね。あなたはうちの息子の嫁になる方なのよ、デュー夫人。クリスチャンネームはなんておっしゃるの？」

「ヴァネッサです」

「うちの息子の嫁になるんですよ、ヴァネッサ。わたしにかわってリンゲイト子爵夫人を名乗ることになる。そして、いずれはモアランド公爵夫人になるはずの人。ならば、あなたを一定の水準までひきあげなくてはなりません。無駄にしている時間はありません。一昨日の午後、あなたとお姉さまと妹さんに――そして、もちろん弟さんにも――お目にかかって、本当に感じのいい人たちだと思いました。でもね、それだけじゃロンドンの社交界では通用しません。あなたの物腰は愛嬌があって素朴で、貴族社会の人々もその田舎ふうの雰囲気にきっと魅力を感じることでしょう。でも、いまとは違う装いに身を包み、もっと自信に満ちた立居ふるまいを心がけ、貴族社会の礼儀作法や、そこで求められるものや、優先順位などを頭に入れなくてはなりません。新しい世界に入るのですよ。不様な姿を見せることは許されません。こうしたすべてのことが、あなたにできるかしら」

ヴァネッサは、ヘドリーと結婚の約束をしたあとで初めてレディ・デューに会ったときのことを思いだした。レディ・デューは彼女を抱きしめ、キスをして、涙にむせび、ヴァネッサのことを天から舞いおりた天使だと言ってくれた。

「わたしはハンフリー準男爵の子息と結婚していました。でも、サー・ハンフリーが自宅を離れることはめったにありません。自宅にいるのが大好きな方なんです。そして、わたしはウォレン館にくるまで、スロックブリッジの村から五キロ以上遠くへ行ったことがありませんでした。そうした自分の生き方を、あるいはスティーヴンや姉妹の生き方を恥じる気持ちはありません。でも、環境が変わり、今後もさらに変わっていく以上、これまでとは違う資質を身につける必要のあることは充分に承知しています。お教えいただけることはすべて、喜んで学ばせていただくつもりです」

レディ・リンゲイトはヴァネッサをじっと見ながら話を続けた。

「では、おたがいにうまくやっていけない理由はどこにもないわね。来週、セシリーを社交界にデビューさせるのに必要な新しい衣装をひととおり誂えるため、あの子を連れてロンドンへ行く予定です。あなたも一緒にいらっしゃい、ヴァネッサ。花嫁衣装と宮廷服が必要よ。

結婚したらすぐ、王妃陛下に拝謁することになりますからね。そして、わたしは毎日できるかぎり時間を作って、子爵家の嫁としてあなたが知る必要のあることを残らず教えてあげましょう」

「あの方も一緒にいらっしゃるのですか」

「もちろん、あの子がエスコート役ですよ。弟さんのために雇う家庭教師の候補者を、ジョージ・ボーウェンが見つけてくれるでしょうから、その人たちの面接もしたいと言っているの。ただ、すぐまたこちらに戻ってくるそうよ。ウォレン館とこちらの両方で用事がたくさんありますから。でも、わたしたちにはあの子は必要ないわ。こういうときは、男性など邪魔なだけですもの。あなたも婚礼の日まで、あの子は必要ないでしょう?」

ヴァネッサは笑った。

「いいこと」きびしい目でヴァネッサを見て、レディ・リンゲイトが言った。「エリオットを幸せにすると約束したことを忘れないで。わたしの大切な息子です。何年ものあいだ、さんざん遊びまわっていたけれど、いまでは子爵という身分に伴う義務を、文句も言わずにまじめに果たすようになってくれました。あの子に愛情を持ってらっしゃる?」

「わたし――」ヴァネッサは唇を噛んだ。「あの方を尊敬しています。いい妻になれるよう最善を尽くすつもりです。そして、わたしたちのあいだに愛情が育つことを期待しております」

レディ・リンゲイトはしばらくのあいだ無言でヴァネッサを見つめた。

「結婚の申しこみをするために、エリオットがきのうウォレン館へ出かけたとき、わたしが思い違いをしていたとは思えないのよ。本当はあなたのお姉さまに求婚する気だったと思うの。もちろん、あの子はけっして認めようとしないし、あなただって、わたしが直接お尋ねしたところで、認めはしないでしょう。何か理由があって、あの子は決心を変えた——もしくは、説得されて決心を変えるに至った。あの子にしては珍しいことだわ。でも、エリオットに対する感情と、あの子を幸せにしたいという思いに関しては、あなたが本当のことを言ってくださったと信じています。あの子の心をつなぎとめておくには、それがいちばんの方法よ。ねえ、椅子から立って、ベルの紐をひいてくださらない？　セシリーがじりじりしながら、呼んでもらえるのを待っていることでしょう。未来の兄嫁に挨拶したがっているの」

ヴァネッサは頼まれたとおりにした。

「落胆なさらないといいんですけど」

「大丈夫よ」子爵夫人はヴァネッサを安心させた。「あの子はね、自分の兄のような、さらにはあなたのような年上の人間にはまったく興味がありませんから。あの子にとってうれしいのは、エリオットがミス・キャサリン・ハクスタブルのお姉さまと結婚するということなの。ミス・キャサリンのことが大好きなんですもの」

これで大きな障害は乗り越えた——ふたたび腰をおろし、ミス・ウォレスがやってくるのを待ちながら、ヴァネッサは思った。未来の姑に、とりあえず試験的にだが、受け入れてもらえた。正式に認めてもらいたければ、あとは自分の努力しだいだ。

そして、来週になったら、上流の貴婦人に変身するために、未来の子爵夫人に、そして公爵夫人に変身するために、ロンドンへ出発する。

わずか二週間あまり前には、誰がこんなことを予想しただろう？

そのとき、一分か二分前に言われた言葉がこだまとなって耳に響いた。

〝何年ものあいだ、さんざん遊びまわったあげく……〟

たしかに、きのう、彼自身も言っていた。とても経験豊富だと。結婚したことは一度もないのに。

キスが上手になったのもそのおかげ……？

しかし、いまはもちろん、リンゲイト子爵のキスを思いだしているときでも場所でもなかった。

未来の姑が言ったことは、ほかにもまだあった。

〝エリオットに対する感情と、あの子を幸せにしたいという思いに関しては、あなたが本当のことを言ってくださったと信じています。あの子の心をつなぎとめておくには、それがいちばんの方法よ〟

じゃ、女遊びとすっかり手を切ったわけではないの？　わたしが幸せにしてあげなかったら、彼の心が離れていってしまう危険があるの？

わたしったら、なんて世間知らずだったんだろう。いまから入っていこうとしている世界のことが、ほとんどわかっていなかった。結婚した人間の不貞が社交界で許されるとは思えないけど……。

きっと耐えられない。

でも、どうすればわたしが競いあえるというの？　もし……。

エリオットは結婚前の一カ月近くを、フィンチリー・パークとウォレン館を往復してすごした。これがいつもの年なら、少なくとも三月の一部はロンドンですごして、衣装だんすの中身を補充し、クラブへの出入りを再開し、友人知人とニュースや意見を交換し、社交シーズンにはまだ早すぎる時期にひらかれるパーティに顔を出し、そして、アナのもとを訪ねて長すぎた禁欲生活に喜ばしい終止符を打っていただろう。

しかし、ジョージが選んでおいてくれた何人かの家庭教師候補の面接をおこない、仕立屋とブーツ職人を訪ね、その他いくつかの用事を片づけるには、わずか一日で事足りた。ロンドン滞在をひきのばす理由はほかにほとんどなかった。もうじき結婚することをアナに告げると、向こうは激高した。とがった言葉と、さらにとがった品々を、エリオットの頭めがけて投げつけた。そして、二、三分するとワッと泣きくずれ、彼をベッドに誘いこもうとしたが、エリオットはそういう気分になれないことに気づき、忘れていた約束があるなどとくだらない言い訳をした。

その夜遅くなっても、まだそういう気分になれなかった。以前の彼ならアナのところに戻っていただろう――母親と婚約者が滞在している家をあとにして、愛人の住む家に。なんだか、ひどく下劣なことのような気がした。あの父親の息子にしては、あるいは、祖父の孫にしては、考えられないことだ。

母親と妹と婚約者をロンドンまでエスコートして、キャヴェンディッシュ広場に建つ一族のタウンハウスまで送り届けると、エリオットはわずか二日後にふたたび田舎へ向けて出発した。どっちみち早く帰るつもりでいたが、若い女性二人に社交シーズンの準備をさせるために駆けずりまわるあいだ、彼がいると邪魔で仕方がないと、母親からはっきり告げられた。逃げだせるのがうれしかった。フィンチリー・パークを出発して以来、みんなの話題と言えば――エリオットはほとんど聞いていなかったが――ファッションと、生地と、その他もろもろのくだらないことばかりだった。

エリオットがデュー夫人のほうを見るたびに、向こうは笑いを含んだ視線をよこした。彼はロンドンでわずか二日をすごしたのちに、お辞儀をし、婚約者とは思えないそそくさとした態度で彼女に別れを告げた。

もう少ししたら、彼女のことを〝デュー夫人〟として考えるのも、そう呼ぶのも、やめなくてはならないだろう。それではまるで、彼女がいまもほかの誰かの妻みたいに聞こえる。だが、ネシーと呼ぶ気にはどうしてもなれない。

祖父にはすでに手紙を出し、祖母から返事をもらっていた。結婚式のときは、二人でフィンチリーにきてくれるという。

現実が迫ってくるにつれて、エリオットは心おだやかでいられなくなってきた。

ほとんど毎日、馬でウォレン館へ出かけたが、ほどなく、若きマートンが成年に達するまでの四年のあいだ、こうしたことに明け暮れる必要はなさそうだとわかってきた。荘園管理人のサムソンと従僕のフィルビンが少年をしっかり支えてくれている。フィルビンというのは、ジョージ・ボーウェンがロンドンから送りこんできた従僕で、きわめて有能。身だしなみとファッションに関するすべての事柄について主人に助言をしなくてはと張り切っている。それから、クレイボーン（政治と、英国貴族社会と、その一員に必要とされる事柄について、知っておくべきことをすべて教えてくれる新しい家庭教師）が、少年の時間の大きな部分を占めていた。古典学の家庭教師で、痩せていて、本好きで、しゃべるときに口ごもる癖のあるビグリーも同様だった。そして、ミス・ハクスタブルがいまも母親がわりのきびしい目で弟を見守っていた。

ハクスタブル家の姉妹がロンドンでのお披露目を終え、社交界でそれなりの地位を占めるようになれば、こちらも自分の生活をとりもどし、後見人の役目は人生における小さな厄介ごとにすぎなくなるだろうという期待を、エリオットは胸に抱いていた。

ところが、以前の自分の生活に戻りたくとも、そんなものはもう存在しない。もうじき、とてつもなく大きな不自由を生涯にわたって強いられることになる。

エリオットは花嫁の帰りを待った。

彼女のことを考えるたびに、彼の記憶のなかの彼女は、以前よりも痩せこけ、不格好になり、肉体的になんの魅力もない女になっていった。口を突いて出る言葉はさらに生意気になり、微笑と笑い声はさらに癪にさわるものになった。彼女のキスは、まるで子供か尼僧のキスのように感じられた。

魅力がますます失せていった。

だが、彼女に縛りつけられることになったのも、もとはと言えば彼自身の責任だ。女性からの求婚というとんでもない事態に陥ったとき、即座にことわればよかったのだ。そうだろう？

女に命令されるのを黙って許したことが、かつてあっただろうか。しかも、自分の残りの生涯という大きな問題がかかっていたのに！

〝そして、あなたはわたしにつかまった〟

これほど鋭く真実を突いた言葉はない。

結婚式の招待状が発送された。式と披露宴の準備が念入りに進められた。

エリオットの人生の新たな現実にはずみがつきはじめ、彼はなすすべもなくそれを見守って、残された日数をかぞえることしかできなかった。

恐ろしいほどのスピードで復活祭が近づいてきた。復活祭の日の二日後に結婚式が予定されていた。

数多くの新たな光景やイメージがあふれ、頭のなかには多くの情報が詰めこまれているため、ヴァネッサは毎晩、ベッドに入ってもなかなか寝つけないだろうと思っていた。ところが、頭を枕にのせたとたん、疲労困憊でたちまち寝入ってしまうのだった。

市内観光に連れていってもらい、何を見ても驚きで目をみはった――ロンドン塔、ウェストミンスター寺院、セント・ジェームズ宮殿、カールトン・ハウス、ハイド・パーク、そして、聞いたことはあるが自分の目で見ることになろうとは夢にも思わなかった、その他の名所の数々。仕立て屋や、手袋を作る職人や、ボンネットを作る職人や、宝石屋や、その他何十軒もの店へ連れていかれて、ついには、どこを訪ねたのか、自分の身体のどこを採寸されたのか、忘れてしまった。何を買ったのかまで忘れてしまった。モアランド邸の自分の部屋で引出しや衣装だんすをのぞきこみ、このナイトガウンは誰のかしら？　このサテンのスリッパは？　ペーズリー柄のショールは？　と何度も首をひねったものだった。

宮廷服については、首をひねらずにすんだ。結婚式を挙げたあと、王妃さまに拝謁するさいに着るドレス。忘れられるものではなかった。王妃さまが何か奇怪な理由から前世紀の流行にこだわっているため、大きく広がったスカート、同じく大きく広がったペチコート、胸衣、長い裳裾、髪には背の高い羽根飾り、そして、ほかにもばかげたアクセサリーの数々というのが、宮廷服の決まりだった。

そして、ヴァネッサは裳裾を踏んづけてうしろへ倒れたりせずに歩いたり、あとずさったりする練習をしなくてはならなかった。王妃さまの御前から下がるとき、背中を向けることは、もちろん許されない。また、王妃さまに向かって、床に鼻がつくぐらい深々と――だが、このうえなく優雅に――お辞儀をする練習もしなくてはならなかった。

練習のあいだ、何回も笑いころげた。セシリーもそうだった。ときには、セシリーの母親までが、不器用で失敗ばかりしているヴァネッサへの苛立ちを忘れて、一緒になって笑いだした。

「でも、約束してね。ぜったい約束しなくてはだめですよ、ヴァネッサ。拝謁当日、もし失敗したとしても、笑いころげたりしないことを。失敗はぜったい許されないけど、万が一失敗したときは、目立たないようにして、できるだけ静かに、控えめに退出するのですよ」

そのあと、どのような悲惨な失敗が考えられるかを三人で挙げていき、おおげさに言い立てて大笑いした。

「ヴァネッサ」意見が出尽くしたところで、未来の姑は脇腹を押さえながら言った。「あなたがきてくれてから、わたしもよく笑うようになったわ。こんなに笑ったのがいつのことだったか、思いだせないぐらい」

ダンスのレッスンのときも爆笑の連続だった。セシリーの踊りをさらに磨きあげるためにおこなわれたレッスンだったが、ヴァネッサも加わった。ワルツをマスターしなくてはならなかった。聞いたこともなければ、ましてや、誰かがじっさいに踊るところを見たこともないものだった。しかし、一人のパートナーだけと組み、最初から最後まで抱きあって踊りつづけるという形に慣れてしまえば、そうむずかしくはなかった。

ヴァネッサはすでに髪を短くしていた。最初、美容師は五センチほど切るだけのつもりだったが、髪にきついウェーブがかかっているのを見ると（スティーヴンの巻き毛みたいに魅力的ではない)、短くカットして、頭と頰のまわりで軽やかに揺れる最新流行の髪型にした。特別な機会には、指とこてを使ってカールさせ、縦ロールも作れるようになっている。

「ヴァネッサ!」短くなった髪を見たとき、子爵夫人は歓声をあげた。「すてきな髪になることは、もちろんわかっていたわ。そう言ったでしょ? でも、ウェーブした短い髪があなたのほっそりした顔をこんなにもひきたててくれるなんて、想像もしなかった。頰骨の古典的な輪郭がくっきりするし、目が大きく見えるわ。笑ってみせてちょうだい」

ヴァネッサは微笑し、それから照れくさくなって笑いころげた。裸にされたような気分だった。

「ええ」子爵夫人は批評家の目でヴァネッサを見た。「とても愛らしいわ。ユニークな愛らしさ。あなたって独特ね」

たぶん褒め言葉だろうとヴァネッサは思った。

それでもやはり、裸にされたような気分だった。

新しい衣装はすべてパステルカラーだった。婚礼のときに着るドレスは淡い緑色。夏のパーティのためにヘドリーが買ってくれたドレスよりさらに薄い色合いだ。

毎日忙しくすごし、毎晩ぐったり疲れはてていなかったなら、昔をなつかしみ、ヘドリーがそばにいないため興奮を分かちあうことができないことを思って、涙を流していただろう。

だが、現実には、思い出を――そして罪悪感を――無情に抑えこんでいた。ただ、不意に思い出がよみがえることがあった。

一カ月もしないうちに結婚する相手のリンゲイト子爵のことは、できるだけ考えないようにしていた。

記憶のなかの彼は、いっそう傲慢に、いっそう横柄に、いっそう気むずかしくなっていた。ヴァネッサが彼のことを考えるたびに浮かぶ欠点のすべてが、いっそうひどくなっていた。

約束を果たすためには、かなりの奮闘が必要になりそうだ。彼を幸せにし、喜ばせ……もうひとつはなんだったかしら？ あ、そうそう、安らぎを与えるために。

そして、忠実な夫でいてもらうために。

一カ月は飛ぶようにすぎていった。まだ準備ができていない。もっと時間が必要だった。でも、なんのための時間が？

あらゆること！

しかし、もちろん、時間は止まってくれない。レディ・リンゲイトとセシリーとともにふたたびリンゲイト子爵の馬車に乗り、フィンチリー・パークとウォレン館に帰る日がやってきた。馬車の横には、馬に乗ったボーウェン氏が付き添っていた。結婚式では、彼が新郎の付き添い役を務めることになっている。

わずか数日後に。

すでに招待客が集まりはじめているだろう。

そこには、サー・ハンフリー、レディ・デュー、ヘンリエッタ、イーヴァも含まれている。

そして、スラッシュ夫人も。

そして、モアランド公爵夫妻も。
もうじき、婚約者に再会する。
胃が不快にひきつった。馬車の揺れに酔ったせいだと思うことにした。

12

女性陣がロンドンから戻ったのは婚礼の三日前だった。しかし、式までの三日のあいだも、花嫁をもっとよく知るための時間を、エリオットはほとんど持つことができなかった。たぶん、それでよかったのだろう。

祖父母がすでにケント州から到着していた。叔父や叔母もきていたし、いとこたちも家族を連れてきていた。これは父方のいとこたち。ハクスタブル家の希望により、コンにも招待状を出したが、ことわってきた。もちろん、他家へ嫁いだ妹たちも夫とともにやってきた。ジェシカは子供たちを連れていた。フィンチリー・パークは人であふれそうだった。

誰もがエリオットの婚約を喜んでいた。しかし、誰もが心から同意できる意見を口にしたのは、彼の祖母だった。花嫁に会うため、彼の祖父とともにウォレン館へ出向いたあとのことだった。

「美人ではないわね、エリオット」フィンチリーに戻ってから、祖母は言った。しかも、ジェシカの子供たちを除く一族全員に聞こえるところで。「安心しましたよ。きっと、性格の良さで選んだのね。とても気立てのいい人だわ。もっとも、モアランドとわたくしに会うというので、無理もないことだけど、緊張してらしたわね。あなたがすばらしい分別を発揮してくれたことをうれしく思いますよ」

「あら、ひょっとすると、おばあさま」エイヴリルが言った。「エリオットお兄さまは恋に落ちたのかもしれなくてよ。じつを言うと、わたし、あの方が大好きなの。初めてお会いしたときは、ちょっとびっくりしたけど。ああいうタイプの人にお兄さまが惹かれるなんて、想像していなかったから。でも、拝謁用のドレスの裳裾がうまく扱えない様子を話してくれたときは、わたし、笑いすぎて息もできないほどだった。自分の失敗を笑いながら話せる人って好きだわ」

「ほんとに恋をしてるのならうれしいわ」祖母はエリオットをじっと見た。「どうなの、エリオット？」

彼は眉をあげ、唇をすぼめた。すべての女性の視線を浴びていることが、痛いほど意識された。「もちろん、好意は持っています、おばあさま」慎重に答えた。「時間をください。そうすれば、恋心も芽生えるでしょう」

「まあ、男の人ときたら！」ジェシカが天を仰いだ。「熱愛のあまり、あの方を殺してしまわないよう気をつけなさいね、エリオット」

美人ではないと祖母は言った。そう、たしかに美人ではない。ところが、彼女に再会したときは衝撃だった。彼の祖父母、母親、妹たちのなかにいたのだが、見違えてしまった。彼女が着ているのは喪服ではなかった。野暮ったい藤色でもなかった。また、左手を見て気づいたのだが、結婚指輪もはずしてあった。シンプルだがしゃれたデザインの、ハイウェストの淡いレモン色のドレスを着ていた。色とデザインが彼女の魅力をひきたてていた。

しかし、見違えた原因は髪にあった。新しい髪型が最高に似合っていた。彼女の顔にぴったりで、全体の印象がふくよかになり、顔色の青白さを目立たなくしている。彼女の頬骨の輪郭がひきたち、目が大きく見える。この髪型だと、なぜか唇に視線がいってしまう。ふっくらした形で、いつも両端がかすかにあがっている唇に。

その姿を見ただけで、エリオットは欲望の疼きを感じた。すでにおなじみの感覚ではあるが、いまだになぜか困惑してしまう。イメージが変わっても、やはり美人とは言いがたい。

しかし、二人だけで言葉をかわすことはなく、式を挙げるまではそのチャンスもなさそうだった。エリオットは家族とすごすのに時間をとられ、彼女のほうも自分の家族とすごすのに忙しかった。

サー・ハンフリーとレディ・デューが二人の娘を連れてやってきていた。ハクスタブル家で家政婦をしていたスラッシュ夫人も一緒だった。ウォレン館に滞在している客はそれだけだったが、サー・ハンフリー一人だけで屋敷が一杯になる感じだった。エリオットはサー・ハンフリーにつかまって延々と話し相手をさせられるよりも、距離をおくほうを選んだ。

じつを言うと、デュー一家がやってきたのがエリオットには意外だった。亡き息子の嫁が再婚するのを見て、辛くはないのだろうか。

エリオットは独身最後の日々を不屈の精神をかき集めて陽気にすごした。運命から逃れたいと思ったところで、できることはもう何もない。逃れたい気持ちがあるのかどうか、自分に問いかけることは用心深く避けていた。問いかけたところでなんの意味もない。

婚礼の朝、エリオットは念入りに身支度をすませると、ぎりぎりの時間まで自分の部屋に閉じこもっていた。こんな策略がうまくいくはずはない。階下におりて親族に挨拶しなければ、向こうから会いにくるだろう――そして、じっさいにみんながやってきた。

そのため、狭苦しい化粧室でみんなに抱きしめられ、涙を流されることに耐えなくてはならなかった。

そして、今日が本当に自分の婚礼の日であり、今日から人生が永遠に変わってしまうことを不意に強く実感したため、彼のほうからも全員を抱きしめ、祖父の節くれだった手を握りしめた。

そしてついに、馬車に乗り、ウォレン館の庭園にある一族の小さなチャペルへ向かった。横にはジョージ・ボーウェンがすわっていた。

「ひとことも言うな」ジョージが何か言おうとして息を吸ったのを耳にして、エリオットはきっぱりと命じた。「この朝、感傷的なたわごとをさんざん聞かされたから、一カ月は吐き気が続きそうだ。ひとことも言うんじゃないぞ」

「では、二言三言ならいいかな」ニッと笑って、ジョージは言った。「指輪を持ってるかい？朝食のあとでぼくに渡してくれる約束だったが、きみ、食事におりてこなかっただろ。たぶん、食欲がなかったんだろうな。結婚式の前は――自分の結婚式という意味だぞ――そうなるものらしい」

エリオットはポケットに手を突っこみ、ロンドンで買っておいた指輪を渡した。

「けさの腎臓《キドニー》料理はことのほかおいしかった」ひとりごとのように、ジョージが言った。

「いい味で、脂肪分がたっぷりで、まさにぼくの好みどおりだった」

「秘書という仕事もきみの好みなら、馬車が向こうに着くまで、そのような意見は――それから、ほかのあらゆる意見も――胸のなかにしまっておきたまえ、ジョージ」

彼の友はクスッと笑うと、黙りこんだ。


ヴァネッサが婚約者と二人だけで言葉をかわし、自分と結婚しても本当にかまわないのか、それとも、自由の身になれるほうがいいのかを、彼に尋ねるつもりでいたとしても――ぜひとも尋ねたかったのだが――ロンドンから戻ってほどなく、その望みは打ち砕かれた。

婚礼の日までに彼に会えたのはたったの二回。一回は彼がモアランド公爵夫妻と妹二人をエスコートしてウォレン館を訪ねてきたときで、もう一回は、叔父や叔母、その子供たちを連れてやってきたときだった。

二回ともひどく陰気な表情をしていて、まるで、何か忌まわしき罪を犯してオリュンポス山から追放された、肌の浅黒いギリシャの神のようだった。

どちらの訪問のときも、マーガレット、キャサリン、スティーヴンと会話をし、ヴァネッサにはきわめて礼儀正しく正式なお辞儀をして、元気かどうかを尋ねた。

彼の訪問は、婚礼の日を待つヴァネッサの食欲不振を解消する助けにはならなかった。

公爵夫妻の訪問も同様だった。礼儀をよくわきまえた優しい人たちだったので、ヴァネッサは公爵に向かって思わず、この結婚は自分のほうからせがんだことであって、逆ではないのだと白状しそうになったが、声の届く範囲にリンゲイト子爵がいたため、そんなことを言ったら、男らしさを侮辱する言葉だと彼に思われ、ムッとされることになりそうだった。

だが、いくら優しいと言っても、本物の公爵夫妻だ。二人の前でヴァネッサは萎縮してしまった。自分が結婚する相手はこの人たちの跡継ぎなのだ。

かつての舅と姑、義理の姉妹がきてくれたことも、助けにはならなかった。みんな、ヴァネッサとの再会を喜び、ウォレン館にやってきてメグとケイトとスティーヴンに会えたことを心から喜んでいた。そして、リンゲイト子爵との婚約を心から祝ってくれた。サー・ハンフリーなどは、二人が出会えたのは自分のおかげだとまで思いこんでいて、公爵夫妻にもそう言った。しかも、子爵に聞こえるところで。ヴァネッサはこのときもやはり、穴があったら入りたい思いだった。

しかし、ヴァネッサはデュー家の人々を愛していた。彼らも自分を愛してくれているのを知っていた。もうじき、自分はデューという名字を名乗らなくなる。ほかの男の妻になる。デュー家の人々にとって悲しいことに違いない。

たしかにそうだった。婚礼の前夜、おやすみの挨拶をしにいったとき、ヴァネッサはかつて毎晩やっていたように、レディ・デューの頰にキスをして抱きしめ、いつものようにサー・ハンフリーに笑顔を見せた。だが、つぎの瞬間、衝動的にサー・ハンフリーに抱きついていた。首にすがりつき、彼の肩に顔を埋めた。心臓がはりさけそうだった。

「まあ、まあ」ヴァネッサの背中を軽く叩いて、サー・ハンフリーは言った。「うちの息子にとてもよくしてくれたね、ネシー。いや、それ以上だった。息子は幸せに包まれて人生を終えた。若すぎたことはたしかだが、それでも、とても幸福だった。すべておまえのおかげだよ。だが、息子がこの世を去っても、わしらは生きていかなきゃならん。もう一度幸せになっておくれ。おまえの幸せな姿が見られれば、こちらもうれしい。リンゲイト子爵はいい男だ。このわしが選んだ男だからな」

「お義父さまったら」バカな冗談を言われて、ヴァネッサは無理に笑った。「これからもお義父さまとお呼びしていい？　それから、お義母さまもかまわない？」

「それ以外の呼び方をされたら、わしら二人とも、へそを曲げてしまうぞ」サー・ハンフリーが言った。

そこでレディ・デューが立ちあがり、二人を抱きしめた。

「子供ができたら、ネシー、わたしたちのことを、おじいちゃま、おばあちゃまと呼ばせてちょうだいね。うちの孫のようなものですもの。あなたとヘドリーのあいだに子供ができたようなものよ」

そう言われると、悲しくてたまらなかった。

翌朝、二人が化粧室に入るのを遠慮してくれたので、ヴァネッサはホッとした。もちろん、スラッシュ夫人は押しかけてきてヴァネッサの世話を焼きたがり、メグとケイトに仕えるためにロンドンからやってきたメイドの邪魔をした。ほかのみんなも化粧室に顔を出した。

「わあ、ネシー」春を思わせる淡い緑色のドレスとマントに身を包み、ロンドンで訪ねた帽子屋の一軒でセシリーが見つけた、派手な花飾りがどっさりついた麦わら帽子をかぶっているヴァネッサを、上から下まで見まわして、スティーヴンが言った。帽子のつばの下で、髪がカールし、はずんでいた。「とってもすてきだよ。それに、ロンドンへ出かけたときより何歳も若くなってる」

スティーヴンのほうもすばらしく洗練されていた。スロックブリッジを出たときに比べると、はるかに存在感が増している。ヴァネッサがそう言うと、スティーヴンは軽く片手をふってお世辞を払いのけた。

キャサリンは下唇を噛んでいた。

「考えてみたら、二カ月ほど前には、メグはストッキングを繕い、スティーヴンはラテン語の文章を翻訳し、わたしは学校で子供たちと飛びまわり、ネシーお姉さまはランドル・パークにいたのよね。ところが、いまはこうしてここにいる。そして、今日はこれまでで最大の変化を迎えようとしている」

キャサリンは目を潤ませ、ふたたび下唇を噛んだ。

「今日は」マーガレットがきっぱりと言った。「ネシーの幸せな結婚生活が始まる日よ。それに、ネシーの姿はうっとりするほどすてき」

マーガレットは涙ひとつ見せず、顔をこわばらせていた。しかし、目には深い愛情が浮かんでいたので、ヴァネッサは自分が泣き崩れてしまうのが怖くて、ときたまちらっと姉の目を見ることしかできなかった。

二人はゆうべ、ずいぶん夜更かしをした。ヴァネッサは自分のベッドの枕に身体をもたせかけ、マーガレットはベッドの足のほうに腰をおろして膝を抱えこんでいた。

「約束して」マーガレットは言った。「自分が幸せになると同時にまわりの人にも幸せを分けてあげる才能を、失わないようにするって、ネシー。どんなときでもね。自分を見失ってはだめよ。約束してちょうだい」

リンゲイト子爵との暮らしでヴァネッサが陰気になってしまうのではないかと、マーガレットは案じている。お姉さまったらバカねえ。その逆よ。わたしは彼から微笑と笑いをひきだすのよ。彼を幸せにするのよ。

彼にそう約束した。彼の母親にも同じ約束をした。さらに大切なことに、自分自身にそう約束した。

「約束するわ」ヴァネッサは笑顔で答えた。「いやあね、メグったら。何も明日ギロチンにかけられるわけじゃないのよ。自分の婚礼の場に向かうのよ。これまで黙ってたけど、結婚してほしいって言われた日、わたしたち、湖のほとりにいて、彼がキスしてくれたの」

マーガレットは妹を凝視した。

「すてきだったわ」ヴァネッサは言った。「とってもすてきだった。彼もたぶん、同じ思いだったでしょうね」この点は真実ではないかもしれないが、まったくの嘘とも言いきれない。彼に確認していないため、正確なことがわからないからだ。それはともかく、彼がヴァネッサをほしがったのは事実だ。

マーガレットは両腕で膝を抱えこんだまま、身体を前後に揺らしていた。

「わたしにはキスが必要なのよ、メグ。そして、キス以上のものが必要なの。もう一度結婚する必要があるの。男の人って、ときどき、男だけが……キスを必要とするって思いこんでるでしょ。そういう欲求は女にもあるのよ。わたし、再婚できるのがうれしいの」

そして、これもまったくの嘘ではないと、ヴァネッサは思った。彼のキスを、そして、キス以上のものを求めているのは事実だ。

愛情と幸福もほしかった。真剣に努力すれば、たぶん、どちらかひとつぐらい手に入るだろう。

しかし、けさ、スティーヴンの差しだした腕に手をかけ、エスコートされて一階におり、チャペルまでの短い距離を馬車で行くために外に出ながら、愛情や幸福がほしいのかどうか、よくわからなくなっていた。

知らない男と結婚する。ハンサムで、男性的で、不機嫌で、短気で、むっつりしていて、冷笑的で……。

ああ、いやだ。

でも、結婚の申しこみをするのに片膝を突いてくれた。すでにこちらが彼に求婚していたのだから、わざわざやらなくてもよかったのに。しかも、たぶん、濡れた草でズボンをだめにしてしまっただろう。

ヴァネッサは横にスティーヴンのためのスペースを空けて、馬車の座席にすわり、ほんの少しだが、ギロチンにかけられにいくような気分になった。

愚かにも、ヘドリーに会いたいと思った。


式の参列者は全部で三十人もいなかった。それでも、伯爵家専用の小さなチャペルはぎっしりだった。

結婚式は長くはかからなかった。ヴァネッサは式に出るたびに――最初の結婚式も含めて――いつもそのことに驚いていた。今回も例外ではなかった。

二人の人間の一生にあともどりできない重大な変化をもたらす儀式が、よくもまあ、こんな短い時間で淡々ととりおこなわれるものだ。このドラマにおける唯一の現実の瞬間は、この結婚に異議のある者はいないかと牧師が参列者に尋ねたあとの、短い沈黙の時間だった。ヴァネッサが出たことのあるほかのすべての式と同じく、その沈黙は今日も埋められることなく、式は予定どおりの結末に向かって進んでいった。

スティーヴンに導かれるままにリンゲイト子爵の手に自分の手を重ねた瞬間、ヴァネッサは、自分の手が冷えきっているのに対して、彼の手はたくましく、安定していて、温かいことを意識した。みごとな仕立ての衣装（バレンタインのパーティのときと同じく、シンプルな黒と白の装い）、背の高さ、肩幅の広さを意識した。コロンの香りを意識した。

自分の心臓の鼓動が速くなったことを意識した。

そして、ひとつの時代が消えて、自分の名字が変わり、リンゲイト子爵夫人ヴァネッサ・ウォレスになったことを意識した。

ヘドリーは過去へさらに遠く去っていき、ヴァネッサも彼を放すしかなくなった。

いまのわたしはこの男のもの。

この見知らぬ男のもの。

彼が真新しい結婚指輪をはめてくれる瞬間、ヴァネッサは視線をあげて彼の目を見た。

見知らぬ男とよくも結婚する気になったものね。

でも、いまこうして結ばれようとしている。

彼も同じ。わたしがどんな人間か、ほとんど知らないことに、この人は気づいていないの？ 気にならないの？

指輪が無事にはまったところで、彼が顔をあげ、ヴァネッサの目を見た。

ヴァネッサは微笑した。

彼はしなかった。

やがて、めまいのしそうな短い瞬間をいくつか経たのちに、二人は夫と妻になった。神が結びあわせてくださったものを人は離してはならない、と聖書の教えにもある。

結婚証明書に署名をし、チャペルの短い身廊を彼と一緒に歩きながら、ヴァネッサは左右の参列者に笑顔を向けた。マーガレットの目に涙はなかった。キャサリンは涙ぐんでいた。スティーヴンはにこにこしていた。ボーウェン氏も。子爵夫人は（いまでは先代子爵夫人となったわけだが）レースの縁どりのあるハンカチで目頭を押さえていた。公爵はひどいしかめっ面で、太い眉の下から二人を見ていた。公爵夫人は優しい笑みを浮かべてうなずいていた。サー・ハンフリーは洟をかんでいた。

そのほかのことはすべてぼやけていた。

チャペルを出たとき、ヴァネッサがまず気づいたのは（チャペルに入るときは目に入らなかったが）、墓地の草むらや木々の下の生垣に、クロッカス、プリムローズ、水仙などがちらほら咲いていることだった。

例年より遅めだが、なぜか、知らないうちに春になっていたのだ。どうして気づかなかったの？　もう三月も末で、昔から、春がいちばん好きな季節だったのに。

「ねえ」明るい笑顔でかたわらの男を見あげて、ヴァネッサは言った。「春の花を見て。きれいだと思わない？」

そして、太陽が輝いていることに気づいた。空が真っ青だ。

「きみの帽子についてる花？　たしかにきれいだ」

そして、参列者が二人に続いてチャペルを出てくる前のほんの一瞬、彼の目に笑みに近いものが浮かんだように見えた。

くだらないジョークに、ヴァネッサは思わず噴きだした。そして、急に息ができなくなり膝の力が抜けていくのを感じた。この人がわたしの夫。命あるかぎり、この人を愛し、慈しみ、従うことを約束したばかりだ。

「そうだろ、ヴァネッサ」彼が優しく言った。

まあ。ヴァネッサって呼んでくれた人は、これまで一人もいなかった。この人のお母さまを除いては。なんて愛らしい名前かしら。彼に微笑を返しながら、ヴァネッサは愚かなことを考えた。

それから数時間のあいだ、彼がヴァネッサ一人に言葉をかけることは一度もなかった。披露宴のために馬車でフィンチリー・パークへ向かうときですら、同伴者がいた。というのも、子爵の叔母のロバータが、チャペルにきたときの馬車のなかで、隙間風と乗物酔いのことで姉からさんざん愚痴を聞かされてうんざりしてしまい、帰りは甥夫婦の馬車に乗ろうと決めたからだ。また、春の終わりにロンドンという邪悪な世界へ足を踏み入れたときに待ち受けている数々の誘惑について、若きマートン伯爵に少しばかり警告しておこうと考えたため、スティーヴンも同じ馬車に乗せられることになった。

馬車が走りだしたとき、チャペルの鐘が楽しげに鳴り響いた。

ヴァネッサは沈んだ気分でそれに耳を傾けた。ほかの者は誰も鐘の音に気づいていないようだった。

エリオットは結婚式の二週間ほど前に、一族の者が残らず式に参列したがっていることを知り、婚礼のあとの初夜をフィンチリー・パークで迎えるのはやめようと決心した。広大な屋敷なので、全員が楽に泊まれるし、彼専用の続き部屋もあるのだが、花嫁をベッドへ連れていく前にみんなにおやすみの挨拶をしてまわるのも、翌日の朝食の席でみんなに挨拶をするのもごめんこうむりたかった。

湖畔に建つ寡婦の住居を掃除させて、二人が泊まれるよう準備をさせておいた。さらに彼に仕える従僕とヴァネッサに仕えるメイドを含めて、何人かの召使いをそちらへ送りこんでおいた。そして、屋敷の全員に向かって、披露宴のあと三日間は寡婦の住居へも湖へも立ち入り禁止だと宣言しておいた。

二人きりで三日もすごすのは長すぎるような気がして、自分の決心を後悔することにならなければいいがと思っていた。だが、二人でいるのが退屈になったら、早めに切りあげて屋敷に戻ればすむことだ。しかし、妻とのあいだになんらかの関係を築くためには、二日か三日ぐらい必要だろうと思っていた。とにかく性的な関係だけは必要だ。それ以外の関係は何ひとつ築けないとしても。

二人が屋敷をあとにしたときは、夜も遅くなっていた。飲めや歌えの騒ぎが屋敷で続いているあいだに、二人は広い芝生にくねくねと延びる小道をたどり、湖のほうへ向かった。明るい星月夜だった。月の光が幅の広い帯となって水面にきらめいていた。空気がひんやりしているが、風はなかった。ようやく春がきたという感じだ。

何もかも、胸が苦しくなるほどロマンティックだった。ヴァネッサは彼の腕に手を通していたが、屋敷のみんなとあわただしくおやすみの挨拶をかわしたあと、どちらも黙りこんだままだった。何か言わなくてはとエリオットは思った。会話がないのを気詰まりに感じるのは、彼にしては珍しいことだった。

沈黙を破ったのはヴァネッサのほうだった。

「信じられないほどきれいだと思わない？」と、エリオットに訊いた。「まるでお伽の国みたい。ロマンティックじゃなくって、子爵さま？」

彼もすなおに同意すればよかったのだ。すでに同じことを思っていたのだから。ところが、彼女の最後の言葉に思わず異議を唱えてしまった。

「〝子爵さま〟？」苛立たしげに言った。「きみの夫なんだぞ、ヴァネッサ。ぼくの名前はエリオット。そう呼んでくれ」

「エリオット」ヴァネッサは彼を見あげた。

いまもまだ、式のときに着た薄緑のドレスのままだった。そして、外を歩くために、ふたたびあのばかげた麦わら帽子をかぶっていた。愛らしい帽子で、彼女によく似合うことはエリオットも認めざるをえなかった。

湖のほとりの近くにきていた。寡婦の住居の玄関へまわるには、ここから延びる小道をたどらなくてはならない。なぜか、二人とも足を止めた。

「あなたには美しいものを愛でる気持ちがないの？」かすかに首をかしげて、ヴァネッサが訊いた。

またしても非難か。

「あるとも。今日のきみはとても可愛かった」

ごくわずかに誇張しただけだった。あわただしい一日のなかで必要以上にしばしば彼女に見とれていたことに、エリオット自身、気づいていた。招待客たちのあいだをまわる彼女は生き生きと輝いていた。笑いにあふれていた。

幸せそうだった。

月の光のなかで、いまも彼女の目に笑いが浮かぶのが見えた。

「わたしが言ったのは自然の美しさのことよ。褒めてほしかったんじゃないわ。可愛くないことぐらい、自分でわかってますもの」

「おまけに、褒め言葉をすなおに受けとる方法も知らないようだね」

ヴァネッサの顔から笑みが消えた。

「ごめんなさい。優しい言葉をありがとう。あなたのお母さまがドレスの色を選んでくださったのよ。帽子はセシリーのお見立て」

エリオットは不意に気がついた――誰かに可愛いと言われたことが、これまで一度もなかったのだろう。姉と妹はうっとりするような美人なのに、自分だけが違うという家庭で育って、これまでどんな思いをしてきたことだろう？　だが、それでもなお、人生に笑いを見いだしている。

エリオットは彼女の顎の下に人差し指をあてがい、身をかがめて唇に軽くキスした。

「よく見ると、それもけっこう可愛いね。あ、ドレスと帽子のことだよ」

「まあ、お上手」ヴァネッサは笑った。どぎまぎしたような笑い声だった。

禁欲生活が長すぎた――エリオットはせつない思いに包まれた。婚礼の夜にさっそく夫婦の契りをかわすつもりだった。たぶん、そのほうがいいだろう。

「そろそろ家に入るとするか。何か軽く食べたいというのでなければ、きみの部屋へ案内しよう。メイドがそこできみを待っている」

「わたしの部屋？」

「ぼくもあとでそちらへ行く」

「ええ……」ヴァネッサが赤くなっているに違いないと、エリオットは思った。月の光だけなので、はっきりとはわからない。ほぼ処女と言ってもいいはずだ。

玄関ドアまでの残りの道を歩きながら、二人はふたたび無言になり、やがて彼がドアをあけて、ヴァネッサを先に通した。この建物を預かっている召使い夫婦が二人を出迎えるために玄関ホールで待っていたが、ほどなく、エリオットは二人をさがらせた。ヴァネッサを連れて、壁の燭台のロウソクに明るく照らされた階段をのぼっていった。ぼくの妻――エリオットは思った。今夜、ベッドをともにする。一時間以内に。一生涯、ほかの女は持たない。

それはつい最近ひそかに心に誓ったことだった。自分の心を知るのにずいぶん長くかかったことが彼には驚きだったが。ロンドンから自宅へ帰る前に、すでに決めていた――結婚したら、妻とのベッドに満足できてもできなくても、よそに女を作ることはぜったいしないつもりだった。でないと、周囲を苦しめることになる。

母親と祖母の生き方を見るだけで、その言葉に耳を傾けるだけで、容易にわかることだった。父親も祖父も妻の心に癒えることなき傷を負わせた。そして、二人の女性はエリオットも父や祖父の例にならうのではないかと心配している。

ぜったいにしない。単純にそう決めていた。

花嫁がどんな女性かを考えると、かならずしも喜ばしい決意とは言いきれない。しかし、とにかく、固く決心していた。

ヴァネッサの部屋の外で足を止め、身をかがめて彼女の手を唇に持って行ってから、ドアをあけた。室内で忙しそうに支度をしているメイドの姿が見えた。

エリオットは向きを変え、自分の部屋のほうへ行った。

13

ヴァネッサの部屋からは湖を見渡すことができた。いまも月の光が幅の広い銀色の帯となって湖面を照らしている。息を呑むほど美しい風景だ。そして、まだほんの一部分しか目にしていないが、家そのものも愛らしかった。

しかし、ヴァネッサの心を占めているのは、月光のことでも家のことでもなかった。家は明日探検することにしよう。

いまいるのは自分の部屋。

彼の部屋ではない。

二人の部屋でもない。

ヘドリーのときは、結婚した日から同じ部屋で寝起きした。結婚すればそれが当たり前だと思っていた。ヘドリーのときは――。

いいえ、今夜は彼のことを考えないようにしよう。考えてはならない。いまではほかの男の妻なのだから。

ここにくる途中で、わたしのことを可愛いと言ってくれた。正確に言うなら、〝とても可愛い〟と。冗談に近い言葉まで飛びだした。ドレスと帽子も可愛いと言った。つまり、ヴァネッサ自身のほうがもっと可愛い、最初に彼の視線を奪ったのは彼女自身の姿だった、という意味だ。

とんでもないホラ吹きね！　笑みが浮かぶと同時に、思わずためいきが出た。

でも、ユーモアのセンスもたしかにある。とても辛辣なユーモアだけど。人間的なところがなくもないのね。

そう、もちろん。

ヴァネッサは窓の冷たいガラスに額を押しつけ、目を閉じた。

背後のベッドは、今夜のためにカバーが折りかえしてあった。ベッドの存在が強く意識された。横になっていたほうがいいのかもしれない。しかし、生贄の子羊として自分の身を差しだしていると言って一カ月前に彼から非難されたことが、頭を離れなかった。ベッドに横たわって彼を待っていたら、まさに生贄の子羊に見えることだろう。自分でもそんな気がすることだろう。

花を散らされるのを待つ処女になった気分だわ――そう思うと、軽い嫌悪を感じた。わたしは処女じゃない。経験のある女。

というか、わずかに経験のある女。

頭のなかの絶え間ないおしゃべりを早くやめないと、気が変になってしまう。

ドアを軽く叩く音がして、ヴァネッサが部屋を横切る暇も、息を吸って「どうぞ」と言う暇もないうちに、ドアがあいた。

彼はワイン色のガウンを着ていて、それが首からくるぶしまでを覆っていた。恐ろしげに見えた。もちろん、魅惑的でもあった。

その顔には喜怒哀楽のいかなる感情もあらわれていなかった。初めて会ったときと同じく、軽く目を伏せていた。ヴァネッサをじっと見ていた。わたしは彼を見てうっとりしてるけど、この人の心にはまったくべつの思いが浮かんでいるに違いない――ヴァネッサはそう思わずにいられなかった。

ヴァネッサが高望みをすることはめったにないが、たまに、自分が美人だったらよかったのにと思うことがある。たとえば、いまのように。

彼女が着ているのは、アイスブルーの絹とレースで仕立てたナイトウェアだった。今夜のために特別に選んだものだ。選んだのは彼女ではなく、新たに姑となった人。襟ぐりが深すぎるような気がした。それに、ロウソクを背にして立ったら、身体の線が透けてしまいそうで、ひどく気になった。

見る価値のあるものがあれば、それほど気にしなくてもいいのに。

自分のスタイルを――というか、スタイルの悪さを――気にしなくてはならないのがいやだった。

「たぶん」ヴァネッサは言った。「こういうことにも徐々に慣れていくんでしょうね」

エリオットの眉があがった。

「だと思う」うなずきながら部屋に入り、ヴァネッサに近づいてきた。「神経質になってはいないだろうね？　きみは経験豊かな人だから。そうだろう？　男を喜ばせる方法を知っている――ベッドのなかで」

これが冗談だとしても、ヴァネッサはとうてい笑える気分ではなかった。

「おおげさに言っただけだってことはおわかりでしょ？　わたし自身、認めたんですもの。何かというとひきあいに出してくるんだから、意地悪な人ね」

不思議なことに、外套とブーツ姿のときより、ガウンとスリッパだけになったいまのほうが、さらに大柄で力強く見えた。いや、もしかしたら、新婚初夜に妻の寝室にやってきたため、そう見えるだけかもしれない。

「さあ、ヴァネッサ」彼は片手をあげると、彼女の首と顔の片側をその手で包みこんだ。「どの程度おおげさだったのか、ひとつたしかめてみるとしよう」

エリオットは髭をきれいに剃っていた。髭剃りのときに使った石鹸か、もしくはコロンの香りがした。どちらにしても男性的な香りで、ずっと吸いこんでいたいとヴァネッサは思った。

唾を呑みこんだ。

そして、彼の唇がヴァネッサの唇に触れた。いや、厳密には、彼の唇ではなかった。その奥にあるじっとり濡れた柔らかな舌だった。彼の舌が唇に強く押しつけられ、ヴァネッサは唇をひらいた。舌が奥深くまで入ってきた。

ヴァネッサは鼻から大きく息を吸いこんだ。ズキンとする感覚が矢のように喉に入りこみ、乳房へ、そして腹部へとおりていき、内腿のあいだに疼きが広がった。

疼きの正体はわかっていた――生々しい純然たる性の欲望だ。結婚してほしいと彼に頼んだ日、ウォレン館の湖のほとりでも感じたものだ。あのときは自分に対してそれを否定したが、いまはもう否定のしようがなかった。

彼が頭を数センチ離した。彼女の首から下には彼がまだいっさい手を触れていないことに気づいて、ヴァネッサは呆然とした。この人はまだ始めてもいないのに。

「願わくは、ぼくを喜ばせる方法をちゃんと心得ていてほしいものだ。だって、きみはぼくの妻で、生涯にわたってベッドをともにするのだから」

彼の目はいまも伏せられ、その声は寝室で使う声になっていた。上質のベルベットを思わせる声。

「ご主人さまの仰せね」ヴァネッサはつぶやいた。「あなたのほうこそ、わたしを喜ばせる方法を心得ていてくださらないと。だって、わたしの夫で、生涯にわたってベッドをともにする方ですもの」

彼はしばらくのあいだ、無表情にヴァネッサを見つめた。やがて、彼女の顔と首を包みこんでいた手がすべりおり、肩をなでながらナイトウェアの下にすべりこみ、腕をなでおろしていった。ナイトウェアはほかに行き場所がないため、彼の手と一緒にずれていって、ついには肩と胸があらわになった。

つぎに、彼が空いたほうの手で反対側の肩から布地をはずしたため、肩のところだけで止まっていたゆったりしたデザインのナイトウェアは、足もとにすべり落ちてしまった。足だけが隠れていた。ほとんど慰めにならないことだ。

彼はヴァネッサの肘に手をかけて、一歩さがった。

そして、じっと見た。

ああ、自業自得というものね。こちらが挑発したから、この人は言葉という手段を抜きにして返事をよこそうとしている。

いかにも男のやりそうなこと。

ヴァネッサは彼の顔を見つめながら、片手をあげて彼のガウンのサッシュベルトをほどいた。ガウンがはだけた。

下には何も着ていなかった。

彼が顔をあげて、ふたたびヴァネッサの目を正面から見つめ、腕を左右におろした。まあ、挑発だわ。ヴァネッサは両腕をあげて、彼の肩からガウンをはずした。ガウンはするするとすべる必要もなく、いっきに床に落ちた。

まあ、どうしましょう。

彼の姿はまるで、古代ギリシャの理想的な男性の肉体を古典的な彫刻にしたかのようだった。と言っても、これは彫刻ではない。頭から爪先までブロンズ色に焼けている。幅広でたくましい胸は黒っぽい胸毛にうっすら覆われている。そして、生命力と温もりに満ちている。

十センチほど離れていても、彼の身体の熱が感じられる。息をするたびに胸が上下するのが見える。

尻がキュッとひきしまり、脚が長い。腿が力強い筋肉に覆われている。

欲望が高まっている。その部分は大きく、これまた力強い。

ヴァネッサも彼の目を見つめかえした。彼がこちらを見るのと同じく、自分も露骨に彼を見ていたことに、いま気がついた。

なんて不釣り合いな肉体を持った二人なのかしら。

でも、この人は興奮している。

ヴァネッサは指先で彼の胸に触れ、それから、てのひらを上へすべらせて肩にかけた。

こんなに怖気づいたのは生まれて初めてだった。

「さて」彼がそっと言った。「ぼくの思いを示さなくては」

彼女の内腿と、そのあいだの部分が、快楽への単なる期待というより痛みに近いもので疼いた。

「ええ」

しかし、彼はヴァネッサがベッドのほうへ歩いていくのを待たずに、身をかがめて彼女を抱きあげ、ベッドまで運んでから、マットレスの真ん中に横たえた。布団をすべてはずしたあとで、彼女に身を寄せた。

裸の肌と肌が触れあった。ヴァネッサは身体に火がついたようだった。

彼はロウソクを消さなかった。

じゃ、毛布と闇に隠れてこっそりすませるつもりではないのね。

彼は片肘を突いて彼女のそばに横たわり、身を乗りだしてふたたびキスをした。今度は彼女のほうも唇をひらき、舌が入ってくると、自分の舌をからめたあとで、強く吸って奥へひきよせ、歯で軽く嚙んだ。

彼の喉の奥から低いうめきが洩れた。

力強くて温かい彼の手が、敏捷な指でヴァネッサの身体をまさぐった。湖のときと同じように、ふたたび乳首を見つけ、親指と人差し指でつまんだが、前回より荒々しかったため、下のほうに生まれていた彼女の疼きが徐々に這いあがって、喉に広がった。

彼がキスをやめて、乳房の片方に顔を近づけ、口に含んで吸いながら、張りつめた乳首を舌で愛撫しはじめた。ヴァネッサはとうとう両手を彼の髪に差し入れ、強く握りしめた。

もっとも、彼女のほうも何もしなかったわけではない。横向きになり、脚と脚をからめていた。彼に近づいて身をすりよせ、腰をくねらせた。

ヴァネッサの肩と首のあいだのくぼみに鼻をすりよせようとして、彼が乳房から顔を離すと、彼女は男の興奮の証を手に取り、軽くなでてから、握った指に力を入れた。彼は思わず、うめきに近い声をあげた。

彼の片手もヴァネッサの身体を探っていて、長い指を脚のあいだに押し入れると、ひだのなかに分け入り、愛撫し、じらし、じわじわと奥に入っていった。

ヴァネッサは自分が潤っているのに気づいた。濡れているのを肌で感じ、耳で聞くことができた。

欲望がまじりけのない苦痛に変わった。

やがて、彼がヴァネッサをふたたび仰向けにし、のしかかってきた。大きくて重かった。すばらしく大きかった。すばらしく重かった。

彼の膝がヴァネッサの腿を強引に割って入りこみ、脚をひらかせた。ヴァネッサが脚をあげて彼の身体にからめると、彼がヒップの下に両手をすべりこませて彼女の身体を浮かせ、長く力強いものを奥までいっきに突き入れた。

ヴァネッサは深く息を吸った。そのまま吐きだせなくなったような気がした。痛みはなかったが、身体を押しひらかれ、満たされ、侵略されている感じだった。自分のなかにこんなに広い場所があるなんて知らなかった。

バカなことを考えるものね！

彼がしばらく動きを止めて、ヒップにあてがっていた両手をはずした。ヴァネッサは彼の身体にさらにしっかり脚をからめて、シーツに身を預け、彼を受け入れている部分の力を抜いた。たしかに広い場所がある。いまからそこで何かが起きる。そのすべてを全身で感じたかった。

身体の奥の筋肉をこわばらせた。彼は岩のように硬い。

今度は彼が深く息を吸う番だった。

やがて、彼が動きはじめた。

純粋で生々しい肉体の悦びだった。突きあげられるたびに欲望の疼きが増幅され、それと同時に和らいでいく。そして、一回ごとに前よりも深く入ってくる。というか、そのように感じられる。動きにはリズムがあり、ヴァネッサはそれを覚えると自分の動きをそのリズムに合わせて、身体の奥の筋肉を締めつけ、ゆるめ、彼とともに快感に浸った。

前に彼に言ったことは、おおげさすぎるわけではなかったのだ。

男を喜ばせる方法をちゃんと知っている。

そして、もちろん、彼が言っていたこともおおげさではなかった。

永遠に続いてほしいと願った。これまで想像していた、いかなるものをも超える官能の悦楽。だが、もちろん、永遠のはずがない。そして、最後には、永遠でなくてよかったと思った。これがずっと続いていたら、おかしくなっていたかもしれない。だが、不意に筋肉が痙攣して収縮し、それきりゆるむ様子もなく、やがて、筋肉が潜む身体の奥深くから、何かが――どう呼べばいいのかわからないが――静かに、だが、とめどなくあふれてきて、奥深いその部分に広がり、全身に広がり、やがて彼女は驚嘆のなかで身を震わせ、これまたどう呼べばいいのかわからないが、何やら満ち足りた思いに包まれてぐったり横たわった。

彼も動きを止めたことに、ヴァネッサは気がついた。

しかし、そのあと、彼の手がふたたびヴァネッサの身体の下にすべりこみ、速く激しく腰を使いはじめ、彼女の奥深い部分でふたたび急に動きが止まった。ヴァネッサは身体の芯に熱いものがほとばしるのを感じた。

彼を両腕で包みこんだ。彼の身体は熱く、汗に濡れていた。

ヴァネッサも同じだった。

不思議なことだけど、汗の匂いってどうしてこんなに魅惑的なの?

彼が身体を離して傍らに横たわったとき、ヴァネッサは急に寒さを感じた。身震いすると、彼が手を伸ばして布団をひっぱりあげ、二人の身体にかけた。片腕をヴァネッサの首の下にすべりこませ、反対の腕で彼女を抱きしめた。おかげで、ヴァネッサはふたたび温かくなった。


そして、眠くなった。

そして、眠りに落ちていった。


これで無事に終わった。

祖父の期待どおり、そして、自分の計画どおり、三十歳になる前に結婚できた。好都合だという理由から、ハクスタブル家の姉妹の一人と結婚した。これであと二人の姉妹は社交界にデビューすることができ、ぼくは二人への責任を負う必要がなくなる。

結婚し、夫婦の契りをかわした。うまくいけば、ほどなく子供ができるだろう。そして、運がよければ、男の子が生まれて、もうひとつの義務が完了することになる。

義務！　それが一年以上にわたってエリオットの心を重くしていた原因だった。以前の気楽な生活に戻りたいと、どんなに願ったことだろう。だが、その願いは叶わず、いまこうして、自分の一族と身分に対するもっとも差し迫った義務を果たすことになった。

エリオットは長いあいだ、寝つけないまま横になっていた。

今夜も彼女は口論を挑んできて、自分が夫と対等な立場にあることを主張しようとした。妻であり、ベッドでの相手であるがゆえに、夫を喜ばせなくてはならないのなら、同じ理由から夫も妻を喜ばせるべきだというのだ。

もちろん、貴族社会のやり方というものを、彼女はまだ教わっていない。教わっていれば、自分を捨て、夫婦間の不平等を黙って品よく受け入れたことだろう。

〝ご主人さまの仰せね。あなたのほうこそ、わたしを喜ばせる方法を心得ていてくださらないと。だって、わたしの夫で、生涯にわたってベッドをともにする方ですもの〟

思わず苦笑が浮かんだ。

ヴァネッサが彼の腕のなかで身動きをし、何やらつぶやき、さらにすりよってきた。

不思議なことだが、この女はたしかに自分を喜ばせてくれた。

どうしてなのか、彼にはさっぱりわからなかった。ドレスを脱いだ女の身体を目にしたことや、ベッドで女にのしかかったことは何度もあるが、こんなに貧弱な女体を見たのは初めてだった。しかも、男をうっとりさせる技巧を見せてくれたわけでもない。

たぶん、こちらが物珍しさに惹かれただけのことだろう。

このような女を抱く物珍しさは、もちろん、すぐに薄れてしまう。では、そのあとは？あとは、そのまま残りの人生を送ることになるだろう。未来は明るくなさそうだ。だが、希望を捨ててはならないとエリオットは思った。以前、姉の話をしたときにヴァネッサが言っていたではないか。戦争に行ってしまった陸軍士官の帰りを待つことだけが、姉の人生に意味を与えている、というようなことを。

希望。

幸せになれる見込みはないだろうが。

「うーん」ヴァネッサが長いためいきをついた。彼の胸に顔を埋めていた。

どうせなら、物珍しいうちにその珍しさを楽しむとしよう。

エリオットは彼女の顎を片手で持ちあげると、ひらいた唇に自分の唇を重ねた。

眠りの味がした。女の味が、セックスの味がした。妻は温かく、緊張から解放され、まだ眠気に包まれていた。

エリオットは彼女を仰向けにすると、覆いかぶさり、自分の脚で彼女の脚を広げて、なかに深く入りこんだ。

熱く濡れていた。

「うーん」ヴァネッサはふたたびためいきを洩らすと、脚をあげて彼にからませ、腰を軽く浮かせて彼をさらに奥へ誘いこもうとした。「また？」

びっくりした様子の眠そうな声だったので、エリオットは闇のなかで苦笑した。

「そう、また
だよ」彼女の耳もとでささやいた。「婚礼の夜はなんのためにあるんだい？」

ヴァネッサはクスッと笑った。わずか二、三日前、彼女がまだ彼の母親とともにロンドンに滞在していたときには、エリオットの心によみがえる彼女の笑い声は苛立たしいものだった。しかし今夜は違っていた。いかにも楽しげな感じの低くて陽気な響きだった。

セクシーだった。

エリオットは彼女のなかで深くリズミカルな律動をくりかえしながら、ひとつになっている時間をできるだけひきのばそうとし、行為の最中の濡れた摩擦音に耳を傾け、痛いほどに屹立したものがじっとり湿ったなめらかな熱に包みこまれるのを感じ、長い飢餓ののちにふたたび女を抱くことができた満足に浸っていた。

ヴァネッサは脚をからめて彼にすがりつき、彼の尻を両手で包みこみ、全身の力を抜いてすべてを彼に委ねていた。自分からはまったく動かなかった。利口なやり方だ——あるいは、無邪気と言うべきか。おかげで、エリオットは性の満足を味わう時間をさらに延ばすことができた。

しかし、何分かがすぎたとき、彼女のほうが受け身でなくなっていることに気づいた。身体の奥の筋肉がこわばり、彼の尻を包んだ手に力が入っていた。まるで彼を自分の奥深くにひきとめて、逃げられるのを防ごうとするかのように。

エリオットがさらに速く、さらに深く、律動をくりかえすうちに、突然、クライマックスに達した彼女の震えが伝わってきて、ほどなく彼自身もめくるめく瞬間を迎えた。

ひとこと言っておかなくては——眠りに落ちる寸前に、エリオットは思った——ぼくのほうの約束は守ったぞ。彼女を喜ばせたのだから。

どれぐらい時間がすぎたのかわからないが、目がさめると、いまも彼女に覆いかぶさり、いまもなかに入ったままだった。身体を離して脇へどいた。

「申しわけない。一トンぐらいあっただろ」

「半トンぐらいだと思うけど。謝る必要はないのよ。謝ろうと思わないで」

「ぜったい？　どんな理由があっても？」

ヴァネッサは眠そうな声でためいきをついた。

「その点は少し考えさせてね。二人の生活をあれこれ工夫すれば、謝罪を必要とすることは避けて通れるようになるかもしれない」

エリオットは無意識のうちに、闇のなかでふたたび苦笑していた。ロウソクはいつのまにか消えたようだ。

「いつまでも幸せに暮らすために？　そんなお伽話のようなことを本気で信じてるのかい？」

「いいえ」彼に訊かれてしばらく考えてから、ヴァネッサは答えた。「それに、そういう夢が叶うとしても、ほんとに手に入れたいのかどうか、ちょっと迷うところね。ほかに何を望めばいいの？　ほかに何をめざして努力すればいいの？　わたし、永遠に続く幸せな暮らしより、幸せそのものを手にするほうがいいわ」

「幸せって、いったいなんだい？」

「一瞬の喜び」ためらうことなく、彼女は答えた。

「一瞬だけ？　だったら、努力する甲斐がないように思えるが」

「あら、そこが間違ってるのよ。人生全体が一瞬の連続なの。いまのこの一瞬以外には何もない。そうでしょ？　いつだって、この瞬間なの」

彼の経験では、どの瞬間も、すぎされば永遠に消えてしまうものだった。

「すると、人生全体が喜びなのかい？　人生は幸せだけでできてるのかい？」

いくら彼女でも、まさかそこまで天真爛漫ではあるまい。

「いいえ。もちろん違うわ。でも、一瞬でも幸せなときがあれば、人生全体が生きる価値のあるものになる――パンだねが発酵するようなものね。どんな人生が築けるか、人生はなんのためにあるのかを教えてくれる。落ちこんだときに希望を与えてくれる。人生を信じる気持ちと未来を与えてくれる。あなた、一度も幸せを感じたことはないの、エリオット？」

彼は突然、かつての暮らしに深い郷愁を感じた。遠い遠い昔。はるかな昔。

「数分前はとても幸せだった」

「軽薄な冗談を言ってるつもりね。わたしにガミガミ叱られると思ってるんでしょ。セ――」彼女は息を吸い、いっきに言葉を吐きだした。「セックスが幸せをもたらすなんて言ったから。でも、それは事実だわ。セックスは人生と人の結びつきと愛を祝福してくれるものよ」

「ぼくはきみに愛されてないと思ってた」

そう言われて、ヴァネッサはしばらく沈黙した。

「でも、数分前はとても幸せだったって言ったのは、わたしじゃないのよ」

「すると、ぼくが愛を祝福してたわけ？」

「そうよ、バカねえ。そうに決まってるでしょ。愛にもいろんな種類があるわ。あなたはわたしに恋をしてはいない。愛してもいない。でも……この夜を愛している」

「婚礼の夜を。セックスを」

「ええ」

「セックス、すなわち愛ということ？」

「わたしを挑発して口論にひきこもうとしてるのね」ヴァネッサは上半身を起こして肘を突き、片手で頭を支えて彼を見おろした。「正直に認めなさい」

このぼくが？　そうかもしれない。もしかしたら、この夜の喜びに溺れてしまうのを避けようとしているのかもしれない。ろくに知りもしない相手と結婚した。たえずぼくを苛立たせる女、お世辞にも魅力的とは言えない女と。ベッドをともにしたのは、婚礼の夜だったからだ。セックスを楽しんだのは、クリスマスの前から女を抱いていなかったからだ。

そして、今夜でさえ、いまこの瞬間でさえ、この女はぼくを苛立たせている。幸せと愛を信じるロマンティックな女。この女にとっては、セックスでさえ愛なのだ。人生のどんな場面にも喜びがあると信じている。

だが、若い夫を前に肺病で亡くしている。緩慢で残酷な死だ。おそらく、その夫を愛していたのだろう。

「眠ったほうがいい。哲学を語るのはやめて」思ったよりもきびしい口調で、エリオットは言った。「夜が明ける前に、もう一度きみがほしくなるかもしれない」

「あなたも眠ったほうがいいわ。たぶん、わたしもあなたがほしくなるでしょうから」

エリオットは危うく噴きだすところだった。今夜の初めと同じようなやりとりに戻ってしまった。

「だったら、いま、二人とも目がさめているあいだにほしいものを手に入れて、眠るのはそのあとにしようか」

ヴァネッサの後頭部に手をあて、キスをするためにひきよせた。

彼女は片脚を彼の身体の向こうへ伸ばすと、上にまたがり、それから、彼がキスを続けられるように頭を下げた。

物珍しさは、いまのところ、もちろん薄れていなかった。

そして、夜はまだ半分も終わっていなかった。

14

幸福はいつもほんの一瞬ですぎさるとはかぎらない。ときには、しばらくとどまることもある。

もちろん、ヴァネッサも幻想は抱いていなかった。愛しあって結婚したわけではないし、そのつもりもなかった。彼はわたしを愛していない。わたしも彼を愛していない――それほど深くは。

しかし、彼にのぼせあがっているのは事実だった。そして、じつを言うと――不思議なことに――向こうも同じ気持ちのようだ。

とにかく、いまのところは。ずっと続くものではなく、短いあいだだけだとしても。

人生の幕間でもっともロマンティックなもの――ハネムーン――を二人で楽しめばいい。三日と四晩のあいだ、数えきれないぐらい愛をかわした。いや、数えきれないというのはおおげさだ。全部で十三回。あとで思ったのだが、もし彼女が迷信深い人間だったら、この数字を不吉に感じたことだろう。数えるべきではなかった。

この十三回の愛の行為こそ、人生で体験したなかで最高にすばらしいものだった。彼は美しく、精力にあふれ、技巧に長け、完璧だった。

しかし、すてきだったのは愛の行為だけではない。

二人で一緒に食事をとり、食べながらあれこれ話をした。読んだ本のことを語り、両方が共通して読んだ本はほとんどないことを知った。だが、その点は修正できる。

「あなたが読んだ本を、わたし、残らず読むことにするわ」ヴァネッサは無謀なことを言った。「そうすれば、二人で議論できるでしょ」

「ぼくのほうは、きみが読んだ本を残らず読むつもりはない。歴史は学生のころから苦手だったんだ。かわりに、過去の出来事のなかでぼくが知る必要のあることを、きみの口から残らず話してくれ」

「あらら、大変。どこから始めればいいの？」

「最初からはどう？　アダムとイヴのところから」

「ローマ人がブリテンに渡ってきたところから始めることにするわ。だって、その前にいた種族のことはほとんど知られていないから。ローマ人って魅惑的なのよ、エリオット。さまざまな点でわたしたちより洗練された贅沢な暮らしを送っていたの。なのに、わたしたちったら、進んだ文明のなかで暮らしてるつもりなんだから。たとえば、ローマ人はひとつひとつの部屋で薪や石炭を燃やす必要のない暖房方法を知ってたんだけど、あなた、ご存じだった？」

「知らなかった」

見るからに興味深そうに耳を傾けるエリオットの前で、彼女は、ローマ人の支配下にあった当時のブリテンのことや、英国の暮らしが今日に至るまで古代ローマの大きな影響を受けていることについて語った。

「とくに、言語の面ね。ラテン語から生まれた言葉が英語のなかにどれぐらいあるか、想像がつく?」

「じゃ、ローマ人がここにこなかったら、ぼくたちは沈黙のなかで生きるしかなかったわけかい? それとも、困ったことに、われわれ全員がウェールズ語かゲール語を話す羽目になってたのかな」

ヴァネッサは笑った。「言語はたえず進化していくものよ。ローマ人がいなくても、英語はまたべつの形をとることになっただけでしょうね」

そこでふと思った――いや、気がついた――過去に関する彼の知識は当人が言っているよりはるかに豊かなのではないかと。高い教育を受けた紳士が自分の国の歴史と文明について何ひとつ知らないなんて、ふつうはありえない。しかし、彼が無知を装ってこちらをからかっているとしても、気にしないことにした。ヴァネッサは歴史に大いに情熱を燃やしているが、喜んで耳を傾けてくれる相手にいつでも出会えるとはかぎらない。

それに、彼にも人をからかうことができるのだとわかり、興味深く思った。

二人は毎日何時間も外ですごした。いい陽気なので、外に出ずにはいられなかった。春になったばかりなのに、太陽が輝き、空には雲ひとつなく、大気も暖かだった。これ以上すてきな日々は望めなかっただろう。二人のプライバシーを誰もが尊重してくれていた。

湖のほとりを散策しても誰にも出会わなかった。

ある日、ボート小屋まで行って、なかに並んだボートを見まわし、一艘運びだして湖に浮かべた。湖の上はいささか寒そうだったが。ヴァネッサは自分が漕ぐと言いはり、しかも、無事に岸まで帰り着いた。ただ、ボートを漕ぐのは久しぶりで、厳密に言うと少女のころ以来だったため、景色を楽しみながら水面を優雅に進むよりも、水とオールを相手に格闘し、ボートがぐるぐる円を描くことのほうがはるかに多かった。

「きみの腕前には感心した」岸に戻ったあとで、夫が言った。「次回はぼくにオールを握らせてくれないかな。同じようにきみを感心させられるかどうか、試してみたいんだ」

ヴァネッサは笑った。

「でも、すごく楽しかったでしょ、エリオット。正直におっしゃい。命の危険を感じた？」

「ぼくは泳げる。きみは？」

「ボートを漕ぐのと同じ程度よ」ヴァネッサはふたたび笑った。「水に顔をつけるのが、いつも怖くてたまらなかったの」

またべつのときには、ボート小屋のそばにある木の桟橋の先端まで歩き、水面に目を凝らし、魚が泳ぐのを見つめた。少年のころ、よく湖に飛びこんで、素手で魚をつかまえようとしたものだと、エリオットは彼女に話した。

「うまくいった?」

「いや、一度も」彼は正直に答えた。「だが、不可能なことにエネルギーを使う愚かさを学んだ」

「それでやめたの?」

「いいや」

ヴァネッサはエリオットに結婚を申しこんだ日、ウォレン館の湖で彼が水面に石を跳ねさせたことを思いだした。そこで、彼に頼んでもう一度やってもらい、自分も挑戦してみた。一度も成功しなかった。彼が教えてくれたが、手首を横向きにひねるのが成功の鍵のようなのに、ヴァネッサにはそのコツがどうしても呑みこめなかった。彼女がやると、石が空中へまっすぐあがってしまい、落ちてくる石に頭を直撃されるのを避けるために、二人とも脇へよけなくてはならなかった。

ヴァネッサは笑いころげ、そのあと、彼が得意げに二回目の水切りをやってみせるのを見物した。

「十二回も跳ねたわ」感嘆の口調で言った。「新記録ね」

「きみに課せられた義務が、ぼくに比べてどれほど楽か、考えてごらん。自分の記録を破ろうと思ったら、ぼくは十三回を達成しなきゃいけない。きみが新記録を作るには、わずか一回でいい」

「わたしが学んだのは、不可能なことにエネルギーを使ってはならない、ということだけのようよ」

最後にもう一回だけ投げてみた。すると、石は間違いなく三回跳ねた。ヴァネッサは歓声をあげ、勝ち誇った顔で彼のほうを向いた。

「ほう」眉をあげて、エリオットは言った。「ぼくも湖に飛びこんで、魚をつかまえられないか、やってみたほうがよさそうだな」

そのうちかならず彼から微笑をひきだしてやろうと、ヴァネッサは決心した。笑わせてみたいとまで思った。でも、微笑してくれなくても、笑ってくれなくてもかまわない。ヴァネッサに劣らず、彼も楽しんでいる。それだけは間違いない。

運命の赤い糸で結ばれた二人ではないかもしれないし、心から愛しあうこともないかもしれない。でも、二人で幸せになってはいけない理由はどこにもない。わたしは彼に幸せと喜びと安らぎを与えることを約束した。そうだったわね？

三日目、二人は湖の向こう側まで歩き、水仙が一面に咲き乱れる斜面に出た。湖面に枝を垂らす柳の木々にさえぎられて、対岸からはこの斜面が見えないのだ。太陽の光と軽いそよ風を受けて、黄色い花冠が揺れていた。

「わあ、見て、エリオット」ヴァネッサは叫んだ。彼が何も気づいていないと思っているかのように。「ねっ、見て！」

そして、いきなり駆けだし、両腕を広げて水仙のなかを走った。花のなかで旋回し、太陽に向かって顔をあげた。

「こんなにきれいなものを見たことがあって？」足を止め、しかし、腕は広げたままで尋ねた。

エリオットは斜面の端に立って彼女を見つめていた。

「たぶん、あると思う。なんだったのか、すぐには思いだせないが。ところで、きみはこの場所のことをひそかに知っていて、それに合わせて服を選んだんだね、ヴァネッサ。ずるい人だ。それに利口だ」

ヴァネッサは自分の姿を見おろした。レモン色のドレスとマント、そして、麦わらのボンネット。

「あなたが感心してくれると思ったの」彼に明るい笑みを見せて言った。

「したとも」

彼女が自分の服を見おろしているあいだに、エリオットが近づいていた。彼女の笑みが薄れるあいだに、さらに近づいた。そばまでくると、身を寄せ、唇を重ねてきたので、ヴァネッサは彼の首に両手をまわしてキスを返した。

目を伏せた彼の表情が、ヴァネッサは大好きだった。彼の欲望をそそる女になったような気がする。彼からじっさいに欲望を向けられたことが、いまだに信じられない思いだった。

彼にとっては跡継ぎを作るための結婚だったが、いまは跡継ぎのことだけを考えているのではないはずだ。彼がキスを終えたあとで、ヴァネッサは目をのぞきこみ、ふたたび笑みを浮かべた。

それは幸せな三日間のなかで最高に幸せな瞬間のひとつだった。自分が彼に恋をして、向こうも自分に恋をしてくれているような気がしてきた。

「湖には近づかないよう、家族と庭師たちにきびしく命じていなかったとしても、ここはたぶん、人目につかない場所だろうな。この季節にこんなものを見た記憶は一度もない」

〝人目につかない場所〟

彼の言わんとすることは明白だった。ヴァネッサは腿のあいだに、ますます馴染み深くなってきた疼きを感じた。

「誰もこないの？」彼に尋ね、不意にカラカラに乾いた唇をなめた。

「こない」

そして、彼はコートを脱ぎ、水仙のあいだの草むらに広げて、手招きした。

そして、二人は春の緑と金色に囲まれて、戸外で愛しあった。太陽が二人に微笑みかけ、木々と花と湖畔の斜面が作りだす隠れ家のような場所で、陽ざしが熱く感じられた。せっかちで、艶めかしくて、ぞくっとするほど淫らなひとときだった。なにしろ、いつなんどき誰が視界に入ってくるかわからない。服をほとんど着たままで愛しあうのが妙にエロティックなものであることを、ヴァネッサは知った。

「家に飾るのに、水仙を少し摘んでいきたいんだけど」二人が起きあがり、服装の乱れを直したあとで、ヴァネッサは言った。「かまわない？」

「ここはきみの家だ。きみはフィンチリー・パークの女主人なんだよ、ヴァネッサ。なんでも好きにすればいい」

　ヴァネッサの笑みがさらに大きくなった。

「ただし、理性の範囲内で」エリオットはあわてててつけたした。

「手伝って」水仙に向かって身をかがめ、長い茎をちぎりながら、ヴァネッサは言った。

「これぐらいでいいかな？」十本ぐらい摘んだあとで、エリオットは尋ねた。ヴァネッサのほうはたぶん、その二倍以上摘んでいただろう。

「まだまだよ。腕に抱えきれないぐらい摘まなきゃ。寡婦の住居を水仙で埋めつくして、太陽の光と春でいっぱいにするのよ、エリオット。緑の葉物も少し集めてね」

　しばらくしてから、二人は腕いっぱいに花を抱え、よろめきながら湖畔の道を家に戻っていった。

　玄関に近づきながら、ヴァネッサは言った。「壺や花瓶がたくさんあるといいんだけど。各部屋に少なくともひとつは花束を飾りたいから」

「召使いにやらせればいい」苦労しつつドアをあけ、一歩しりぞいて彼女を先に通しながら、エリオットは言った。

「とんでもない」ヴァネッサは逆らった。「花を活けるのは、人生でもっとも洗練された楽しみのひとつなのよ、エリオット。見せてあげる。一緒にきて手伝ってね」

「一緒に行くけど、ぼくは見物だ。ぼくが手伝わないことを、きみは感謝すると思うよ、ヴァネッサ。花を活けるセンスなんてまったくないから」

しかし、そう言いつつも、結局は手伝うことになった。ヴァネッサの指示に従って、花瓶につぎつぎと水を入れ、花と葉をいくつかの束に分け、茎を切った。そして、指定された部屋まで花瓶を運び、ヴァネッサが一歩下がって批評家のような目で見つめる前で、花瓶の置き場所を調整した。

「右へもう一センチ」身ぶりをまじえてヴァネッサが言った。「五ミリうしろじゃないのよ。そこ！　完璧だわ！」

エリオットは一歩さがって彼女をじっと見た。

ヴァネッサは笑いだした。「つねに完璧をめざさなくてはならないのよ。たとえ、いつも達成できるとはかぎらなくても。やる価値のあることはきちんとやらなきゃ」

「仰せのとおりです。明日、ぼくたちが屋敷に戻るとき、花はどうするんだい？」

ヴァネッサは屋敷に戻りたくなかった。こうやって、いつまでもここですごしたかった。しかし、時間を止めるのは、けっして実現できることではないし、最終的に望ましいことでもない。

「明日という日は、明日になるまで存在しないのよ。今日、そんなことを考える必要はないわ。今日は水仙をながめて楽しみましょう」

「あの詩を知ってる？」

「ウィリアム・ワーズワースの詩？　〝金色の水仙の群れ〟？　ええ、知ってますとも。それを目にしたときのワーズワースの気持ちが、わたしたちにもいまようやくわかったわね」

「じゃ、ぼくたちにもやはり、共通する読書体験があったわけだ」

「あら、ほんとだわ」

ヴァネッサは水仙をぎっしり活けた花瓶を、幸せな思いでながめた。楽しみな夜があと一回残されている。

しかし、明日のことが話題に出てしまった。

明日になったら、屋敷に、そして、残りの人生に戻らなくてはならない。

二人でつねに顔を突きあわせて、変わりばえのしない結婚生活を送ることになるだろう。

しかし、そのことは考えないようにした。考えるたびに、漠然とした、名状しがたい不安に襲われるから。


翌朝、二人は食事をすませると、いまにも雨になりそうな灰色の空の下を歩いて屋敷に戻った。

屋敷には召使いとボーウェン氏以外に誰もいなかった。婚礼の招待客は全員、きのうのうちに帰ることになっていたし、レディ・リンゲイトとセシリーはこの日の早朝にロンドンへ旅立っていた。ヴァネッサとエリオットも明日、あとを追うことになっている。

ヴァネッサが自分の新しい寝室と化粧室を見てまわっているあいだに、エリオットのほうは書斎にこもり、秘書と仕事の打ちあわせをしたり、三日のあいだにたまった手紙類に目を通したりした。

だが、長時間こもりきりではなかった。三十分もしないうちにヴァネッサの部屋のドアをノックし、勝手に入りこんだ。

「すごく広いのね」ヴァネッサは腕を左右に広げた。「寡婦の住居でわたしが使ってた部屋に比べると、少なくとも二倍の広さよ」

「当然さ」エリオットは肩をすくめた。「子爵夫人の部屋だもの」

これまでとまったく違う世界に足を踏み入れたという事実を、真正面から受け止めるための時間がまだなかったことに、ヴァネッサは気がついた。

「マートンが家庭教師とうまくいってるかどうか、様子を見るために、いまからウォレン館へ出かけようと思う」エリオットは言った。「きみも一緒にくる？　だったら、馬車で行こう。どっちみち、そのほうが賢明だろうな。雨になりそうだから」

「もちろん、行きたいわ」

短いハネムーンのあいだ、時間が止まったような気がしていた。姉のことも、妹のことも、弟のことも、ほとんど考えなかった。あるいは、ほかの人々のことも。寡婦の住居と湖だけが彼女の世界で、そこに住んでいるのは彼女とエリオットの二人きりだった。

エデンの園にいたころのアダムとイヴのように。

突然、まる三日がすぎてしまったことと、ふたたび姉たちに会いたくてたまらなくなっていることに気づいた。

ウォレン館に到着するころには雨がぽつぽつ降りはじめ、突風で空気が冷えてきていた。

うららかな春の天候のなかで三日間をすごせたのがどんなに幸運なことだったかを、ヴァネッサはあらためて感じた。天候の急変で、なぜだかその三日間が現実味を失い、遠くへ去ってしまったように思えた。

客間にはマーガレットしかいなかった。マーガレットは膝を曲げてエリオットにお辞儀をし、ヴァネッサを固く抱きしめた。泊まり客はきのう帰っていったそうだ。スティーヴンは家庭教師の一人と一緒に階下の図書室にいる。隣人のグレインジャー氏と朝の乗馬に出かけて帰りが遅くなったため、ひどく叱られたらしい。キャサリンは散歩に出ていた。

「でも、じきに戻ってくると思うわ」窓のほうをちらっと見て、マーガレットは言った。窓ガラスに雨粒がつきはじめている。「ずぶ濡れになる前に」

メグはなんだかうわの空、顔色も悪いようね――姉と二人で暖炉のそばに腰をおろし、エリオットが図書室へ向かうあいだに、ヴァネッサは思った。

「大丈夫、メグ？　何か困ったことでも？」

「何もないわ」マーガレットは微笑した。「それより、あなたは、ネシー？　どうだった？」

ヴァネッサは椅子にもたれた。

「ずっとお天気続きだったでしょ。フィンチリーの寡婦の住居って、とっても愛らしい家なのよ、メグ。それに、湖もすてきなの。ボートで湖に出たし、きのうは水仙をどっさり摘んだわ。どんなに摘んでも、斜面に咲いてる花は減った様子もないの。二人で花瓶に入れて、ひとつひとつの部屋に飾ったのよ。とってもきれいだった」

「〝二人で〟」マーガレットは言った。「じゃ、すべてうまくいってるのね、ネシー。後悔してないのね？　幸せそうな顔だわ」

「だけど、現実の生活が入りこもうとしてる。明日、ロンドンへ出発なの。そして、わたしは来週、王妃さまに拝謁する予定。ちょっと怯えてるのよ。それから、いろんな人に会って、あちこち出かけて……まあ、そんな感じね。でも、もちろん後悔なんてしてないわ。自分が望んだことですもの。お姉さまにも最初からそう言ってたでしょ」

「ああ、ネシー」マーガレットは椅子にもたれた。ふたたび疲れた顔になっていた。「あなたが幸せになってくれれば、わたしも幸せよ」

ヴァネッサは姉をしげしげと見た。しかし、何があったのかと尋ねる前に――何かがあったのは間違いない――ドアがひらき、輝く目とバラ色の頬をしたキャサリンが入ってきた。

「ふーっ」片手を胸に押しあてて、キャサリンは言った。「息が切れちゃった。雨になったとき、チャペルで雨宿りしようか、それとも、家まで走ろうかって迷ったのよ」

「走ったに決まってる」ヴァネッサはそう言いながら立ちあがった。

「急いで帰ってきてよかった」キャサリンは小走りで部屋を横切って姉を抱きしめた。「玄関の外にリンゲイト子爵の馬車が止まってるのを見て、お姉さまも一緒にきてればいいなあって思ったの」

「ほら、きてるでしょ」ヴァネッサは微笑した。

「結婚式の日、二人がどんなにすてきだったか、言葉にできないぐらいよ」椅子にすわりなながら、キャサリンは言った。「湖のほとりの三日間は楽しかった？」

「ええ、とっても」赤くなっていないことを願いつつ、ヴァネッサは答えた。「牧歌的なところだったわ。永遠にあそこで暮らせたら、最高に幸せでしょうね。あなたのほうはこの数日、お客さまを迎えて楽しくすごした？」

キャサリンは不意に、興奮に顔を輝かせ、身を乗りだした。

「ねえ、ネシー、最近結婚したのはお姉さまだけじゃないのよ。聞いた？　サー・ハンフリーとレディ・デュー宛の手紙がランドル・パークからこちらに送られてきて、運よく、きのうの朝、みんなが出発する前に届いたの。メグお姉さまから聞いてない？」

「ううん、まだ」

ヴァネッサは姉にちらっと目をやった。マーガレットは椅子にもたれて自分の腕を抱きしめ、唇にこわばった笑みを浮かべていた。

「クリスピン・デューからだったの」キャサリンが言った。

「まあ、ケイト」ヴァネッサは叫んだ。「まさか負傷したんじゃないでしょうね」

だが、そこで、この会話がどんなふうに始まったかを思いだし、ふたたびマーガレットのほうへ視線を走らせた。

「ううん、そうじゃないの」キャサリンは言った。「クリスピンが結婚したの。相手はスペインの人。お姉さまにも想像がつくでしょうけど、馬車がスロックブリッジへ向けて走りだす前に、みんなもう大騒ぎだったわ。ただ、レディ・デューは結婚式に出られなかったのを残念がってたけど。イーヴァとヘンリエッタも」

「まあ」ヴァネッサの目がマーガレットの目をとらえた。姉は青ざめた顔にこわばった笑みを浮かべたまま、ヴァネッサを見つめかえした。

「わたし、メグお姉さまをからかってたの」キャサリンは言った。「わたしの子供のころの記憶だと、たしか、メグとクリスピンはけっこう熱々だったような気がするの。ちょうど、お姉さまとヘドリーみたいに」

「そこでケイトに言ったのよ」マーガレットが言った。「クリスピンがどんな顔だったかも、はっきりとは思いだせないって。しかも、ずっと昔のことだし。新婚の花嫁さんとうんと幸せになってもらいたいわ」

やがて、スティーヴンとエリオットも客間にやってきたので、みんなでコーヒーを飲み、甘いビスケットを食べながら、雑談を始めた。話題の中心はロンドンのことで、スティーヴンたちも来週中にそちらへ移ることになっている。

午餐を一緒にと誘われると、エリオットはあまり長居できないと答えた。午後から荘園のことで片づけなくてはならない用事があるという。

ヴァネッサと夫を見送るために、マーガレットとスティーヴンとキャサリンがそろって一階におりた。ただ、雨がかなりひどくなっていたので、テラスに出るのは控えた。

ヴァネッサがマーガレットとこっそり言葉をかわす機会はまったくなかった。だが、あったとしても、マーガレットがかたくなに避けていただろう。その気があれば、二人で階段の上にぐずぐず居残り、ほかのみんなが声の届かないところまで遠ざかるのを待てばよかったのだが。人生の大きな皮肉のひとつね――馬車に乗りこみ、エリオットが横に腰をおろすあいだに、ヴァネッサは思った。四日前にこの人と結婚したのは、姉に希望を持ちつづけてほしいからだった。

でも、いま、すべての希望が永遠に打ち砕かれてしまった。メグにしてみれば、クリスピン・デューが戦死していたほうがはるかに気持ちが楽だっただろう。

そんなことを考えるなんてひどすぎる。でも……。

「ホームシックかい？」馬車が動きだして馬車道に出たところで、エリオットが訊いた。

「あら」ヴァネッサは首をまわし、彼に明るく笑いかけた。「ううん、もちろん違うわ。いまはフィンチリー・パークがわたしの家ですもの」

片手を差しだすと、彼がその手をとり、沈黙のなかで家に向かうあいだ、腿の上に置いたままでいた。

ヴァネッサは考えた――クリスピンの手紙がきのうじゃなくて五、六週間前に届いていたら、わたしはこの人と結婚していたかしら。

それとも、いまわたしがいる場所に、メグがすわることになったのかしら。

エリオットのズボンと彼女の手袋を通して、彼の腿の温もりが伝わってきた。手紙がもっと早い時期に届いていなかったことを、ヴァネッサはひそかに喜んだ。

クリスピンもひどい人。メグによくもそんなつれない仕打ちができたものね。

ヴァネッサは身体を軽く横に傾け、エリオットの肩のたくましさに安らぎを見いだした。

自分の喉の奥からうめきが洩れたのに気づき、あわてて唾を呑みこんだ。

15

ヴァネッサはどうにも気分が晴れなかった。こんなふうになるなんて珍しいことだ。どんなときでも、何かすることが、話をする相手が、考えることが、読むものが、ヴァネッサを元気づけてくれるのに。そして、どんなときでも、目をみはるほどすてきなことが、微笑を誘うものが、笑いを招くものがあるのに。

ふさぎこんでいるより、笑ったほうが、はるかに心の栄養になるのに。

でも、ごくまれに、ふさぎの虫にとりつかれることがある。たいてい、複数の原因がからみあっていて、避けようにも避けられない。

ハネムーンが終わってしまった。寡婦の住居と湖でヴァネッサの昼と夜を満たしてくれた予想外の幸福は、もちろん、屋敷に持ち帰ることも、明日ロンドンへ持っていくこともできるが、いまからすべてが変わっていくのではないか、自分とエリオットの心がそんなふうに寄り添うことは二度とないのではないか、という思いをふりはらうことができなかった。

もちろんそれだけなら、落ちこみそうになっても、そんな気分はきっぱり払いのけていただろう。結婚生活が円満にいくように努力するのが、ヴァネッサの役目なのだから。悪いほうへ変わっていきそうな不安を覚えると、現実にそうなりがちだ。

午後になると、荘園の用事を片づけるためにエリオットが出かけてしまった。もちろん、仕方のないことだ。一生のあいだ、午後はいつも二人で散歩をしたり、ボートに乗ったり、水仙を摘んだりできるなんて、ヴァネッサも思ってはいない。しかし、よりによって今日という日に自分だけが置き去りにされるのは、タイミングの悪いことだった。

クリスピン・デューがスペインでスペイン女と結婚した。

メグは悲しみのどん底に突き落とされているに違いない。しかし、姉の力になりたくても、ヴァネッサにできることは何もなかった。愛する者の苦しみを見るのは、自分自身が苦しむよりも辛いものだ。無力感に打ちのめされるだけだから。ヴァネッサは苦い経験からそれを知った。

過去を思いだし、ヘドリーを思いだしたとたん、ヴァネッサは階段を駆けのぼって自分の部屋へ行き、大型トランクのなかをかきまわした。ウォレン館から運ばれてきたものだが、明日ロンドンへ発つときに持っていく予定なので、荷ほどきをしないまま置いてあった。丹念に包んだあとで自ら荷物のなかに入れておいた場所に、目当ての品があった。本当はウォレン館に置いてくるつもりだったが、最後の瞬間になって、左手前の隅にそっとすべりこませたのだった。

二人用のソファに腰をおろして、宝物が傷つかないように守ってくれているベルベットの布をめくった。そして、ヘドリーが亡くなったあとでレディ・デューがくれた額入りの小さな肖像画に見入った。

彼が二十歳のときに描かれたものだ。ヴァネッサと結婚する二年前、そして、ひどく重い病であることが判明する直前のことだった。

ただ、そのときでさえ、病の徴候ははっきり出ていた。

ヴァネッサは楕円形の額を指でなぞった。

ヘドリーの目は大きく、顔はほっそりしていた。画家が頬に色を添えていなければ、その顔は青白かったことだろう。

しかし、そのときですら美しい顔立ちだった。最後までそうだった。繊細な美しさの持ち主だった。たくましさはまったくなかった。幼いころから、近所の子供たちと一緒に騒々しい遊びに加わることは一度もできなかった。もっとも、不思議なことに、ほかの子にからかわれたり、いじめられたりすることもなかった。みんなから愛されていた。

ヴァネッサも彼を愛していた。

できるものなら、彼のかわりに自分が死んでいただろう。

いま、肖像画のなかから、きらめく大きな目が彼女を見つめかえしていた。知性と希望にあふれた目。

希望。最後の最後まで、ヘドリーは希望を捨てなかった。そして、ついに捨てる瞬間がきたときも、彼の態度は優雅さと威厳に満ちていた。

「ヘドリー」ヴァネッサはささやいた。

指先で彼の唇に触れた。

そして、あることに気づいた。婚礼の夜にちらっと思いだしたのをべつにすれば、湖畔ですごした三日のあいだ、彼のことは一度も心に浮かばなかった。

当然だ。もし浮かんでいたなら、許しがたいことだ。新婚の夫と一緒だったのだから。ひたすら忠誠を捧げるべき相手と。

しかし、そうは言っても……。

つい最近まで、ヘドリーのことを少なくとも百回は思いださないうちに一日がすぎていくことなど、とうてい考えられなかった。

ところが、いまでは三日もすぎてしまった。

愛してもくれない男のそばで、幸せに酔ってすごした三日間。彼女のほうだって愛してもいない男なのに。

とにかく、ヘドリーを愛したようには愛せない。最初の夫を愛したように、ほかの男を愛するのは不可能だ。

しかし、ヘドリーが相手では、エリオットから与えられたような官能の喜びを経験するのは無理だった。結婚したときには、病気が悪化していて、ヘドリーは不能に近い状態だった。彼にしてみれば無念でならなかっただろうが、ヴァネッサは彼の苛立ちを静め、満足させる方法を工夫した。

そして、いま、べつの男によって性的な満足を知ることとなった。まる三日のあいだ——

いや、今日で四日になる――ヘドリーのことを一度も考えなかった。

そのうち、彼のことをすっかり忘れてしまうの？

存在しなかったも同然になってしまうの？

心に湧きあがってくる深い悲しみと、刺すような罪悪感に包まれた。理屈ではないので、よけい耐えがたかった。再婚した時点で最初の夫の思い出を置き去りにすることに、どうしてやましさを感じなくてはならないの？　どうして亡くなった人を裏切っているような気がするの？　傷つけているような気がするの？

ヴァネッサはこうしたさまざまな思いに襲われていた。

〝きみは人生を続けていかなきゃ、ネシー〟人生最後の数日のあいだ、彼の手を握り、熱のある顔を冷たい布で拭う彼女に、ヘドリーは言って聞かせた。〝もう一度恋をして、もう一度幸せにならなきゃ。結婚して子供を作らなきゃ。かならず。約束してくれる？〟

ヴァネッサは、「バカね《グース》」と言い、約束をするのはきっぱりと拒否した。

〝おいおい、グースなんて言わないでくれ、ネシー〟ヘドリーは言った。〝グースはメスのガチョウのことだよ。オスをあらわすギャンダーにしてくれなきゃ〟

二人で笑った。

〝とにかく、いつも笑っててほしい〟ヘドリーは言った。〝笑いを忘れないって約束してくれ〟

〝かならず笑うわ。愉快なことがあれば〟

ヴァネッサは約束し、熱に浮かされて彼がとろとろと眠りに落ちていくあいだに、その手をとって唇に持っていった。

それからの数日、あと何回か笑ったが、以後は長いあいだ笑いを忘れていた。

「ヘドリー」ふたたびささやき、肖像画がぼやけて見えることに気づいた。まばたきをして涙を払いのけた。「許して」

彼の望みどおりに行動したことに対して、許しを乞うた。人生を続け、幸せになったことに。再婚したことに。ふたたび笑うようになったことに。

そして、まる四日近く、彼を忘れていたことに。

エリオットの愛の行為の力強さに思いを向け、てのひらで肖像画の上に円を描いた。憂鬱とそれよりも苦痛な何かを隔てる境界線を、いつのまにか越えてしまっていた。胸が締めつけられ、呼吸が苦しくなった。

一度だけでいいから、ヘドリーが……。

目を閉じ、前後に身体を揺らした。

「ヘドリー」ふたたび呼びかけた。

涙があふれてきて、鼻をグスンと言わせ、親指の付け根で涙を拭こうとし、つぎに手探りでハンカチを探した。すっかり落ちこんでしまったため、ハンカチをとりに立つ元気がなかった。

自分を哀れむみじめな絶望のなかに突き落とされた。

最後にようやく、ふたたび鼻をグスンと言わせ、手の甲で涙を拭って、立たなくてはと決心した。ハンカチを見つけて、洟をちゃんとかんでから、冷たい水で顔を洗い、泣いていた痕跡を消し去らなくては。

エリオットに涙の跡を見られたら、どんなにみっともないか！　どう思われるだろう？　ところが、肖像画をかたわらのクッションの上に置いたとき、椅子の背の向こうから大判のハンカチが差しだされた。男っぽい大きな手がハンカチを持っていた。

エリオットの手。

彼の化粧室からヴァネッサの化粧室を通り抜けて、寝室に入ってきたに違いない。化粧室のドアは彼女の背後にある。

一瞬、ヴァネッサは凍りついた。しかし、いまはハンカチを受けとって、涙を拭き、洟をかみ、何かもっともらしい説明を考えだすよりほかに方法がなかった。

しかし、彼の手からハンカチを受けとるあいだも、自分の横に表向きに置いてある肖像画のことが気になってならなかった。

仕事といっても急ぎのものはほとんどなかった。結婚式がすんだら、ほどなくロンドンへ発ち、二、三カ月はそちらに滞在することがわかっていたので、挙式の前に仕事に集中し、すべて片づけておいたのだ。

今日の用件は一時間もかからずに片づき、そのあと、個人的に親しくしている小作人のところへ挨拶に寄ったのだが、夫婦とも留守にしていたため、訪問を短時間で切りあげるしかなくなった。

予定よりずっと早い時間にいそいそと帰宅した。これまでのところ、自分の結婚に満足していた。それどころか、けさは寡婦の住居をあとにするのが、自分でも意外なほど憂鬱だった。ばかげたことに、幸せの呪文が解けてしまいそうな気がした。

もちろん、解けるような呪文はどこにもないし、寡婦の住居で起きたことに魔法はまったく関係していない。三日と四晩にわたってベッドの相手をしてくれる女がいて、セックスの相性が驚くほどよかっただけだ。男をその気にさせるのに、女の身体が曲線美にあふれている必要のないことを、エリオットは発見した。

しかし、セックスだけではなかった。彼の妻は三日のあいだ口論を控える決心をし、おかげで、二人で一緒にすごす時間を楽しめた。

ボートに乗り、妻が漕ぐと言いはったときは、黙って漕がせてやった。オールを操る腕などまったくないことは明らかだったのに。水切り遊びをしていて、妻がまぐれで湖面に三回も石を跳ねさせたときは、彼女の甲高い笑い声でこっちの耳が痛くなっても我慢した。そして——勘弁してくれ——この世界にこれほどたくさん水仙が咲いている光景は想像したこともなかったが、とにかく、想像をはるかに超える量の水仙を摘み、翌朝になれば寡婦の住居をあとにするというのに、家じゅうに花を飾ろうとする彼女のために走りまわって花瓶を集めてきた。

ほんの少しだけ彼女に魅了されてしまったことに、エリオットは気がついた。無事に屋敷に戻り、明日はロンドンへ出発するのだから、物事が急激に悪いほうへ変わっていく理由など何も思いあたらない。

たぶん、結果的には、おだやかな結婚生活を送ることになるのだろう。

そこで、小作人はほかにもたくさんいるのだから、そちらを訪ねたほうがいいのではないかという頭のなかの声を無視して、単に早めに帰宅するというより、飛ぶようにして家に帰った。

きのうは水仙に囲まれて愛をかわした。好天が続いていれば、今日もまたあそこへ出かけて、屋敷に飾る水仙を摘むことができただろう。だが、あいにくの雨。ならば、妻の寝室で初めてベッドの寝心地を試してみるという手もある。べつだんほかの用事もない雨の午後、これ以上にいいタイミングがあるだろうか。

階下の部屋を見てまわったが、ヴァネッサの姿はどこにもなかった。すでに自分の寝室に入っているに違いない。たぶん、ベッドに横になって、睡眠不足を補っているのだろう。

エリオットは階段を二段ずつ駆けあがった。ただし、まずは自分の化粧室に入り、ベルを鳴らして従僕を呼ぶのは省略して、髪を乾かし、ブーツを脱いだ。ヴァネッサの化粧室はこのとなりだ。眠っているといけないと思い、忍び足でそちらの化粧室を横切った。もっとも、二、三分後に彼女を揺り起こすのが大きな楽しみだったが。

寝室に通じるドアが細めにあいていた。エリオットはノックをせずにゆっくりとドアをあけた。

ヴァネッサはベッドのなかではなかった。二人用のソファにすわっていた。こちらに背中を向け、うつむいている。読書中？　忍び足で近づいて、うなじに唇を押しあてようかと思った。

どんな反応を示すだろう？　悲鳴をあげる？　笑いだす？　肩をすくめて色っぽくためいきをつく？

ヴァネッサが鼻をグスンと言わせた。

洟をすすりあげている。

つぎの瞬間、泣いているのだとはっきりわかった。悲しみに打ちひしがれてすすり泣いている。

エリオットはその場で凍りついた。とっさに考えたのは、大股で近づいて彼女を抱きあげ、これほどまでに狼狽している理由を尋ねてみることだった。しかし、女性の感情と関わりを持つのは昔からあまり得意ではない。そこで、ゆっくりと静かに近づいた。自分の存在を隠すつもりはなかったのだが、彼女のほうが何かに気をとられていて、彼に気づいていなかった。

片手を妻の肩に置いて抱きしめようとしたそのとき、彼女がかたわらのクッションに何かをのせた。ふと見ると、繊細な感じの、愛らしいと言ってもいいような若者の小さな肖像画だった。

へドリー・デューに違いないとエリオットが悟るのに、ほんの一秒もかからなかった。前の夫。

不意に怒りがこみあげてきた。

激しい怒り。

冷たい怒り。

ポケットから清潔なハンカチを出して、ものも言わずに差しだした。

ヴァネッサがそのハンカチで涙を拭き、洟をかむあいだに、エリオットは部屋の奥へ行った。彼女に背を向け、うしろで手を組んで、窓辺に立った。雨に煙る庭園を見渡した。端のほうに湖が見え、岸辺に寡婦の住居があった。

彼が首をまわしてそちらを見ることはなかった。じつのところ、窓の外の景色は何ひとつ目に入っていなかった。

なぜこんなに腹が立つのか、彼自身にもわからなかった。二人とも幻想など抜きにして結婚生活に入ったはず。基本的には、おたがいにとって便宜上の結婚だった。

「どうやら」洟をかむ音と、グスンという泣き声がやんだところで、エリオットは言った。「その男を死ぬほど愛していたようだな」

声に皮肉がまじるのを隠そうともしなかった。

「過去にね」長い沈黙ののちに、ヴァネッサは言った。「エリオット――」

「弁解を始めようなどとは、どうか思わないでくれ。いっさい必要ない。どうせ、嘘で固めたものになるに決まっている」

「嘘をつかなきゃいけないようなことは何もないわ。かつて彼を愛し、彼を失い、いまはあなたと結婚している。それですべてよ。わたしはけっして――」

「ぼくの家にそいつの肖像画を持ちこむことには抵抗がなかったわけか。それを見てこっそり泣くことにも」

「たしかに、荷物に入れて持ってきました。わたしの過去の大きな部分を占めていた人ですもの。わたしの一部だったの――いまもそうよ。あなたがこんなに早く帰ってらっしゃるなんて思わなかった。ノックもせずにわたしの部屋に入ってらっしゃるとも思わなかったし」

エリオットはまわれ右をすると、石のように冷たく彼女を見た。ヴァネッサは二人用のソファにすわったまま、彼のハンカチを手のなかでくしゃくしゃに丸めていた。顔が赤くまだらになっていた。心地よいながめではなかった。

「ノックする必要があるのかね？」エリオットは彼女に尋ねた。「自分の妻の部屋に入る前に」

いつもの癖で、ヴァネッサは質問に答えるかわりに、質問で返してきた。

「わたしがノックもせずにあなたの部屋に入ったら、不愉快に思うんじゃない？　とくに、わたしに見られたくないことを何かやっていた場合は」

「それはまったく問題が違う。もちろん、不愉快にはなるだろう」

「でも、わたしにはそれが許されないの？　ただの女にすぎないから？　妻にすぎないから？　身分の高い召使いみたいなものだから？　召使いだってプライバシーが必要なのよ」

いつのまにか、立場が逆転していた。彼女がエリオットを叱責している。おかげで、エリオットは守勢に立たされてしまった。

不意に気づいたのだが、この数日はセックスだけの日々だった。まさにそれが彼の意図だった。前々からわかっていたことに――しかも自分で望んでいたことに――いまここで気づいたからといって、それに腹を立ててもなんの意味もない。

こんな女に愛されることなど、もちろん、望んでいない。

だが、それでも……。

「今後はきみの望みを尊重するとしよう」エリオットは彼女に向かって正式なお辞儀をした。「この部屋はきみのプライベートな領域となる。ぼくが婚姻の権利を行使するためにここに入るときだけはべつとして。そして、その場合も、まずノックをするから、きみがぼくを部屋に入れたくないと思ったら、追い返してくれてかまわない」

ヴァネッサは首をかしげ、無言でしばらく彼を見つめた。

「男性の困ったところは、物事を議論するさいに冷静かつ理性的な態度がとれないことね。相手の言葉に耳を貸そうとしない。どなりちらし、感情を害し、断定的な言い方をする。これぐらい道理をわきまえない生き物もいないでしょうね。つねにどこかで残虐な戦争が起きているのも当然だわ」

「男が戦争をするのは」エリオットは歯ぎしりしながら言った。「愛する女のために平和な世界を作りたいからだ」

「まあ、くだらない！」

最初からこの女をちゃんと躾けておくべきだった——頭を低くさげ、こちらが意見を述べているときは沈黙を守り、何か尋ねられたときだけ〝はい〟か〝いいえ〟で答えるように。そうしておけば、こちらは舌戦にひきずりこまれることなく、威厳を保って悠然と部屋を出ていけただろうに。

しかし、相手はヴァネッサだ。ほかの貴婦人と同じような行動を期待してはならないことを、エリオットも悟りはじめていた。

しかも、こともあろうに、彼女と結婚してしまった。自分を責めるしかない。

「あなた方男性が愛する女性を喜ばせたいと、本気でお考えなら、腰をおろして話し相手になればいいのよ」

「話をそらそうとお考えのようですな。だが、そうはいきませんぞ。きみがぼくに与えることのできないもの、そして、ぼくがほしいとも思わないものを、こちらから要求するつもりはない——きみの愛を要求するつもりはない。だが、きみの忠誠は強く要求する。夫としての権利だ」

「忠誠でしたら、捧げていますとも。それから、そんなに顔をしかめなくても、出会ったばかりの相手と話をするときみたいに、バカ丁寧な口をお利きにならなくても、妻の忠誠心を手に入れることはできましてよ」

「亡くなった男と競いあうことはできないし、そのつもりもない。きみが彼を深く愛していたことも、彼の若すぎる死がきみにとって悲痛な打撃だったことも、ぼくは疑っていない。だが、いま、きみはぼくの妻だ。少なくとも人前に出たときは、献身的な妻としてふるまってほしい」

「人前でね」ヴァネッサは言った。「でも、人目のないところでは、献身を捧げる必要はないのね？　人目のないところでは、正直にふるまって、無関心なり、嫌悪なり、憎しみなり、とにかく、わたしが感じているものを正直に出していいのね？」

エリオットは激高して彼女をにらみつけた。

「弁明させてもらいたいんだけど」

「ぼくがきみのプライバシーを侵害して、ここに入りこんだときに、目にした光景について？　できれば、そんなものは聞きたくありませんな」

「クリスピン・デューが結婚したの」

エリオットは無言で彼女を見つめることしかできなかった。なんの関係もないところへ話が飛んだ？　それとも、妻の複雑怪奇な頭のなかでは、何か論理的なつながりがあるのだろうか。

「けさ、ケイトから聞いたの。レディ・デューがウォレン館に滞在しているあいだに、クリスピンから手紙が届いたんですって。彼の連隊がスペインに駐屯中で、そこで誰かと結婚したそうなの」

「で、きみの姉上が悲嘆に暮れているというわけだね。もっとも、その気持ちがぼくには理解できない。四年前に出ていったきり、ひとことの連絡もなかったのなら、それぐらいのことは姉上も覚悟しておくべきだったと思うが」

「覚悟はしてたでしょうね。でも、何かを覚悟するのと、それが現実になるのとは、まったくべつのことだわ」

エリオットは不意に、あることに思いあたった。

「すると、結局、姉上がぼくと結婚してもよかったわけだ」

「ええ」ヴァネッサはうなずいた。

ようやく、話のつながりが見えてきた。

「今日の午後、ぼくが出かけていたあいだに、きみはそれを知った。手紙の届くのが遅すぎたと悟った。生贄の子羊になる運命から逃れられたかもしれないのに」

「かわいそうなメグ」エリオットの非難の言葉を認めもせず、否定もしないまま、ヴァネッサは言った。「彼のことを心から愛してたのに。でも、結婚して戦地へ同行してほしいと彼に言われたとき、わたしたちを置いていくことはできないって、メグは言いはったの。わたしが姉のかわりをすると言っても、聞いてくれなかった」

「そのときはだめだったわけか。だが、今回、姉上には選択の余地がなかった。きみの計画を姉上が知る前に、きみがぼくに求婚してしまったからな」

「エリオット、たびたび話の邪魔をするのはやめてほしいんだけど」

「ほほう！」エリオットは片手で空気を切り裂くしぐさをした。「今度はきみが断定的な言い方をしようとし、理性的な議論を避けようとしている」

「説明しようとしてるだけよ」

エリオットはふたたび背中で手を組み、ヴァネッサのほうへわずかに身を傾けた。

「では、どうしても説明したいのならどうぞ。二度と邪魔しないことにする」

ヴァネッサは彼を見つめかえし、それからためいきをついた。さっきから両手でハンカチをねじりつづけていた。それをきっぱりと脇に置き、その横のクッションに表向きに置かれた肖像画に気づいて、裏返した。

「この人のことを忘れてしまいそうで不安だったの。忘れるほうがいいことはわかってたわ。いまはあなたと結婚していて、この人に捧げたものを今度はあなたに捧げなくてはならない。ひたむきな心と忠誠と献身を。でも、不安だったの、エリオット。一年間の結婚生活のなかで、この人がわたしの命だった。同じように、あなたにはもっと長いあいだ、わたしの命でいてほしいの。この人を忘れなきゃいけないけど、それは間違ってるような気がするの。忘れてしまうなんてあんまりだわ。こんなに愛されていいのかしらって思うぐらい、わたしのことを愛してくれた人ですもの。しかも、わずか二十三歳で亡くなった。わたしがこの人のことを忘れたら、愛も死んでしまう。わたしはいつも信じてきたの――この人生においても、永遠の人生においても、愛は不変のもの、けっして死なない唯一のものだって。わたしが泣いていたのは、この人を忘れなくてはならないから。でも、忘れたくないの」

亡くなった男と競いあうつもりはないと、エリオットは彼女に言った。しかし、結局は競いあうことになるようだ。そうだろう？　愛を持てと命じるのが無理なのと同じように、女に愛を捨てろと命じても、それは無理らしい。

「肖像画はウォレン館に持ち帰ります。いえ、それより、ランドル・パークへ送ったほうがいいわね。ヘドリーが亡くなったあとでレディ・デューがくださったものなの。お返しすれば、きっとお喜びになるわ。あなたと結婚する前に、お返しすることを思いつくべきだった。でも、考えもしなかったの。結婚の誓いは守ります、エリオット。そして、ヘドリーを思って泣くようなことは二度としません。彼のことは心の片隅にしまいこんで、忘れ去ってしまわないよう願うことにするわ」

結婚の誓い。夫を愛し、敬い、夫に従う。

エリオットは彼女の愛を求めてはいなかった。従ってほしいとも思わなかった。どっちみち、従うことはできそうもない女だ。残るは敬うことだけ。

個人的には、彼女がもっと多くのものを約束してくれた——安らぎ、喜び、そして、幸せを。そして、婚礼のあとの三日間、その三つをすべて与えてくれた。こちらは愚かにも、何も疑うことなく受けとった。

彼女のほうは単に約束を果たしていただけなのに。

彼女が愛の行為を楽しんでいたのは疑いようのないことだが、最初の夫が病弱だったせいで経験できなかった官能の喜びに浸っていたにすぎなかったのだと、エリオットはいまようやく気がついた。

大切なのは性の営みだけだったのだ。

ほかには何もなかったのだ。

彼のほうも同じだった。それが目的で、それを望んでいた。それ以上のものは望まなかった。

だったらなぜ、怒りがほぼ消え去ったあとに憂鬱の大きなかたまりが残り、心に重くのしかかってくるのだろう？

結婚の誓いの少なくともいくつかを、彼女は守っていくだろう。

ぼくのほうも守るだろう。

二人のあいだでヘドリー・デューの話が出ることは、今後二度とないだろう。彼女は心のなかのひそかな部分で彼を愛しつづけ、二番目の夫には妻の義務としての忠誠を捧げるだろう。

エリオットはふたたびお辞儀をした。

「そろそろ失礼するとしよう。片づけておきたい用事があるのでね。召使いたちと顔を合わせる前に、その顔を洗っておくよう提案させてもらっていいかな？　晩餐のときにお目にかかろう。それから、今夜遅く、きみの部屋を短時間だけ訪ね、そのあと自分の部屋に戻って眠ることにする」

「ああ、エリオット。あなたに説明しようとして、よけいごちゃごちゃしてしまったわね。たぶん、自分自身にもうまく説明できていないせいだわ。わたしにわかっているのは、あなたが思ってるようなこととはぜんぜん違っていて、それがうまく言葉にできないということなの」

「いつの日か、きみは本が書けるかもしれない。けばけばしい小説がお似合いだ。根拠のない情熱と感情と大言壮語がぎっしり詰まったものが」

エリオットはそう言うと、大股で部屋を横切った。ヴァネッサの化粧室に入って、背後のドアをしっかり閉め、それから自分自身の化粧室に入って、そこのドアも閉めた。

ふたたび怒りがこみあげていた。なぜだか、ヴァネッサにバカにされたような気分だった。あんな状態の彼女を目にした不快感を吐きだすことも、妻との結婚生活に対してこちらが何を求めているかを高圧的に述べることも、ヴァネッサは許してくれなかった。かわりに、ぼくは無数の言葉からなる迷路にひきずりこまれ、尊大な愚か者のような気分にさせられた。

それがぼくの本当の姿なのだろうか。

エリオットはひどいしかめっ面になった。

愛した男のことを思って妻が涙に暮れていたら、胸に抱きしめ、意味もない甘い慰めの言葉を耳もとでささやくべきなのだろうか？　自分以外の男のために？

死んでしまった男のために？

やれやれ！

この結婚、これからどうなっていくのだろう？

自分の寝室の窓からちらっと外を見て、三十分前より雨脚が強くなっているのに気がついた。木々の梢が風に揺れている。

いまの彼の気分にぴったりの天候のように思われた。

十分後、エリオットは若い元気な馬にまたがって、ふたたび廏をあとにした。

どこへ行くつもりだ？

考えていなかった。ヴァネッサと結婚生活から遠く離れた場所へ行きたかった。そして、繊細な美しい若者を描いたあのいまいましい肖像画から離れたかった。たとえ競いあうことができようとも、あの男と競いたいとは思わなかった。

こちらが甘い顔をすれば、ヴァネッサはおおっぴらにあの男を愛していくだろう。

あんな女、くたばるがいい。

ヘドリー・デューも。

自分が子供っぽい八つ当たりをしていることに気づいたエリオットは、馬をギャロップで疾走させ、前方に見えてきた生垣をまわるのではなく、そのまま飛び越してやろうと決めた。子供っぽくふるまうのなら、とことん無謀にやってやろう。

何もかも最低だった。

まず、顔がどうしてもふだんの状態に戻らなかった。冷たい水で軽く拭いても、クリームを塗っても、ますます目が腫れぼったくなり、頬の赤みがひどくなるように思われた。ついにあきらめて、軽快な足どりと明るい笑顔で邸内の探検に出かけた。もっとも、ヴァネッサを見ているのは、壁と絵画と大理石の胸像だけだったが。

エリオットが帰宅して客間に入ってきたのは、晩餐のために妻をダイニングルームへエスコートしなくてはならない時刻の少し前だった。二人は執事と給仕役の召使いの手前、まる一時間にわたって堅苦しい会話をかわした。そのあいだじゅう、ヴァネッサは一瞬たりとも自分の顔から微笑が消えていないことを確信していた。

食事がすむと、客間へ移って暖炉の左右の椅子にそれぞれ腰をおろし、読書にふけった。一時間半のあいだ、ヴァネッサは彼がページをめくる回数を数えた――全部で四回。そのたびに、彼女もハッとして自分の本のページをめくり、すわりなおし、目の前のページに楽しげな笑顔を向けた。

自分が手にしているのが説教集だったことにようやく気づいたのは、三十分もたってからだった。

笑顔をもう少し思慮深い感じに変えた。

同じその瞬間に、今日の午後、彼がノックもせずに寝室に入ってきたのはなぜだったのか、どうして予定より早く帰宅したのかが、急に気になった。もしかすると――。

しかし、彼のほうをちらっと見ると、本にむずかしい顔を向けているだけで、色恋にはまったく無縁の雰囲気だった。

ようやく就寝時刻がくると、エリオットはヴァネッサを化粧室のドアの前までエスコートし、彼女の手に向かってお辞儀をしてから、しばらくあとで寝室を訪ねてもかまわないかと訊いた――そう、本当に訊いたのだ！

彼が入ってきたとき、ヴァネッサはベッドに横たわり、仲直りするために何を言えばいいか、何をすればいいかを考えていた。しかし、笑顔を見せることしかできず、やがて、彼がロウソクを吹き消した。こんなことは初めてだった。

キスも前戯もなしで、あわただしく、むさぼるように、いきなり行為に入った。これまでの十三回の経験でつねに味わっていた喜びを迎える準備をしようとヴァネッサが思ったときには、すでに終わってしまっていた。

彼女に残されたのは、満たされぬ欲望の疼きだけだった。

終わるとすぐに、エリオットはベッドを出て、ガウンをはおり、化粧室を通って出ていった。

そして、ドアを閉める前にヴァネッサに礼を言った。

礼を言ったのだ。

決定的な侮辱のように思われた。

たしかに侮辱だった。すべてが。故意にやったことだろうと、ヴァネッサは思った。

この日の夕刻と今夜の彼の態度がヴァネッサに告げていた――きみにとって都合がよかったから、そして、子供がほしいから、ぼくの妻になることにしたのなら、きみの望むものを与えることができてぼくはじつに幸せだ、と。

男って、ほんとにバカなんだから。

いいえ、ひとくくりにするのは乱暴すぎるし、無数の罪なき男性にとって不当なことだというなら、いまの意見を修正することにしよう。

リンゲイト子爵エリオット・ウォレスがバカなのよ！

ただし、すべてわたしの責任。

向こうは気づいていないし、認めもしないだろうけど、彼は傷ついている。

しかし、傷を癒やすために何をすればいいのか、ヴァネッサにはわからなかった。とにかく、何かしなくては。式を挙げたわずか四日後にほかの男のことを思って泣くなんて、いくらなんでもひどすぎる
彼に約束したことをちゃんと実行しなくては。たとえ約束していなくても、そうするのがわたしの義務。

それに、ハネムーンの思い出が過去のものとなっていくことには我慢がならなかった。あんな甘いひとときは二度と味わえないだろう。あの三日間、ヴァネッサは幸せだったし、彼も幸せだったことをなんの迷いもなく確信していた。もっとも、たとえ拷問にかけられようと、彼がその特別な気持ちを認めることはけっしてないだろうが。

二人とも幸せだった。

過去形。

それを現在形に変え、未来にも明るい見通しをもたらすのが、このわたしの役目。
わたしたち二人のために。

16

仮面夫婦のような結婚生活に甘んじるのは、その気になればとても簡単なことだっただろう。ヴァネッサはほどなく、結婚——少なくとも貴族社会における結婚——の大半はこういうものではないかと思うようになった。見合い結婚がほとんどという階級においては、やはり、それが当然のことだろう。しかし、ヴァネッサは短期間ではあっても、異なるタイプの結婚生活を経験していたので、仮面夫婦のような生活には満足できなかった。

ロンドンに移ってからは、エリオットと顔を合わせる機会がほとんどなかった。朝食がすむと彼一人で出かけてしまい、午後の遅い時間まで帰ってこない。彼がたまに家にいるときは、母親と妹も一緒だ。

ヴァネッサが本当にエリオットと二人になれるのは夜だけだった。愛の行為という短い儀式をおこなう時間。〝愛の行為〟と呼べるならの話だが。彼はヴァネッサとのあいだに跡継ぎを作ろうとし、ヴァネッサは彼とすごす短いひとときを楽しもうとしていた。自分よりも彼の望みが叶えられることを、ヴァネッサは願っていた。エリオットはいつも、終わるとすぐ自分の部屋に帰っていった。帰るとき、いつも彼女に礼を言った。

妻への態度は礼儀正しかったが、ひどく冷淡なため、ある朝、エリオットが朝食の間を出ていったあとで、彼の母親がためいきをつきながら言った。

「エリオットだけは違っているよう、強く願っていたのに」

「違っている？」ヴァネッサは眉をあげて姑を見た。

「ウォレス家の男たちって、結婚前はみんな、とんでもない放蕩者なの。そして、結婚後はすばらしく品行方正になるのよ。少なくとも、外から見たかぎりでは。花嫁選びを慎重におこなって、結婚したら、妻を大切にするの。愛のために結婚することはけっしてない。愛などという感情を持つのは、男の威厳を損なうことだし、自分の自由がひどく束縛されることになる。一族の伝統を捨てるのは、男性にとってむずかしいことなのね。このような名家になるととくに。でも、エリオットなら打破してくれると思っていたの。母親って、たぶん、自分の息子は父親とは違うタイプになると信じたいのでしょうね。そして、もちろん、息子の幸せを必死に願うものなの」

聞いているのが辛かった。

「わたしもあの人を幸せにしたいと思っています」ヴァネッサはテーブルの向こうへ身を乗りだした。「不幸にしたのはわたしですもの。あの人のプライドを、もしくは、あの人にとって大切な何かを、わたしが傷つけてしまったんです。あの人、式を挙げた三日後に、わたしと一緒に水仙を摘んでくれたんですよ。腕いっぱいに抱えて、あたりが見えなくなるぐらいに。そして、寡婦の住居に戻ると、壺と花瓶に水を入れて、水仙を活けるのを手伝ってくれて、ひとつひとつの部屋に運び、ちょうどいい場所にちょうどいい角度で置いてくれました」

「エリオットがそんなことを?」先代子爵夫人は驚いた様子だった。

「そして、その翌日、わたしが泣いているところを、あの人が見てしまいました。わたし、亡くなった夫の肖像画を見て泣いてたんです。なぜかと言うと、三日間がとても幸せだったので、うしろめたくなり、前の夫のことを忘れてしまいそうで怖かったんです」

「まあ」姑は眉をひそめた。「エリオットにそのことを説明した?」

「しました。少なくとも、わたしとしては説明したつもりでした。自分自身にさえどう説明すればいいのか、よくわからないままに。だけど、やはり、理解してもらえませんでした。それでも、わたしはあの人を幸せにしたいと願っています。見ていてください」

ロンドンに到着した瞬間から始まった多忙な日々に黙って身を委ねていられれば、とても楽だっただろう。くる日もくる日も、することが山ほどあった――買物に出かける。図書館へ行く。姑と義妹と一緒に午後の訪問をする。バークレイ広場のマートン邸に到着した姉たちに会いにいく。屋敷に毎日のように届けられる招待状の束に目を通し、どれに顔を出すかを考える。もちろん、王妃さまへの拝謁を終えたあとのことだが。そして、その拝謁が頭から離れず、ヴァネッサは不安でならなかった。同じ日の夜にひらかれる予定の舞踏会も。セシリーのお披露目のためにひらかれる舞踏会だが、ある意味では、ヴァネッサのためであり、メグとケイトのためでもあった。

会うべき人々、覚えるべき顔と名前がたくさんあった。

その大部分が女性の仕事だった。貴族社会の紳士淑女はほとんどべつべつに暮らしていて、舞踏会やピクニックや音楽会といった社交行事のときだけ一緒になるのではないかと、ヴァネッサには思われた。社交界へのお披露目の舞踏会も、そうした行事のひとつなのだろう。新しい生活に身を委ね、毎日何をしているのやら彼女にはさっぱりわからないエリオットのことなど、頭から無視してもよかったはずだ。

しかし、彼がそばにいないと寂しかった。ハネムーンの三日のあいだ、二人でずいぶん話をした。いろいろなことを一緒にやった。何度も愛をかわした。それも充分に時間をかけて。一緒に眠った。

そのときでさえ、けっして理想的な関係とは言えなかった。彼のよそよそしさ、くつろいで単純に人生を楽しむことを拒む気持ちを、ヴァネッサは感じとっていた。彼が笑顔になることも、笑い声をあげることもないのに気づいていた。しかし、そのときはたまによそよそしい態度をとるにすぎなかった。彼にとってもたぶん、幸せなときだったのだろう。当人がその言葉を使うことはけっしてないにしても。

少なくともあのときは、さらに幸せになれそうな望みがあった。

いまの彼は幸せではなかった。とにかく、家にいるあいだは。

すべてわたしの責任だわ。

ならば、仮面夫婦の生活だけで満足し、忙しい日々に満足していればいいのかもしれない。しかし、ヴァネッサは満足できなかった。

拝謁の前日の朝、ヴァネッサは彼が化粧室を出ていく音を耳にした。とても早い時間だった。エリオットはいつも早起きをして、執務室でボーウェン氏としばらく仕事をし、そのあと夕方まで、何をしているのか知らないが、とにかく家を留守にする。ヴァネッサも一緒だが、二人だけで話をする機会はいっさいない。

ヴァネッサはナイトウェアを脱ぎながら、自分の化粧室に駆けこんだ。メイドを呼ぶのは省略した。冷たい水でさっと顔を洗い、淡いブルーの昼用のドレスを急いで着た。髪にブラシをかけ、等身大の鏡の前に立ち、ぞっとするほどひどい格好ではないことをたしかめてから、夫を追って一階におりた。

思ったとおり、エリオットは図書室のとなりの書斎にいた。ひらいた手紙を片手に持っていた。読んではいなかったが。ボーウェン氏と話をしていた。乗馬服にトップブーツという一分の隙もない装いで、ほれぼれするほどハンサムだった。

ヴァネッサがドアのところに姿を見せると、彼がふりむき、見るからに驚いた様子で眉をあげた。

「おや、マイ・ディア、けさは早起きだね」

エリオットは人前では彼女を〝マイ・ディア〟と呼ぶようになっていた。しらじらしくて笑いたくなる。

「眠れなかったの」ヴァネッサは微笑した。デスクの向こうで立ちあがったボーウェン氏に会釈をした。

「ぼくに何か用？」エリオットが訊いた。

「図書室か朝食の間まで一緒にきてくださらない？　お話ししたいことがあるの」

エリオットは頭を軽く下げた。

「この手紙の返事の口述はあとにするよ、ジョージ」エリオットはそう言うと、手のなかの手紙をふってみせてから、デスクに置いた。「とくに急ぐ必要もないからね」

エリオットはヴァネッサの肘を支え、となりの部屋へ連れていった。すでに暖炉に火が入り、楽しげに炎をあげている。

「いったいなんの用かな、ヴァネッサ」暖炉のそばの革椅子を指しながら訪ね、彼自身は暖炉に背を向けて火の前に立った。慇懃な態度だが、かすかな苛立ちがまじっていた。

ヴァネッサは腰をおろした。

「あなたとお話ししようと思ったの。二人で話す機会がほとんど持てなくなってしまったから」

エリオットはふたたび眉をあげた。「晩餐の席でも？」と訊いた。「あるいは、そのあとの客間でも？」

「お義母さまと妹さんがいつも一緒でしょ。わたしが言ってるのは、二人だけでってこと」

エリオットは彼女をじっと見た。「金がもっと必要なのかい？　それならいつでもジョージに頼めばいい。ぼくは締まり屋ではないからね」

「ええ、もちろんですとも」ヴァネッサは手をふって、金銭は必要ないことを示した。「二日前にいただいたお金も、ぜんぜん使ってないわ。あ、図書館の入会費はべつですけどね。お店をいくつか見てまわったけど、必要なものは何もなかったわ。意味もない贅沢をすることになるだけ。すでに、これまで持ったこともないほどたくさんのドレスを誂えていただいたし」

エリオットが黙って彼女を見おろすだけなので、ヴァネッサは自分がずいぶん不利な立場に置かれていることに気づいた――わざとなの？　こちらは椅子にすわらされ、向こうは立ったまま。そびえ立っている。

「お話があると言ったのは、お金のことじゃないのよ。わたしたちのことなの――結婚生活のこと。わたし、あなたを傷つけてしまったのね」

エリオットの目が冷たくなった。

「ぼくが思うに、きみにそこまでの力はないはずだ」

これこそヴァネッサの正しさを証明するものだ。傷ついた人間は反撃せずにいられなくなる――それも、さらに激しく。

「話というのがそれだけなら、ぼくはそろそろ――」

「もちろん、それだけじゃないわ。ねえ、エリオット、今後もこんなふうに結婚生活を続けていくつもり？　冷ややかで礼儀正しい赤の他人どうしみたいに？　ほんの数日前には、あなたはフィンチリー・パークの湖で水切り遊びをし、わたしは二人の乗ったボートをうまく漕げなくて円ばかり描き、そして、二人で水仙を摘んだ。あなたにはなんの意味もないことだったの？」

「あの日々は本格的な結婚生活が始まる前のゆったりした心地よい前奏曲にすぎなかったのに、まさか、それ以上のことを期待してたわけじゃないだろうね？」

「してたわ。当然でしょ。エリオット――」

「ほんとにもう行かないと。朝食の間までエスコートしてもいいかな？　たぶん、母上がすでにおりてきていることだろう」

エリオットは腕を差しだした。

「あの三日三晩――いえ、四晩――は、わたしの人生で最高にすばらしい日々だったわ」椅子の上で軽く身を乗りだし、彼に視線を据えて、ヴァネッサは言った。

彼が息を吸いこむのを見守ったが、向こうが何か言う前に、さらに話を進めた。

「わたしはヘドリーを愛していました。崇拝していたと言ってもいいぐらい。できるものなら、かわりに死んでもいいと思ったわ。でも、恋愛感情を持ったことはなかった。一度も――」ぎこちなく息を吸いこみ、目を閉じた。こんなことを口にしたのは初めてだった。考えることすら、自分に禁じてきた。「彼の前で興奮を覚えたことは一度もなかったわ。そんなふうに彼を求めたことは一度もないの。世界でいちばん大切な友達だった」

ぞっとする沈黙が広がった。

「でも、彼のほうはわたしに夢中だった」ヴァネッサは辛い思いで話を続けた。「理由はわたしの容貌じゃないわ、もちろん。きっと、わたしが陽気で、よく笑って、喜んで彼のそばにいる女だったからでしょうね。彼は病気が重くなり、衰弱していた。健康でたくましかったら、けっしてわたしを愛したりしなかったと思うの。ずっといい友達でいたでしょうけど。もっときれいな人と恋に落ちたでしょうね」

それでもエリオットが何も言わないので、ヴァネッサは彼を見あげるのをやめた。自分の手を見つめた。針を刺されたみたいに、手がピリピリしていた。

「あなたは大柄で、力強くて、健康だわ。わたしたちのあいだにあったことは……そうね……あんなに楽しかったのは生まれて初めてだった。ところが、そのあと、屋敷に戻って、クリスピンのことを聞かされ、メグがどんなに辛い思いをしているかを察し、そして午後からあなたが出かけてしまって、わたし一人が残され、雨が降ってて——でね、ヘドリーのことを思いだしたの。そして、ウォレン館を出るときトランクの隅に彼の肖像画を押しこんでおいたのを思いだして、とりに行ったの。彼のことを考え、早すぎる死を悼み、あちらはわたしに愛されてると思ってたけど、じつはそうじゃなかったことを申しわけなく思ったわ。彼とのときは本当に楽しんだことなんてなかったのに、あなたとは大きな喜びを感じたことに、うしろめたさを覚えた。つぎには、うしろめたさを覚えたこと自体がうしろめたくなった。だって、新婚の夫と楽しんだことをやましく思うなんて、あってはならないことですもの。そうでしょ？　楽しもうとするのが本当でしょ？　いやだわ、わたしったら、自分の気持ちをちゃんと説明したくてたまらないのに、また言葉が見つからなくなってしまった」

ヴァネッサは話を中断した――そして、彼が深く息を吸い、吐きだす音に耳を傾けた。

「ぼくはやたらと悲痛なセリフを聞かされるのが苦手なんだ、ヴァネッサ。きみがデューを愛していたが、恋愛感情は持っていなかったことを、ぼくに喜んでもらいたいのかい？　その二つは違うと解釈していいのかい？　婚礼のあとの三日間、きみがぼくに熱い欲望を感じ――その熱い欲望を満たされて――愛してはいたが恋愛感情を持ったことはなかった男のことを完全に忘れていたという事実に、二重の喜びを感じろと言うのかい？」

こんな言い方をされると、ヴァネッサの告白も軽薄な印象になってしまう。胸の思いを正直に打ち明けたのに、エリオットは受け止めてくれなかった。

ヴァネッサは視線をあげて彼を見た。向こうもじっと見つめかえしていた。

「まさか、ぼくに恋愛感情など持っていないだろうね？　そうでないよう願いたいが」

この瞬間、ヴァネッサは彼に憎しみを抱いた。

「ええ、もちろん。わたしがあなたと結婚したのは、姉と妹が社交界に入るさいに手助けをするためですもの。あなただって、わたしたち姉妹があなたに押しつけた問題を解決するためと、跡継ぎを作るために、わたしと結婚なさったわけでしょ。でも、いくら便宜上の結婚でも、不幸な結婚生活を送る必要はないわ、エリオット。あるいは、夫婦がめったに口を利かないとか、一緒にいても孤独な時間をすごすといった結婚生活も必要ないわ。この結婚を二人で実り多きものにしたいの。あなたがじっくり待てば、もっと美人で、あなたにふさわしい女性を選ぶことができたでしょうけど、待たないことに決めたのはあなたよ。メグに求婚にいらしたとき、かわりにこの身を差しだす以外、わたしに何ができたというの？」

エリオットは目を細めてヴァネッサを見た。

「おたがいに恋愛感情を持たないほうが、いいのかもしれないわね」ヴァネッサは言った。「恋愛感情があると、幸せになろうとする努力をやめてしまうかもしれない。恋につきものの幸せに酔ってしまい、友好的な関係を長く築こうとする努力を怠りがちになるかもしれない。でも、わたしたち、努力すれば、もう一度幸せになれるわ」

「もう一度？」エリオットは眉をあげた。「で、そのためには何をすればいいんだい、ヴァネッサ？　ことあるごとにぼくのほうから胸の内をさらけだすのを、きみが期待しているなら、がっかりすることになるだろう。そういうのは女にしかできないことだ」

「じゃ、まず、朝から晩まで毎日のようにあなたが家を空ける必要はないと思うの。わたしもそう。たまには、両方が楽しめることを一緒にやってもいいんじゃないかしら」

「たとえば、ベッドへ行くとか？」

ヴァネッサはまたしても頬が火照るのを感じたが、彼から目をそらそうとはしなかった。

「一度に五分より長く？　それはすてきでしょうね。でも、実り多き関係を築くには、それ以上のものが必要だわ。もちろん、明日の夜、舞踏会があるけど、社交行事のひとつにすぎないし、きっと、とてつもなくフォーマルな場になるでしょうね。でも、毎日、招待状が山のように届いてて、わたし、お義母さまと一緒に目を通してるのよ。二人で一緒に行けそうなものを、いくつか選んでみてもいいんじゃないかしら」

エリオットは頭を軽くさげた。もっとも、無言のままだったが。

「結婚生活になじんでいくのは簡単なことじゃないわ。しかも、男性のほうが苦労するでしょうね。女は人に従うことにも、他人の身を自分自身と同じように思いやることにも慣れている。男性はそうじゃないでしょ」

「すると、われわれは利己的なクソ野郎ってわけかい？」

ヴァネッサはひどい衝撃を受けた。こんな言葉が人の口から発せられるのを聞いたことがこれまでにあったかどうか、定かではなかった。

ゆっくりと笑みを浮かべた。

「思いあたる点がおありなら……」

一瞬、エリオットの目がきらめいた。ひょっとすると、おもしろがっているのかもしれない。

「大英博物館のタウンリー・コレクションを観たことはあるかい？」

「いいえ」

「古代世界から運ばれてきた古典的な彫刻のコレクションなんだ。貴婦人のなかには観にいくのを拒む者もいるし、たとえ女性が観たがっても、男性が連れていくのを拒む場合もある。衣服を着けていないため、衝撃的な裸体を目にすることとなる。だが、世界でもっとも偉大な文明のひとつを垣間見ることのできる、すばらしいコレクションだ。行ってみるかい？」

ヴァネッサは彼を凝視した。

「いま？」

彼女に視線を向けて、エリオットは言った。「まず朝食をとって、外出にふさわしい服に着替えたほうがいいだろうね」

ヴァネッサは急いで立ちあがった。

「何分で支度をすればいいかしら」

「一時間でどうかな？」エリオットは提案した。

「五十五分あれば大丈夫よ」ヴァネッサは約束し、彼に明るい笑顔を見せてから、向きを変えて急いで出ていき、階段を駆けあがった。

エリオットと一緒に外出できる！

タウンリー・コレクションを観に連れていってくれる。どういうものだか知らないけど。なんでもかまわなかった。エリオットが連れていってくれるのなら、泥だらけの野原をながめるだけでもかまわない――そして、そのながめを楽しむだろう。

自分の化粧室に入って足を止め、ベルを鳴らしてメイドを呼んだ。

恋愛感情があるのかと彼に訊かれた。そして、そうでないよう願いたいと言われた。

どうなの？

もしそうなら、ただでさえ大変な生活が、よけい不幸で厄介になりそうだ。

わたしは恋をしているの？　エリオットに？

その問いには答えられなかった。いや、答えたくなかった。

しかし、突然、喉の奥とまぶたの裏が涙でシクシクしてきた。

「郵便物を整理しておいた」エリオットが書斎に戻ると、ジョージ・ボーウェンが言った。「ご婦人方に目を通してもらう招待状はここにまとめてある。ぼく一人で処理できる手紙はこっちだ。きみの判断が必要なものはそちら。いちばん上に――」

「――あとでもいいだろう」手紙の束を、もしくは、秘書のほうを見もせずに、エリオットは言った。「昼までうちの奥方につきあうことになった」

短い沈黙があった。

「ほう、なるほど」ジョージは三番目の小さな束をおおげさな手つきでそろえながら言った。

「妻を連れて、大英博物館へタウンリー・コレクションを観にいくんだ」エリオットは言った。あとになって、つぎの言葉をつけくわえたことを後悔した。「二人で何か一緒にやりたいと妻が言うのでね」

「たまにそういう変わった奥さんがいるものだ」ジョージは羽根ペンの先端を削りながら言った。すぐに使う様子でもないのだが。「まあ、そんなふうに聞いたことがある」

「上へ行って着替えてこなくては」エリオットは言った。

「どうぞ」ジョージは批評家のような目でこの友を上から下まで見まわした。「ひとつ提案してもいいかな、エリオット」

エリオットはすでにドアのほうへ向かおうとしていた。ためいきをつき、軽くふりむいた。

「博物館にコレクションを観にいくのは、たぶん、きみの思いつきだろう。すばらしい案だと思う。だが、そのあとで、奥方を〈ガンターの店〉へ連れていくといい。おそらく、氷菓を食べたことは一度もないと思う。きっと喜ぶぞ。きみのロマンティックな心遣いだと思ってくれることだろう」

エリオットは完全に向きを変えて、ふたたび秘書と向かいあった。

「急にロマンティックな心遣いの専門家になったのかい、ジョージ？」と訊いた。

秘書は咳払いをした。

「専門家になる必要はない。レディが何を喜ぶかを知りたければ、じっと観察するだけでい い。きみの奥方を喜ばせるのは簡単だと思うよ。陽気な人だからな。陽気になる材料があまりないときでも」

「何か言いたいことがあるのかね、ジョージ？」不気味なほど静かな口調で、彼の雇い主は尋ねた。

「きみの困ったところは、ロマンティックな面がまったくないことだ、エリオット。好きな女性に対してこれまで何をしてきたかというと、ベッドに誘うだけだ。非難しているわけではないぞ。正直に白状すると、しばしば羨ましいと思ったものだ。だが、はっきり言って、レディはそれ以上のものを必要としている。少なくとも——いや、やめておこう。だが、女性はロマンティックな生き物だから、たまには女性が望むものを差しだすのがわれわれの義務と言っていいだろう――単なる愛人ではなく、正式に結ばれた相手であるなら」

エリオットは目を丸くしてジョージを見つめた。

「驚いたな！　秘書のふりをしてわが家に住みついていたのは、いったいどこの悪魔だったんだ？」

ジョージは申しわけなさそうな顔をするだけの礼儀を備えていたが、沈黙を通しはしなかった。

「どうしてもと言うなら、まず彫刻からだ、エリオット。きみの奥方は肝のすわった人だから、気付け薬は必要ないと思う。それどころか、楽しむことだろう。だが、そのあとで〈ガンターの店〉へ連れていくんだぞ、友よ」

「夏になってもいないのに？」エリオットは訊いた。

「たとえ一月でもかまわない」ジョージは断言した。「奥方が四日間も一人ぼっちにされたあとならとくに。ほかのレディたちはべつにしてだぞ、もちろん。それに、結婚してまだ一週間あまりしかたってないじゃないか」

「生意気なやつだな」エリオットは目を細めた。

「観察眼が鋭いだけだよ。上へ行って、朝食の前に着替えたほうがいい」

エリオットは部屋を出た。

階段をのぼって自分の部屋へ行くあいだ、エリオットは上機嫌とは言えない状態だった。

もっとも、この四日間ずっと上機嫌ではなかったのだが。とにかく、家にいるあいだはだめだった。クラブや、タッターソールの馬市場や、ジャクソンのボクシング・サロンへ出かけて友人知人に会い、政府や戦争や競馬のレースやボクシングの試合といった誰もが好きな話題で盛りあがっているときは、けっこう楽しかった。

ヴァネッサの口車に乗せられて結婚を決めたのは人生最大の過ちだったと、確信するようになっていた。

ただ、ヴァネッサがいなくても、誰かほかの女と結婚していたはずだ。そして、結婚相手がヴァネッサでも、姉のマーガレットでもなかった場合は、ハクスタブル家の三姉妹がいまも石臼のように重く彼の首にぶら下がっていたことだろう。

ヴァネッサはデューを愛していたが、恋愛感情はなかったという。いったいどういう意味なんだ？　デューとの性的な結びつきを楽しんだことはなかったようだが、夫は気の毒にも病が重かったため、妻に喜びを与えることができなかったのだろう。逆に、このぼくとはベッドでの行為を楽しんでいたようだ――だが、やがて、亡くなった夫のことを思いだし、悲しみと罪悪感というクモの巣にとらえられることになった。あまりに複雑な心理状態なので、解明することを考えただけで、エリオットは頭がクラクラしてきた。もっとも、解明してみる気などなかったが。

頭のなかがあんなに支離滅裂な女が、自分の妻のほかにいるだろうかと考えこみ、おそらくいないだろうと思った。

しかし、婚礼のあとに続いた三日と四晩を、妻は自分の人生で最高にすばらしい日々だと思ったようだ。

それには彼も少しばかり満足を覚えた。

ところで、これから一生のあいだ、結婚生活のなかで問題が生じたら、どんな小さなことも話題にするよう、妻はぼくに求めているのだろうか。死ぬまで、あらゆるものを夫婦で分析していくことになるのだろうか。

人生はどうしようもなく複雑になっていくのだろうか。

もちろん。結婚したのだから。そうだろう？　しかも、よりによってヴァネッサと。

そして、いま、〈ホワイツ〉で新聞を読んだり、誰かと雑談したりして、申し分なく好ましい午前中をすごすのをあきらめ、妻を連れて文化的体験を楽しみにいくことになった。しかも、そのあとに〈ガンターの店〉で氷菓。

といっても、どうしても連れていかなくてはならないわけではない。秘書ごときにこちらの行動をいちいち指図されるつもりはない。そうだろう？　妻をないがしろにしたと言って叱責されるつもりもない。

だが、ヴァネッサを〈ガンターの店〉へ連れていくのは、ロマンティックなことらしい。

やれやれ！

ヴァネッサは前に、ぼくに安らぎを与えると約束したのではなかったか。

これまでのところ、結婚生活は、彼が経験したことや夢に見たことのなかで、安らぎから遠くかけ離れていた。

ただし、最初の数日間がけっこう楽しかったことは、彼としても認めざるをえない。正直なところ、〝けっこう〟どころではなかった。

いずれにしろ、生涯この結婚を続けていくしかない。

うんざりするほど長いような気がした。

ベルを鳴らして従僕を呼んだ。

17

ヴァネッサは彫刻観賞を楽しんだ。裸体を目にしても平然としたまま、大部分がただの破片であることに落胆する様子もなく、ゆっくり時間をかけてひとつひとつの彫刻を観ていった。

「信じられないわ」途中で言った。「古代文明のなかで創りだされた作品を、この目でじっさいに見ているなんて。感動で息もできなくなりそう。でしょう?」

しかし、彼女がたえずしゃべりつづけているわけではないことに気がついて、エリオットは興味深く思った。ヴァネッサはコレクションを観るのに夢中だった。だが、やがて、批評家のような目でじっと展示品を観る合間に、彼女がちらちら自分のほうを見ていることに気づいた。なぜ気がついたかというと、彼のほうも彫刻を観るのと同じぐらい頻繁に彼女を見ていたからだ。なにしろ、ここには前にもきたことがある。

ヴァネッサはピンクのドレスを着ていた。まったく似合わない色のような気がするが、じっさいには、そうではなかった。繊細で女らしい雰囲気が生まれていた。顔もバラ色に染まり、つやつやしている。じつに愛らしく見える。

もちろん、着ているものはすべて最高の仕立てだし、やたらと派手なボンネットは最新流行のデザインだった。

彫刻に見入っている彼女の表情を目にして、エリオットは眉をあげた。

「どれも白か灰色でしょ」ヴァネッサは説明した。「これじゃまるで、古代ギリシャとその他の地中海の人々が青白い顔をしてたみたいに見えるわ。でも、現実の暮らしのなかでは、そんなことはなかったはずよ。そうでしょ？　もともとはみんな、あざやかな色に塗られてたんじゃないかしら。あなたのような感じだったはずよ。あなたのように浅黒い肌をしてたに違いないわ。ただし、強烈な太陽のもとで暮らしていたから、もっと黒かったでしょうね。ここで見るより、もっと美しかったはずよ」

これはお世辞？　もしかして、ぼくのことを〝美しい〟と言っている？

「古代ギリシャの人々の容貌を、あなたは受け継いでいる」博物館を出るときに、ヴァネッサは言った。「それが心の琴線に触れるのを感じない、エリオット？」

「心臓には線などついていないと思うが」

おずおずと冗談を言ったところ、にこやかな明るい微笑が返ってきて、エリオットはホッとした。

「だけど、そうだね。自分がギリシャ人の血を受け継いでいることは、つねに意識している」

「ギリシャへ行ったことはあるの？」

「小さなころに一度だけ。母がジェシカとぼくを連れて、祖父と無数の親戚を訪問したんだ。記憶に残っているのは、盛大な騒々しい一族の集まりと、まぶしい太陽と、濃紺の海と、母のそばから離れないよう言われたのに、言うことを聞かなかったためパルテノン神殿で迷子になってしまったことぐらいかな」

「また行きたいと思ったことはなかった？」手を貸して馬車に乗せてくれる彼に、ヴァネッサは尋ねた。

「あるよ。だけど、機会があっても実現しなかった。いまでは、父が亡くなったため、忙しすぎる日々を送っている。それに、ギリシャは目下、世界政治における火薬庫のようなものだ」

「でも、やっぱり行くべきだわ。向こうにはまだ親戚がいらっしゃるんでしょ？」

「多すぎて数えられない」

「二人で行きましょうよ。きっと二度目のハネムーンになるわ」

「ハネムーン？」この言葉を聞くたびに、エリオットはうんざりする。「二度目の？」

「寡婦の住居ですごした三日間みたいに。楽しかったでしょ？」

あれがハネムーン？

「ぼくには荘園の運営がある。それから、十七歳の少年の後見人になったばかりだ。その子が自分の義務をすべて果たせるようになるまで、多くのことを教えなくてはならない」

「それに、社交シーズンが始まるしね」グレート・ラッセル通りを走りはじめた馬車のなかで、ヴァネッサは言った。「そして、メグとケイトを社交界にデビューさせなくては」

「そう」エリオットは同意した。

「あなたは一刻も早く子供を作らなくてはならないし」

「そう」

エリオットは横目でちらっとヴァネッサを見た。彼女は前方に目を向け、笑みを浮かべていた。

「でも、その程度の口実では足りないわ」

「口実?」エリオットはふたたび眉をあげた。

「あちらにいる親戚の方たちも、どんどん年をとっていくでしょ。お祖父さまはご存命なの?」

「うん」

「人生はあっというまにすぎていくのよ。わたしだって、ついきのうまで少女だったような気がするのに、いまはもう二十代の半ばになっている。あなたのほうはもうじき三十歳」

「おたがい、耄碌してきたわけだ」

「知らないうちにそうなるわ。幸運にも長生きできればね。あらゆる瞬間を楽しみながら人生を送りたいものだわ」

「義務と責任はどうでもいいのかい?」

「ううん、そんなわけないでしょ。でも、ときには、義務の陰に身を潜めて暮らすほうが楽なこともある。自分の存在が周囲にとってぜったい必要とはかぎらないことを認め、人生に足を踏みだし、精一杯がんばって生きていくよりも」

「僭越ながら」エリオットはしかめっ面で言った。「きみは生まれてからずっとスロックブリッジとその界隈で人生を送ってきたんじゃないのかい？　ぼくに向かって、義務も慎重さもかなぐり捨ててギリシャ行きの船に飛び乗るよう助言する資格が、きみにあるだろうか」

「でも、いまのわたしはもうスロックブリッジの住人じゃないわ。姉と妹と弟とともに、まったく未知の世界だったウォレン館へ越すことにしたのよ。それから、あなたと結婚することにした。まったく未知の相手だったのに。明日は王妃さまに拝謁の予定。そのあと、セシリーの社交界デビューを祝う舞踏会に出席して、メグとケイトを貴族の方々に紹介する。そのあとも似たような行事がどっさり続く。怖いかって？　ええ、もちろん。そのすべてをこなさなくてはならない？　そりゃそうよ」

エリオットは唇をすぼめた。

「近いうちにギリシャへ出かけるのは無理なようだな」

「ええ、無理に決まってるわ」ヴァネッサは彼のほうを向き、まばゆい笑顔を見せた。「だって、義務があるし、わたしはこの新しい暮らしが永遠の完璧な自由を意味するわけじゃないことを、心に刻みつけておかなくてはいけないから。でもね、義務に押しつぶされないようにしてちょうだい、エリオット。お父さまが亡くなったあと、あなたはたぶん、つぶされかけてたでしょうけど。義務に縛られた人生にも喜びはあるものよ」

エリオットは不意に、彼女の最初の結婚生活もそうだったのではないかと思った。心の底から幸せではなかったが、無理に喜びを見いだしていたのでは？　気をつけないと、彼女と同じように、言葉の解釈をめぐって頭を悩ませることになるぞ。幸せと喜びの違いは何なんだ？

「そして、いつか」ヴァネッサが言った。「あなたが緊急の用件で自宅に縛りつけられることもなくなり、スティーヴンが自分のことは自分でやれるようになったら、二人でギリシャへ行って、あなたの一族の方々にお目にかかって、第二のハネムーンをしましょうよ。そのときまでに子供ができていたら、もちろん、一緒に連れていきましょう」

ヴァネッサは首をまわして彼を見た。急に赤くなった。たぶん、自分がいま何を言ったか、気がついたのだろう。もっとも、一週間あまり、毎晩のように彼と親密なひとときを持っているのに、なぜ赤くなる必要があるのか、彼にはわからなかったが。

「馬車が止まろうとしてる」エリオットの頭越しに窓の外をのぞいて、ヴァネッサは言った。「まだ家に着いていないのに」

「〈ガンターの店〉に着いたんだよ。ここで氷菓を食べていこう」

「氷菓？」ヴァネッサの目が丸くなった。

「一時間ものあいだ、博物館のなかを歩きまわって、冷たい大理石を目にし、古い塵を吸いこんだあとだから、何か軽く食べたいんじゃないかと思って。もっとも、きみは心から楽しんでいたようだが。そうだろう？」

「氷菓」彼の質問に返事もせずに、ヴァネッサはつぶやいた。「まだ一度も食べたことがないわ。すばらしくおいしいそうね」

「神々の飲む美酒《ネクタル》のごとく？」ヴァネッサに手を貸して歩道におろしながら、エリオットは言った。「たぶんね。自分の舌で判断してごらん」

人間は贅沢と特権を与えられると、すぐそれに慣れてしまうものだ――エリオットはそう思いながら、それから三十分のあいだ、妻が氷菓をおいしそうに食べるのを見ていた。ヴァネッサはスプーンで少しすくっては、口に入れて何秒かじっとして、それから呑みこんでいた。最初の二口か三口は、目を閉じさえしていた。

「すてきだわ。これ以上においしいものがほかにあって？」

「じっくり考えれば、これに負けないぐらいおいしいものは、たぶん十種類以上思いつくだろう。しかし、これ以上のもの？　だめだ、浮かんでこない」

「ねえ、エリオット」テーブル越しに彼のほうへ身を寄せて、ヴァネッサは言った。「すてきな午前中だったわ。わたしの言ったとおりでしょ？　一緒に何かをやるって、楽しいと思わない？」

楽しい？

しかし、〈ホワイツ〉に行ったらどんな午前中が待っていただろうと考えたとき、行きそびれたことを残念に思っていない自分に気がついた。それどころか、妻とすごした午前中はなかなか楽しかった。

〈ガンターの店〉を出ようとしたとき、ビートン卿にエスコートされて店に入ってきたレディ・ホートンとうら若い姪にばったり出会った。エリオットは貴婦人二人にお辞儀をし、ビートン卿に軽く会釈をした。

「まあ、レディ・ホートン」ヴァネッサが言った。「それから、ミス・フラクスリー。やはり氷菓を食べにいらしたの？　わたしたち、大英博物館へ出かけて古代の彫刻を観てきましたのよ。そして、いままでここにおりました。とっても気持ちのいい日だとお思いになりません？」

「まあ、レディ・リンゲイト」レディ・ホートンは笑顔で答えた。この人が笑顔になるのは珍しい。「ほんとにうららかな日ですこと。甥のビートン卿をご紹介したことはありましたかしら。こちら、レディ・リンゲイトよ、シリル」

ヴァネッサは膝を曲げて挨拶し、若き貴公子に明るい笑顔を見せた。

「お目にかかれて光栄です。夫のリンゲイト子爵にお会いになったことは？」そこで笑いだした。「もちろん、あるに決まってますわね」

「ロンドンじゅうの女性がこぞって喪に服しているところでしてよ、リンゲイト卿」レディ・ホートンが彼に言った。「それから、奥さま、今年の社交シーズン中は、あちこちから羨望の視線が飛んでくることを覚悟なさらなくては。結婚市場から、もっとも理想的な独身男性をさらっていらしたのですから」

ヴァネッサは笑った。

「うちの弟もロンドンにきていますのよ」ビートンのほうを見て言った。「マートン家の伯爵位を継いだばかりで、わずか十七歳なんです。年上の青年とお知りあいになれれば、弟はきっと大喜びだと思います」

「お目にかかるのを楽しみにしています、子爵夫人」ビートン卿はヴァネッサに向かってお辞儀をし、うれしそうな顔になった。

「明日の夜、モアランド邸の舞踏会に出席なさいます?」ヴァネッサは訊いた。「よろしければ、そこで弟に紹介させていただきます。みなさんでお越しくださるご予定かしら」

「何があろうと、かならずまいりますとも」レディ・ホートンが言い、そのあいだに、ビートンがふたたびお辞儀をした。「社交界の名士が一人残らず集まるでしょうから、レディ・リンゲイト」

数分後、二人で馬車に乗りこみ、家へ向かうあいだに、エリオットが言った。

「すでに何人も顔見知りができたようだね」

「あなたのお母さまがあちこちに連れてってくださるから。そのたびに、必死に名前を覚えようとしてるのよ。いつも簡単に覚えられるとはかぎらないけど、レディ・ホートンとミス・フラクスリーの名前は運よく思いだすことができたわ」

「だったら、べつにぼくがきみの相手をする必要もないんじゃないかな」

ヴァネッサが首をまわし、エリオットをじっと見た。

「あら、でもね、エリオット、あの人たちは顔見知りにすぎないのよ。あなたのお母さまと、セシリーと、メグと、ケイトと、スティーヴンだって、ただの家族にすぎない。あなたはわたしの夫。そこには違いがあるわ。すごく大きな違い」

「一緒にベッドに入るから？」エリオットは妻に訊いた。

「まあ、バカな人」ヴァネッサは言った。「そうね、それが理由だわ。だって、わたしたちの関係の親密さを象徴してるんですもの。完全な親密さを」

「なのに」エリオットは文句を言った。「ぼくがノックをせずにきみの寝室に入るのを、きみはいやがる。たとえぼくが相手でも、ある程度のプライバシーは必要だと主張した」

　ヴァネッサはためいきをついた。

「ええ、一見、矛盾しているように思えるでしょうね。でも、いいこと、二人の人間がいくら親密でも、ひとつになることはできないのよ。たとえできるとしても、望ましいこととは思えないわ。片方が死んだらどうなるの？　残されたほうは半分だけの存在になってしまう。そんなの悲惨よ。それぞれが一人の完全な人間でいなくては。だから、一人になって、自分自身と、そして自分自身の感情と向きあうための時間が必要なの。だけどそれにもかかわらず、夫婦関係というのは親密なものだし、その親密さは努力して育てていかなくてはならない。だって、すべての人間関係のなかで最高のものであるべきだから。人生最大の喜びを一緒に味わうチャンスがあるのに、二人がべつべつに生きていくなんて、とんでもない無駄だわ」

「その問題に関して、ずいぶん深く考えたようだね」

「考える時間がずいぶんあったから――」ヴァネッサは途中で言葉を濁した。「考える時間があったし、幸せな結婚がどういうものかを知ってるし」彼から顔をそむけ、窓の外をながめた。とても低い声になったので、ほとんど言葉が聞きとれないほどだった。「そして、それ以上に幸せな結婚があることもわかったし」

なぜこんな議論になってしまったんだろう？　妻と一緒にいると、なぜ知らないうちに議論になってしまうんだろう？

ひとつだけ、鮮明にわかってきたことがあった。結婚後も、独身でいたころと同じ気楽な生活を送ることは、妻が許してくれそうにない。

強引に夫を幸せにしようとしている。困ったものだ。

そして、楽しくさせようとしている。

この二つにいったいどういう違いがあるのか知らないが。

勘弁してくれ。

「エリオット」屋敷の前で馬車が止まると、ヴァネッサは言った。手袋に包まれた片手を彼の袖にかけた。「朝からつきあってくれて、ほんとにありがとう――博物館も、氷菓も。言葉にできないぐらい楽しかったわ」

エリオットは彼女の手を唇に持っていった。

「こっちこそ、ありがとう。一緒にきてくれて」

ヴァネッサの目が楽しげに輝いた。

「今日の午後は、なんでも好きなことをなさってね。わたしはメグとケイトにつきあって買物なの。セシリーも一緒なのよ。あなたを誘うのはやめておくわ。じゃ、このあとは晩餐のときね？」

「そうだな」エリオットは言った。衝動的に言葉が口を突いて出た。「早めに食事ができるよう、召使いに言っておいてもらえないかな。今夜、劇場へ出かけてはどうだろう？　ドルリー・レーンで〈十二夜〉をやってるんだ。ぼくの専用桟敷があるから、マートンと姉上と妹さんも誘ってみては？」

「まあ、エリオット！」彼女の顔があまりに楽しげに輝いたので、エリオットは一瞬、見とれてしまった。「そんなすてきなことって、ほかに何も思いつけないわ。姉たちまで誘ってくださるなんて、ほんとに優しい方ね」

エリオットは彼女の手を握りしめたままだったことに気づいた。御者が馬車の扉のそばに立ち、あけた扉を手で支えていた。すでにステップがおろしてある。御者は通りの先をまっすぐ見つめていたが、その唇にはかすかな笑みが浮かんでいた。

「では、早めの夕食に間にあうよう帰ってくる」ステップをおり、ヴァネッサをおろすために手を差しだしながら、エリオットは言った。

妻の笑みは温かく、幸せそうだった。

そして、ピンクのドレスを着た姿が本当に愛らしく見えた。

ほんの二カ月前には、スロックブリッジの村のパーティが最高に刺激的な出来事に思われた。ところが、いま——エリオットの桟敷席にみんなで腰をおろして、ヴァネッサは思った——自分たち姉妹と弟はロンドンのドルリー・レーンにある王立劇場にやってきて、シェイクスピアの芝居を観ようとしている。そして、明日は王妃さまに拝謁し、夜は盛大な舞踏会に出る。

しかも、これはほんの始まりにすぎない。

いまもときどき、目がさめたらランドル・パークのベッドにいるのではないか、と思うことがある。

劇場は、モスリンや絹やサテンや宝石で豪華に装ったまばゆいばかりの紳士淑女であふれていた。彼女も姉たちも現実にこの人々の仲間入りをしたのだ。ほかの人々と同じく、ヴァネッサも輝いていた。ホワイトゴールドのチェーンを首にかけ、びっくりするほど大粒のダイヤがきらめいていた。午後にエリオットが持ち帰り、劇場へ出かける直前に彼女の首にかけてくれたものだ。どちらを向いても、ダイヤが光を受けて輝いた。

「たとえお芝居がなくても」キャサリンがセシリーにささやいた。もっとも、みんなに声が聞こえていたが。「こんなすてきな夜は一生忘れられないと思うわ」

「ええ、ほんとね」セシリーは熱っぽく同意し、扇で顔をあおぎながら一階席を見おろしていた。

一階席は同伴者のいない独身男性がすわって、貴婦人たちの品定めをする場所だ。姑がヴァネッサに教えてくれた。まさにそのとおりだった。そして、彼女たち――というより、メグとケイトとセシリー――が、大きな注目の的になっていた。オペラグラスを使って彼女たちの姿をじっくり見ようとする紳士までいた。メグもケイトも新調のドレスを着ていて、色はどちらもブルー。ケイトのは淡く、メグのほうは濃い色だった。二人とも群を抜いて美しい。白いドレスのセシリーも同じく美しい。

ヴァネッサは横を向いて、となりにすわったエリオットに幸せそうに笑いかけた。

「みんなの注目を浴びることはわかってたわ」と言った。「あ、ケイトとメグとセシリーのことよ。三人とも、ほんとに美人ですもの」

ヴァネッサは片手に扇を持っていた。エリオットは反対の手をとって自分の袖の上に持っていった。そこに自分の手を重ねた。

「きみは違うの？」

ヴァネッサは笑った。

「違うに決まってるでしょ。それに、人妻だし、誰も関心を持ってくれないわ」

彼の眉があがった。

「きみの夫も？」と訊いた。

ヴァネッサはふたたび笑った。

「お世辞がほしかったんじゃないのよ。もちろん、あなたがお世辞を言いたいのなら……」

「唇と目に笑みを浮かべ、そのすてきな色合いの緑に身を包むと、きみはまるで春の精のようだ、ヴァネッサ」

「まあ、よくできました。さらに続けて、ここにいるほかの貴婦人もみんなそうだとおっしゃるつもり？」

「とんでもない。ほかには誰もいないよ。きみだけだ。そして、春はみんなの好きな季節。そうだろ？」

ヴァネッサは笑顔をかすかに曇らせ、一瞬、自分に与えられなかった美に対して、せつないまでの憧れを感じた。

「そうなの？」優しく言った。「どうして？」

「生命とエネルギーが復活するからだと思う。希望の復活。明るい未来への期待」

「まあ」

ヴァネッサは自分が声をあげたことも意識していなかった。いまのはお世辞？もちろんそうに決まってる。それとも、わたしがずっと夢に見てきたことを、彼がいま言ってくれたの？それとも、「いや、連れの三人に比べると、きみは美人とは言いがたい」と無遠慮に告げるのを避けるための巧みな方法を見つけただけのこと？

二人の視線がからみあい、彼が口をひらいてふたたび何か言おうとした。

「あっ、ねえねえ」不意にスティーヴンが言った。劇場に着いた瞬間から元気いっぱいで、声にまで元気があふれていた。「いとこのコンスタンティンがいる」

「どこ？」キャサリンとセシリーが同時に尋ねた。

スティーヴンは真向かいの桟敷席を指さした。ヴァネッサがそちらを見ると、なるほど、紳士淑女の一団にまじってコンスタンティン・ハクスタブルの姿があった。向こうもヴァネッサたちに気づいて笑顔になり、片手をあげて挨拶しながら、頭を横へ傾けて傍らの女性の言葉に聞き入っていた。女性もこちらの桟敷席を見ていた。

ヴァネッサは明るく微笑して、扇を持った手をふりかえした。

「じゃ、ロンドンにいらしてたのね」と、エリオットに言った。「こちらの社交界に受け入れられているの？」

「非嫡出子でも？　もちろんんだ。先代のマートン伯爵夫妻の息子で、それにふさわしく育てられた。あいつの名前にはなんの傷もついていない。ただ、長男としての特権を手にすることが法的に許されないというだけのことだ」

「お金はあるの？　少しは相続できたのかしら」

「父親から遺贈を受けている。莫大とまではいかないが、まあまあの額を」

「それを聞いてホッとしたわ。とても心配だったの。わたしたちがウォレン館に入って、あの方を自宅から追いだす結果になってからはとくに」

「コンはいつだって一人でちゃんとやっていける」視線と声の両方をこわばらせて、エリオットは言った。「あいつのことは心配しなくていい、ヴァネッサ。注意を向けすぎてもいけない」

「血のつながった身内なのよ」

「その関係は忘れてしまうのがいちばんだ」エリオットは断言した。「それから、やつのことも無視するのがいちばんだ」

ヴァネッサは眉をひそめて彼を見た。

「でも、ちゃんとした理由を言ってくれないかぎり、あなたが憎しみを持っているという理由だけで、あの方を無視するわけにはいかないわ。たぶん、ちゃんとした理由なんてないんでしょうね」

エリオットは冷酷な目をしたまま、眉をあげた。だが、まさにその瞬間、劇場全体が静まりかえった。芝居が始まろうとしている。

ヴァネッサは落ちこんでしまった。今宵の少なくとも一部が台無しにされたようで気が重かった。彼女の手はいまもエリオットの腕にかけられ、彼の手がいまもそこに重ねられていたが、どちらの手にも真の温かさはなかった。こうして手を触れあっているのは、愛情から自然とそうなったというより、夫婦の円満ぶりを周囲に示すためのものではないだろうかと、ヴァネッサは考えた。

マーガレットに目をやると、口もとに笑みをたたえて、早くも舞台に注意を向けていた。ロンドンに着いて以来、笑みを絶やしたことがほとんどない。笑顔の仮面を貼りつけたかのようだ。仮面の奥に何があるかは想像するしかなかった。個人的な会話をマーガレットは努めて避けていた。

そして、芝居が始まった。

そして、ほかのことはすべて忘れ去られた。

俳優たちと、演技と、芝居があるだけだった。

ヴァネッサは座席から身を乗りだした。周囲のことも、連れの人々のことも意識になかった。夫の腕にかけた手に力がこもったことにも、夫が舞台に目をやる合間にしきりと彼女のほうを見ていることにも、気づいていなかった。

椅子にもたれてためいきをついたのは、もっとあとになってから、幕間の休憩時間に入ってからだった。

「ああ、こんなにすばらしいものを、これまでの人生で観たことがあって？」

連れのうち四人までがそういう経験をしていないのは明らかだった。誰もが熱のこもった快活な声で夢中になって芝居の感想を述べあった。メグの微笑でさえ、本物のように思われた。

騒ぎに加わっていないエリオットのほうを向いて、ヴァネッサは言った。「あなたはきっと、こういうお芝居を無数に観ていて、飽きているのでしょうね」

「いい舞台なら、飽きることはない」

「じゃ、これはいい舞台なの？」

「そうだよ」エリオットは言った。「みんなから出た意見のすべてにぼくも賛成だ。よかったら、つぎの幕が始まる前にみんなで外へ出て、足を伸ばしてこようか」

外の廊下は混雑していて、人々が挨拶をかわし、芝居の感想を述べあっているため、騒がしかった。

エリオットが自分の連れを何人かの知りあいに紹介し、スティーヴンが何者なのかを知ったとたんに人々が好奇心もあらわに彼に挨拶するのを見て、ヴァネッサは満足を覚えた。こんなきらびやかな場所に出ても、この子は表情が明るくて、金髪がきれいで、ハンサムだわ——そう思うと、愛しさがこみあげてきた。しかも、若さに輝いている。かなりの女性が彼を見たあとで、もう一度、ときにはさらにもう一度、ちらちらと視線を送っている。

そのとき、人の群れのなかにコンスタンティンが姿を見せた。みんなにわざわざ挨拶しようとして、劇場の向こう側からまわってきたに違いない。桟敷席でとなりにすわっていた貴婦人に腕を貸していた。目をみはるような美女だったので、ヴァネッサは興味を覚えた。きらきら輝く金髪と、マーガレットにも劣らないスタイルをしている。

「ああ、いとこたち」声の届くところまで近づくと、コンスタンティンは言った。「いいところで会った」

誰もが歓声をあげた。もちろん、エリオットはべつで、こわばった表情で軽く頭をさげただけだった。

セシリーが喜びの声をあげ、コンスタンティンの空いたほうの腕をとって抱きついた。

「コン！ これってすてきじゃない？ 会えてすごく幸せ。明日の夜ひらかれるあたしのお披露目の舞踏会、忘れちゃだめよ。一緒に踊る約束なんだから」

「踊ってほしいとせがんだのは、たしか、ぼくのほうだったと思うよ、シシー。だが、ぼくのために一曲とっておくという約束は、かならず守ってもらうからね。舞踏会ではきっと、きみのまわりに若い男どもが群がるだろう。それから、ぼくのまたいとこ、キャサリンのまわりにも」

コンスタンティンはキャサリンに向かって笑いかけ、ウィンクまでした。

「レディ・リンゲイト、ミス・ハクスタブル、ミス・キャサリン・ハクスタブル、ミス・ウォレス、マートン」コンスタンティンはさらに続けた。「ブロムリー＝ヘイズ夫人を紹介させていただきたい。きみはこのレディとすでに面識があると思うが、エリオット」

男性たちが頭を下げ、女性たちが膝を曲げてお辞儀をし、丁重な挨拶の言葉がかわされた。

じゃ、この方、結婚してらっしゃるのね──ヴァネッサは思った。それとも、未亡人かしら。コンスタンティンと並ぶと、ひときわ美しいカップルだ。

「お祝いを申しあげますわ、マートン卿」貴婦人が言った。「このたび伯爵位をお継ぎになったことに。それから、リンゲイト卿ご夫妻のご結婚にもお祝いを申しあげます。みなさまがお幸せでありますように」

やや低めの音楽的な声をしていた。エリオットに笑顔を見せ、顔の前で物憂げに扇を揺らしていた。ヴァネッサは思った──こんな美人に生まれついたら、きっと、とても楽しいでしょうね。

「ところで」スティーヴンが言った。「こんなに印象的な芝居をごらんになったことがありますか」

雑談をかわすうちに、やがて、それぞれの桟敷席へ戻る時間になった。

エリオットがもう手をとってくれないことに、ヴァネッサは気がついた。目の表情が火打ち石のように硬く、顔がこわばっている。桟敷席のベルベットの肘掛けをゆっくりと指で叩いていた。

「どうすればよかったの？」おだやかな口調でヴァネッサは彼に尋ねた。「劇場の向こう側からわざわざ挨拶にきてくれた身内を無視しろと？」

エリオットは彼女に視線を向けた。

「非難の言葉など、ぼくはひとことも口にしていない」

「する必要もないわ」扇を広げて顔をあおぎながら、ヴァネッサは言った。「見るからにご機嫌斜めの様子ですもの。こちらが知らん顔をしたら、ブロムリー＝ヘイズ夫人がどうお思いになったかしら」

「知らないよ。ぼくはレディの心理に疎いからね」

「あの方、未亡人なの？」

「そうだ。だが、結婚している貴婦人が夫以外の紳士のエスコートで社交行事に顔を出しても、べつに非難すべきことではない」

「そうなの？　じゃ、わたしもどこかの親切な紳士とお近づきになったほうがいい？　そうすれば、あなたのほうも、わたしを博物館や〈ガンターの店〉や劇場やその他の場所へ連れていく面倒が省けるでしょ」

「面倒だなんて誰が言った？」エリオットは肘掛けから手を放してヴァネッサのほうを向いた。ふたたび彼女の手を自分の袖に持っていき、自分の手で軽く叩いた。「もしかしたら、ぼくを怒らせて口論に巻きこもうとしているのかい？」

「冷淡にあしらわれるより、いらいらされるほうがましだわ」ヴァネッサはそう言って、彼に微笑んだ。

「じゃ、ぼくにはその二つの表情しかないわけ？　哀れなヴァネッサ。そんな男にどうやって幸せを与えるつもりだ？　あるいは、安らぎを。いったい、どうやって喜ばせようというんだい？」

エリオットはまっすぐに彼女を見つめていて、その目には、寝室での彼を連想させる表情が浮かんでいた。まぶたが軽く伏せられていた。ヴァネッサはゾクッとする官能の疼きを感じた。ハネムーンが終わってからは、そのような疼きを感じても虚しいだけだったが。

「そうね、いろいろ工夫してみるわ」彼のほうへ軽く身を寄せて、ヴァネッサは言った。

「わたしって創意工夫の才に恵まれてるから」

「ほう」彼が低くつぶやき、その直後にふたたび芝居が始まった。

ヴァネッサは残りの芝居を楽しんだ。食い入るように舞台を見つめた。しかし、前半ほど夢中になれなかった。夫のほうにはただの一度も顔を向けなかったが、夫の指に手の甲を軽くなでられ、ときには指先まで愛撫されるのを強く意識していた。

彼とベッドに入りたくてたまらなかった。と言っても、ハネムーン以来、ベッドでの時間は始まってから終わるまでせいぜい五分ほどになってしまったが。
この人、こうして誘惑しようとしてるの？
ばかげた考えだった。いまさら妻を誘惑しようなんて思うわけないでしょ。
でも、これが誘惑じゃなかったら、どういうつもりでこんなことを？

18

従僕を下がらせたあと、エリオットは長いあいだ自分の寝室の窓辺に立ち、片手の指で窓枠を軽く叩きながら、外を見つめていた。夜警が広場を巡回中で、歩調に合わせてランタンが揺れている。やがて、夜警はほかの場所へ去っていき、あたりはふたたび闇に沈んだ。

あれはわざとだったのだろうかと、エリオットは考えこんだ。いかにもコンのやりそうなことだ。昔、エリオットがまだ無責任な若者だったころは、コンと一緒によくそういうことをやったものだった。あとで犠牲者の狼狽を思いだしては、二人で大笑いしたものだった。だが、悪意をむきだしにして、罪なき者にまで深刻な傷を負わせるようなまねをした覚えは一度もなかった。

ヴァネッサが知ったら傷つくだろうか。たぶん。

しかし、今夜、自分たちが劇場へ出かけることを、コンはどうして知ったのだろう？　朝の外出から戻ったとき、つい衝動的に提案するまで、エリオット自身も考えていなかったことなのに。

いや、コンだってはっきりわかっていたわけではないだろう。ただ、エリオットとヴァネッサが今後一週間ほどのうちに姿をあらわしそうな場所を、これまでの経験をもとに、いくつか推測したのだろう。エリオットたちがロンドンにきていることは、秘密でもなんでもない。今夜劇場に姿を見せなくても、いずれ、何かの社交行事に顔を出すに決まっている。

そう、わざとやったことだ。もちろんだ。疑いの余地があるだろうか。

だが、アナ・ブロムリー＝ヘイズも承知のうえで？　そちらのほうが問題だ。

しかし、アナが何も知らずにきたのなら、幕間にわざわざ自分たちのところまでやってきて、妻に紹介してもらったりするだろうか。何も知らなかったのなら、そんな辛い顔合わせは避けようとするのがふつうではないだろうか。

そう。アナも承知していたのだ。そんな卑劣なことをする女だとは思わなかったが、それを責める権利は彼にはない。アナを傷つけてしまったのは事実だから。相手の感情など無視して、事前のことわりもなく、結婚することを告げたのだから。

ああ、まずい、ヴァネッサの影響だろうか。あらゆることを分析し、人の感情を慮《おもんぱか》ろうという、自分のなかに芽生えたこの新しい傾向は。

とにかく、妻とかつての愛人が顔を合わせるだけでなく、紹介されるという事態になってしまった。エリオットにとっては、とてもばつが悪い瞬間だったし、まわりで見ていた多くの者にとっては、それと同じぐらい興味をそそられる瞬間だったに違いない。

コンはあらかじめすべてを見越していたのだ。そして、アナのほうも。

アナにとっては、趣味の良さや個人的な威厳を示すよりも、復讐のほうが重要だったのだろう。

アナは目もあやな美しさで、じつに魅惑的だった。コンのほうは魅力たっぷりで、その反面、人を小バカにした態度が目立っていた。エリオットにとってはおなじみのコンの性格だ。だが、いつの日か自分がコンの犠牲者の一人になろうとは、若いころは想像したこともなかった。

ヴァネッサが待っているに違いない――不意に現在に心を戻して、エリオットは思った。たぶん、寝ずに待っていることだろう。今夜妻のもとへ行く気がないのなら、あらかじめそう言っておくべきだった。

だが、本当に行く気がないのか？

今日はすなおに楽しめた――午前中も、夜も。ただし、若きマートンの声でみんなの注意が向かいの桟敷席にいるコンのほうへ向き、エリオットがそちらへ目をやり、コンだけでなく横にアナもすわっているのを見るまでのことだったが。彼女と目を合わせた瞬間、距離があるにもかかわらず、その目に浮かんだ挑戦の色が見てとれた。

そのときまでは、彼もけっこう楽しくすごしていた。何かわけのわからない理由から、妻と一緒にすごすのを楽しんでいた。妻には説明のつかない魅力があった。

一瞬、彼の指が窓枠をさらに激しく叩いた。

窓辺から離れて、自分の化粧室にゆっくり入っていった。ドアは閉めずに、ロウソクの光が入ってくるようにした。

本来ならば、このままヴァネッサの部屋まで行き、彼女が知りたがっていることを打ち明けるべきだろう。ヴァネッサは、彼女がコンと対立している理由を、彼女がコンを避けなくてはならない理由を、きちんと話してほしいと望んでいる。だったら、ありのままに話せばいい。コンは泥棒、そして、女癖が悪いのだと。実の弟の財産を盗んだ。弟はコンを無条件に信頼していたが、知的障害のために、裏切られていることがわからなかった。それから、コンは屋敷で働く召使いや近隣の女たちを誘惑した。まともな紳士ならけっしてしないことだ。

しかし、ヴァネッサにどう話せばいい？　母親にも妹にも話せなかったのに。ときたま、母たちのためにも話しておくべきだと頭では考えていたのだが。しかし、ジョナサンの後見人としての自分の体面を、どうして汚すことができるだろう？　守秘義務の放棄などということが、どうしてできるだろう？　しかも、明白な証拠は何もない。疑いを突きつけられたとき、コンは否定しなかったが、認めもしなかった。エリオットが詰め寄っても、片方の眉をあげてニッと笑い、失せろと言っただけだった。

疑念を抱いているだけの段階で、ある人物のことをほかの者の前で中傷することが、果たして許されるだろうか。いくらその疑念に充分な根拠があると確信していても。

それに、コンに悪事が働けるものかどうか、いまだに確信が持てなかった。昔から、どんないたずらでも、バカなまねでも、無茶でもやる男だった——それを言うなら、エリオットもつい最近までそうだった。しかし、悪事に走ったことは一度もなかった。

また、コンがエリオットをそこまで憎んでいて、憎しみをぶつけるためならヴァネッサを傷つけることも厭わないと思っているとは、どうにも信じられなかった。

妻の化粧室に通じるドアをあけた。寝室との境のドアが細めにあいていた。ドアが閉まっているときはノックしてほしいと、彼女が言ったとき以来、ここのドアは毎晩あけたままにしてある。その向こうにロウソクの光があった。

エリオットはドアまで行ってそこに立ち、前にノックもせずに入ったときのことを思いだした。しかし、今夜の彼女はベッドで眠っていた。

部屋を横切り、ベッドのそばに立って寝顔を見おろした。短い髪が乱れて、枕に広がっていた。唇がかすかにひらいている。一本だけ燃えているロウソクの光を受けて、頰がバラ色に染まっている。

細くて、まるで少女のようだ。身体にかけたシーツの上から見ると、胸の膨らみはほとんどわからない。腕と手はほっそりしている。

フッと気がゆるんだ瞬間、エリオットはアナのことを考え、ヴァネッサと比べていた。だが、不思議なことに、たいして苦労せずにその思いを払いのけることができた。

ヴァネッサには何かがある。美人ではない。可愛いとも言えない。十人並みだ。だが、何かがある……肉感的ではない。その反対語があるとしたら——すぐには思いだせないが——ヴァネッサはまさにそれだ。性的な魅力と呼べそうな点はひとつもない。

それなのに、どこか魅力的だ。

ヴァネッサがハネムーン（ぞっとする言葉！）と呼んだあの三日間、エリオットは絶えず彼女を求めた。それ以後も毎晩のように求めていた。行為そのものは短く冷ややかだったにしても。その理由は……。

理由はいったい何なんだ？　彼女がいまだに亡くなった夫を愛していて、自分が軽視されているように感じるから？　傷ついたから？　いや、そんなわけはない。妻を罰してやりたいから？　自分の人生にとって、彼女の役目はただひとつしかないことを、思い知らせてやりたいから？

自分はそんな料簡の狭い人間なのか？　そう思うと、いやな気がした。

いまこの瞬間、彼女がほしくてたまらなかった。じつは、一日じゅうそうだった。朝食の前に、ジョージの執務室のドアのところに彼女がいきなり姿を見せた瞬間からずっと。

なぜこんなに惹かれるんだ？

エリオットは指の関節を彼女の頰に押しあて、そっとなでた。

ヴァネッサが目をひらき、眠そうに彼を見あげ――そして、微笑した。

間違いなく、これが魅力のひとつだと、エリオットは思った。どんなときでも目に笑みを浮かべた人間を、彼はほかに知らなかった。その笑みがあらわしているのは……なんだろう？　温かさ？　幸せ？　両方？

ぼくの顔を見て喜んでいる？　この何日か、妻に対して寝室でとった態度は侮辱とほとんど変わらなかったというのに？

「眠ってたんじゃないのよ。目を休ませていただけ」ヴァネッサはそう言って笑った。

そう、この笑みも魅力的だ。心からの笑い。温かな笑い。こっちまで釣られて笑いたくなる。

世の中には、生まれながらに幸福な人間がいるものだ。ヴァネッサもその一人だ。そして、ぼくの妻だ。

エリオットはガウンのサッシュベルトをほどき、脱ぎ捨てた。その下には寝間着。フィンチリーでのあの午後、涙に暮れている彼女を目にしたときから、毎晩そうしている。いま、彼女が見ている前でそれを脱ぎ、床に落とした。

彼女の横に仰向けに横たわり、片方の腕で目を覆った。いい結婚などというものがあるのだろうか——自分に問いかけた。可能なことだろうか。いい結婚が幸福を意味しているなら、そんなことを期待する者は貴族社会には誰もいない。貴族階級の結婚は社会的な絆であり、ときには、経済的な絆でもある。性的な喜びと感情的な満足がほしければ、よそへ目を向ければいい。

父親はそうしていた。祖父も。

ヴァネッサが横向きになってこちらを見ていることに、エリオットは気がついた。今夜はロウソクを灯したままにしてある。

「エリオット」ヴァネッサがささやきかけた。「すてきな一日だったわ。今日のことはずっと忘れない。あなたのほうもそれほど退屈じゃなかったって言ってね」

エリオットは目を覆っていた腕をはずし、妻のほうへ顔を向けた。

「ぼくのことを何も楽しめないやつだと思ってるのかい？」

「ううん。でも、わたしと一緒にいて楽しいかしらって心配になるの。わたしって、ちっともきれいじゃないし、洗練されてないし——」

「美しいと言ってくれた男は、これまで一人もいなかった？」ヴァネッサが自分を貶める言葉をそれ以上思いつかないうちに、エリオットは尋ねた。

ヴァネッサはしばし黙りこんだ。

「あなたが言ってくれたわ」と言った。「バレンタインのパーティのときに」笑いだした。「でも、そのあとで、ほかのレディも一人残らず美しいって言ったのよね」

「きみ、春は好き？　春になると、ほかの季節にはない美しさで世界がいっぱいになると思わない？」

「ええ。大好きな季節よ」

「今夜、ぼくはきみのことを春の精のようだと言っただろ。まじめに言ったんだよ」

「ええ」ヴァネッサはためいきをついた。「とってもすてき。でも、義務としておっしゃってるんでしょ。夫ですもの」

「じゃ、きみは自分のことを醜い女だときめつけてるのか？　誰かからそんなふうに言われたことがあったのかい、ヴァネッサ？」

ふたたび、彼女は考えこんだ。

「ううん。そんなひどいことを言う人は、まわりには誰もいなかったわ。でも、父がよく、わたしのことをジェーンと呼ばなきゃって言ったものよ。おまえは父さんの大事な〝地味な娘《プレイン・ジェイン》〟だから、って。でも、あれは愛情から出た言葉だった」

「いまは亡きハクスタブル牧師に対して失礼かもしれないが、そのようなことを言う人は絞首刑にし、はらわたをくりぬき、八つ裂きにすべきだと思う」

「まあ、エリオットったら」ヴァネッサの目が丸くなった。「なんて恐ろしいことを言うの」

「ぼくがまだ独り身で、容貌だけを基準にしてきみたち姉妹のなかから一人を選ぶようにと言われたら、きみを選ぶことだろう」

ヴァネッサの目にふたたび笑いがあふれ、唇に微笑が浮かんだ。

「あなたはわたしの雄々しき騎士だわ。ありがとう、騎士さま」

「では、冷淡さと苛立ちがまじりあっただけの人間ではないんだね？」

笑いが続いた。

「人間はみんなそうだけど、あなたにもくらくらするほど多くの面があるのよ。だから、わたしがあなたのことを、単細胞だとか、二つか三つの面しかない人だとか言っても、耳を貸してはだめよ。おそらく何千もの面があるでしょうし、わたしも結婚生活のなかで、そのうち何百かを見つけだすつもりよ。でも、全部は無理。ほかの人を完璧に理解することはぜったいできないわ」

「自分のことなら理解できる？」

「それもだめ。自分の意外な一面に驚くことって、よくあるでしょ。でも、誰もが単純でわかりやすい人間だったら、人生は退屈だと思わない？　学んで、成長して、人生の新たな状況に適応していくこともできなくなるでしょ？」

「また哲学談義かい？」

「あなたに質問されれば、わたしはかならずお返事することにしてるの」

「きみなら、ぼくをいいほうへ変えていけるだろうな」

「わたしが？」ヴァネッサは戸惑いの表情でエリオットを見た。

「〝いろいろ工夫してみるわ。わたしって創意工夫の才に恵まれてるから〟」ヴァネッサが劇場で口にした言葉を、エリオットはそのまま引用した。

「まあ」ヴァネッサは笑った。「そう言えば、そんなことを言ったわね」

「さっきここで横になって、眠るんじゃなくて目を休ませてただけのとき、きみ、何か工夫してた？　創意工夫の才を発揮しようとしてた？」

ヴァネッサは低く笑った。

「していなかったのなら、ぼくは今宵の残りを冷淡さと苛立ちのなかですごす運命になるだろう。ここに横になり、眠れるかどうかやってみる」

エリオットは目を閉じた。

ふたたび彼女が低く笑うのが聞こえ、そのあとに沈黙が続いた——やがて、マットレスが揺れたと思ったら、ナイトウェアを脱ぐ紛れもなき衣擦れの音が聞こえてきた。この数晩は、エリオットと同じく、彼女もナイトウェアを着たままだったのに。

エリオットはたちまち硬くなった。じっと横たわったまま、眠っているように見せかけた。しばらくすると、胸に彼女の手を感じた。指で円を描きながら、肩まであがったかと思うと、へそのところまでさがり、愛撫が続いた。

しかし、片手を使うだけでは、ヴァネッサは満足しなかった。彼の脇に膝を突くと、身を乗りだし、両手を使って愛撫を始めた。そして、つぎには、爪、唇、吐く息、歯を使って。

エリオットは目を閉じたまま、呼吸を乱さないよう神経を集中させた。やはり、こんなに巧みな女だったのだ。

ヴァネッサは彼の耳に熱い息を吹きこんでから、耳たぶの裏をなめ、つぎに口に含んで吸い、歯で軽く嚙んだ。

硬くなった彼のものを両手で包みこむと、羽根のように軽く触れ、なで、握りしめた。親指の腹でそっと先端に触れた。

エリオットがじっと横になっているには、意志の力のすべてが必要だった。えも言われぬ愛撫だった。まさに魔法だった。

やがて、ヴァネッサは彼にまたがった。腿が彼のヒップをはさみ、小さな乳房が彼の胸をなで、指が彼の髪にからみつき、唇が彼の目に、こめかみに、頰に触れ、最後に彼の唇にたどり着いた。

エリオットはここで初めて目をあけた。

ヴァネッサ自身の目は涙できらめいていた。

「エリオット」と彼女がささやくなかで、舌が彼の唇をなめ、口のなかにすべりこんできた。

「エリオット」

そこで、エリオットは彼女のヒップをつかむと、入口を見つけ、彼女が腰を沈めようとするのと同時に、彼のほうからも強くひきよせた。

ヴァネッサが高く鋭い叫びをあげ、そのあとに両方からの熱く激しい動きが続いて、それが一定のリズムに変わる前に二人とも情熱の限界を超えてしまった。

ヴァネッサが泣きじゃくっていた――彼自身の疼きが収まり、心臓が耳のなかで雷鳴のごとく轟くのをやめたあとで、エリオットはそのことに気づいた。ヴァネッサは膝で彼の腰をはさみ、手を彼の髪にからめたまま、肩にもたれて泣いていた。

最初、エリオットは驚愕し、怒りさえ覚えた。なぜなら、彼女のリードで進められた（途中までだが）いまの愛の行為は、最初の夫とのときと同じものだったに違いないから。病気で衰弱していた夫には、妻との行為はほとんど無理だっただろう。死期が迫っていた愛しい夫のために、彼女はいまのような絶妙な技巧を身につけたのだろう。

ただし、そこには恋愛感情はなかった。性への欲望もなかった。夫を愛しているから喜ばせたかっただけなのだ。

繊細な意味の違いが、エリオットにもなんとなくわかるような気がしてきた。

リンゲイト子爵夫人ヴァネッサ・ウォレスに愛されるのは、なんという至福だろう。

彼の妻。

怒りは消えた。涙の本当の意味を知ったからだ。二人がひとつになって喜びを与え、与えられることで、前戯に注ぎこんだ彼女の努力のすべてが報われたのだ。いくら彼女が巧みに愛撫を重ねてもあとの行為へ移ることができなかった夫への哀れみが、その涙にいくらかまじっていたとしても、こちらが気を悪くするのは、心の狭いことと言うべきだろう。

ヘドリー・デューは亡くなったのだ。気の毒に。

エリオット・ウォレスは生きている。

片足でシーツをつまみ、ひっぱりあげて二人の身体を覆った。シーツの端でヴァネッサの涙を拭ってやった。

「エリオット、泣いたりしてごめんなさい。どうか許して。あなたが思ってるようなことじゃないのよ」

「わかってる」

「あなたが……ああ、あなたがほんとに魅惑的だから」

魅惑的？　おやまあ。

エリオットは肩に押しつけられた彼女の顔を持ちあげ、両手ではさんだ。彼女が鼻をグスンと言わせて笑った。

「ひどい顔でしょ」

「ヴァネッサ、よく聞いてくれ。そして、どうかぼくの言葉を信じてほしい。いや、命令だ。かならず従ってほしい。きみは美しい。今後はぜったいそれに疑いを持たないでもらいたい」

「まあ、エリオット」ヴァネッサはもう一度鼻をグスンと言わせた。「なんてすてきなことを言ってくれるの。でも、そこまで言ってくれる必要は――」

エリオットは親指の腹で彼女の唇をふさいだ。

「誰かがきみに真実を告げなきゃならない。だったら、夫の口から告げてもいいではないか。きみは自分の美しさを隠していた。人目につかないようにしていたから、その美しさに気づくのは、じっくり時間をかけてきみの微笑を受け止め、目の奥深くを見つめる者たちだけだった。その時間さえかければ、誰だってきみの秘密を探りあてるだろう。きみは本当に美しい」

まあ、どこからそんな言葉が出てくるの？　この人が本気で信じているはずはない。そうでしょ？

ヴァネッサの目にふたたび涙があふれた。

「優しい人ね。いまようやくわかったわ。あなたは冷淡だし、すぐに苛立つ人だけど、優しくもなれる。ほんとに複雑な人。とってもうれしい」

「ついでに、魅惑的だろ？」

ヴァネッサは笑いだし、しゃっくりをした。

「ええ、そうね」

エリオットは彼女の頭をふたたび肩のところにひきよせ、つぎに、彼の膝をはさんでいた脚をまっすぐに伸ばしてやった。毛布をつかみ、自分たちの身体を温かく包みこんだ。

ヴァネッサは大きな満足の吐息をついた。

「今夜はきてくれないと思ってたの。明日のことを不安に思いながら、いつのまにか寝てしまったんだわ」

明日? あ、そうか、王妃への拝謁。人生でもっとも重要な日のひとつ。そして、夜はいまいましい舞踏会。

「すべてうまくいくよ」エリオットは請けあった。「それに、きみ、目を休めてただけじゃなかったのかい?」

「ウフッ、疲れてくたくたよ」

ヴァネッサは大きなあくびをして、たちまち眠りに落ちた。

身体はひとつになったままだった。

少しも重くなかった。温かで、石鹸とセックスの匂いが心地よかった。

美しい?

ほんとに美しい?

エリオットは目を閉じて、初対面のときの彼女の姿を思いだそうとした。バレンタインのパーティの席で、みっともない藤色のドレスを着て、友達と一緒に立っていた。

美しい?

だが、やがて、彼のリードでダンスフロアへ出ていって、音楽が始まったとたん、彼女が微笑し、楽しげに顔を輝かせたことを思いだした。そして、彼女だけでなくすべての女性がうっとりするほど美しいと、くだらない冗談を言ったときには、頭をのけぞらせて大笑いした。お世辞が自分だけに向けられたものではなくても、気を悪くした様子はまったくなかった。

そして、いま、裸で彼の腕に包まれ、安心しきって眠っている。

美しい？

たしかに、どこか魅力がある。

エリオットも彼女のあとから眠りに落ちた。

ヴァネッサは既婚女性で、社交界にデビューする若い令嬢ではないので、無理に白を着る必要はなかった。そのほうがよかった。装いのなかに色彩がまったくなかったら、ひどく地味な印象になっていただろう。

自然なウエストラインから広がって巨大なフープに支えられたサテンのスカートは、淡いアイスブルーだった。胸衣も同じ色。ただし、銀糸で豪華な刺繍がしてあるので、光を反射してキラキラ光っている。スカートにレースが重ねられ、左右に広がってそのあいだからスカートがのぞいている。レースの色は少し濃いブルーだった。長い裳裾も、頭に巻いた銀糸の刺繍入りのリボンから背後へ流れ落ちる飾りも同じ色。淡いブルーと銀色の羽根が頭の上で揺れていた。銀色の長い手袋は肘の上まできていた。

「まあ」メイドが着付けを終えたとき、ヴァネッサは化粧室の姿見に映った自分を見てつぶやいた。「わたし、ほんとにきれいなんだわ。エリオットの言ったとおりね」

うれしくて笑いだした。最高に美しい姿だと、心の底から思えたからだ。いつもこういう装いでいられればいいのに。あと五十年早く生まれてくればよかった。でも、それだとエリオットの祖母の年代になってしまう。それは困る。

「きれいに決まってるじゃない」キャサリンが歓声をあげ、前に出てヴァネッサを抱きしめた。ただし、衣装を押しつぶしたりしないよう、とても用心深く。「王妃さまのお好みに合わせてこういう古めかしい衣装を着けなきゃいけないことを、嘲笑ってる人がたくさんいるけど、わたしはそんなの気にしない。すごく豪華よ。毎日こういうのが着られればいいのにね」

「わたしもちょうど同じことを考えてたの」ヴァネッサは言った。

しかし、マーガレットはヴァネッサがつぶやいた言葉のべつの部分を耳に留めていた。

「リンゲイト子爵がきれいだって言ってくれたの?」

「ええ、ゆうべ」左の手袋の縫い目をまっすぐに直しながら、ヴァネッサは白状した。「バカな人」

「とても鋭い人なんだわ」しみじみとした口調で、マーガレットは言った。「すべてうまくいってるのね、ネシー」

ヴァネッサは心配そうな姉の目に向かって微笑した。ゆうべの彼は本当にバカだった。なぜあんなことを言ってくれたのか、ヴァネッサにはわからない。でもとにかく、そのおかげでけさの彼女は幸福で輝いていた。自分のことをきれいだと思うようにと、彼に命令された。そして、ヴァネッサは結婚式のとき、つねに夫に従うことを誓った。

バカな人！

けさ目がさめてみると、眠りこんだときと同じ格好だった。温かく心地よく感じながら彼に覆いかぶさり、彼の腕に包みこまれ、彼の肩に頰をすりよせていた。そして、彼がまだヴァネッサのなかにいた。長さと硬さをとりもどしていた。そして、ヴァネッサが目をさましたのに気づくと、身体を離すことなく仰向けに寝かせ、すばやく愛をかわし、それから自分の部屋に戻っていった。

珍しくも、立ち去るさいに礼を言わなかった。ヴァネッサにとって、とてもうれしいことだった。

それ以来、彼とは顔を合わせていない。朝食はメイドがベッドに運んできた。彼がそのように指示したのだろう。そして、以後は化粧室にこもりきりで、興奮と恐ろしい不安のあいだで気分が揺れ動いていた。エリオットの母親とセシリーが化粧室に何度も出入りして、メイドがやっている着付けの進み具合を見守っていた。メグとケイトが宮殿へ向かうヴァネッサを見送るためにやってきた。スティーヴンもきていた。階下のエリオットのところにいた。この二人も宮殿へ行くことになっている。皇太子の接見の席で、エリオットがスティーヴンを紹介するのだ。

「ケイトの言ったとおりだわ」マーガレットが言った。「ほんとにきれいよ、ネシー。衣装だけじゃないわ。あなたの顔の輝きがリンゲイト卿のおかげなら、あなたが彼に求婚したことは許してあげる」

「なんですって？」キャサリンがびっくりした目で姉を見た。

「子爵がメグに結婚を申しこむためにやってくることは、二人ともわかってたの」ヴァネッサがあわてて説明した。「メグにはそんな気はなかった。わたしにはあった。そこで、彼がメグに求婚する前に、わたしから彼に求婚したのよ」

「まあ、ネシーったら！」ケイトの目に笑いがあふれた。「よくもそんな大胆なことができたわね。でも、メグお姉さま、どうしてリンゲイト卿と結婚しようと思わなかったの？　魅力的な点がいっぱいある人だし、おまけに、まぶしいぐらいハンサム。もうしばらくスティーヴンとわたしの世話をしなきゃって思ったの？」

「結婚する気になれないの」マーガレットはきっぱりと言った。「誰とも」

その瞬間、エリオットの母親とセシリーがまたしても顔を出したため、姉妹の話は中断された。セシリーが歓声をあげた。母親は満足そうにヴァネッサを見てうなずいた。

「きっと立派にこなせますよ、ヴァネッサ。色もぴったりだったわね。若々しく繊細に見えるし、とっても愛らしいわ」

「きれいでしょ」キャサリンが愛情あふれる笑顔で言った。「みんなの意見が一致したんですよ。ヴァネッサはきれいだって」

「わたしもその意見に全面的に賛成です」ヴァネッサは笑いながら言った。「王妃さまの御前に出たとき、羽根飾りを目のところに垂らさず、頭の上に静止させておくことができれば、そして、裳裾を踏んでころんだりしなければ、わたしとしては大満足です」

「お母さまもすばらしくおきれいですわ」マーガレットが礼儀正しく、そして、きわめて正直に言った。

ヴァネッサの姑はワインレッドの衣装だった。いかにも地中海人種らしい浅黒い肌にぴったりの色合いだ。この午前中、ヴァネッサの後見役を務めることになっている。

「ええ、本当に、お義母さま」ヴァネッサは温かな笑みを浮かべた。

出かける時刻になった。人生でもっとも重大な行事に遅刻しては大変だ。階段をおりるさいに、ほかの人々はいったん足を止め、ヴァネッサを真っ先におりていかせた。階段をおりはじめたとたん、ヴァネッサはその理由を知った。エリオットとスティーヴンが廊下に立ち、階段を見あげていた。

「わあ、ネシー」目に賞賛の色を浮かべて、スティーヴンが言った。「ほんとにネシーなの?」

ヴァネッサもスティーヴンに同じことを言いたかった。上等な仕立ての濃い緑色の上着に、金糸で刺繍されたベスト、そして、鈍い金色の膝丈のズボンという装いだった。麻のシャツはまぶしい白さ。これまで以上に背が高く、ほっそりした印象だ。髪はきれいになでつけてあるが、早くも反撃にとりかかりそうな気配だ。無理に抑えつけた興奮で、目に熱い炎が燃えている。

しかし、じつのところ、ヴァネッサの注意は弟のほうにはあまり向いていなかった。エリオットも宮廷に伺候するための装いに身を包んでいたからだ。

彼がヴァネッサの宮廷服を見るのはいまが初めてだった。しかし、衣装のデザインは彼女の口からすでに説明してあった。色も教えてあった。今日のエリオットは淡いブルーの上着に銀色の膝丈のズボン、そして、濃いブルーに銀糸で刺繍をしたベストという装いだった。麻のシャツはスティーヴンに劣らず真っ白だ。

彼が身につけている淡い色合いがギリシャ人ふうの容貌に映えて、息を呑むほどすばらしかった。

宮廷へ一緒に参上できなくて残念だと、ヴァネッサは思った。でも、そのほうがいいのかもしれない。彼から無理に目を離してわたしをちらっとでも見ることのできる人が、どこにいるというの?

エリオットが階段の下までやってきて、ヴァネッサに片手を差しだした。ヴァネッサはそこに自分の手を置き、笑いだした。

「わたしたちを見て。二人とも豪華絢爛だと思わない?」

エリオットは彼女の手の上に身をかがめると、その手を唇へ持っていき、真正面から彼女の目を見つめた。

「たぶんそうだと思う。しかし、わが奥方、きみは美しい」

彼が何度もこう言いつづけたら——バカな人——つい信じてしまいそう。

「わたしもそう思うわ」ヴァネッサは彼に向かって目をパチパチさせてみせた。

やがて、一行は出発した。もっとも、貴婦人二人と衣装のすべてを馬車に押しこむのに、途方もなく長い時間がかかったが。

「よく考えてみると」マーガレットとキャサリンとセシリーに手をふったあとで、ヴァネッサは言った。「やっぱり、生まれてきたのがこの時代でよかったわ。こういう衣装を日常的に着ていた時代だったら大変」

「ぼくもよかったと思う」スティーヴンと並んですわっている向かいの座席から、目を軽く伏せて、エリオットが言った。

彼に笑みを返しながら、〝いついつまでも幸せに〟という日々がようやく始まったのかしら、とヴァネッサは考えた。そんな人生があることを本気で信じているわけではなかった。でも、幸せな結婚生活を送ることはできるのでは？　夫に恋をすることはあるのかしら。ええ、もちろん。だって、現実にそうなってるもの。自分に対してそれを否定することはもうできない。でも、この人を愛していると言える？

もっと大事なことがある。この人に愛してもらえるときが、いつかくるの？　少なくとも愛情に近い感情を抱いてくれることは？

すでにそんな感情が芽生えているのでは？

この午前中は、どんな願いでも叶いそうな気がした。王妃さまの前でとんでもない失敗をせずにすみますように、という願いまでも。

そう——この午前中は、いついつまでも幸せに暮らすことさえ可能に思われた。望ましいとすら思われた。

馬車の外では、青い空に太陽が輝いていた。地平線に雲がいくつかあったが、ずいぶん遠くなので、心配する必要はなかった。すぐにも雨を運んできて午前中を台無しにするようなことはないだろう。

19

ヴァネッサの拝謁はすべて順調に運んだ。人前で恥をかくことはなかった。膝を曲げてお辞儀をしたときもバランスを崩さずにすんだし、フープで広がったスカートに上体が埋もれてしまうこともなかった。そして、一度も裳裾につまずくことなく王妃さまの御前からさがることができた。

ときおり、王妃さまのほうを見て、これがすべて現実であることを自分に納得させるために頬をつねりたくなった。わたしはいま、イングランドの王妃さまと同じ部屋にいる。御前に出ると、王妃さまはじっさいにヴァネッサをごらんになり、お言葉をかけてくださった――あとになって考えると、王妃さまがなんと仰せられたのか、ヴァネッサにはどうしても思いだせなかったが。

試練のひとときが終わったときはホッとした。たとえ百歳まで長生きするとしても、けっして忘れるはずのない出来事であった。

その一方で、スティーヴンは皇太子殿下に拝謁を賜り、数分にわたってお言葉をかけていただいた。もちろん、特筆に値する出来事ではない。なんと言っても、スティーヴンはマートン伯爵なのだから。だが、それでもやはり、夢のようなことだった。

どうしてこんな短いあいだに、みんなの人生がここまで劇的に変わってしまったのだろう？

夜の舞踏会の身支度をしながら、ヴァネッサは自分自身にそう問いかけた。社交シーズンのロンドンでひらかれる本物の貴族社会の舞踏会。モアランド邸の舞踏室はピンクと白の花や緑の枝葉をふんだんに飾って、庭園のようなしつらえにしてあった。二個のシャンデリアは掃除をし、磨きあげ、真新しいロウソクを立てて、金箔仕上げの天井から吊るしてあった。夜食に出す料理の準備で、邸内には一日じゅうおいしそうな匂いが漂っていた。そして、ヴァネッサが、エリオット、姑、セシリーとともに客を迎える列に並ぶため、晩餐のあとで階下の舞踏室へ行ったときには、プロの音楽家からなるフルオーケストラがすでに壇上で待機していた。

ヴァネッサの弟と姉妹も晩餐をともにし、姉妹はヴァネッサより先に舞踏室へ行っていた。マーガレットのドレスはキラキラ光るエメラルド・グリーン、キャサリンのほうは小さなブルーの矢車草を全体に刺繍した白いモスリンの優美なものだった。ふだんとずいぶん違って見える。いつもよりずっとエレガントで、落ち着きがあって、そして……贅沢な装いだ。

「〝美しい〟よりさらに説得力のある言葉があればいいのにね」愛情にあふれた目で二人を交互に見ながら、ヴァネッサは言った。「まさに二人のための言葉でしょうに」

「ねえ、ネシー」キャサリンが言った。「ランドル・パークが恋しくなることはない？　わたしね、ときどき、幼児クラスの子たちに会いたくなるのよ。今夜はこれまでの生涯で最高に刺激的な一夜だけど、同時に、怖くてたまらないの」

ヴァネッサは笑った。そう、たしかに、ときどき家が恋しくてたまらなくなる。ただ、どこを自分の家と呼ぶべきか、いまはもうわからなくなっていた。スロックブリッジのコテージ？　ランドル・パーク？　ウォレン館？　フィンチリー・パーク？　寡婦の住居？　もしかしたら、家というのは特定の場所を指すのではなく、ここが自分の居場所だともっとも強く感じるところなら、どこでもそうなのかもしれない。いまのわたしにとっては、エリオットと二人でいられさえすれば、そこが家なのかもしれない。

まあ、どうしよう。わたしったら、ほんとに恋をしてるのね。

「ネシー、ほんとによかったわね」マーガレットが言った。「このすべてがあなたのもの、そして、それにふさわしい幸せな結婚をしている。ね、幸せなんでしょ？」

マーガレットは〝幸せだと言って〟と嘆願するかのように妹を見た。

「幸せよ」ヴァネッサは笑顔で答えた。この言葉がどうか現実になりますようにと願った。エリオットとの関係は今後もきっと無数の辛い試練にさらされるだろうが、最悪の時期が過ぎ去ったことは間違いない。幸せになれそうな見込みが、もしくは、少なくとも満ち足りた日々を送れそうな見込みが出てきた。

それ以上考えこんだり、言葉をかわしたりしている暇はなかった。招待客がそろそろ到着しはじめたので、ヴァネッサは出迎えの列に加わるためにそちらへ急いだ。

それから三十分ほどのあいだ、いつまでたってもとぎれることのなさそうな招待客の列に笑顔を向け、挨拶の言葉をかわした。ほとんどの相手が初対面だった。社交界でも選りすぐりの人々ばかり。顔と名前と称号を記憶に刻みつけようとヴァネッサは必死になったが、覚えるのはとうてい無理な気がしてきた。

「じきに、誰が誰かわかるようになるさ」到着する人々の列がいったんとぎれたところで、エリオットが彼女に顔を寄せて言った。「これから何週間か、どの社交行事に顔を出しても、ほぼ毎回、同じ連中と顔を合わせることになる」

ヴァネッサは彼に感謝の笑みを向けた。わたしに無理なことをやらせるつもりはないのね。エリオットは今夜もまた、黒と白の装いですばらしくハンサムだった。さきほど、晩餐の席へエスコートするために彼がヴァネッサの化粧室に入ってきたとき、そう言おうとしたのだが、彼に先を越されてしまった。ピンクのドレス姿がじつに愛らしいと、エリオットが言ってくれた。本当に、その言葉を――〝愛らしい〟という言葉を――使ったのだ。

もちろん、彼の言葉なんか信じられない。あるいは、美しいと言われても信じられない。でも、そう言われると、とにかくひどくうれしくなる。エリオットの前に出ると、愛らしさと美しさの両方に恵まれているような気がしてくる。

そのあとでヴァネッサが「あなたこそ、とってもハンサムだわ」と言っていたなら、お世辞を返さなくてはという義務感に駆られただけのように見えたことだろう。

いま、エリオットが言っていた。「できれば、一曲目はきみと踊りたいんだが、ヴァネッサ、セシリーの相手をしなきゃならない」
「それは当然だわ」ヴァネッサは言った。「セシリーのお披露目パーティですもの。わたしではなくて。そのことはすでに話しあったでしょ。あとの曲まで待つから大丈夫よ」でも、きっとすてきだったでしょうね……バレンタインのパーティのときは、一曲目をこの人と踊ったんだった。

「さあ、きてくれ」招待客が残らず到着したと思われるころ、エリオットは言った。「ブレットビー卿とその弟をきみの姉上と妹さんに紹介しよう」

「つぎに、そのご兄弟に聞こえるような声で、一曲目の相手はもう決まっているのかと、メグとケイトにわざとらしく質問する気ね？」

エリオットは一瞬、きょとんとした顔でヴァネッサを見たが、やがてその目に理解の色が浮かんだ。たぶん、愉快そうな表情もまじっていただろう。

「なるほど、サー・ハンフリー・デューとスロックブリッジでのパーティを思いだしたんだね」

「あのときは、足もとに深い穴が口をあけて、わたしを呑みこんでくれないものかと思ったわ」

「おやおや。そんなにぼくと踊るのがいやだったのかい？」

ヴァネッサは笑って、彼が差しだした腕をとった。

ブレットビー卿とその弟のエイムズ氏には、遠まわしなやり方は必要なかった。ブレットビー卿がさっそくメグに一曲目を申しこみ、エイムズ氏もケイトに申しこんだ。なんて簡単だったのかしら——ヴァネッサは思った。姉も妹もこれで立派に社交界の仲間入り。わたしがエリオットと結婚するだけで、万事うまくいったわけね。

スティーヴンも舞踏会に出ていた。まだ若すぎるものの、義兄の屋敷でひらかれる舞踏会に顔を出すのはさほど異例ではないということで、みんなの意見が一致したのだった。きわだってハンサムね——エリオットと一緒に弟のところへ行きながら、ヴァネッサは思った。それに、ひどく緊張してるみたい。そして、周囲の注目の的になっていた。とくに、若い令嬢の多くが好奇心もあらわに彼に視線を送っていた。

しかし、客の出迎えを終わりにしたのは、少々早すぎたようだ。たったいま、客がもうひと組到着した。

「あっ、やった！」スティーヴンの声に、ヴァネッサは首をまわしてうしろを見た。「コンスタンティンがきてくれた。ブロムリー＝ヘイズ夫人も一緒だ」

エリオットがハッと息を吞むのを耳にして、ヴァネッサは彼を見あげた。彼の目がドアのほうへ釘づけになっていた。冷ややかな怒りが浮かんでいた。顔がこわばっていた。

「あら、コンスタンティンがくるのはご存じだったでしょ、エリオット」ヴァネッサは彼の腕にかけた手に力をこめた。「セシリーの希望なのよ。正式に招待状を出したでしょ」

「だが、女のほうには出していない」

ブロムリー＝ヘイズ夫人は金色の透ける生地で仕立てたキラキラ光るドレスをまとい、あらゆる曲線に生地がまとわりついているため、まるで何も着ていないかのようだった。胸元が大きくあいている。もちろん最新の流行だ。舞踏会にきているほかの貴婦人たちに比べて襟ぐりの深さが目立つのは、きっと、豊満な胸のおかげにほかならないだろう。金色に輝く豊かな髪は高く結いあげられ、髪飾りはいっさいつけていなかった。こんな美しい髪に飾りは必要ない。

ヴァネッサは心のなかでためいきをついた。ピンクを着た自分を愛らしいと思うなんて図々しかった？

「ご挨拶に行かなきゃ」エリオットをドアのほうへひっぱっていった。温かな歓迎の笑みを浮かべた。コンスタンティンは親戚だし、エリオットから警告されたけれど、それでも彼のことは好きだった。

「やあ、きみたち」コンスタンティンは深々とお辞儀をした。「少々遅刻してしまい、申しわけない。何かの手違いでアナのところに招待状が届かなかったんだが、顔を出せばきっとみんなが喜んでくれると言って説得するのに、時間がかかったものだから」

「ええ、もちろん、大歓迎ですわ」ヴァネッサは貴婦人のほうへ手を差しだした。きれいなハシバミ色の目をした人で、まつげがこんなに濃いのは何か特別な化粧品を使っているからかしらと、ヴァネッサは思った。「さあ、どうぞお入りになって、楽しんでらしてください、ブロムリー＝ヘイズ夫人。もうじきダンスが始まります。エリオットは一曲目をセシリーと踊ることになっています。だって、セシリーを社交界にお披露目するための舞踏会ですもの。

わたしはスティーヴンに頼んで――」

ところが、コンスタンティンがてのひらを上にして、片手を差しだした。

「ヴァネッサ、自分の弟と踊るなんて、お願いだからやめてほしい。かわりにぼくがお相手しよう」

ヴァネッサはいささか驚いて、彼からブロムリー＝ヘイズ夫人へ視線を移したが、夫人のほうは気を悪くした様子もなかった。エリオットに笑みを向けていた。

「うれしいわ、コンスタンティン」ヴァネッサは言った。「喜んでお受けします。でも、今夜の時間の半分は、いとこたちのダンスの相手をしなくてはと思ってらっしゃるの？　お気の毒に。セシリーとケイトと踊る約束をなさったことは知ってるわ。あの二人なら、約束を忘れさせてくれないでしょうね」

「それから、マーガレットもいる」コンスタンティンは言った。「ぼくはこの舞踏室でいちばんの果報者だ。最高に美しいレディたちにわざわざ紹介してもらわなくてもいいのだから。ところで、エリオットはあなたの姿を見て褒めてくれたかな？　いやあ、じつにすばらしい」

「ええ、ちゃんと。ピンクがよく似合うと言ってくれたわ」

ヴァネッサは笑った。半分は楽しかったから、あと半分は、人に褒めてもらう必要のない貴婦人の前でそんなことを言った自分に気恥ずかしさを覚えたから。

「その髪型もすてきだ」コンスタンティンが言った。

「ちょっと失礼させてもらう」唐突に、そっけなく、エリオットが言った。「セシリーをフロアへリードして、ダンスを始めなくては」

ヴァネッサは首をまわしてエリオットに笑顔を向けようとしたが、すでに立ち去ったあとだった。

ブロムリー＝ヘイズ夫人はゆっくり歩いて、近くのグループに加わった。

「あの方をご招待しなかったなんて、お義母さまもずいぶん迂闊だったこと」コンスタンティンにリードされてフロアへ出ていきながら、ヴァネッサは言った。「一人残らず招待したとおっしゃってたのに」

「たぶん、単に迂闊だったわけではないと思う」コンスタンティンは言った。「アナはまことに尊敬すべき未亡人ではあるが、そのいっぽうで、ときたま……そのう、紳士たちと親しくしすぎるという評判が立つこともあるのでね」

ヴァネッサは一瞬、どういう意味かわからずきょとんとしたが、やがて気がつき、ひどく落ち着かない気分になった。

「まあ」

い、い、い、い、親しくしすぎる。ときどき、愛人関係になることがあるという意味？　それなら、エリオットの母親のように社交界の礼儀作法にうるさい人が、招待状の宛先にあの貴婦人を含めるのを忘れたとしても、不思議ではない。

エリオットはその評判を知っているのかしら。もちろん知っているだろう。じゃ、それで怒ってるの？　今夜の舞踏会は、十八になったばかりの末の妹のためにひらかれたものだから。

「でしたら、あなたもずいぶん趣味の悪いことをなさったものね。あの方を説得してここに連れてらっしゃるなんて、コンスタンティン。お義母さまに謝罪なさるべきじゃないかしら」

「お詫びすべきだろうね」コンスタンティンは笑いを含んだ目をヴァネッサに向けた。

「でも、その気はないのね」

「そう、その気はない」

ヴァネッサは首をかしげて、コンスタンティンをじっと見た。いまも笑顔のままだが、その表情には嘲りに近いとげとげしさが感じられた。ヴァネッサがほかの場面でも感じたことだ。また、前には気づかなかったが、かすかな冷酷さもにじんでいた。コンスタンティン・ハクスタブルはきわめて複雑な人間で、ヴァネッサにはよく理解できない。今後も理解するのはたぶん無理だろう。しかし、血のつながった親戚だし、ヴァネッサに、あるいはヴァネッサの姉妹や弟に邪慳な態度をとったことは一度もない。

「エリオットとひどく憎みあっているのはなぜ？」ヴァネッサは訊いた。コンスタンティンなら話してくれるかもしれない。

「ぼくは憎んでなんかいないよ。ただ、ジョンが生きてたころ、ぼくがエリオットを怒らせてしまったんだ。ジョンをそそのかして、あいつに意地悪をしてやったからね。向こうが真剣に腹を立てるなんて思わなかった。父親が亡くなって重い責任を負うようになる前は、エリオットもユーモアのあるやつだったんだが。ありとあらゆる悪ふざけをやったものだ。ところが、いつのまにか自分自身を笑い飛ばすことができなくなった。ついでに言うなら、いっさい笑わなくなってしまった。あなたが手を貸せば、エリオットもユーモア感覚をとりもどせるかもしれない。ぼくはあいつを憎んではいない」

じつに筋の通った話だった。しかし、女性側の列に立ち、コンスタンティンが向かいの列に立つのを見たとき、ヴァネッサは、そんな単純な話ではなさそうだと思わずにはいられなかった。エリオットは不機嫌で、怒りっぽくて、ひどく気むずかしい。ヴァネッサ自身も、ユーモアを解さない人だと言って彼を非難したことがある。しかし、コンスタンティンがジョナサンをそそのかしてエリオットを愚弄させたせいで、エリオットがいまなおコンスタンティンを蛇蝎のごとく嫌っているというのは、なんだか納得のいかない話だった。

やがて、演奏が始まり、ヴァネッサは本物の貴族の舞踏会で踊るという、信じられないような喜びに身を委ねることとなった。あたりを見まわして、ふんだんに飾られた花を見て楽しみ、その香りを吸いこみ、すべての招待客に笑顔を見せた。

列の先頭に立ったエリオットと目が合い、こちらを見つめる彼の目に何か強い感情がこもっているように思った……厳密に言うと、愛ではなさそうだ。でも、なんらかの感情。もしかして、優しさ？　彼に満面の笑みを向けた。

ああ、そうよ――ヴァネッサは思った――わたしたちの結婚はいい方向へ向かいつつある。

幸せに包まれた。

エリオットは腹が立ってならず、自制心を保っていられるのが自分でも不思議なほどだった。

とっさに考えたのは、帰ってほしいと彼女に頼むことだった。二人一緒に帰ってほしかった。

頼むというより、命令したかった。

二人をつまみだしてやりたかった。

自分の手でそうしたかった。

しかし、そんなことをすれば、公の場で醜態を演じることになる。二人は到着のタイミングを慎重に計算したのだ——遅めに、だが、遅すぎない時間に着くように。おおぜいの前で、しかも、自宅で騒ぎを起こすようなまねをエリオットがするはずのないことを、二人は承知していたのだ。

それでも、この場にいる者の多くが知っているに違いない。エリオット自身の母親も含めて！

まともな紳士なら、愛人を——過去の愛人であろうとも——自分の屋敷に招くことなどありえない。妻が同席しているのだからとくに。そして、母親と姉妹も。

もちろん、コンも知っている——そして、彼女を連れてきたのはコンだ。彼女だけでなく、コンにも責任がある。彼の責任のほうが重いだろう。こんな不届きなことを思いつくのは、やはり彼女ではなく、コンのほうだ。

一曲目のあいだ、エリオットはセシリーにすべての注意を向けようとした。セシリーは目を輝かせ、神経をピリピリさせていて、やたらと口数が多かった。なにしろ、生涯でもっとも大切な夜のひとつなのだから。エリオットと踊ったあとは、母親が娘のために慎重に選んでおいた花婿候補の若者たちとつぎつぎと踊ることになっている。そのなかの一人がいずれ夫になるだろう。

しかし、注意がよそへそれないようにするのは困難だった。コンはヴァネッサに何を言っているのだろう? それほどしゃべってはいないようだ。コンが彼女に笑顔を向け、彼女はとても生き生きしている。スロックブリッジでひらかれたパーティのときと同じように。ならば、コンも相手を狼狽させるようなことは言っていないのだろう。

アナはダンスに加わっていなかった。何人かと一緒に脇のほうに立っていたが、みんなのおしゃべりには注意を向けず、扇で物憂げに顔をあおぎながら、かすかな笑みを浮かべて彼が踊るのを見つめていた。そしてそのことを隠そうともしなかった。

彼女が着ているのは金色のドレス。下手をすれば下品になりかねない大胆なデザインに惹かれて、去年、エリオットが買ってやったもので、これを着こなせるだけのスタイルを持っているのは、自分が知っているなかできみしかいない、と彼女に言ったのだった。アナがこれを着るのは、二人で食事をするときや、彼女の部屋で二人きりになったときで、彼だけに見せるためだった。

今夜は舞踏会が終わるまでひたすらアナを避けつづけ、それでこの問題に片がつくよう願うしかない、とエリオットは決心した。ヴァネッサを彼女に近づけないよう気をつけなくては。

まったくもう、招待客の半分は興味津々に違いない。じっと見守り、待ち——意地悪な連中だから——大いに期待していることだろう。

だが、アナを避けるのは簡単ではなかった。エリオットとセシリーのダンスが終わったとたん、コンがやってきてセシリーに二曲目を申しこんだ。ヴァネッサは自分の弟や姉のそばにいて、ミス・フラクスリー、ビートン卿、サー・ウェズリー・ヒドコートにみんなを紹介していた。ジェシカの夫のトレンタム卿がヴァネッサの耳もとで何やらささやくと、ヴァネッサはにっこりして、彼の袖に手をかけた。どうやらつぎの曲を申しこまれたらしい。

そのとき、アナがエリオットにすっと近づいてきた。逃げる暇も与えず、かすかな笑みを浮かべたまま、顔の前で物憂げに扇を揺らしていた。エリオットとしては、礼儀正しくお辞儀をして彼女の言葉に耳を傾けるしかなかった。

「ねえ、エリオット」低い音楽的な声で、アナは言った。「きっと、ひどく腹を立ててらっしゃることでしょうね」

エリオットは両方の眉をあげた。

「だって、わたしの室内履きの片方があなたの肩にぶつかってしまったから。投げつけたときは、とがったヒールがついてることをすっかり忘れていたの。怪我しなかった?」

「いや、大丈夫」

「わたしって癇癪持ちだから。でも、それは前からご存じよね。癇癪を起こしたあと、すぐに怒りが消えることもご存じでしょ。あの日、あとでまた訪ねてくだされればよかったのに。ずっと待ってたのよ」

「へえ、そう?」あのときは、彼が出ていく前にすでに怒りが消えていたことを、当人はどうやら忘れているようだ。

「当たり前でしょ」

「忙しかったんだ。あれ以来、ずっと忙しい」

「そうなの? かわいそうなエリオット。夫の義務を果たしているわけ? さぞかしつまらないことでしょう」

エリオットはふたたび眉をあげた。

「楽しめるはずがありませんもの」アナはそう言って、いつもの低い声で笑った。以前の彼なら、それを聞いただけで体温が上昇したものだった。

「そうだろうか」

「快楽と義務はけっしていい組みあわせとは言えないわ。だから、あなたとわたしが結婚したところで、うまくいくはずはない。わたしより先にそれに気づいたあなたは賢明な方ね。今度はいつお待ちしてればいいの?」

　エリオットは彼女とすっぱり手を切ったつもりでいた。しかし、はっきり言葉に出したわけではない。これまでは喧嘩をしても、かならずよりを戻していた。

「ぼくには妻がいるんだ、アナ」

「ええ、お気の毒に」扇越しに彼女の目がエリオットを見つめた。「でも、すべて失われてしまったわけではないわ。こうしてあなたを慰めにきたのよ。ちっとも恨んでないわ。明日の午後、空けておく必要があればそうするけど。どう？」

「ぼくのことを誤解しているようだね」二人の会話がずいぶん長くなったため、周囲の注目と憶測を招いているに違いないことを痛いほど意識しながら、エリオットは言った。「すでに妻のいる身だと言ったんだよ、アナ」

　アナは彼を凝視し、扇を揺らす手が速くなった。

「まさか本気じゃないでしょうね。エリオット、あんなみっともない女！　あれじゃ、物笑いの種だわ！」

「ぼくの妻だ」エリオットはきっぱりと言った。「では、これで失礼する、アナ。ちょっと用があるので」

　エリオットはカードルームのほうへ大股で歩き去ったが、その手前で向きを変え、かわりに図書室へ向かった。招待客のところへ戻る前に、しばらく一人になりたかった。

　最後にアナを訪ねたとき、こちらの気持ちをはっきり告げておくべきだった。つきあいは二年に及んでいた。もっと敬意を示すべきだった。二人の関係が終わったことを、じかに告げるべきだった。

しかし、これは——これはコンが故意にやったことだ。エリオットへの嫌がらせが目的だったのなら、まあ、それも仕方がない。しかし、ヴァネッサまで巻きこむのは卑劣だ。そして、エリオットの家に汚れを持ちこんで、コン自身の伯母といとこたちを侮辱するのも。

十分か十五分たってエリオットが舞踏室に戻ったときには、アナの姿はすでになかった。

結局、一度も踊らずに帰ってしまったわけだ。

できることなら、このまま二人の仲を終わりにしたかった。

しかし、数日中に正式に訪問するのが彼女への礼儀ではないか、という気がしてきた。エリオットから冷淡にあしらわれても仕方のないようなことは、向こうは何ひとつしていない。

まあ、ゆうべと今夜の件はべつだが。


ヴァネッサは心から舞踏会を楽しんでいた。一曲残らず踊った。夫のいる身であり、まわりにはもっと若くて美しい令嬢が無数にいるという事実からすると、きわめて痛快なことだった。

さらにうれしいことに、マーガレットとキャサリンも一曲残らず踊った。スティーヴンも。

そして、もちろんセシリーも（一回はスティーヴンと）。もっとも、驚くにはあたらない。彼女の社交界デビューを祝う舞踏会なのだから。こういう人生を送るために育てられてきたのだ。男性の注目の的となっていて、みんなからちやほやされ、生まれてからずっとこんなふうにすごしてきたかのようだった。

さて、今宵のプログラムにはワルツが二曲入っていて、その一回目が近づいてきていた。若い令嬢が公式の舞踏会でワルツを踊る場合は、上流階級のクラブ〈オールマックス〉の会員となっている婦人の誰かから事前に許可を得ておく必要があるため、セシリーは参加できそうもなかったが、それでも先代子爵夫人は今宵のプログラムにワルツを入れることにしていた。ケイトのほうも、ワルツは禁止とあらかじめ決められていた。ただし、メグの場合は年上なので、当人が望めば、そして、申しこんでくれる相手がいれば、ワルツを踊ることになんの問題もなかった。もちろん、ヴァネッサも同じだ。

メグとケイトとスティーヴンには、ヴァネッサとセシリーがしばらく前からダンスのステップを教えてきた。いや、セシリーがスティーヴンに教え、ヴァネッサが姉と妹を担当したと言うほうが、たぶん正確だろう。

なんとまあ、アリンガム侯爵がメグに踊っていただけませんかと言ってきた。メグより頭半分ほど背の低い人ではあるが、まことに光栄なことだ。セシリーとケイトは元気いっぱいの若い人々のグループに入り、年上の者たちが踊っているあいだ、自分たちだけで楽しむことにした。

ヴァネッサは誰かがワルツを申しこんでくれないものかと期待した。もちろん、いちばん望ましい相手は――。

「失礼ですが」ヴァネッサの背後から、誰かがひどく堅苦しく声をかけてきた。「あなたをリードしてワルツを踊る光栄に浴するのに遅すぎないことを、願ってもよろしいでしょうか」

ヴァネッサはうしろを向き、明るい笑みを浮かべた。この一日のなかで最高に幸せな瞬間だった。

「遅すぎはしませんことよ。よろしくお願いいたします」

彼の袖に手をかけた。

「ねえ、エリオット」と言った。「こんなすてきな夜は初めてじゃない?」

「そうだね」エリオットはそう言いながら、ヴァネッサをフロアへリードした。「じっくり考えれば、同じぐらいすてきな夜がほかにも一回か二回あったのを思いだせるだろう。しかし、もちろん、今夜ほどではなかったが」

「いつも、そういう優しいことを言ってくださるのね」ヴァネッサは笑った。「ワルツのステップは最近覚えたばかりなの。自分の足につまずいたりしないといいんだけど。いえ、あなたの足につまずくほうがもっと悲劇だわ」

「きみの体重が一トンもあることは、おたがいに知ってるからね。ぼくは生涯、爪先をぺちゃんこにして歩きまわる運命となるだろう」

「二分の一トンよ。誇張しないで」

「しかし、きみがぼくの足につまずくようなことがあれば、ぼくは自分を不器用な間抜けとみなし、家に帰って、銃で自殺しなくてはならない」

「あなたの家はここよ」ヴァネッサは教えてあげた。

「あっ」エリオットは言った。「そうだね。じゃ、銃を使うのは延期だ」

自分からエリオットに他愛ない冗談を言えるようになり、彼がすかさず切りかえしてくることを知ったのは、結婚生活における意外な幸せのひとつだった。

「コンスタンティンがブロムリー＝ヘイズ夫人を連れてやってきたことで、まだ腹を立ててらっしゃるの？」ヴァネッサは訊いた。「夫人にどんな評判が立っているのか、コンスタンティンが教えてくれたわ。あなたもたぶん、その評判をご存じなんでしょうね。でも、あなたが夫人と話しているのを見て、わたし、ホッとしたのよ。あなたって親切ね。夫人はずいぶん早くお帰りになったわ。居心地の悪い思いをなさったのでなければいいけど」

「あの夫人やコンの話はやめておこう。いいね？　かわりに、ワルツを楽しもう」

「自分の足につまずいたりしなければいいけど――」

ここで彼が身を寄せてきて、片手をヴァネッサのウェストの背後にまわし、反対の手でヴァネッサの手をとったので、彼女は一瞬ギクッとして、貴族社会の半数が見ているというのに、自宅の舞踏会の中央でキスをするつもりだろうかと思った。

「きみに恥をかかせはしない」エリオットはヴァネッサに言った。「ぼくを信じてくれ。そして、きみ自身を信じるんだ」

ヴァネッサは微笑した。

「たしか、ぼくはさっき、きみに愛らしいと言った。でも、あれは間違いだった」

「あら」

「愛らしいんじゃなくて、美しいんだ」

「あら」ヴァネッサはふたたび言った。

やがて、演奏が始まった。

ワルツの練習を始めた瞬間から、ヴァネッサはワルツが好きでたまらなかった。大胆で、ロマンティックで、優雅で……ああ、ワルツを形容するのに使いたい言葉はほかにも山ほどある。

しかし、本物の舞踏会で踊るのはこれが初めてだった。

しかも、エリオットとワルツを踊るのも初めてだった。

花々と、香水のかおりと、何十人もの客の絹とサテンとモスリンとレースが作りだす色彩の万華鏡に囲まれて、もしくは、ロウソクの光を受けた宝石のきらめきとロウソクそのものの輝きに囲まれて踊るのも、これが初めてだった。フルオーケストラの演奏で踊るのも初めてだった。

愛する男性と踊るのも初めてだ。

エリオットに対して、ヴァネッサは恋心以上の思いを抱くようになっていた。

彼のリードでワルツを踊りはじめると、たちまち、へまをやって恥をかくのではという不安を忘れ去った。

自分が本当は美しくないことも、彼が本当は愛してくれていないことも忘れ去った。ワルツを踊りながら、こんな楽しい思いをしたのは生まれて初めてのような気がした――というか、踊りを中断して考えたなら、きっとそんな気がしたことだろう。

浅黒くて、古典的な整った顔立ちで、ブルーの目をした夫の顔を見つめたまま、ヴァネッサは笑顔を向けた。すると、夫もこちらを見て、彼女の顔に視線を走らせた。

ヴァネッサは自分が美しくなったのを感じた。

大切にされているのを感じた。

光と色彩が輪を描いて周囲をまわりつづけるなかで、自分をとりまく豪華絢爛さを感じ――そして、エリオットだけを見つめた。

さらにまばゆい笑みを浮かべた。

そしてついに、そう、ついに、彼の目が微笑を含んでヴァネッサを見つめ、唇の両端がかすかに吊りあがった。

まさにヴァネッサの生涯で最高に幸せな瞬間だった。

「まあ」曲が終わりに近づいていることを知って、ヴァネッサはつぶやいた。考えてみたら、ワルツが始まって以来、二人のどちらかが声を出したのはこれが初めてだった。「もう終わってしまうの？」

「そう。永遠に演奏を続けるよう指揮者に頼んでおくのを忘れていた」

ヴァネッサは微笑が残っている彼の目を見て笑った。

「不注意な人ねえ」

「うん」

夜食の時間となり、招待客に挨拶をしてまわるために、二人はやむなく離れ離れになった。

でも——ヴァネッサは思った——今夜のことは生涯でもっとも印象的な出来事のひとつとして、記憶に残ることだろう。さまざまな魅惑に満ちた夜であるのに加えて、エリオットに深く恋をしてしまった一夜でもあった。その思いが深すぎて、エリオットに恋愛感情を抱くことと、全身全霊でつねに彼を愛することの区別が、もはやわからなくなっていた。

ヘドリーを思いだして、申しわけなさに包まれたが、やがて、その思いを遠くへそっと押しやった。

それは過去のこと。

これは現在のこと。

そして、いまなら人生を心ゆくまで楽しむことができる。

20

翌日の午後、ヴァネッサは姉たちに会うために、バークレイ広場のマートン邸へ徒歩で出かけた。姉も妹も家にいたが、スティーヴンは留守だった。コンスタンティンに連れられて、二頭立ての二輪馬車を見に出かけたらしい。もっとも、マーガレットに言わせれば、あんな非実用的で危険な馬車を乗りまわそうなどと考えるには、スティーヴンはまだまだ若すぎるそうだが。

「とても心配なの」みんなで客間に腰を落ち着けたところで、マーガレットは言った。「あの子が遊び好きな青年になってしまうんじゃないかって。ロンドンの街と、これまで出会った人たちに、あの子は夢中になってるわ。そして困ったことに、その人たちもみんな、あの子のことが気に入っている。五、六歳ぐらい年上の紳士までが。向こうがその気になれば、スティーヴンは堕落させられてしまいそう」

「翼をパタパタやってみてるだけよ、メグ」キャサリンは姉を安心させようとした。「まだ広げてもいないのよ。でも、いつかかならず翼を広げる日がやってくる。しっかりした子だから、無責任な放蕩者になるようなことはないって、わたしたちが信じてやらなきゃ」

「わたしもケイトの意見に賛成よ」ヴァネッサは言った。「ほかのみんなと同じように、若い紳士の暮らしを楽しませてやらなくては、メグ。そして、こうありたいと願う人間になるための道を、あの子自身に見つけさせるの」

「ええ、二人の意見が正しいんでしょうね」マーガレットはためいきをついて認めた。「いえ、二人が正しいことはわかってるわ。でもね、あの子はまだとても若いでしょ。こんな都会にいてはいけない。娯楽や誘惑が多すぎるもの」

「じゃ、これを聞いてお姉さまが安心してくれるといいんだけど」ヴァネッサは言った。「エリオットはわたしたちの弟に対する責任をとても真剣に考えてるの。わたしたちが入りこめない男性の世界で、あの子を注意深く見守ってくれると思う。でね、けさはエリオット自身がその世界へ逃げていってしまったのよ。利口な人。朝食の話題ときたら、舞踏会と、伊達男と、恋の成果のことばかり。セシリーのところには、ゆうべ踊った紳士たちから五つも花束が届いたのよ。大成功だってセシリーが自慢して、みんな、それに同意したわ」

「あら、ここにくればお花から逃げだせると思ったの？」キャサリンが言った。「この部屋を見てみた、ネシー？」

そこでヴァネッサはあたりを見まわし、笑いだした。メグはいつも家じゅうに季節の花を飾っているが、今日この部屋に並んでいるような豪華な花束を飾ったことは一度もなかった。

「セシリー以上の成功？　もっと多くの伊達男から？」

「わたしに届いたのはひとつだけよ」マーガレットが言った。「白バラがわたしの分。アリンガム侯爵がご親切にも送ってくださったの。あとは全部ケイトがもらったのよ。全部で四つ」

「こんなに驚いたのは生まれて初めて」キャサリンが言った。「ゆうべは、着飾ってはいたけど、田舎から出てきた親戚の子みたいな気分だったわ。こんなにお花が届くなんて、どうかしてる」

「そんなことないわ」ヴァネッサは言った。「ゆうべの舞踏会では、あなたたち二人が誰よりもきれいで、みんなの注目の的だったもの」

「スティーヴンのおかげよ」

「まあ、そうね」ヴァネッサは譲歩した。「スティーヴンがいなかったら、わたしたちはみんな、スロックブリッジで昔のままの暮らしを続けていたでしょう。でも、あの村にいたときだって、二人とも、崇拝者が掃いて捨てるほどいたじゃない。ううん、そんな話はもうやめましょ。外はいいお天気よ。公園へ散歩に行かない?」

田舎育ちの姉妹にとっては、うれしい誘いだった。ハイドパークは広大な公園なので、大都会ロンドンの真ん中に田園地帯の大きなかたまりが投げ落とされたみたいに見える。三人は馬や馬車やそぞろ歩きの男女が行きかう上流階級の人々でにぎわっている一帯を避けて、もっと静かな小道をのんびり歩いた。

「アリンガム侯爵が、明日の午後ここを馬車で走りましょうって、メグお姉さまを誘ってくださったのよ」キャサリンが言った。

「ほんと？」ヴァネッサはびっくりして姉を見た。「で、ご一緒することにしたの、お姉さま？」

「ええ。誘ってくださるなんて親切な方。奥さまを亡くされてるんですって」

「で、あなたはどうなの、ケイト？」笑顔でヴァネッサは尋ねた。「ゆうべの舞踏会で、とくべつすてきな人に出会わなかった？」

「どの人もすてきだったわ」キャサリンの返事は予想どおりだった。「夢のようなひとときだった。でも、この静かな公園を散歩して、草と木々の香りを吸いこむのもすてきだと思わない？　ウォレン館が恋しい。それから、スロックブリッジのことも恋しくてたまらない」

「この新しい生活にも徐々に慣れていくわ」ヴァネッサは言った。「それに、これから二、三カ月のあいだ、やることがたくさんあるし、初めて見たり経験したりすることもどっさりあるから、悩んだりホームシックにかかったりする暇はほとんどないのよ」

「今週の終わりに、コンスタンティンがロンドン塔へ連れてってくれるんですって」キャサリンが言った。「ほかにも行きたいところがあれば、どこへでも。わたし、コンスタンティンのことが大好きよ。生まれたときからずっと知ってればよかったのに。ジョナサンにも会えればよかったのに」

「そうね」マーガレットもヴァネッサも同意した。

ゆっくりと散歩を続けたが、会話が休みなく続くわけではなかった。気心の知れた身内なので、黙りこんでも気詰まりな思いはまったくない。自然の美を愛でるときは、とくにそうだ。

ヴァネッサはきのうのことをつぎつぎと思いだしていた——宮廷での拝謁、舞踏会、エリオットと踊ったワルツ。彼との夜。

きのうの自分より、そして、いまの自分より幸せになるなんて、ぜったいに不可能だと思った。ゆうべはエリオットと一度しか踊れなかったが、それで充分だった。

二人で踊った初めてのワルツを、いつまでも記憶に残しておこう。

そして、忙しい一日を終えて二人ともひどく疲れていたはずなのに、夜のあいだ、何度も愛をかわした。

今日のヴァネッサは疲れてクタクタだった。しかし、ときには、疲労そのものが心地よく感じられることもある。

月のものが三日遅れている。まだわずか三日。期待しすぎてはいけない。しかし、いつもならとても規則正しいはず。

期待が膨らむ……ああ、そうであってほしい。

小道をたどるうちに、とうとう、にぎやかな一帯にやってきた。毎日午後になると、上流階級の人々がここに散策にやってくる。

最初に挨拶してくれたのはアリンガム侯爵だった。二頭立ての四輪馬車に一人で乗っていた。

「レディ・リンゲイト、ミス・ハクスタブル、ミス・キャサリン」鞭でシルクハットのつばに軽く触れて、侯爵は言った。「ご機嫌いかがですか」

三人は散歩を楽しんでいるところだと侯爵に答え、マーガレットが花束のお礼を言った。

侯爵は言った。

「ひょっとすると、明日は雨かもしれないそうです」

「まあ」マーガレットが答えた。「それは残念ですわね、侯爵さま」

「あのう」侯爵が言った。「妹さんたちにご異存がなければ、ミス・ハクスタブル、この午後のうちに散歩につきあっていただけないでしょうか。一時間以内にお宅の玄関先までちゃんとお送りしますから」

マーガレットがどうしようと言いたげに妹たちを見た。

「そりゃもう、ぜひ行ってらっしゃいな、メグ」ヴァネッサは言った。「わたしはケイトと一緒に歩いて帰るから」

侯爵が馬車からおり、マーガレットに手を貸して自分のとなりの高い座席にすわらせた。

「よかった」走り去る馬車をキャサリンと二人で見送りながら、ヴァネッサは言った。「ほかの人と交際する気になってくれて」

「ほかの人？」キャサリンが訊いた。

「クリスピン・デュー以外の人って意味よ。メグはずっとクリスピンを愛してたの。求婚されたのに、わたしたちのためにあきらめたのよ。でも、彼が軍隊に入ったとき、二人はいずれ結婚するつもりでいたと思うの」

「ネシー！」キャサリンはひどいショックを受けた様子だった。「それなのに、スペインの女の人と結婚したのね。ああ、かわいそうなメグ。ちっとも知らなかった。ウォレン館でその知らせを聞いたとき、わたしったら、二人はけっこう熱々だったでしょなんて、メグをからかってしまった。どんなに傷ついたかしら！」

「あなたは悪くないわ。メグは自分のことをいっさいしゃべらないし、みんなの前で感情をむきだしにすることもないから。子供のころは、わたしだけにはあれこれ打ち明けてくれてたと思うけど、いまではもう、わたしにさえ心の内を見せなくなってしまった。今年か来年の社交シーズンに、メグがほかに愛する人を見つけてくれたら、わたしも安心なんだけど」

「いまの侯爵さまは？　すごいハンサムではないけど、とっても感じのいい人。それに、年上といっても、せいぜい十歳ぐらいの差でしょ」

「しかも、侯爵だし」ヴァネッサは微笑した。「こういう問題にかけては、わたしたち、早くもずいぶん打算的になってるわね」

「王子さまじゃないのが残念」

キャサリンが言い、二人で笑いながら歩きつづけた。

セシリーが若い令嬢たちと散歩にきていて、それぞれのメイドが少し距離を置いてあとに従っていた。ヴァネッサとキャサリンがそばまで行ったとき、セシリーたちは足を止めて、馬に乗った若い紳士二人と話をしていた。見ると、ゆうべの舞踏会に出ていた若者たちだ。陽気な笑い声とともに、挨拶がかわされた。

セシリーが二人に明るい笑みを向け、一緒に散歩しようと誘ってくれた。

「サーペンタイン池まで行くところなの」と、説明した。

「まあ、池ならぜひ見てみたいわ」キャサリンが言った。

ヴァネッサも見てみたかった。ただ、できることなら、元気あふれる若い令嬢たちとはべつのときに行きたいと思った。わたしも年をとってきたのね——ちょっと憂鬱になった。

「行ってらっしゃいな」と、キャサリンに勧めた。「どっちみち、わたしはそろそろ家に帰らないと。エリオットが戻ってるでしょうから。あなたが帰るときは、きっとセシリーとメイドが送ってきてくれるわ」

「ええ、もちろんお送りします」セシリーが言った。「弟さんも一緒だったらよかったのに」

「そうよ、そうよ」令嬢の一人が言った。「神々しいような方だわ。あの巻き毛!」

楽しげな笑いが巻きおこった。

ヴァネッサはみんなが歩き去るのを見送った。しかし、連れがいなくなってしまったし、メイドも連れてきていないので、一人でぐずぐずしてはいられなかった。屋敷に帰ったら、一時間ほど横になって、ここ二晩の睡眠不足を補うことにしよう。もちろん、エリオットがまだ帰宅していなければの話だ。帰ってきていたら、そのときは……。

歩調を速めた。

幌をおろしたバルーシュ型の馬車が三人の貴婦人を乗せて近づいてきた。三人とも最新流行のボンネットや帽子をかぶっている。ヴァネッサが思わずみとれていると、やがて、御者台に背を向けてすわっていた女性が首をまわした。ブロムリー＝ヘイズ夫人だった。

向こうも同時にヴァネッサに気づき、両方が温かな笑みを浮かべた。

「止めてちょうだい」馬車がヴァネッサの横まできたとき、ブロムリー＝ヘイズ夫人が御者に声をかけた。「レディ・リンゲイト。今日、ぜひお会いしたいと思ってましたのよ。ゆうべのおもてなしにお礼を申しあげなくては。すばらしい舞踏会でしたわね。ほかでもうひとつ約束がなかったなら、もっとゆっくりしたかったのですが」

「まあ」ヴァネッサは言った。「そう伺ってホッとしました。居心地の悪い思いをなさったのでなければいいけどと思ってたんです。招待状が届かなかったのは、こちらの不手際でした」

「お優しいのね」夫人は連れのほうへ目をやった。「わたし、レディ・リンゲイトとしばらく散歩することにするわ。お二人は先にいらして。家には一人で帰れますから」

御者台から御者が飛びおり、ほどなく、流行の装いに身を包んだ、目をみはるほど美しいブロムリー＝ヘイズ夫人がヴァネッサの横に立った。二人で散歩をするために、ヴァネッサの腕をとった。

「きのうの舞踏会のあと、とてもお疲れのご様子だって、エリオットから聞きましたわ」ブロムリー＝ヘイズ夫人は言った。「でも、こうして外に出て午後の空気を楽しんでらっしゃるお姿を拝見し、ホッといたしましたした」

エリオット？

「今日、お会いになったんですか」ヴァネッサは訊いた。

「ええ、もちろん。さっきまで、うちにいらしたの。よくあることよ」

どうして？

「エリオットが？」

「あら、ご心配にはおよびません」軽く笑って、夫人は言った。「ウォレス家の殿方はいつだってとても慎重ですし、公の場では、奥さまをそれはそれは大切になさいますもの。エリオットも、あなたに恥をかかせるようなまねはけっしてしないでしょう。それに、あのお屋敷はあなたのものだし、いずれは跡継ぎもおできになる。爵位はすでに手になさっている。ねえ、レディ・リンゲイト、羨ましがらなきゃいけないのは、わたしのほうです。あなたがわたしを羨む必要はありませんことよ」

いったいなんの話？

しかし、いくらバカでも、あるいは、田舎で浮世離れした暮らしを送ってきた者でも、夫人の言葉の意味をとりちがえるはずはなかった。

この人はエリオットの愛人！

〝アナはまことに尊敬すべき未亡人ではあるが、そのいっぽうで、ときたま……そのう、紳士たちと親しくしすぎるという評判が立つこともあるのでね〟

ゆうべのコンスタンティンの言葉が、いまこの瞬間、彼がすぐ横を歩きながらそう言っているかのように、ヴァネッサの耳に鮮明によみがえった。

招かれもしないのに舞踏会にやってきた彼女を見たときの、エリオットの怒りが思いだされた。

もちろん、招待状など出す気はなかったのだ。

「あら」ブロムリー＝ヘイズ夫人が言った。その声にはかすかな笑いがにじんでいた。「知らなかったとは言わせませんよ」

「きっと」硬くこわばり、こちらの意思に従ってくれそうもない唇から、ヴァネッサは無理に言葉を吐きだした。「わたしが何も知らないのを承知のうえでおっしゃったのね」

「忘れてましたわ。つい最近、田舎から出てらしたばかりで、上流社会とのおつきあいがなかった方だということを。この社会における秘密のやり方をご存じのはずはないわね。お気の毒なレディ・リンゲイト。でも、いくらあなたでも、エリオットは単なる便宜上の理由だけで結婚したわけではない、などと信じてはいらっしゃらないでしょ？」

もちろん、便宜上の結婚に決まっている。こちらから頼みこむまで、わたしとの結婚なんて、向こうは考えてもいなかったのだから。

「鏡でご自分の姿をごらんになるとよろしくてよ」ブロムリー＝ヘイズ夫人は話を続けた。「醜いなどと申しあげるつもりはありません。そんなことはないし、スタイルのわりにはドレスの着こなしもお上手でいらっしゃる。でもね、エリオットは女性を選ぶ目がとても洗練されていることで、昔から有名でしたのよ」

ロンドンの昼下がり、もっとも人目につきやすい場所で、妻と愛人が腕を組んで散歩をしている――ヴァネッサは思った。公園にきているほかの人々の目には、きっと、滑稽に映っていることだろう。そして、もちろん、ほかの人々はみんな知っていたに違いない。ヴァネッサだけが、ついさっきまで知らなかったのだ。

「洗練とはどのように？」ヴァネッサは訊いた。

もっと気の利いた、もしくは、鋭い返事を考える暇がなかったため、この程度の反撃しかできなかった。巣箱いっぱいの蜂に占領されたかのように、頭のなかがザワザワしていた。

ブロムリー＝ヘイズ夫人は低く笑った。

「あらあら、猫にはやはり爪があるのね。でも、レディ・リンゲイト、わたしたちがお友達になれない理由はなくってよ。どうして男に邪魔されなきゃいけないの？　男ってほんとにバカな生き物。さまざまな理由から、女には男が必要でしょうけど――そうね、わたしの場合は、少なくともひとつ理由があるわ――でも、だいたいにおいて、男がいないほうがはるかに幸せに暮らせるものよ」

「そろそろ失礼します」ヴァネッサは腕を放した。「家に帰ろうと思っていたとき、あなたにお会いしたんです。家の者が待っていますので」

「エリオットのこと？」夫人は笑った。「お気の毒なレディ・リンゲイト。それはどうかしら。大いに疑わしいわね」

「ご機嫌よう」

ヴァネッサは右も左も見ようとせずに、人ごみを急ぎ足で通り抜けた。

千々に乱れた心のなかから、さまざまな思いがひとつずつくっきりと浮かびあがってきた。

自分が十人並みの器量だという事実。

エリオットが「きれいだよ」と言ってくれたときのこと。心にもない褒め言葉で子供をなだめようとするような口調だった。

ロンドンにきて以来、二日前にこちらから文句を言うまで、彼が毎日朝から晩まで家を空けていたこと。

こちらにきて何日かたったころ、父親とは違う人間になってくれるよう願っていたと、彼の母親が言ったこと。

彼の夜の行為は愛情とはなんの関係もなく、跡継ぎを作るためにすぎなかったこと。

ゆうべも、ブロムリー＝ヘイズ夫人が帰る前に、彼が何分か夫人と話しこんでいたこと。

彼とコンスタンティンが対立していること――そして、劇場で夫人を紹介しにきたのも、ゆうべ舞踏会に連れてきたのも、コンスタンティンだった。エリオットへの嫌がらせだ。

エリオットが今日ブロムリー＝ヘイズ夫人に会いにいき、「ヴァネッサは疲れている」と彼女に言ったこと。まるで、前の日にごちそうを食べすぎた子供の話をするみたいに。

彼がすばらしくハンサムで、魅力的で、ヴァネッサのような妻一人で満足するわけがないこと。

こちらが愚かでまぬけだったこと。

世間知らず、だまされやすい、バカ。

不幸。

みじめ。

屋敷までまだかなりあるというのに、足を交互に前に出すことがほとんどできなくなっていた。

幸い——じつに幸いなことに——ヴァネッサが帰宅したとき、エリオットはまだ帰っていなかった。姑が客間で少数の客をもてなしていることを、執事から知らされた。

ヴァネッサは客間の前を忍び足で通りすぎた。そのまま自分の部屋まで行き、寝室のドアも化粧室のドアもきっちり閉まっていることを確認してから、靴とボンネットを脱いだだけで、あとはそのままの服装でベッドにもぐりこみ、ベッドカバーを頭の上までひっぱりあげた。

このままここで死んでしまいたかった。

熱烈にそう願った。

ヘドリー、とつぶやいた。

しかし、それも感心できないことだった。全身全霊で愛してくれた男を裏切って——愛の意味を知りもしない無情な男に恋してしまった。

その男はたまたま自分の夫でもあった。

信じられないことに、ヴァネッサはそのまま眠りに落ちていった。

エリオットはジャクソンのボクシング・サロンで一時間をすごし、スパーリングの相手から、真剣勝負みたいなパンチはやめろと何度も文句を言われた。

つぎに紳士クラブの〈ホワイツ〉へ行き、いつも楽しくつきあっている顔見知りの連中から仲間に入るよう誘われたが、十五分後にはクラブを出た。

馬でロンドンの通りをあてもなく走りまわったが、ハイド・パークや、知りあいに出会ってやむなく足を止めて礼儀正しい会話をかわす羽目になりそうな場所は、すべて避けた。

しかし、ついに家に帰ることにした。ジョージ・ボーウェンがまだ執務室にいた。エリオットが入っていくと、うんざりするほど分厚い郵便物の束を押してよこした。エリオットはそれを手にとり、ざっと目を通した。彼がじきじきに処理する必要のあるものばかりだった。もちろん、そうでなければ、ジョージのほうで処理をして、エリオットを煩わせることはなかっただろう。

「奥方はご在宅かい？」エリオットは訊いた。

「はい、お二人とも」ジョージは答えた。「ぼくの目を盗んで、召使い用の階段からこっそり逃げだしたのでないかぎり」

「そうか」

エリオットは手紙の束をデスクに置き、上の階へ行った。

アナを傷つけてしまったという思いをふり払うことができなかった。彼女を訪ねたところ、やけにおとなしかった。唇にかすかな笑みを浮かべて、彼の話に聞き入った。そのあとで、訪ねてくれる必要はなかったのにと言った。ゆうべ、ふたたび自由の身になり、誰かほかの人と交際できるようになったのが、いかに幸運なことかを実感したという。一人の相手と二年間なんて、長すぎたんじゃない？　未亡人生活のなかでわたしがいちばん大切にしているのが自由なの。わたしたちの関係もちょっと退屈になってきてたし。そう思わない？

エリオットは、そんなことはないと答えた。同意するのは無神経というものだ。それに、彼にとっては、退屈な関係ではなかった。ただ……無意味なものになっていた。しかし、それもアナに言っていいことではない。

アナを傷つけてしまったのではないかと、エリオットが一日じゅう頭を悩ませていたのは、ヴァネッサの影響と言っていいだろう。ヴァネッサと感情分析！　彼女と出会うまで、自分自身の感情も含めて、人間の感情というものに頭を悩ませたことは一度もなかった。

客間をのぞいたが、ヴァネッサはいなかった。母親もセシリーもいなかった。

寝室に違いない——上の階まで行き、化粧室にも妻の姿がないことを確認したあとで、エリオットはそう判断した。ところが、寝室のドアは閉ざされていた。軽くノックしたが、返事がない。だが、なかにいるに違いない。たぶん、ぐっすり眠っているのだろう。

エリオットはひそかに笑みを浮かべ、大きなノックはしないことにした。多忙な一日を終えたあとも、ゆうべはヴァネッサをろくに眠らせなかった。もしくは、彼女が眠らせてくれなかった。おたがいに眠らせようとしなかった。

妻に性的な魅力を感じていることを、エリオットはいまも意外に思っていた。けっして好みのタイプの女ではないのに。もしかしたら、そこが魅力なのかもしれない。

ふたたび一階におりて、何通かの手紙に目を通した。もっとも、返事の口述はできなかったが。ジョージは一日の仕事を終えて、すでに帰ってしまっていた。

二階に戻り、髭を剃って着替えをした。そろそろ晩餐の時刻だが、ヴァネッサの部屋からはいまだに物音ひとつ聞こえてこない。もしかしたら、寝室にもいないのかも。ジョージの勘違いで、まだ出かけたままかもしれない。ただ、こんな時刻までどこへ行っているのかとなると、エリオットには見当がつかなかった。

もう一度ドアをノックしてみたが、返事がないので、恐る恐るドアをあけてのぞいてみた。ベッドがくしゃくしゃだった。真ん中が盛りあがっているので、ベッドカバーに隠れて姿はまったく見えないが、たぶん妻が寝ているのだろうと思った。

部屋に入り、ベッドのへりをまわって、盛りあがっている部分に近づいた。ベッドカバーの端をめくってみた。身体を丸めたヴァネッサがいた。服を着たままで、髪が乱れ、上向きになった片方の頰に赤みが差していた。

きっと疲れてたんだな。エリオットは笑みを浮かべた。

「眠り姫さん」と、そっと声をかけた。「晩餐に遅れてしまうよ」

ヴァネッサは目をひらき、顔の向きを変えて彼を見あげた。笑みが浮かびかけた。だが、つぎの瞬間、急に顔をそむけ、いっそう丸くなった。

「食べたくない」と言った。

頬の赤みは熱のせい？　手の甲をヴァネッサの頬にあててみたが、彼女はその手を払いのけ、マットレスにさらに深く顔を埋めた。

彼は手を持ちあげると、ベッドの上のほうで宙ぶらりんのまま静止させた。

「どうしたんだ？　具合でも悪いのか」

「いいえ」

「何かあったのかい？」

「べつに何も」マットレスでヴァネッサの声がくぐもっていた。「出てって」

エリオットは眉を吊りあげると、背中で手を組んだ。立ったまま、彼女を見おろした。

「出ていけだと？　もうじき晩餐の時間なのに、きみはこうして寝ている。なのに、何もないというのか？」

不意に、ある考えが浮かんだ。

「月のもの？　始まったのかい？」

「いいえ」

すると、横になっている理由はそれ？　だが、つわりなら、ふつうは朝のほうがひどいはずでは？

「ヴァネッサ、ぼくを見てくれないか」

「命令なの？」ヴァネッサは荒々しいと言ってもいいようなしぐさで仰向けになると、乱れた髪のまま下から彼をにらみつけて尋ねた。服がしわくちゃになって身体にまとわりついている。「ええ、子爵さま。なんなりと、子爵さま」

エリオットは顔をしかめた。

「何があったのか、話してもらったほうがよさそうだな」

そこで突然、不吉な予感がした。コンだ。

「話す気なんかないわ」ヴァネッサは顔にかかった髪を片方の腕でかきあげた。「あなたの妻となった以上、話すか話さないかを決める権利はわたしにはないとおっしゃるでしょうけど。そして、あなたに従う義務と、あなたが夫の権利を行使しようという気になったときはつねにそれを尊重する義務がある、とおっしゃるでしょう。でも、夫婦の片方が誓いを平気で破れるのなら、もう一方も同じことをしていいはずよ。たとえ、こちらが単なる女で、ゆえに人間として認められていなくても。今度わたしに触れようとしたら、思いきり大声で悲鳴をあげてやる。ただの脅しじゃないわよ」

ああ、やっぱり。コンだ。

「そのようだな。ぼくの何が非難されてるんだ？」

「妻がいながら、愛人を囲っていること。妻は不器量だが愛人は美女だなどと言ったところで、言い訳にはならないわよ。わたしが不器量なのは結婚前からご存じだったはず。そして、わたしのほうから結婚してほしいと頼みこんだことも、言い訳にはならない。ことわればよかったんだから。でも、あなたはことわらなかった。わたしと結婚した。わたしに対して神聖なる誓いを立てた。そして、それを破った。今後はもう、あなたのことを夫とは思いません。名目だけの夫婦ね」

エリオットは動揺し、軽い怒りまで覚えながら尋ねた。

「コンが事実を正確に話してくれたと思っているのか、ヴァネッサ？」

「フン！　否定するつもり？　今日、ブロムリー＝ヘイズ夫人の家へ行った？　行かなかった？」

なんだと。では、コンではなかったんだ。

「ほら見なさい」エリオットが返事をためらったので、ヴァネッサは言った。「否定できないでしょ？」

「アナがここにきたのか」

「アナねえ」ヴァネッサはさも軽蔑したように言った。「そして、あちらはあなたをエリオットと呼んでいる。むつまじいこと。公園でばったり会ったのよ。さあ、出てって。今日はもう、あなたの顔なんか見たくない。永遠に見ずにすめばいいのに」

「説明させてくれないか」

「フン！」ヴァネッサはふたたび言った。「出てって」

「亡くなった夫の肖像画を見て泣いているきみをぼくが目にしたとき、きみは弁明させてほしいと言った」エリオットは以前のことを持ちだした。「そして、結局、ぼくはきみの話に耳を傾けた。物事はつねに見かけどおりとはかぎらないんだよ」

「じゃ、あなたの愛人ではないわけ？」彼女の声ににじむ軽蔑がさらに強くなった。

「違う」

「へーえ！　それじゃ、ブロムリー＝ヘイズ夫人が嘘をついてるの？」

「アナがきみに何を話したのか、ぼくにはわからない」

そのまま待った。

ヴァネッサはベッドカバーをはねのけると、ベッドの向こう側へ足をおろした。立ちあがり、しゃれたデザインの新しい外出着のしわを手で伸ばした。この服を人前に出せる状態に戻すには、きちんとした手入れが必要だろう。つぎに、彼に背を向けたまま、髪に指をすべらせた。

「説明を伺いましょう」

「アナは一昨年から去年にかけてぼくの愛人だった。その事実にきみが気分を害するとしたら、ヴァネッサ、申しわけないとは思うが、過去はいまさら変えようがないし、もし変えられるとしても、そこまでする気はない。そのころ、ぼくはまだ結婚していなかった。きみのことを知りもしなかった」

「たとえ知っていても、わたしじゃ、ろくな競争相手になれなかったでしょうね」

「結婚式に先立って、きみと母とセシリーを連れてロンドンにやってきたとき、ぼくはアナを訪ね、結婚することを告げた。すさまじい勢いで文句を言われ、そのまま暇を告げた。それで終わったと思っていたが、そうではなかったようだ。二日前の晩は劇場に、ゆうべは舞踏会に押しかけてこられて、ぼくはようやく気がついた。二人の関係が終わったことを、彼女の目を見てきちんと伝えるべきだったと。そこで、今日、そのためにアナを訪ねたんだ」

「きのうの舞踏会のあと、わたしがとても疲れていたという話も、あの人になさったのね」

エリオットはためらった。

「話したような気がする」

「よくもまあ、わたしことを話題にできたものね」ヴァネッサはふりむいて、彼の目を真正面から見据えた。

「すまない。たしかに無神経だった。アナはいまだにぼくの愛人のような言い方をしたのかい、ヴァネッサ？　アナはたぶん、きみがぼくに食ってかかることはあるまい、きみの心が嘘に蝕まれていくだけだ、と思いこんでいたのだろうか。だとしたら、アナにはきみという人がまるでわかっていないことになる。そうだろ？　いまはもう愛人ではないし、きみと婚約して以来、一度もそういう関係にはなっていない。こんな嫌がらせのできる女だとは思わなかったが、どうやら、そういう女だったようだ。別れに伴うゴタゴタできみのことまで傷つけてしまって、心から申しわけなく思っている」

「あら、あなた、心というものをお持ちなの？」ヴァネッサは彼に尋ねた。「ゆうべはこのベッドで一緒に眠ったでしょ。わたしに優しい気持ちを持つようになってくれたんだと思ってた。なのに、あなたがけさいちばんにやったのは、愛人のところへ出かけることだった」

「かつての愛人のところだよ。なぜ訪ねる必要があると思ったかについては、すでに説明したじゃないか」

「でも、出かけることをわたしに告げる必要があるとは思わなかったの？」

「まあな」

「どうして関係を終わらせたの？」

「結婚したから」

ヴァネッサはほんの一瞬、笑みを浮かべた。

「わたしと結婚したからではないのね？」と訊いた。「単に結婚したから？　まあ、それだけでもたいしたものだけど。賞賛すべきことかもしれない。でも、その高貴な倫理観がすり減ってつぎの愛人を作るのも、時間の問題じゃないかしら」

「ありえない。ぼくたち二人が生きているかぎり」

「ねえ」自分の両手に視線を落として、ヴァネッサは言った。「その前にも何人か愛人がいたんでしょ？」

「うん」

「みんな美人だったでしょうね」

「うん」

「だったら、わたしなんか――」

エリオットはそれをさえぎり、ややきつい口調で言った。

「いい加減にしてくれ、ヴァネッサ。もうたくさんだ！　きみは美しいと、ぼくが何度も言っただろ。嘘はついていない。その言葉が信じられないとしても、ぼくの行動まで信じられないとは言えないはずだ。愛の行為を思いだしてごらん。ぼくがきみを美人で蠱惑的だと思っていることがわかるだろう?」

ヴァネッサの目に涙があふれ、ふたたびあわてて顔をそむけた。

容貌についての劣等感が心の奥までしみついているのだと、エリオットは気づいた。たぶん、本人は意識していないだろう。劣等感を隠すために、明るくふるまうようになったのだ。しかし、陽気な態度をとりされば、傷つきやすい無力な女が残る。

「あんな人があなたの愛人だったなんていや。好きになれないタイプだわ。考えただけで耐えられない。あんな人があなたと――」

「ぼくだって、きみとデューのことを考えただけで耐えられない。状況は違うけどね、ヴァネッサ。人はみな、生涯の伴侶が自分の前にあらわれたときは、生まれたての赤ん坊みたいに無垢な姿だったのだ、自分のほかにはこれまで誰もいなかったのだ、と思いたがる。だが、そんなことはありえない。きみはぼくと出会う前に、二十四年近い人生を送ってきた。ぼくはきみと出会う前に三十年近く生きてきた。だが、その人生がなければ、おたがい、いまのような人間にはなっていなかっただろう。そして、ぼくはいまのきみが好きなんだ。きみもぼくを好きになりはじめてくれたと思ってたんだが」

ヴァネッサはためいきをつき、下を向いた。

「劇場でわたしたちに挨拶にきたのと、ゆうべの舞踏会に姿を見せたのは、誰の考えだったの?」ヴァネッサは彼に訊いた。「あの人? それとも、コンスタンティン?」

「わからない。たぶん、二人で考えたんだろう。きみにすぐさますべてを打ち明けて、二人の嫌がらせの毒を封じておくべきだった。〝そうそう、ついでに言っておくと、コンのとなりにすわっているレディはぼくの別れた愛人なんだ。向こうはたぶん、別れたとは思ってないだろうけど。申しわけない。だけど、ぼくはこれから一生涯、いい子でいることを約束する〟ってね。そうしておけば、あれこれ揉めずにすんだのに。そうだろう？」

ヴァネッサは顔だけエリオットのほうへ向け、かすかに笑ってみせた。顔はまだ青ざめていたが。

「でも、そしたら、わたし、お芝居の後半は楽しめなかったと思うわ」

「そうなのかい？」

ヴァネッサはうなずいた。

「真実を知ったことで、きみの結婚生活も楽しめなくなった？　きみの生涯も？」

「エリオット、すべて正直に話してくれた？」

「うん」エリオットは彼女にじっと視線を返した。

ヴァネッサはためいきをつくと、向きを変え、ふたたび彼とまっすぐ向きあった。

「〝いつまでも幸せに〟というのが現実にありうるなんて、一度も思ったことがないし、そう望んだこともなかったわ。きのうとけさ、ようやくそれに出会えたって信じたけど、わたしもずいぶん愚かだったわね。出会ってはいなかった。でもね、修復のしようがないほどこわれてしまったものは、ひとつもないわ。わたしはこれからも生きていく。あなたと一緒に。ねえ、ほんとに、わたしのことを蠱——い、いえ、多少は魅力的だと思ってくれてる？」

「そうだよ」エリオットは言った。ベッドの向こうへまわってヴァネッサを抱きあげようかと思った。しかし、やらないほうがいいかもしれない。真剣さが足りないと思われそうだ。

「ただし、ぼくは〝魅力的〟などという言葉は使っていない。正確な表現ではあるが。それに、凡庸だね。ぼくは〝蠱惑的〟と言ったんだ」

「まあ。理由がよくわからないわ。こんなひどい格好なのに」ヴァネッサは自分の身体を見おろした。

「いまこの瞬間は、たしかにそうだ」エリオットは同意した。「この家にネズミがいたら、きみをちらっと見ただけで、怯えて逃げだすことだろう。外出着はベッドで着るためのものではないんだよ、いいね。それから、髪には、二、三時間おきに櫛を入れなくてはならない」

「まあ」ヴァネッサは笑いだした。かぼそい神経質な笑い声だった。

「メイドを呼んであげよう。ぼくは下へ行って、今夜は飢え死にしなくてすみそうだと、母とセシリーに伝えてくる。それから、三十分以内にきみがおりてくるということも」

「ヘラクレスの難行だわ」ベッドをまわって化粧室のほうへ向かう彼に、ヴァネッサは言った。「三十分で、どうにか人前に出られる姿になろうなんて」

「いや、大丈夫だ」エリオットはベルの紐をひっぱり、ふりむいて妻を見た。「笑顔になるだけでいい、ヴァネッサ。きみの笑顔はすばらしい魔法だ」

「その嘘を暴いてあげるわ、バカな人。いますぐ、笑顔であなたと一緒に下へ行くことにする。お母さまがヒステリーの発作を起こすわよ」

「二十五分たったら戻ってくる」エリオットは自分の化粧室に入り、ドアを閉めながら言った。

目を閉じて、しばらくのあいだドアにもたれた。

罪滅ぼしをしなくては。このところ、何人もの人を傷つけてきた。彼自身もこの二年のあいだに、信頼していた人に裏切られて傷ついたため、きびしい義務に心を向け、愛に――そして、笑いと喜びに――背を向けてしまった。

とにかく、多くの人を傷つけてきた。

愛と笑いと喜び。

気が進まないまま、冷笑を浮かべて妻にした女のなかに、そのすべてが備わっていた。

自分にはもったいないほどの宝物を妻にしたのだ。

数分前に、妻はなんて言った？　しかめっ面で考えこんだ。

〝いついつまでも幸せに〟というのが現実にありうるなんて、一度も思ったことがないし、そう望んだこともなかったわ。きのうとけさ、ようやくそれに出会えたって信じたけど、わたしもずいぶん愚かだったわね〟

きのうとけさの彼女は幸せだったのだ。〝いついつまでも〟という幸せに浸っていた。

そうか！

幸せに浸っていた。だが、当然だ。
ぼくもそうだった。

21

姉と妹を社交界デビューさせるのは厄介なことだろうと、ヴァネッサは覚悟していた。公爵家の跡継ぎたる子爵の妻という身分であっても、彼女自身、姉や妹と同じく、社交界では新参者だ。貴族社会のことは何も知らないし、知りあいもまったくいない。

しかし、結果的には、そう厄介なことではなかった。必要とされたのは、名門貴族の妻という立派な身分だけだった。エリオットなら名門中の名門だ。

ヴァネッサたち三人の姉妹は社交界の注目の的になっていた。ヴァネッサは、イングランドでもっとも理想的な花婿候補だった男性と最近結婚したばかりだから。マーガレットとキャサリンは新たなるマートン伯爵の姉だから。ついでに言っておくと、その伯爵も若さにあふれ、とてもハンサムで、都会的な洗練に欠けているにもかかわらず——いや、むしろ欠けているがゆえに——とても魅力的だ。それから、マーガレットとキャサリンには、たぐいまれな美しさという魅力も備わっている。

ヴァネッサがほどなく知ったことだが、貴族社会の人々は、新しい顔に出会い、新しい話を聞き、新しいスキャンダルの噂を耳にすることに、つねに貪欲な興味を向けている。新伯爵と姉たちは辺鄙な田舎の村で暮らしていた人々で、しかもその家は、ほとんどの屋敷にある庭仕事用の小屋よりさらに小さな（貴族連中は誇張した表現を使いたがる傾向も強い）コテージだったという話が、みんなの想像をかきたて、一週間以上にわたってあちこちの屋敷の客間で話題となった。また、姉の一人が、社交界の憧れの的であるリンゲイト子爵の妻の座を射止めたことも（ハートまでは射止めていないかもしれないが）、話題になった。美人にはほど遠いから、恋愛結婚だとは思えない――しかし、恋愛結婚でないのなら、長女と結婚しなかったのが変だ、といった具合に。そして、ブロムリー＝ヘイズ夫人がある日の午後ハイド・パークでリンゲイト子爵夫人と一緒にいる姿を見られたあと、突然子爵に捨てられてしまった、という噂が広まると、みんなの好奇心は大きく膨らんだ。

子爵夫人の評判は大いに高まった。

ハクスタブル家の姉弟は、上流社会の人々が招待される場所ならどこへでも招待された。舞踏会、夜会、コンサート、ピクニック、朝食会、晩餐会、劇場……そのリストは果てしがなかった。毎日、朝から晩まで愉快にすごそうと思えば簡単にできた。いや、貴族社会の習慣だと、〝朝から〟とは言えないかもしれない。ダンスや、カード遊びや、おしゃべりや、そのほかの楽しみに興じるうちにほぼ徹夜になってしまうため、ほとんどの人が正午すぎまで寝ている。

朝食会の招待状というのが、じっさいには、午後の半ばに始まる食事会への誘いであることを知って、ヴァネッサはおもしろがった。ほとんどの人が午後になってから一日をスタートさせ、早朝に一日を終えることに満足しきっているのが、ヴァネッサにとっては驚きだった。

太陽の光を無駄にするなんてもったいない！

姉と妹に付き添って数々の社交の場に出かけたが、彼女自身が名前を思いだせないことの多い相手に二人を紹介するときも、二人が仲間に入れるような会話のグループを見つけるときも、二人のためにダンスの相手を見つけるときも、さほど苦労せずにすんだ。エリオットが言っていたように、どこへ出かけても同じ相手と顔を合わせることが多いおかげで、ほどなく、名前も顔も称号もなじみ深いものとなった。

マーガレットとキャサリンはすぐに友達や顔見知りがたくさんでき、二人ともあっというまに崇拝者に囲まれるようになった。ヴァネッサもそうだった。これには彼女自身がいちばんびっくりしている。名前もほとんど思いだせないような若い紳士たちが、ヴァネッサにダンスを申しこんだり、軽食を持ってこようと申しでたり、庭園の散策やダンスフロアへエスコートしようと言ってきたりした。公園へ馬車で出かけようとか、ロットン・ロウで乗馬を楽しもうと誘ってきた者も一人か二人いた。

もちろん、夫のいる女性が愛人を持つのは珍しいことではない。そして、エリオットが劇場で〝だが、結婚している貴婦人が夫以外の紳士のエスコートで社交行事に顔を出しても、べつに非難すべきことではない〟と言っていたのを思いだした。

貴族社会の結婚というのがどのようなものかについて、こうした事実が多くを語っているわけだが、ヴァネッサには、ほかの人々と同じような行動をとろうという気はなかった。エリオットが一緒でないときは、どこかの知らない紳士と出かけるよりも、姉や妹や姑とすごすほうが好きだった。

宮廷へ拝謁に伺候したあとの何週間かは、ヴァネッサは不幸せではなかった。だが、とくに幸せでもなかった。

ブロムリー＝ヘイズ夫人の件でヴァネッサがエリオットに食ってかかった日以来、二人のあいだには遠慮のようなものが生まれていた。よそよそしいわけではなかった。多くの社交行事に、エリオットは妻を連れて出かけた。とくに夜の外出が多かった。時間があればいつでも夫婦で会話をした。毎晩、愛しあった。彼女のベッドで眠った。

しかし……二人のあいだには何かがあった。どことなくこわばった雰囲気が。

ヴァネッサは彼を愛していた。そのくせ、傷ついていた。結婚前に愛人がいたことにではない。そんなことで傷ついても始まらない。たぶん、結婚したあとで彼がもとの愛人を訪ね、こちらが何も知らずにいればそのまま黙っているつもりだったという事実が、ヴァネッサを傷つけたのだろう。また、ブロムリー＝ヘイズ夫人があらゆる点で（少なくとも外見的に）美しい人なので、よけい傷ついたのだろう。

わたしの結婚にはなんの問題もない――ヴァネッサは自分にそう言いつづけていた。すべて順調すぎるぐらい。わたしを気遣ってくれる夫がいる。妻に忠誠を捧げる夫。生涯の忠誠を誓ってくれた。わたしは果報者。これ以上何を望むつもり？

彼のハート？

月と星が手に入ったら、つぎは太陽も手に入れずにいられなくなるの？

答えはどうやらイエスのようね。

キャサリンは崇拝者の群れを、スロックブリッジにいたときと同じように扱っていた。全員に優しい寛大な微笑を見せ、全員に同じように愛嬌をふりまき、全員に好意を抱いていた。しかし、誰かに訊かれれば、そのなかに特別な人は誰もいないことを認めるだろう。

「誰か特別な人がほしいとは思わないの？」ある朝、ほとんど誰もいない公園をきびきびした足どりで散歩していたときに、ヴァネッサは尋ねた。

「もちろん、ほしいわ」ためいきらしきものをつきながら、キャサリンは答えた。「ただね、そこが問題なの、わかるでしょ、ネシー。特別でなきゃいけないの。そんな人はいない、わたしは無理なことを望んでるだけなんだ、って結論に達したわ。でも、そうでもないのかしら。ヘドリーはネシーにとって特別な人だった。リンゲイト子爵もそう。セシリーの社交界デビューの舞踏会でワルツを踊る二人を見て、わたし、どんなに羨ましかったことか。ネシーが二回も特別な人にめぐりあえたのなら、わたしだって一回ぐらいそんなチャンスがほしいけど、それって無理な望み？」

「いまにめぐりあえるわ」ヴァネッサは妹の手をとって握りしめながら、きっぱりと言った。「あなたが愛を大切に思っているとわかってうれしいわ。ところで、メグはどうなの？」

マーガレットは散歩に加わっていなかった。アリンガム侯爵と一緒にフッカム図書館へ出かけていた。

「侯爵とのこと？」キャサリンは言った。「メグに真剣に求愛中みたいよ」

「で、メグは応じるかしら」

「わからない」キャサリンは正直に答えた。「好意は持ってるみたい。結婚相手によさそうな人柄のいい紳士が何人か、メグに興味を示してるけど、メグのほうはもちろん知らん顔。恋する女という雰囲気がまったくない人だわ」

たしかにそうだ。マーガレットにとっては、自分のために新しい人生を築くよりも、スティーヴンの行動に目を光らせ、キャサリンにできるだけ楽しく暮らすように勧め、ヴァネッサは幸せなのだと自分自身に言って聞かせるほうが、はるかに大切なことなのだ。

それでも、侯爵は本当に性格のいい紳士で、マーガレットに優しい心遣いを示してくれる。しかも、クリスピン・デューは結婚してしまった。彼のことをこれ以上想いつづけても意味がない。そうよ、イエスと答えるのは簡単なはずよ——ヴァネッサは思った。

「メグって自分のことはぜんぜん話さないでしょ？」キャサリンが言った。「前はあまり気がつかなかったけど、でも、たしかにそうだわ。だから、わたし、クリスピン・デューのことも知らなかったんだと思う。ねえ、ネシー、メグはそんなにクリスピンのことが好きだったの？」

「そうみたい。でも、時間がたてば、メグもべつの人を見つけるでしょう。もしかしたら、アリンガム侯爵がその人かもしれない。侯爵と楽しそうに出かけていくもの」

しかし、その望みはほどなく打ち砕かれることとなった。

一週間ほどたったある日の午後、ヴァネッサがマートン邸を訪ねると、ちょうどスティーヴンが玄関にいて、コンスタンティンを待っているところだった。一緒に競馬に行くという。不機嫌な表情だった。

「もうやだよ、ネシー。メグもいつになったら、ぼくの母親じゃなくて姉だってことに気づいてくれるんだろう？　ぼくがいま十七で、もうじき十八になろうとしてて、抱っこ紐でくくりつけておく必要はないってことに、いつになったら気づいてくれるの？」

「あらあら、何があったの？」

「さっき、アリンガム侯爵が訪ねてきて、ぼくに話があるって言ったんだ。すごく礼儀正しいやり方だよね。だって、ぼくはまだ十七だし、向こうはきっとその二倍の年齢だし、メグは二十五なのに。メグに求婚する許可をぼくに求めにきたんだ」

「まあ、スティーヴン」ヴァネッサは両手を胸の前で握りあわせた。「それで……？」

「それで、ぼくはもちろん、どうぞと答えた。ほんとのことを言うと、すごくうれしかった。あの人、たぶん、一流の仕立て屋やブーツ職人は使ってないだろうけど、乗馬がすごくうまいし、とってもいい人だって評判だし、あんまり背が高くないこともそんなに気にならない。貫禄があるんだ。しかも、メグはこの二、三週間、侯爵と一緒にずいぶん出かけてた。喜んで求婚を受け入れるだろうとこっちが思うのも当然だよね」

「でも、受け入れなかったの？」

「その場ですぐことわった」

「まあ。じゃ、それほど好きじゃなかったってこと？」

「知らないよ、そんなの。何も言おうとしないもん。誰にもなんの関係もないことだって言うんだ。父さんにあんなくだらない約束をしたものだから、ぼくが二十一になり、ケイトが結婚するまで、その約束を守りつづける気なんだ」

「まあ、そんな……。これまでとは状況が違うんだって、メグも考えるようになっただろうと思ってたのに」

「ものすごく違うよね。いまのぼくはマートン伯爵だよ、ネシー。領地があって、財産があって、そして、人生がある。新しい友達が何人もできた。ぼくには未来がある。メグを愛してないわけじゃないよ。父さんが死んでから、ぼくのためにあれこれ尽くしてくれたことに感謝してないわけじゃない。それはぜったい忘れないし、一生感謝すると思う。だけど、いつ何をしてるかメグにいちいち報告しなきゃいけないから、頭にくるんだ。それと、今後二度とめぐりあえそうもない最高の結婚の申しこみを、メグがことわってしまったわけだけど、その原因がぼくにあるっていうのも頭にくる。相手のことがそれほど好きでなきゃ、ことわってもいいけどさ。そしたら、ことわるだけの根性のあるメグに拍手を送るよ。でも、そういうことじゃないのなら……単にぼくのせいなら……あ、コンスタンティンがきたみたいだ」

　スティーヴンの顔がみるみる明るくなった。

ヴァネッサはコンスタンティンと顔を合わせる気になれなかった。スティーヴンの腕を軽く叩いた。

「メグがどう思ってるか聞きだしてみるわ。楽しんでらっしゃい」

「うん、ありがと。コンスタンティンはすばらしい人だね。リンゲイトもだよ、ネシー。ぼくに監視の目を光らせてるのは事実だけど、抱っこ紐でくくりつけておこうとはしない」

スティーヴンはコンスタンティンが玄関をノックするのを待たずに出ていった。

ヴァネッサが客間まで行き、たったいまスティーヴンと話をしてきたところだと告げると、マーガレットは口を堅く閉じ、ムッとした表情になった。

「弟の困ったところは」マーガレットは言った。「境遇がすっかり変わったせいで、いっきに大人になったと思いこんでる点ね。でも、現実には、ネシー、あの子はまだ子供なのよ。それも、ますます反抗的になりつつある子供」

「もう少し手綱をゆるめてやる必要があるんじゃないかしら」ヴァネッサは言ってみた。

「まあ、あなたまで。やめてよ」マーガレットはひどく気を悪くした様子だった。「あの子はね、ウォレン館にいて、家庭教師のもとで勉強してればいいの」

「もうじきそうなるわ。それと同時に、成年に達したときにあの子を待ち受けている世界に、少しは慣れておく必要もあるのよ。でも、あの子のことで口論するのはやめましょ。アリンガム侯爵が結婚の申しこみにいらしたんですって？」

「ほんとに優しい方。でも、もちろん、おことわりしたわ」

「もちろん？」ヴァネッサは眉を吊りあげた。「あの方のことが好きになったんだと思ってた」

「だったら、あなたの思い違いだわ。八年前に約束したお父さまと妹と弟への義務を果たすまでは、結婚なんて考えられないことを、あなただけはわかってくれると思ってたのに」

「でも、エリオットとわたしがウォレン館のすぐ近くに住んでるのよ。それに、ケイトはあと二、三カ月で成年に達する。スティーヴンは今後数年間、ほとんど大学で勉強することになる。大学を出るころには、もう一人前よ」

「でも、まだまだ先のことよ」マーガレットは言った。

ヴァネッサは首をかしげて姉をじっと見た。

「結婚したくないの？　死ぬまでずっと？」

クリスピン・デューの責任だわ――ヴァネッサは思った。

マーガレットは両手を膝に置き、手の甲を見つめた。

「結婚しなかったら、スティーヴンと結婚した女性が女主人となるウォレン館に住まわせてもらうしかないわね。あるいは、あなたのいるフィンチリー・パークへ行くか。あるいは、どこかでケイトとその夫の世話になるか。いつかは、わたしに求婚してくれる親切な誰かと結婚するときがくるでしょう。でも、いまはまだ結婚できないわ」

ヴァネッサはうつむいた姉の頭を見つめた。長い沈黙が続いた。

「メグ」ついに言った。「スティーヴンはたぶん知らないと思うの……クリスピンのことを。

ケイトが何も話していないかぎり。あの子ね、お姉さまがアリンガム侯爵の求婚をことわったのは自分のせいだと思いこんでるのよ」

「それは事実よ」マーガレットは言った。

「いいえ、違う。クリスピンのせいだわ」

マーガレットは顔をあげてヴァネッサを見た。眉間にしわが刻まれていた。

「スティーヴンにちゃんと話さなきゃ」ヴァネッサは言った。「お姉さまを幸せから遠ざけている責任はあの子にあるんじゃないってことを、ちゃんと教える必要があるわ」

「スティーヴンがわたしの幸せなのよ」マーガレットは激しい口調で言った。「それから、あなたとケイトも」

「そうやって、わたしたちみんなに足枷をはめるわけね。わたしはお姉さまを心から愛してるわ。ケイトとスティーヴンのことも愛してる。でも、この三人こそが〝わたしの幸せ〟だなんて、ぜったい言わない。わたしの幸せはほかの誰かが与えてくれるものではないわ」

「リンゲイト卿でもだめなの？」マーガレットが訊いた。「あるいは、ヘドリーでも？」

ヴァネッサは首を横にふった。

「ヘドリーやエリオットでもだめ。わたしの幸せはわたし自身のなかから生まれるものでなきゃ。でないと、あまりに不安定で自分自身は幸せに浸ることができないし、重荷になりすぎて、自分の愛する人たちを幸せにすることもできなくなる」

「わかってないのね、ネシー。誰もわかってくれない。お父さまに約束したとき、わたしは年がすぎた。いくら境遇が変わっても、いくらあなたが幸福な結婚をし、ケイトが結婚相手として理想的な何人もの紳士に求婚され、スティーヴンが自由になりたがってじりじりしていても、あるいは、わたしがいいお話に恵まれて、ノーサンバーランドへ移って新しい生活を始め、ケイトとスティーヴンの世話はあなたとリンゲイト卿に委ねることができるとしても、残りの四年間を捨てて自由になるわけにはいかないわ。これはクリスピン・デューとはなんの関係もないこと。わたしが自分から進んで約束し、喜んでその約束を果たしているだけのことなの。あなたたちみんなを愛しているわ。たとえスティーヴンにうるさがられようと、自分の義務を放棄するつもりはありませんからね」

ヴァネッサは姉のそばまで行き、姉のウェストに腕をまわした。

「買物に出かけましょう。きのう、とってもすてきなボンネットを見つけたんだけど、色がロイヤルブルーだから、わたしにはぜんぜん似合わないの。でも、お姉さまがかぶれば、みんなうっとりすると思うわ。ほかの人に買われないうちに、見にいきましょうよ。ところで、ケイトはどこ?」

「ミス・フラクスリーやブレットビー卿やエイムズ氏と一緒に馬車で出かけたわ」マーガレットは答えた。「ボンネットならたくさんありすぎて、どうすればいいかわからないぐらいよ、ネシー」

「じゃ、あとひとつふえたところで、どうってことないでしょ。さ、行きましょう」

「まあ、ネシーったら」マーガレットは力なく笑った。「あなたがいなかったら、わたし、どうなるかしら」

「衣装だんすのスペースがもっと空くようになるわ。それだけはたしかね」ヴァネッサは答え、二人で笑った。

しかし、二時間後、ヴァネッサは重い心を抱えてモアランド邸に戻った。愛する人の不幸せは自分自身の不幸せ以上に耐えがたいことがよくあるものだ。そして、メグは間違いなく不幸せだ。

もっとも、ヴァネッサ自身は不幸せではない。ただ……。

そう、ただ、ハネムーンのあいだと、拝謁の前後の数日間に、とろけるような幸せを知ってしまったというだけのこと。そして、その幸せのせいで、さらに多くを貪欲に求めるようになった。

ほどほどに円満な結婚生活で満足しようと思ってもだめだった。

子供ができたことはほぼ確信していた。ひょっとすると、それで夫婦仲に変化が訪れるかもしれない。でも、どうしてそんな期待ができて？　わたしは彼が妻に求める役目を果たしているにすぎないのに。

でも、ああ、すてき——エリオットとわたしの子供がおなかにいる。わたしたちの子供。もう一度幸せになりたいと、ヴァネッサはあがいていた。メグにはああ言ったけど、自分のなかから生まれる幸せに浸るだけではだめだわ。エリオットと二人で幸せになりたい。彼に打ち明けたときに、大喜びしてもらいたい。わたしは……。

そうね、もちろん、太陽がほしい。

わたしったら、なんてバカなの。


社交行事の予定の入っていない夜はあまりなかった。ときたま自由な夜があると、めったにない贅沢のように思われた。

そのような一夜に、セシリーは友達何人かと劇場へ出かけた。お目付け役として、友達のうち一人の母親がついていった。エリオットは晩餐がすむと図書室へひきこもった。彼の母親は客間に腰をおろし、ヴァネッサとお茶を飲みながら雑談をしていたが、あくびをこらえきれなくなり、とても疲れていると言って、ついに自分の寝室へ行くことにした。

ヴァネッサから頬にキスを受けながら、エリオットの母親は言った。

「一週間でも眠りつづけられそうよ」

「ひと晩ぐっすりおやすみになれば、それで充分ですわ。でも、まだ充分でなかったら、明日のガーデン・パーティのとき、セシリーの付き添いはわたしがやりますから、お義母さまは一日のんびりしてらしてね。おやすみなさい、お義母さま」

「いつもほんとに優しい子ね」姑は言った。「エリオットがあなたと結婚してくれて、ほんとによかったと思っているのよ。おやすみ、ヴァネッサ」

ヴァネッサはしばらく一人ですわって本を読んだ。しかし、最近よくあるように、軽い憂鬱が忍びよってきて、イタケー島で待つ愛するペネロペイアのもとに帰ろうとするオデュッセウスの冒険に集中できなくなった。

自宅でくつろげる貴重な夜なのに、エリオットは階下の図書室に、そして、わたしは二階の客間にいる。これがわたしたちの結婚生活のパターンになっていくの？ そんなことを許していいの？

母親がすでにベッドに入り、客間にはヴァネッサ一人であることをエリオットが知れば、ここまであがってきてくれるかもしれない。

こちらからおりていったら、向こうがムッとするかもしれない。

ヴァネッサはついに、何かを決意したような表情で立ちあがり、しおりがわりに指を本のページにはさむと、自分で行ってたしかめてみるしかないと考えた。ここはわたしの家でもあるのだし、彼はわたしの夫。べつに夫婦仲が悪いわけではない。喧嘩もしていない。二人の関係がいつのまにかよそよそしくなっていた場合、わたしのほうで修復の努力をしなかったなら、少なくとも部分的にはこちらに責任があると言っていいだろう。

ヴァネッサは図書室のドアを軽く叩き、向こうが「どうぞ」と言うあいだに早くもドアをあけていた。

たいして寒くもないのに、今夜は暖炉に火が入っていた。エリオットは暖炉の脇に置かれた大きな革椅子にすわり、片手に本を持っていた。図書室はヴァネッサの大好きな部屋で、革装丁の本がぎっしり並んだ背の高い書棚が三方の壁を埋め、三人の人間が並んで横たわることのできるほど大きな古いオーク材のデスクが置かれていた。

客間よりはるかに居心地がいい。食事のあとの夜をここにすわってすごしているエリオットを責める気にはなれなかった。今夜のこの部屋はいつも以上に魅力的に見える。そして、彼も。わずかに前かがみの姿勢で椅子にすわっている。片方の足首を反対側の膝に乗せている。

「お義母さまはお疲れみたい。もうベッドにお入りになったわ。ねえ、あなたのそばにいてもいい？」

エリオットはさっと立ちあがった。

「大歓迎だ」と言って、暖炉の反対側に向かいあって置かれた椅子を指し示した。

暖炉のなかで薪がはぜ、煙突のほうへ火の粉を噴きあげた。

ヴァネッサは椅子にすわって彼に笑顔を見せ、それから、何を話せばいいのか思いつかなかったので、本をひらき、咳払いをして、読書を始めた。

エリオットも同じようにした。ただし、咳払いはなしで。前かがみの姿勢もやめてしまった。両脚を床につけていた。

ここの椅子はヴァネッサには大きすぎた。椅子の背にもたれて、床から五センチほど離れたところで爪先をブラブラさせるか、もしくは、いったん椅子の背にもたれ、床に足をつけて身体を弓のように丸めるか、もしくは、どこにももたれずに、床に足をつけて背筋をピンと伸ばすか、そのどれかを選ぶしかなかった。

数分かけて三つの姿勢をすべて試してみたが、楽なものはひとつもなかったので、室内履きを脱ぎ捨てると、脚をあげて横ずわりになり、スカートをそのまわりに広げてから、椅子の背についている袖の部分に頭をもたせかけた。暖炉の火を見つめ、つぎにエリオットにちらっと目を向けた。

彼のほうもヴァネッサをじっと見ていた。

「レディにふさわしい格好じゃないのはわかってるわ」ヴァネッサは弁解がましく言った。「行儀よくすわりなさいって、父と母にいつも叱られたものだった。でも、わたし、背が低いから、ほとんどの椅子が大きすぎるの。それに、この格好のほうが楽だし」

「たしかに楽そうに見える」

ヴァネッサが彼に笑顔を見せた。なぜか二人とも読書に戻ろうとはせず、おたがいに見つめあうだけだった。

「あなたのお父さまのことを話して」ヴァネッサは優しく言った。

あの子なら父親とは違う人間になってくれるだろうと期待していた、とエリオットの母親から言われたことが、ヴァネッサの心にこれまで何度もよみがえっていた。

エリオットはしばらくのあいだ、じっと彼女を見ていた。やがて、視線を暖炉の火のほうへ移し、傍らのテーブルに本を置いた。

「ぼくは父を崇拝していた。ぼくにとっては偉大な英雄、ぼくという存在の礎《いしずえ》だった。大きくなったらこんな人間になりたいという見本だった。何をするにしても、それは父に喜んでもらいたいからだった。父はずいぶん長く家を留守にすることが多かった。ぼくは父の帰りだけを待ちながら日々を送っていた。幼いころは、庭園の門のところにすわりこんで、父の馬や馬車を待ったものだった。ごく稀に、ぼくがたまたまそこにいるときに父が帰ってくると、ぼくを抱きあげて横にすわらせ、母や姉に会う前にまず、ぼくを甘やかしてくれた。もう少し大きくなり、コンと一緒に無茶をするようになったが、父を失望させたり、父の怒りを招いたりするのが怖くて、あまり無謀なことはしないようにしていた。青年期に放蕩を始めたときも、心の隅には、父の息子として恥ずかしくない人間にはなれないんじゃないか、父の期待に応えるのは無理なんじゃないかという不安があった」

エリオットはしばらく黙りこんだ。ヴァネッサは何も言わずに待った。話がさらに続くことはわかっていた。彼の目と声に苦悩がにじみ、眉間にはしわが刻まれていた。

「うちみたいに仲がよくて幸せな家庭はどこにもなかった。あれぐらい妻を大切にする夫は、あるいは、子供を可愛がる父親はどこにもいなかっただろう。父がたびたび長期間、家を留守にしたにもかかわらず、いろんな点で平和そのものの毎日だった。愛にあふれていた。ぼくはこの世のなかの何よりも、父と同じような結婚をし、家庭を持つことを望んでいた。父に認めてもらいたかった。〝この父にしてこの子あり〟と人々に言ってもらえるようになりたかった」

ヴァネッサは読んでいるページにしるしをつけないで本を閉じ、自分の腕を両手で抱いた。暖炉のすぐそばにすわっているのだから、寒いはずはないのに。

「そして、一年半前に」エリオットは言った。「父が急死した。愛人のベッドで」

ヴァネッサは言葉を失うぐらいショックを受け、エリオットを凝視した。

「三十年以上もそういう関係だったんだ。母との結婚生活より少し長い。子供が五人いて、末っ子は十五歳。セシリーよりやや下だね。いちばん上は三十で、ぼくより少し上だ」

「まあ」

「父が亡くなった場合も、愛人に充分な遺産がいくようにしてあった。息子のうち二人は父の口利きで、収入の多い堅実な仕事に就いている。末っ子は目下、名門校で勉強中。二人の娘には、地位のある裕福な夫を父が見つけてやっていた。父は本宅ですごすのと同じぐらいの時間を、そちらですごしていたんだ」

「まあ、エリオット」彼の苦しみが痛いほど伝わってきて、ヴァネッサの目に涙があふれた。エリオットが彼女を見た。

「おかしなことだが、祖父とその別宅のことは前々から知っていた。四十年にわたって祖父の愛人だった女性は、十年前に亡くなった。そちらにも子供が何人かいた。ぼくはそれが一族の伝統だということまで知っていた。ウォレス家の男たちが男らしさを、そして、妻より優位に立っていることを示すための方法だったのだろうね。しかし、父もその伝統を受け継いでいるなどとは、考えてみたこともなかった」

「まあ、エリオット」ヴァネッサはほかに言うべき言葉を思いつけなかった。

「きっと、ぼく以外は誰もが知ってたんだと思う。どうしてぼくだけ知らずにいたのか、自分でもわからない。オクスフォードを出たあと、ロンドンのこの屋敷で暮らすことが多くなり、貴族社会の出来事については、感心できないことも含めてすべて知っているつもりだった。しかし、ぼくの父に関しては、わずかな噂すら耳にしたことがなかった。母は知っていた――昔からずっと。ジェシカでさえ知っていた」

一年半前に彼の全世界が砕け散ってしまった様子を、ヴァネッサは想像してみた。

「すべてが」ヴァネッサの心を読んだかのように、エリオットは言った。「ぼくの知っていたすべてが、ぼくの人生のすべてが、信じてきたものすべてが――すべてが幻想だった。偽りだったんだ。ぼくの家族が父の愛情を独り占めしていると思っていた。たぶんぼくは特別に可愛がられてるんだろうと思っていた。父の息子、跡継ぎ、いずれは父の爵位を継ぐ人間だからね。ところが、父にはほかに、ぼくより年上の息子が一人と、ほぼ同い年の息子が一人と、ほかに三人の子供がいた。その事実を受け入れるのは辛かった。いまでも辛い。何十年ものあいだ、母は父にとって、正式な跡継ぎを産んだ正式な妻という以外の何物でもなかったんだ。そして、ぼくはその正式な跡継ぎという以外の何物でもなかった」

「まあ、エリオット」

ヴァネッサは椅子から脚をおろすと、立ちあがり、本が床にバサッと落ちたのも気づかないまま、小走りで夫のそばへ行った。その膝に腰かけて、彼のウェストに両腕をまわし、肩に顔をすり寄せた。

「そんなことわからないでしょ。あなたはお父さまの大事な息子だったのよ。妹さんたちは大事な娘だった。よそに子供がいたからって、あなたたちに対するお父さまの愛情が薄れるわけではないわ。愛というのはね、これ以上広げるのはもう無理だというような、限りあるものではないのよ。無限のものなの。お父さまに愛されていたことを疑ってはだめよ。お願いだから」

「嘘ばかりだった」エリオットはそう言って、ふたたび椅子の背に頭をもたせかけた。「ロンドンでどんなに忙しい日々が待っているか、屋敷を離れるのがどんなに辛いか、ぼくたち家族のことがどんなに恋しいか、ぼくたちがいなくてどんなに寂しい思いをしているか、屋敷に帰れてどんなにうれしいか。何もかも嘘だったんだ。別宅に戻ったときも、向こうの家族に同じことを言っていたに違いない」

ヴァネッサは頭をあげてエリオットの顔をのぞきこみ、手を放して、彼の髪に指を走らせた。

「だめよ」と言った。「片っ端から疑ってかかってはだめよ、エリオット。あなたを愛しているとお父さまがおっしゃって、あなたが愛されていると感じていたなら、お父さまは間違いなくあなたを愛してらしたのよ」

「問題は」エリオットは言った。「これが珍しい例じゃないってことなんだ。たいして考えこまなくても、似たような例をほかに十以上挙げられる。生まれと身分と財産がすべてで、政略結婚がごくふつうのこととされる社会で暮らしていれば、そうなってしまうんだ。官能の喜びと心の癒やしをよそに求めるのも、よくあることだ。ただ、自分の父親もそうだなんて知らなかったし、疑ってみたこともなかった。ぼくは突然、現在背負っている義務や責任に対して何も準備ができていないまま、リンゲイト子爵の位を継ぐことになった。もちろん、悪いのはぼくだけど。気楽なお坊ちゃまの暮らしを長く続けすぎた。そして、突然、ジョナサンの後見人にされてしまった。予想外の出来事だったが、それでも、すべてに全力でとりくむつもりでいた。父の息子だからね。ところが、それに劣らぬ予想外の出来事にあって、ぼくは――」

「大切な思い出を奪われてしまったわけね」エリオットが急に黙りこんだところで、ヴァネッサが言葉をはさんだ。

「そう。すべてが偽り、すべてが蜃気楼だったことを思い知らされた。知らない世界を漂流することになった」

「そして、喜びも、愛も、希望も、すべてあなたの人生から消えてしまった」

「愚かな世間知らずの理想主義も」エリオットは言った。「ぼくはほぼ一夜にして、現実主義者になった。短時間のうちにいい勉強をさせてもらった」

「まあ、かわいそうに。バカな人ね。現実主義というのは、愛や喜びを排斥するものではないわ。そういうものから成り立ってるのよ」

「ヴァネッサ」エリオットは片手をあげ、ほんのしばらく、指の甲を彼女の頬にあてた。

「誰もがきみのように無垢で楽観的になれればいいんだが。ぼくも一年半前まではそうだった」

「誰もがわたしのように現実的になるべきなのよ。現実主義って、どうしていつも否定的な見方をされるの？　どうして、みんな、災いと暴力と裏切り以外のものを信じるのに苦労するの？　人生っていいものよ。善人が若すぎる死を迎え、年配者がわたしたちを裏切っても、やっぱり、人生はいいものだわ。わたしたちが自分で人生を作っていくのよ。人生をどうとらえるかは、自分で決めることなのよ」

ヴァネッサは彼の唇に軽くキスをした。しかし、一年以上たっても彼のなかでまだ折りあいのついていない苦悩を、軽くあしらうことはしなかった。

「そのあと、いちばん親しかった友達まで失ってしまったわけね？」と、優しく言った。

「コンスタンティンを失ったのね？」

「決定的な打撃だった」エリオットは正直に認めた。「ぼくも悪かったんだ。ジョナサンへの義務を果たさなくてはという十字軍のような熱意に燃え、必要とあればジョナサンと関わりのあるすべての者をきびしく調べようという覚悟で、ウォレン館に乗りこんでいった。どこにも異常がなければ、ぼくもほどなく、熱意をふりかざして暴走するのは控えたほうがいいと悟っていただろう。ところが、異常なしとはいかなかった。ぼくの父はすべてをコンにまかせていたんだが、すぐに判明したのは、コンがその信頼につけこんでいたことだった」

「どんなふうに？」両手で彼の顔をはさんで、ヴァネッサは訊いた。

エリオットはためいきをついた。

「ジョナサンのものを盗んでたんだ。宝石があった。先祖代々の家宝もあった。値段のつけられないものばかりだ。おそらく、かなりの値で売れただろう。大部分が消えていた。ジョナサンに尋ねてみたが、あの子は何も知らなかった。ただ、父親から前にそれらを見せられたことだけは覚えていた。コンは盗んだことを認めようとしなかったが、否定もしなかった。そのことを尋ねたとき、あいつの顔に、ぼくが昔からよく知っている表情が浮かんだ。半分は嘲笑、半分は軽蔑の表情だ。コンが間違いなく盗んだということを、その表情が言葉と同じぐらい雄弁に語っていた。しかし、証拠がなかった。ぼくは誰にも言わなかった。一族の恥だからね、世間に隠しておかなくてはと思ったんだ。この話をしたのは、きみが初めてだ。友達になる価値のあるやつではなかった。ぼくは父にだまされていたのと同じく、あいつにもずっとだまされつづけていた。あいつは好ましい人物ではないんだ、ヴァネッサ」

「ほんとね」ヴァネッサは悲しい声で同意した。

エリオットは目を閉じた。手がふたたび脇に落ちた。

「くそ、なぜまた一族のこんなあさましい過去を打ち明けて、きみに重荷を負わせてしまったんだろう？」

「わたしがあなたの妻だからよ。エリオット、自分が愛したすべての人から裏切られたような気がしても、愛することをあきらめないで。あなたを裏切ったのはたったの二人じゃない。あなたにとって大切な二人だったかもしれないけど。それから、幸福な思い出がすべて偽りだったような気がしても、幸福になることをあきらめないで。愛と喜びがあなたを待ってるのよ」

「そうかな」エリオットは疲れた表情で妻の目を見た。

「それから、希望も。どんなときでも希望があるはずよ、エリオット」

「そうかな。なぜ？」

やがて、両手で彼の顔をはさんでヴァネッサが見つめていると、彼の目に涙があふれ、頬にこぼれ落ちた。

エリオットはあわてて彼女の手から顔を離し、悪態をついた。ヴァネッサが思わず頬を赤らめそうな悪態だった。

「くそっ」最初の悪態をやや軽めにしたものが、あとに続いた。手さぐりでハンカチを探し、見つけだした。「悪かった、ヴァネッサ。許してくれ」

彼女を膝からおろし、押しのけ、遠ざけようとした。しかし、ヴァネッサは従おうとしなかった。彼の首筋に腕をまわし、その顔を自分の胸に押しつけた。

「わたしを締めださないで」彼の髪に向かって、ヴァネッサは言った。「これからも締めだそうとしないで。わたしはあなたの父親じゃないし、コンスタンティンでもない。あなたの妻よ。そして、あなたを裏切るようなことはけっしてしない」

ヴァネッサは顔の向きを変えると、見るも痛ましい様子で泣きじゃくっている彼の頭に、片方の頬を押しあてた。

泣きやんだときに、ひどくばつが悪い思いをすることだろう、とヴァネッサは思った。涙を流すなんて、たぶん、何年ぶりかのことだろう。こういうことになると、男は愚かだ。泣いたりしたら、男らしさに傷がつくと思っている。

彼の頭と片方のこめかみにキスをした。両手で彼の髪をなでつけた。

「愛しい人」ヴァネッサは彼にささやいた。「ああ、愛しい人」

22

エリオットはヴォクソール・ガーデンズのボックス席を予約した。テムズ川のすぐ南にあるこの有名な庭園で遊ぶ一夜は、社交シーズンのロンドンにきている者にとって欠かすことのできないもので、ヴォクソールへ出かけてみないかとエリオットに誘われたとたん、ヴァネッサの顔は楽しいひとときを期待して輝いた。

妻を喜ばせるのが、エリオットにとってきわめて大切なことになっていた。妻に感じる一種の愛情のようなものも、大切になっていた。それに名前をつけることはできなかった――つけようとも思わなかった。恋愛感情などというものではなかった。そんな表現では軽すぎる。単に〝愛している〟ではどうかというと――エリオットは愛に不信感を抱くようになっていたため、ヴァネッサへの気持ちをそんな脆いものの範疇に入れる気にはなれなかった。

エリオットは彼女を信頼していた。エリオットが思うに、身近な人々に気前よく無条件に愛を与える（相手がそれに値する者であってもなくても）のが、昔から彼女の人生の特徴だったに違いない。

この自分は彼女の愛に値しない人間だ。

だが、彼女がそれなりに愛してくれていることは、エリオットにもわかっていた。図書室でのあの晩、彼が自制心をとりもどしたあと、彼女はすぐに部屋を出ていき、ひどくきまりの悪いあの出来事については、それ以来一度も口にしていない。立ち直って傷を癒やすための時間と空間を、彼に与えてくれているのだろう。

そして、傷はたしかに癒えてきた。愛は――あえてこの言葉を使うなら――特定の個人に属するものではないことが、彼にも理解できるようになった。父親は彼を裏切った。コンも彼を裏切った。しかし、愛は裏切っていない。

愛は彼にとって、いまも、ほかの人々が与えてくれるものであり、さらに大切なことだが、彼からも与えることのできるものだった。

自分の子供が生まれたら、つねに変わることなく愛していくつもりだった。彼が生きているかぎり、子供たちは父親の不変の愛に信頼を寄せることができるだろう。そして、母親は言葉に出さなくても行動によって（もっとも、言葉が大量に添えられることは疑いの余地なきことだが）、愛とは誰の胸の奥にも潜んでいるもの、底なしの井戸のようなもの、暗く辛い日々のなかでも人生に幸せな彩りを添えてくれるものだということを、子供たちに教えるだろう。

そして、その子供たちは――少なくとも最初の子は――将来のそう遠くない時期に生まれてくるだろう。まだ何も言ってくれないが、ヴァネッサのおなかには子供がいるに違いない。結婚してから一度も月のものがきていない。

エリオットは自分の結婚に、恐る恐るではあるが、満足を感じはじめていた。

しかしながら、ヴォクソール行きはヴァネッサのためだけに計画したのではなかった。数日中にウォレン館に帰る予定のミス・ハクスタブルと若きマートン伯爵が主役だった。ヴァネッサとエリオットも同行するつもりだが、少年が家庭教師のもとでふたたびまじめに勉強にとりくむ姿をエリオットが見届けたら、社交シーズンの残りをすごすため、ただちにロンドンへ戻ることになっている。

少年がロンドンの暮らしに楽々と溶けこんだことが、エリオットには少々気がかりだった。まだ若すぎるため、いずれ彼のものとなる暮らしを満喫することはできないが、年上の友人を、男性も女性も含めてすでにたくさん作っているし、ほとんど毎日外に出て、公園で乗馬を楽しんだり、競馬をやったり、タッターソールで馬を見てまわったり、驚くほど多くの社交行事に招待されて顔を出したりしている。

まだ青二才だから、たびたび一緒に出かけるコンのような男たちから、たぶんいいカモにされるだろう。ここらで手綱を締めて、本邸に戻し、オクスフォードに入るための勉強を再開させなくては。

意外なことに、マートンはウォレン館に戻ることに大乗り気だった。エリオットが脇へ連れていってその話を切りだしたときも、いっさい抵抗しなかった。

「紳士のクラブにはまだ入れない」マートンはウォレン館に戻りたい理由を、指を折りながらひとつひとつ挙げていった。「馬も、馬車も、そのほかいろんなものも、あなたの許可がないことには買えない。貴族院議員になることも、最高に興味を惹かれる舞踏会や夜会に出ることもできない。そして、これらのことができるようになる前に学んでおかなきゃいけないことが山ほどあることに、はっきりと気がついたんです。それに、ウォレン館が恋しくなってきたし。自分の家としてなじむ暇もないうちに、こっちにきてしまったでしょ。帰れるのならうれしいな」

少年はいずれ放蕩三昧の日々を送るようになり、それが何年も続くだろうと、エリオットは確信している。しかし、できることなら、あまり痛手をこうむることなくそこから抜けだしてほしいものだ。元気いっぱいで落ち着きのない子だが、すなおな性格だ。親の育て方がよかったのだろう。

マートンのいちばん上の姉も一緒に田舎へ帰ると言いはった。家庭教師たちがきびしく目を光らせているから、一緒に帰らなくても大丈夫だとエリオットが言うと、きっぱりした口調で言いかえした——わたしはすでに社交界へのデビューを終えました。いまはもう、いつでも好きなときに貴族社会に顔を出すことができます。もし、その気になればの話ですけど。社交シーズンの何日かをロンドンですごすことができて、とてもうれしく思っていますが、わたしがいるべき場所はスティーヴンのそばです。とにかく、今後数年間、あの子が結婚するまで、わたしは女主人としてウォレン館にとどまるつもりです。それに、ロンドンに滞在する必要もありませんし。だって、ケイトはモアランド邸に移り、ヴァネッサが田舎から戻ってくるまで、リンゲイト子爵のお母さまがちゃんとお目付け役をしてくださいますから。

いくら説得しても、マーガレットの決心は揺るがなかった。

アリンガム侯爵に求婚されてマーガレットがことわったことを、エリオットに話したのはヴァネッサだった。願ってもない良縁だったのに、ヴァネッサの話だと、彼女の姉は不実な陸軍士官への思いをいまだに断ち切ることができず、たぶん、この先もずっとそのままだろうとのことだった。

キャサリン・ハクスタブルも、姉と弟がウォレン館に帰るつもりでいることを最初に知ったときは、一緒に帰りたいと言った。田舎の静けさが恋しいからだと言う。しかし、セシリーとヴァネッサの説得で、ロンドンに残ることになった。キャサリンには、崇拝者や求婚者が山ほどいる。じつのところ、セシリーに負けないぐらい多い。自分がどんなに幸運か、本人はたぶん気づいていないのだろうと、エリオットは思った。社交界にデビューする令嬢の多くは、その半数でも崇拝者を得ようと思ったら、ずいぶん苦労することだろう。

しかし、エリオットの目に徐々に明らかになってきたことがひとつあった。ハクスタブル家の姉弟の人生は激変してしまったかもしれないが、当人たちはまったく変わっていない。新しい環境に順応していくだろう。すでに順応しつつある。しかし、それに甘えてだめになってしまうことはないだろう。

姉たちはもちろんのこと、マートンもそういう人間であってくれるよう、エリオットは強く願った。

というわけで、ヴォクソールの一夜はマートンとミス・ハクスタブルの送別会として計画された。エリオットの母、セシリー、エイヴリルとその夫、そして、もちろんキャサリン・ハクスタブルも参加した。

エリオットはダンスと花火のある夜を選んでおいた。運のいいことに、その夜は暗くなってからも空には雲ひとつなく、大気は暖かく、木々に吊るされたランタンが軽いそよ風にかすかに揺れて、木の枝のあいだや、浮かれ気分の人々が散策を楽しんでいる無数の小道に、色とりどりの光と影を躍らせていた。

一行はちょうど夕闇が広がるころ、船でヴォクソール・ガーデンズに到着し、なかに入っていった。中央にある円形の建物ですでにオーケストラの演奏が始まっていた。エリオットが予約したボックス席もその建物のなかにあった。

「ねえ、エリオット」彼の腕を強くつかんで、ヴァネッサが言った。「こんなすてきなものを見たことがあって？」

ヴァネッサお得意のおおげさな表現！　すてきとか、おいしいとか、楽しいといった単純な表現で終わることはぜったいにない。

「きみの着ているドレスや、切ったばかりの髪よりすてきなもの？」エリオットはヴァネッサを見おろして尋ねた。「うん、もっとすてきなものを見たことがある。はるかにすてきなもの。きみだよ！」

ヴァネッサは彼のほうに顔を向けた。いつもの笑いで顔が内側から輝いていた。

「なんてバカな人なの」

「ああ」エリオットはあとずさった。「ひょっとして、庭園のことを言ったのかい？　なるほど、よく見てみると、けっこうすてきだと思うよ」

ヴァネッサはたちまち笑いだし、ミス・ハクスタブルがふりむいて二人に笑顔を向けた。

「幸せかい？」

彼の腕にかけられたヴァネッサの手に触れて、エリオットは訊いた。

笑いがわずかに消えた。

「ええ」ヴァネッサは答えた。「ええ、そう、幸せよ」

エリオットは考えこんだ――これがそうなのだろうか。これが〝いついつまでも幸せに〟の人生なのだろうか。自分はつねにそれを嘲笑してきたし、さすがのヴァネッサも、そんな人生があるなんて信じないと言っているが。いつのまにかそっと忍び寄ってくるもの、言葉にする必要のないものかもしれない。

ただ、そんなときに、ヴァネッサが何も言葉を見つけず、彼にも強引に見つけさせようとしなかったなら、たぶん妙な気がすることだろう。

エリオットは心のなかで渋い顔になり、やがて、ひそかに微笑した。

「ねえ、見て、エリオット。オーケストラとボックス席よ。それから、ダンスができる場所。二人で踊る？　星空の下で？　それ以上にロマンティックなことがあって？」

「何ひとつ思いつけないな」エリオットは言った。「そのダンスがワルツだった場合はべつだが」

「コンスタンティンが連れの人たちと一緒にきてる。今夜ここにくるって言ってたんだ」

「あっ、よかった」同時にマートンが言った。感激で声がはずんでいた。

「ええ、そうね」

ヴァネッサは恋にのめりこんでいて、胸が苦しいほどだった。エリオットからいきなり〝幸せかい？〟と訊かれたときは、正直に返事をしたつもりだが、そこに含まれた真実はごくわずかだった。

図書室でのあの夜以来、エリオットが何も言わないので、ヴァネッサは、わたしに腹を立てているのかしら、彼を泣かせてしまい、出ていってほしいと彼が望んだときもわたしが出ていこうとしなかったから、侮辱されたと思っているのかしら、と心配になっていた。

もっとも、腹を立てているような様子はなかったが。あれから一週間、妻に対する彼の態度は優しさにあふれていた。そして、愛の行為のほうは、もっともっと優しかった。もしかしたら、言葉より行動のほうが多くを語るものかもしれない。

しかし、ヴァネッサは言葉がほしかった。

エリオットは何ひとつ言おうとしない。

ただ、ヴァネッサはくよくよ考えこむ人間ではなかった。メグへの求婚を阻止するためにヴァネッサのほうから彼に結婚を申しこむという、無鉄砲な手段をとったときに予想していたのに比べると、いまの結婚生活はその何倍も幸せだ。これから一生のあいだ、いまの状態で満足するしかないのなら、それでもいい。でも、ああ、どんなに焦がれていることか――そう、彼の言葉に。

だけど、人生のなかでとても大切に思っている人々と一緒にヴォクソール・ガーデンズにきているのだから、十のうち九までは幸せなはず。

みんなでひとかたまりになって、庭園のなかの広い並木道をゆっくり歩きながら、木々や、彫刻や、アーチ形の列柱や、彩色ランタンや、浮かれ騒ぐ人々をながめて楽しみ、自然と香水と料理の香りを吸いこみ、人々の話し声や笑い声、そして遠くの音楽に耳を傾けた。みんなで豪華な料理に舌鼓を打った。そのなかには、ヴォクソールの名物とされているウエハースのように薄く切ったハムとイチゴもあった。それから、みんな、発泡酒も喜んで飲んだ。

ボックス席の外でしばらく足を止める知りあいがたくさんいて、その人々と言葉をかわした。

そして、ダンスをした。全員が。先代の子爵夫人までが。

星空の下でワルツを踊るのは、ヴァネッサが夢に見ていたとおり、まことにロマンティックだったし、ステップを踏むあいだ、エリオットと見つめあったまま、視線を一度もはずさなかったような気がした。彼に笑いかけると、向こうは目に紛れもない優しさをたたえて見つめてくれた。

大事なのはこれだと信じたかった。言葉はやはり必要ないのだと。

しかし、ヴァネッサは一応幸せだったし、たとえ一瞬でもこれだけの幸せに浸れたら最高と言っていいはずなのに、心の一部に、喜びを翳らせる憂鬱なものがあった。それは、図書室でのあの夜以来、エリオットが意味のある言葉を何もかけてくれなくなったせいだけではなかった。

憂鬱の原因は、コンスタンティンがここにきていることにあった。ヴァネッサがこれまでに出席した社交行事の場でも、ほとんどそうだった。そして、この一週間以上彼を避けつづけてきたように、今夜も彼を避けなくてはならないのかと思うと、気が重かった。

コンスタンティンはいつものようににこやかで魅力的だった。そして、べつの人々ときているにもかかわらず、こちらの一行にも細やかな心遣いを見せた。スティーヴンとしばらく話をし、メグとダンスをした。セシリーとケイトにそれぞれ腕を貸して散歩に出かけ、三十分ほど帰ってこなかった。少女二人が一緒に出かけたのでなかったら、ヴァネッサはひどく不安になっていただろう。だが、じっさいには二人が一緒だったので――腹立ちはコンスタンティンに向けられ、そして、彼女自身にも向けられた。というのも、本来ならば、コンスタンティンという人物に気をつけるよう、姉と妹と弟に警告すべきなのに、まだ何も言っていなかったからだ。もし警告すれば、ブロムリー＝ヘイズ夫人のことや、ジョナサンが生きていたころにコンスタンティンがウォレン館の財宝を盗みだしていたことも話さなくてはならない。どちらも話題にしたくないことなので、まだ何も言わずにいる。

彼女自身はコンスタンティンを避けてきた。こちらが少しでも甘い顔を見せれば、向こうから笑みを浮かべて近づいてくることはわかっていた。このままなら、社交シーズンが終わるまで彼から逃げていられるだろう。とくに、いまから一週間ほどロンドンを離れることになっているのだから。しかし、逃げるというのは、ヴァネッサのやり方ではなかった。コンスタンティンがセシリーとケイトをボックス席まで送ってきて、自分の連れのところに戻ろうとしたとき、ヴァネッサは椅子の上で身を乗りだした。エリオットは顔見知りの男性の何人かと話しこんでいた。

「わたしとも散歩してくださらない、コンスタンティン？」と訊いてみた。

彼が温かな笑みを見せたので、せっかく身内にめぐりあえたのに、すぐまた失ってしまうなんて残念でたまらない、とヴァネッサは思った。たしかに、強烈な魅力を持つ男だ。コンスタンティンはヴァネッサに頭を下げ、腕を差しだした。

「喜んで」と言った。ボックス席から離れると、すぐさまヴァネッサに顔を寄せてきた。

「あなたに愛想を尽かされたと思っていた」

「そうよ」

コンスタンティンの顔は生真面目だったが、広い並木道に曲がったとき、ランプの光のもとで目が笑っていた。説明してほしいと言いたげに眉をあげた。

「悪趣味だったわね。劇場で、わたしと、弟や姉妹と、セシリーに、ブロムリー＝ヘイズ夫人を紹介するなんて。それから、セシリーのお披露目パーティに夫人を連れてきたのも悪趣味だったわ。あなたはわたしたちの身内なのよ」

彼の目に浮かんでいた笑みがやや薄れた。

「たしかにそうだった」と認めた。「申しわけない、ヴァネッサ。あなたや、あなたの家族を傷つけるつもりはなかったんだ。セシリーのことも」

「でも、現に傷つけたのよ。趣味の悪い嫌がらせを受けて、それを貴族社会の人々に見られたことを、セシリーとスティーヴンとメグとケイトは知らずにいるわ。でも、わたしは知ってしまった。いちばん大きなショックを受けたのはわたしよ。エリオットを別にすればね。エリオットを困らせるつもりで、わざとやったんでしょ？　舞踏会の翌日、ブロムリー＝ヘイズ夫人から聞かされた話を――もっとも、そんなの、真っ赤な嘘だったけど――わたしがエリオットに突きつけることはないだろうって、あなた、高をくくってたの？　腫瘍がひそかに肉体を蝕んでいくように、わたしたちの結婚生活が内側からこわれていくとでも思ったの？　だったら、見込み違いだったわね。わたしの結婚生活はこわれていないし、わたしの幸福は少しも翳ってないわ。いえ、多少は翳ったかしら。ウォレン館にやってきたとき、あなたに出会えてうれしかった。親戚として、あなたのことがすぐに大好きになったし、やがて、一人の人間としても好きになった。あなたが生きているかぎり、いい友達でいるつもりだったし、わたしが生きているかぎり、あなたとの友情を歓迎するつもりだった。ひとつの家族になれたでしょうね。なのに、あなたはそのチャンスを意地悪くこわしてしまった。残念だわ。わたしが言いたいのはそれだけよ」

反対側から近づいてくる騒々しい連中になぎ倒される危険を避けるため、コンスタンティンが道の端のほうへヴァネッサをひっぱっていったとき、その目からは笑みがすっかり消えていた。

「アナがあなたと話を？　たぶん、自分のことを、いまもエリオットの愛人だと言ったのだろうね。あなたがその話をエリオットに突きつけて、彼女の嘘をすぐさま見破ることになろうとは、向こうは思ってもいなかったんだろう。申しわけない」

ヴァネッサは非難の目で彼を見たが、何も言わなかった。

「ついでに、ぼく自身の嘘も白状しなくては」短い沈黙ののちに、コンスタンティンは言った。「じつは、あなたが公園でアナに会ったことは、もちろん耳にしてたんだ。アナが自分からしゃべったもので。すまない、ヴァネッサ。本当にすまないと思っている。エリオットと対立していたから、あなたにまで危害を及ぼすことになるとは思いもせずに、あいつに嫌がらせをしようとした。信じてほしい、あなたを傷つけるつもりはなかったんだ」

「あなたがエリオットと対立しているのは、あの人があなたの本性を見抜いたからでしょ」ヴァネッサは言った。「わたしはエリオットの肩を持つわ、コンスタンティン。それに、いまさら謝罪されても意味がないわ。二度と会わずにすむよう願っています。進んであなたと話をすることも二度とないでしょう」

「ぼくの本性か」散歩の足を止めながら、コンスタンティンは柔らかな口調でその言葉に力をこめた。「泥棒にして女たらしというところかな」

女たらし？

じゃ、エリオットが内緒にしていることが、ほかにもまだあったのね。でも、何かあるとしても、わたしはもう知りたくない。

「そうね」ヴァネッサは言った。「否定しようとしてもだめよ」

「だめ？」コンスタンティンは微笑した。嘲笑うようなこわばった表情だった。

通りがかりの誰かに押された拍子に、ヴァネッサはコンスタンティンを見あげた。すべての理性に逆らって、彼が何か弁明してくれることを期待した。

「仰せのとおりだ」弁明のかわりに、コンスタンティンはそう答えると、優雅にお辞儀をした。「どちらの罪状も否定できない、ヴァネッサ。また、否定するつもりもない。だから、きみから見れば、ぼくはずっと悪党のままだろう。ぼくに対するきみの意見が、少なくとも一部は正当なものだと証明されたわけだ。よかったら、ボックス席まで送っていこう。これ以上ぼくと一緒に歩こうという気にはなれないかもしれないが」

「ええ、そうね」

二人は腕を組むことも、言葉をかわすこともなく、もときた道を戻りはじめた。ところが、それほど歩かないうちに、ヴァネッサは不機嫌な表情のエリオットが大股でやってくるのを見た。

「子爵夫人を無傷でお返しするとしよう」彼のそばまで行ったとき、コンスタンティンは言った。顔にも声にも嘲弄の色が戻っていた。「ご機嫌よう、ヴァネッサ。そして、きみにもご機嫌よう、エリオット」

そう言うと、一度もふりかえることなく立ち去った。

「わたしのほうから散歩に誘ったのよ」ヴァネッサは説明した。「あの人のことをずっと避けてたんだけど。でも、劇場とセシリーのお披露目パーティであんなことをされて、わたしがどれだけ失望したかを、どうしてもひとこと言っておかなきゃと思ったの。礼儀上やむをえない場合をのぞいて、今後は二度と口を利きたくないと思ってる理由を、きちんと伝えておきたかったの。それから、彼に関してわたしが何を知っているかも伝えておきたかった。窃盗行為のほかに、女遊びのことも向こうから言いだしたわ」

「そうか」エリオットはヴァネッサの腕をとると、広い並木道をはずれて、もっと狭くて暗がりの多い小道に入った。「だが、きみがそこまで知る必要はない、ヴァネッサ。いや、やはり話しておいたほうがいいかな。ウォレン館の近隣には若い女がたくさん住んでいるが、そのうち何人かはかつて屋敷に奉公していた子たちで、現在、父親のいない子を一人で育てている」

「えっ。まさかそんな……」

「いや、本当なんだ。だが、コンの話はこのへんにしておこう、ヴァネッサ。かわりに、ヘドリー・デューのことを話してくれ」

ヴァネッサは暗がりで彼のほうに顔を向けた。

「ヘドリーのことを？」驚いた声だった。

「きみにぼくの父の話をしたあとで、不意に気がついたんだ。妻として知っておくべきぼくの秘密の部分を、きみが知ることになったのだと。きみの場合は、ヘドリー・デューがその秘密の部分にあたると思う。デューに関して、ぼくに話しておくべきことが、たぶんまだまだあると思うんだが」

小道が狭くなり、エリオットはヴァネッサの手を放すと、彼女の肩に腕をまわして自分のほうにひきよせた。彼女の身体はほっそりしていて温かく、その身体にたまらない誘惑を感じるようになっている自分に気がついた。髪にはかぐわしい石鹸の香りがほのかに漂っていた。

「一生を通じて、繊細で夢見るような人だったわ。乱暴な遊びに夢中の子供たちの仲間に入るよりも、いつだって、人目につかない景色のいい場所に腰をおろして話をするほうが好きな人だった。わたし、最初は彼のことを気の毒に思って友達になったの。わたし自身はみんなと遊びまわるほうが好きだったんだけど。でも、あの人、ずいぶん物知りだったわ。頭がいいし、本をたくさん読んでたから。それに、大きな夢を持っていた。大きくなるにつれて、彼の夢にわたしのことも含まれるようになったの。二人で世界じゅうを旅して、ありとあらゆる人々の文化に触れようって。彼は……彼はわたしを愛してくれた。あんなすてきな笑顔の人はいなかったわ、エリオット。そして、思わずひきこまれそうな目をしていた。彼の抱いていた夢も、人をひきこむ魅力があった」

小道の脇に置かれた木のベンチのところまできたので、エリオットはヴァネッサをそこにすわらせた。片方の腕で彼女を抱いたままだった。

「やがて、ある日、わたしはその夢からさめて、はるかに苛酷な現実があることを知ったの。彼は病気だった。助かる見込みはなかった。わたしはほかの誰よりも早くそのことに気づいたと思う。あ、彼自身はべつよ。そして、彼はわたしを求めてくれた。愛してくれた。わたしも彼を愛してた。ただ、彼とは違った形で。わたし、メグやケイトや近所の女の子よりずっと器量が悪いから、たぶん一生結婚できないだろうって両親にいつも言われてたの。でも、どうしても結婚したかったし、もちろん、ヘドリーは結婚相手として最高の条件の人だった。サー・ハンフリーの息子だし、ランドル・パークに住んでたし。ただね、彼に必要とされなければ、わたし、彼とは結婚しなかったと思うの。でも、必要とされたの。彼と結婚するのが、わたしにできるただひとつのことだった。彼が抱いてた夢のなかで、それだけはわたしの力で実現させることができた。あとの夢が叶うはずのないことははっきりしてたわ」

ヴァネッサは震えていて、膝の上で両手を揉みあわせていた。声に苦悩がにじんでいた。エリオットは彼女から手を放すと、夜会服の上着を脱ぎ、彼女の肩にかけて、ずり落ちないように腕で押さえた。

「ほんとは結婚したくなかった。あの人は病気で、死を前にしてたけど、わたしはそのどちらでもなかった。すごく端整な顔をした人だったけど、わたしは……魅力を感じなかった。そのことで罪の意識に苛まれたわ。ずいぶん嘘をついてきた。好きで好きでたまらないって、何度も彼に言ったものだった」

「後悔してる?」エリオットは尋ねた。

「いいえ!」ヴァネッサは激しい口調で答えた。「わたしが後悔してるのは、その言葉を真実にできなかったこと。いえ、それも正確とは言えないわね。好きでたまらなかったのよ。全身全霊で彼を愛してたのよ。でもね、愛してはいなかった」

二、三週間前のエリオットだったら、こんなわけのわからないことを言われたら、ムッとして首をふっていたことだろう。ところが、いまは不思議なことに、ヴァネッサの言おうとすることが正確にわかるようになっていた。異なる種類の愛の微妙な区別が理解できるようになっていた。

「きみがデューに捧げたのは、愛のなかでも最高のものだったんだよ、ヴァネッサ。ひたすら与えるだけで、見返りをいっさい求めないという、純粋な愛の贈物だったんだ」

「でもね、わたしも与えてもらったのよ。わたしがあげたのと同じだけのものを、彼もわたしに与えてくれたの。一日一日を大切に生きることや、ささやかなものに喜びを見いだすことや、悲劇に直面したときでも笑うことについて、ずいぶんたくさん教えてくれた。忍耐と尊厳について教えてくれた。執着しないことを教えてくれた。手を放すことを教えてくれた。そして……亡くなる前に、わたしに言ったわ。もう一度誰かを愛して、もう一度結婚して、もう一度幸せになってほしいって。いつも笑ってなきゃいけないって。あの人は——」ヴァネッサが唾を呑みこみ、喉の奥で嗚咽が洩れるのをエリオットは耳にした。

彼女の髪に鼻を埋めて、頭のてっぺんにキスをした。

「あの人はわたしを愛してくれた。そして、わたしも彼を愛した。そうなの。ごめんなさい、エリオット。ほんとにごめんなさい。心から彼を愛していたの」

エリオットは空いたほうの手をヴァネッサの顎にかけ、顔を仰向かせた。キスをすると、彼女の頬と唇の塩辛さが感じられた。

「そんなことで謝ってはいけない」エリオットは彼女の唇に口を寄せてささやいた。「それから、自分に対して否定してもいけない。愛していたのは当然だ。ぼくはそれを喜んでいる。彼を愛していなかったなら、おそらく、ぼくが知ることになったいまのようなきみは誕生していなかっただろう」

ヴァネッサの片手が、エリオットの頬を包んだ。

「わたしと結婚したことを、いまもすごく後悔してるわけじゃないのね?」と、彼に訊いた。

「一度でも後悔したことがあったかい?」

「してると思ってた。あなたが自分の好きにしていい立場だったら、わたしなんて、ぜったい選んでもらえなかったと思う。器量が悪いし、あなたと何回も口論したたし」

「そう言われてみれば、たしかに、小うるさい女だったような気がする」

ヴァネッサは笑いすぎて息ができなくなった——エリオットの狙いどおりに。

「いや、器量はけっして悪くない。美が姿を隠してるだけなんだ。それから、ぼくは後悔してないよ。ひどい後悔だろうと、軽い後悔だろうと。後悔はいっさいしていない」

幸せは？」

「まあ、とってもうれしい。じゃ、あなたに安らぎを与えることはできた？　少しばかりの
「それから、少しばかりの喜びも？　三つとももらったよ、ヴァネッサ。きみは？」

「わたしも幸せよ」

ヴァネッサはいつものように唇をすぼめて、彼にそっとキスをした。

これで彼はいつも興奮してしまう。

もったいぶって何かを宣言するのにふさわしい場面だな、と思った。これが結婚前だったら、きどったしぐさで片膝を突き、彼女の手をとって、不滅の愛を誓い、最高に幸せな男にしてほしい、と頼むところだ。

しかし、すでに結婚しているから、ここはひとつ――。

バーンと大きな爆発音がして、どこか近くからヒュッという音が聞こえてきたため、ヴァネッサがあわてて立ちあがると同時に、彼の思いも砕け散ってしまった。

な、何事だ？

「花火よ！」ヴァネッサが叫んだ。「花火が始まったのよ、エリオット。ほら、急いで見にいかなきゃ。あ、あれ！」梢の上空に打ちあげられた赤い火花の噴水を指さした。「これ以上に興奮させられるものを、いままでに見たり聞いたりしたことがあって？」

「一度もない」

暗いなかでヴァネッサに手を握られ、シャツ一枚の姿のまま、小道を小走りでひっぱられ

ながら、エリオットはニッと笑って答えた。

23

弟と姉二人が田舎へ出発する日の前日、キャサリンがモアランド邸に移ってきた。今後の社交シーズンの催しには、そこからセシリーと一緒に出かけることになる。お目付け役は、ヴァネッサが戻ってくるまでセシリーの母親がやってくれる。こちらに移ってきたことが、キャサリンはうれしくてたまらない様子だった。もっとも、みんなと一緒にウォレン館に帰りたいという思いが心の片隅にあることを、ヴァネッサとマーガレットに打ち明けていた。

翌朝、ヴァネッサはキャサリンのために用意された寝室のベッドに腰をおろし、出発の直前まで二人きりで話をした。コンスタンティンに気をつけるよう、妹に警告しておきたかった。ただ、彼を警戒する理由をくわしく説明するのは避けたいので、警告するのはむずかしかった。

「あちらはあなたよりずっと年上でしょ、ケイト。しかも、とてもハンサムで魅力的。遊び慣れた都会の人間だし。ああいう人って、なんて言うか……そうね、放蕩者って感じね。またいとこというだけで無条件に信用してしまうのは、賢明なこととは言えないわ」

「あら、心配しなくていいのよ、ネシー」ベッドの真ん中に腰をおろし、膝を曲げて足を両手で抱えこんで、笑いながらキャサリンは言った。「このところ、ネシーがコンスタンティンに好意を持たなくなったのは、わたしも知ってる。リンゲイト卿がコンスタンティンと喧嘩してるせいでしょ。どうして喧嘩したかは知らないし、知りたいとも思わない。二人のあいだの問題だもの。でもね、あの人、ネシーに負けないぐらい、あるいは、メグやレディ・リンゲイトにも負けないぐらい、きびしいお目付け役なのよ」

ヴァネッサは驚いて眉を吊りあげた。

「お目付け役？」

「セシリーって、あのお母さまや、ネシーや、リンゲイト卿の目の届かないところでは、ちょっと羽目をはずしたがる子なの。コンスタンティンと出かけたときなんか、ほんの少しでも知ってる紳士に出会うと、足を止めておしゃべりするし、わたしをコンスタンティンのそばに残してそっちの紳士と散歩に行こうとするのよ。もしかしたら、偶然会ったように見せかけてるだけで、ほんとは前もって逢引きの約束をしてるのかもしれない。でも、コンスタンティンはそういうのをぜったい許そうとしないの。ふだんは気さくで、セシリーのご機嫌を損ねるようなことはしない人なのに、お母さんの前でできないことは自分の前でもしないでもらいたいって、はっきり言ったわ。それから、わたしたちのことが心配みたいで、ああいう紳士たちが近づいてこようとしても、許しちゃだめだって注意してくれた。べつの仲間と一緒のときは、コンスタンティンも放蕩者なのかもしれない。そういう紳士って多いんでしょ。でも、わたしたちの前ではいつも、名誉と礼儀作法の鑑みたいな人なのよ」

「コンスタンティンが？」ヴァネッサは言った。「それを聞いてホッとしたわ」

そして、エリオットとの対立が原因で、コンスタンティンが彼女にまで悪意をむきだしにしたことを、これまで以上に残念に思った。ジョナサンが生きていたころにウォレン館でコンスタンティンが悪事を働いていたことを、さらに残念に思った。しかし、もちろん、彼も怪物ではないのだから、いつも悪いことばかりしているなどときめつけてはならない。

「でも、二人だけにならないよう、くれぐれも気をつけてね、ケイト」ヴァネッサは言った。「わたしがその気でも、向こうが許してくれないわ。それにね、ネシー、コンスタンティンも二、三日中にロンドンを離れるみたい。グロースターシャーに家と土地を買ったので、そちらに腰を落ち着けるんですって」

「ほんと？」

「コンスタンティンがいなくなると寂しいわ」キャサリンは言った。「わたし、あの人のことがだーい好き」

　すると、貧乏ではないわけね――ヴァネッサは思った。でも、自分の家が買えるほどの大金を父親が遺してくれたとは思えない。そのとき、彼が盗んだという家宝と宝石のことが思いだされ、大きなためいきが出た。

「ある朝、スティーヴンと公園で馬を走らせていたとき、コンスタンティンがあの子に話をしたそうよ」キャサリンは言った。「ウォレン館に帰って勉強に専念するように、それから、荘園の管理運営と伯爵という身分に伴う責任に関して知るべきことを残らず学ぶように、と。

放蕩して人生を存分に楽しみたいなら、成人したあとでたっぷり時間がある。しかし、自分がマートン伯爵であることをつねに忘れず、その地位にふさわしい人間になれるよう努力しなきゃいけない、って。こういうことを、スティーヴンが全部話してくれたわ。でね、その翌日、リンゲイト卿からも、そろそろウォレン館に帰るようにって言われたの。スティーヴンはあの二人をすごく尊敬してるのよ。二人が憎みあってるなんて残念だと思わない？」

「そうね」ヴァネッサはふたたびためいきをついた。

コンスタンティンという人を理解できる日が、はたしてくるのだろうか。人間を英雄と悪漢に分けることができ、それぞれが役柄どおりに行動するものと決まっていたら、どんなにすっきりすることか。両方にあてはまる人間がいる場合はどうすればいい？

しかし、それは人生に満ちあふれている、答えの出せない疑問のひとつだった。

「そろそろ出かける時間だわ」ヴァネッサはそう言って立ちあがり、ベッドからおりた妹を抱きしめた。「エリオットが待ってるから。一週間か十日したら戻ってくるわ。それまで楽しくしててね、ケイト。あなたがいないと寂しい」

「わたしも」キャサリンは一瞬、姉に強く抱きついた。「よく思いだすわ。スロックブリッジの宿屋に子爵さまが泊まってるって知らせを、トム・ハバードが学校に持ってきて、わたしが急いで家に帰り、ネシーとメグにそれを伝え、なんの用で村にきたのかしらって考えた日のことを。それから、みんなでパーティに出かけて、子爵さまはネシーだけと踊ったんだった。で、つぎの日、子爵さまがコテージにやってきて、わたしたちの人生が大きく変わることになった。そんなこと、何ひとつ起きなければよかったのにって、ときどき思うのよ、ネシー。でも、人生の歩みを止めることはできない。そうよね？　それに、ネシーにとっては、何もかも幸せなほうへ進んだんだし」

「ええ」ヴァネッサはうなずいた。

「それに、わたしだって嘆いてばかりいるわけじゃないのよ。人生で出会うものをしっかりつかむ勇気さえあれば、わたしたちみんなにとって、この新しい人生は幸せなものになるだろうって、ときどき思うことがあるの」

ヴァネッサは妹に笑顔を見せた。

「もちろんだわ」メグのことを考えて悲しい気持ちになりつつ言った。「そのための人生ですもの」

キャサリンの腕に手を通し、二人で階段をおりて、待っている馬車まで行った。

社交シーズンの真っ最中にわざわざ田舎に戻ってくる必要はなかったことを、エリオットはほどなく悟った。マートンはウォレン館に戻ることにも、さまざまな勉強に励むことにも、すなおに同意した。彼の注意が勉学からそれないよう目を光らせる役は、姉のマーガレットにまかせておけば大丈夫だ。屋敷と領地の運営は荘園管理人のサムソンと執事と家政婦が立派にとりしきっているし、家庭教師二人は大事な生徒の教育再開に熱意を燃やしている。

しかし、少年の後見人としての義務というのは、田舎に帰るための口実にすぎなかったのかもしれない。社交シーズンのロンドンですごすのが楽しくなかったわけではない。ヴァネッサとロンドンですごすのを楽しんでいなかったわけではない。しかし、婚礼のあとのあの三日間が、ヴァネッサがかつてハネムーンと呼んだ日々が、しきりとなつかしく思いだされた。寡婦の住居にあれ以上滞在するのは無理だった。社交シーズンに合わせてロンドンへ行かなくてはならなかったから。しかし、できることならもっと長く滞在したかった。

結婚した男は妻と二人きりですごす時間を充分にとるべきだ。妻についてあらゆることを知るために。妻と心地よくすごせるようになるために。妻との時間を楽しむために。

妻に恋をするために。

あの日々の魔法をもう一度呼び戻そうとするのは、賢明なことではないかもしれない。

たぶん、賢明ではないだろう。

故郷に戻った二人は一日目の大半をウォレン館ですごした。二日目もまた顔を出すという約束はしなかったが、行くかもしれないと言っておいた。陽ざしにあふれ、ほとんど風のない日だった。とても暑い日だった。馬でウォレン館へ出かけるにも、幌をおろした馬車で出かけるにも、申し分のない日だった。

申し分のない日……。

「きみ、今日ほんとにウォレン館へ出かけたい？」朝食の席でエリオットは妻に尋ねた。「それとも、家でのんびりするほうがいい？　たとえば、湖のほうへゆっくり散歩するとか」

「二人で？」ヴァネッサが訊いた。

「二人でね、うん」

「スティーヴンはたぶん、一日じゅう忙しくしてると思うわ。邪魔しないほうがいいかもしれない。メグのほうは、午前中は家政婦とすごす予定だと言ってたし、午後からは――お天気がよければ――バラを這わせた東屋をもっとすてきにするにはどうすればいいか、考えてみるつもりですって。お天気は上々だわ」

「ならば、姉上の邪魔もしないのがいちばんだな」

「そう思うわ」ヴァネッサは同意した。

「じゃ、湖にする？」

「湖にしましょう」

不意にヴァネッサが笑顔になった。いつもの明るい表情で、口と目だけでなく、彼女のすべての部分が笑っていた。魂までも――というか、そのように思われた。この笑顔にはいつもうっとりさせられる。

「そうよ、湖へ行きましょう、エリオット。水仙はもう終わったでしょうけど」

「しかし、自然がぼくたちを見捨てることはない。どんな季節であろうとも」

やれやれ、気をつけないと、いまに詩を書くことになりそうだ。しかし、彼の言葉はまるで予言のようだった。もちろん、水仙はとっくに消えていたが、そのあとにブルーベルが咲いていた。遠くの川岸に咲き乱れ、春に水仙が咲いていた斜面をびっしり覆っている。

「まあ、エリオット」湖の岸を歩きながら、ヴァネッサが言った。「これ以上愛らしいものがあって？」

視界に入るすべてのものがブルーか緑だった。湖に始まって、草、花、木々、空にいたるまで。ヴァネッサのドレスも矢車草のようなブルーで、麦わらのボンネットにはブルーのリボンがついていた。

「水仙もこれと同じように愛らしかった」エリオットは言った。「だが、これ以上ではなかった」

「エリオット」ヴァネッサは足を止めると、彼の前に立った。両手で彼の手をとった。「ここですごしたあの三日間は、わたしの一生でいちばん幸せな時間だったわ。いえ、じつはちょっと違うわね。だって、そのあともずっと幸せだったから。いまも幸せよ。それをあなたにわかってもらいたいの。あなたを幸せにするって約束したけど、いちばん幸せに恵まれたのはわたしのほうだわ」

「いや、そうじゃない」エリオットの手がヴァネッサの手を強く握った。「きみがそう思ってるとしても、ヴァネッサ、ぼくほどではないと思うよ。そして、きみが幸せだとしても、ぼくの幸せには敵わないはずだ」

ヴァネッサの目が丸くなり、唇が軽くひらいた。

「ぼくは幸せだ」エリオットはそう言って、彼女の手を片方ずつ唇に持っていった。

今回ばかりは、ヴァネッサも言葉を失ったようだった。

エリオット自身も沈黙に浸っていたかった。しかし、いまここで言っておかないと、永遠に言わずに終わってしまうだろう。女性にとって大切なことなのだと、エリオットは信じていた。もしかしたら、男性にとっても同じく大切なのかもしれない。

「愛している」

ヴァネッサの目がきらめいた——涙ぐんでいるのだと、エリオットは気がついた。

「愛している」もう一度言った。「きみに夢中なんだ。好きでたまらない。心から愛している」

ヴァネッサは下唇を噛んでいた。

「エリオット、そんなこと言う必要は——」

彼の人差し指がいささか乱暴にヴァネッサの唇に押しあてられた。

「きみはぼくにとって、こうして吸っている空気と同じぐらい必要なものになった。きみの美しさと微笑がぼくを包みこみ、心を温めてくれる——魂そのものまでも。ふたたび人を信頼し、愛することを、きみが教えてくれて、ぼくはいま、きみを信頼し、愛している。これまで誰を愛したときよりも深く、きみを愛している。こんなに人を愛することができるなんて思わなかった。自分で幸せだと言っているきみをもっと幸せにしたくて、こういうロマンティックな誇張した言葉を恥ずかしげもなく並べ立てているのだと、きみが思っているなら、思い切った手段をとる必要がありそうだ」

ヴァネッサの顔は笑いに、そして、輝きにあふれていた。涙が二粒、頬にこぼれた。まばたきして、さらにあふれてきそうな涙をこらえた。

「どうするの?」と訊いた。

エリオットはゆっくりと彼女に笑いかけ、愛する危険を避けるために築いていた防御の砦を、いますべて捨て去ろうとしている自分に気がついた。その瞬間、彼女自身の笑みが凍りつき、彼に握られていた両手を離し、その手で彼の顔をそっと包みこんだ。

「ああ、愛しい人」ヴァネッサは言った。「愛しい人」

図書室でのあの夜、彼が泣いていたときに、ヴァネッサは同じ言葉を口にした。あのときはほとんど耳に入らなかったが、いま、その残響を耳にした。ヴァネッサが前々から自分を愛してくれていたことを、エリオットは知った。生まれつき、愛する心を持った女性だが、愛する相手に自分を選んでくれたのだ。

「何かぼくに言いたいことはない?」

ヴァネッサは頭をかしげた。

「赤ちゃんのこと? 赤ちゃんが生まれるのよ、エリオット。すてきだと思わない? たぶん、跡継ぎだわ」

「赤ん坊が生まれるということがうれしい。息子でも、娘でも――どっちでもかまわないよ」身を乗りだして、額と額をくっつけた。

ヴァネッサが彼の首に腕を巻きつけ、もたれかかった。

「初めて赤ちゃんの話をしたのがこの場所で、わたし、うれしいわ。愛してるってあなたが言ってくれたのがこの場所だというのも、うれしい。いつまでも、いつまでも、この場所を愛していくわ、エリオット。聖なる土地にする」

「できれば、神聖すぎないほうがいいな。いまフッと思ったんだけど、ここ数日、雨が降ってないから、地面は乾いてるだろう。それに、人目につかない場所だし。ここには誰もこない」

「わたしたち以外はね」

「ぼくたち以外は」

それ以外にやってくるのは、庭師たちだけだ。木々が茂りすぎて庭園のこの部分が未開の森のようになってしまうのを防ぐために。しかし、今日は、庭師全員が屋敷の前の広々とした芝地のほうに出て、大鎌で芝生を刈るのに追われている。

エリオットは上着を脱ぐと、ブルーベルに囲まれた地面に広げた。水仙に囲まれて横たわったあのハネムーンのときと、たぶん同じ場所だろう。

そして、二人は花のあいだに横たわり、手早く、淫らに、大きな快感に包まれて愛しあった。

終わったときは、どちらも息を切らしていて、エリオットが頭をあげてヴァネッサを見おろした瞬間、両方が笑顔になった。

「どうやら、このお礼をさせられることになりそうだな。屋敷に飾るのに、ブルーベルを腕いっぱい、ぼくに摘ませる気だろう？」

「あら、腕いっぱいじゃ足りないわ。両方の腕にどっさり、こぼれそうになるぐらい抱えなきゃ。屋敷のすべての部屋に飾れるだけの花瓶があるといいんだけど」

「助けてくれ」エリオットは言った。「大きな屋敷なんだぞ。この前、部屋がいくつあるのか数えようとしたが、多すぎて数えきれなかった」

ヴァネッサは笑った。

「じゃ、これ以上時間を無駄にしないほうがいいわ」

エリオットは立ちあがり、服装の乱れを直してから、ヴァネッサのほうへ片手を伸ばした。ヴァネッサがその手をつかむと、彼女をひっぱりあげて腕に抱いた。無言でしばらく抱きあった。ただ、そう長い時間ではなかった。

花を摘まなくてはならない。屋敷じゅうに花を飾らなくてはならない。

二人の人生は愛に満ち、縁からあふれそうになっている。これからもずっとそうだろう。

ヴァネッサと結婚した男にとって、これ以外のどんな人生があるだろう？

エリオットは彼女に笑いかけ、せっせと花を摘みはじめた。

訳者あとがき

華麗なるリージェンシー・ロマンスで全世界の読者を魅了する作家、メアリ・バログには、〝シンプリー・カルテット〟〝ベドウィン・サーガ〟など、数多くの魅力的なシリーズがあるが、今回ライムブックスでご紹介できることとなった〝ハクスタブル家のクインテット〟と呼ばれるシリーズもそのひとつである。

トップバッターとして登場するのが、本書『うたかたの誓いと春の花嫁』。

物語の始まりは、イングランド中部の州、シュロプシャーにあるスロックブリッジという小さな村。絵のように愛らしい一軒のコテージに、ハクスタブル家の三人姉妹と弟が住んでいた。名門伯爵家の血筋ではあるが、いまは貧しい田舎暮らし。母親を十四年前に、牧師だった父親を八年前に亡くし、長女のマーガレットが母親がわりとなって、妹と弟の面倒をみている。

貧しいながらも静かで平和な日々を送る一家のところに、ある日、一人のハンサムな子爵があらわれる。先代伯爵の逝去によってこの家の長男が爵位を継ぐことになったため、その知らせを届けにきたのだった。ひっそりした辺鄙な村で生まれ育ち、外の世界をほとんど知らない一家にとっては、まさに青天の霹靂だった。

戸惑いつつも、ハンプシャーにある伯爵家の本邸で暮らすことになった姉妹と弟。貴族社会の仲間入りをするための準備が始まる。思いもよらぬ運命によって人生が大きく変わってしまった四人だが、とりわけ劇的な変化に直面したのが次女のヴァネッサだった。

病弱だった夫を一年半前に亡くし、いまだに喪に服していた彼女が、よんどころない事情から、爵位継承の知らせを持ってきたハンサムな子爵との再婚を考えざるをえなくなるのだ。ロマンス小説のヒロインとしては、たぶん少数派に属するタイプだと思うが、ヴァネッサは自分の容貌にコンプレックスを持っている。両親からも〝地味な娘《プレイン・ジェイン》〟と呼ばれていた(ただし、愛情をこめて)。〝きれい〟とか〝可愛い〟と言われた経験がないため、どうしても自分に自信が持てない。

ギリシャ彫刻のように美しい子爵が自分などを愛してくれるわけがないと思いつつ、どうしようもなく彼に惹かれていくヴァネッサ。ぼくの好みは金髪の官能的な女、こんな地味な痩せっぽちの女なんておことわりだ、と思っていたのに、なぜか彼女のことが気になって仕方のない子爵。

おたがいにすなおになれず、対立やすれ違いをくりかえすばかりの二人だが、そのなかで少しずつ愛情を深めていく様子を、バログはユーモアを交えつつ、丹念な筆致で描きだしている。

バログの作品にはほとんどといっていいほど、命を賭けた恋や手に汗握る冒険といった波瀾万丈の筋書きが使われない。それにもかかわらず、これほどまでに読者を魅了してやまないのは、美しい自然を背景に、丁寧に描き出される主人公たちの心の動きにあるだろう。本書もまた、そうしたバログの実力があますところなく発揮された作品である。まあ、冒頭でいきなり、ヴァネッサの弟が伯爵家の跡継ぎにされてしまうのが大事件と言えば大事件だが、あとは穏やかな日常のなかで、揺れ動く登場人物たちの姿をいつも以上に丹念に描き上げていく。

何度も読みかえすたびに感動が増し、読者を飽きさせることのない作品を生み出すバログに対して、「やはりすごい実力を備えた作家だ」と思わずにはいられない。

シリーズはこのあと、つぎのように続いていく。

Then Comes Seduction（二〇〇九）三女キャサリンがヒロイン
At Last Comes Love（二〇〇九）長女マーガレットがヒロイン
Seducing an Angel（二〇〇九）弟スティーヴンがヒーロー
A Secret Affair（二〇一〇）またいとこのコンスタンティンがヒーロー

二〇一三年六月にライムブックスより邦訳が刊行予定の二作目 *Then Comes Seduction* は、清純可憐なキャサリンが社交界きっての放蕩者モントフォード男爵に目をつけられ、あわや純潔を奪われそうになるところから物語が始まる。こんな人に近づいてはだめよ、と自分に言い聞かせながらも、危険な匂いのする男にどうしようもなく惹かれていくキャサリンがいじらしい。

うっとりするような美女なのに堅苦しい性格がちょっと困りもののマーガレット、若さではちきれんばかりの元気なスティーヴン、謎めいたコンスタンティンは、それぞれどんな恋をするのだろう？　ご紹介できる日を、訳者として、いまからもうワクワクしながら待っている。

ライムブックス

うたかたの誓《ちか》いと春《はる》の花《はな》嫁《よめ》

著　者　メアリ・バログ
訳　者　山本《やまもと》やよい

2013年1月20日　初版第一刷発行

発行人　成瀬雅人
発行所　株式会社原書房
〒160-0022東京都新宿区新宿1-25-13
電話・代表03-3354-0685　http://www.harashobo.co.jp
振替・00150-6-151594
ブックデザイン　川島進(スタジオ・ギブ)
印刷所　中央精版印刷株式会社

落丁・乱丁本はお取り替えいたします。
定価は、カバーに表示してあります。
 ISBN978-4-562-04440-5　Printed in Japan